FRÁGIL ETERNIDADE

Série Wicked Lovely

Terrível encanto
Tinta perigosa

WICKED LOVELY
FRÁGIL ETERNIDADE
melissa marr

Tradução
Maria Beatriz Branquinho da Costa

ROCCO
JOVENS LEITORES

Título original
FRAGILE ETERNITY

Copyright © 2009 by Melissa Marr
Foto de capa © 2009 by Mark Tucker/MergeLeft Reps

Edição brasileira publicada mediante acordo com a
HarperCollins Children's Books, uma divisão da HarperCollins Publishers.

Todos os direitos reservados.
Nenhuma parte desta obra pode ser reproduzida, ou
transmitida por qualquer forma ou meio eletrônico ou mecânico,
inclusive fotocópia, gravação ou sistema de armazenagem
e recuperação de informação, sem a permissão escrita do editor.

Direitos para a língua portuguesa reservados
com exclusividade para o Brasil à
EDITORA ROCCO LTDA.
Av. Presidente Wilson, 231 – 8º andar
20030-021 – Rio de Janeiro – RJ
Tel.: (21) 3525-2000 – Fax: (21) 3525-2001
rocco@rocco.com.br
www.rocco.com.br

Printed in Brazil/Impresso no Brasil

preparação de originais
FRIDA LANDSBERG

CIP-Brasil. Catalogação na fonte.
Sindicato Nacional dos Editores de Livros, RJ.
M322f   Marr, Melissa
        Frágil eternidade / Melissa Marr;
    tradução de Maria Beatriz Branquinho da Costa.
    – Rio de Janeiro: Rocco Jovens Leitores, 2013.
        (Wicked Lovely; v. 3)
        Tradução de: Fragile Eternity
        ISBN 978-85-7980-127-3
    1. Fadas – Ficção. 2. Fantasia – Ficção. 3. Ficção americana.
    I. Branquinho, Maria Beatriz. II. Título. III. Série.
    12-2519   CDD – 813   CDU – 821.111(73)-3

O texto deste livro obedece às normas do
Acordo Ortográfico da Língua Portuguesa

Para Loch, por ser meu amor eterno.

AGRADECIMENTOS

Este livro não existiria sem os *insights* e a paixão de Anne Hoppe. Obrigada por acreditar em meus personagens e por compartilhar esta aventura comigo. Esta série é tão sua quanto minha.

Tudo o que tenho na vida – inclusive a escrita – só é possível porque tive a sorte de encontrar um parceiro que preenche meus espaços vazios. Loch, você me dá a coragem e a fé para eu tentar fazer mais do que achava que podia. Obrigada por estar ao meu lado durante as viagens, nas horas estranhas, nas perguntas singulares, no geral, nesta montanha-russa de pânico e alegria.

Parte da escrita é se sentir pleno. Meu filho, sempre paciente, convenceu-me a viajar para longe e conhecer os papagaios-do-mar. E minha sábia filha me lembrou de tirar noites de folga para assistir às maratonas de *Buffy, a caça-vampiros*. Por estas e tantas outras razões, vocês dois ainda são o centro do meu universo.

Meus pais permanecem me apoiando a cada passo desta jornada. Eu não poderia ter feito nada disso sem a sabedoria e o amor que vocês me deram por toda a vida.

Alguns poucos dos suspeitos de sempre foram também inestimáveis durante o último ano. Jeaniene Frost, ainda determinada em seu papel de parceira crítica e querida amiga. Melissa Dittmar salvou minha sanidade e organizou meu universo. Alison Donalty e Mark Tucker me mimaram completamente com outra capa fabulosa. Patrice Michelle ofereceu ótimas observações sobre o texto. Mark Del Franco, Kelly Kincy, Vicky Petterson, Rachael Morgan, Jason Falivene, Kerri Falivene e Dean Lorey compartilharam sanidade e palavras de sabedoria. Amigos como vocês são uma riqueza. Obrigada a todos.

Minha gratidão se estende aos meus maravilhosos leitores. Um muitíssimo obrigada a todos vocês que tiraram um tempo de seu dia e foram me conhecer, assim como aos leitores de www.wickedlovely.com e de meu fórum na web (especialmente para Maria, Jennifer, Meg, Tiger, Pheona, Michaela e Raven) por se entregarem a minhas ondas de tagarelice.

Todos vocês me inspiraram a tentar fazer sempre o melhor.

Obrigada.

Prólogo

Seth percebeu quando Aislinn entrou na casa; o ligeiro aumento na temperatura teria indicado mesmo que ele não tivesse visto o reflexo da luz do sol no meio da noite. *Melhor do que uma lanterna.* Sorriu ao pensar na provável reação de sua namorada ao ser chamada de lanterna, mas seu sorriso se desfez um instante depois, quando ela veio até sua porta.

Já estava sem os sapatos. O cabelo, já meio livre de qualquer que tenha sido o penteado que fizera para as festas do Verão, mais cedo naquela noite. *Com Keenan.* Pensar nela nos braços de Keenan deixou Seth tenso. Ela tinha esses bailes que duravam a noite toda com o Rei do Verão a cada mês e, por mais que tentasse se controlar, Seth ainda sentia ciúme.

Mas ela não está com ele agora. Ela está aqui.

Ela desabotoou o corpete do vestido antiquado enquanto o encarava.

– Oi.

Ele achava que tinha dito algo; não tinha muita certeza. Não importava. Nada importava muito nesses momentos, só ela, só eles, só o que significavam um para o outro.

O restante do vestido caiu, e ela estava nos braços dele. Ele sabia que não falaria então, não com a luz do sol como mel morno contra sua pele. A festa da Corte do Verão chegara ao fim, e ela estava lá.

Não com ele. *Comigo.*

Não era permitida a entrada de mortais nas festas mensais. Depois, ela vinha ficar com ele, entretanto, preenchida demais pelo brilho do sol e pela celebração para simplesmente dormir, com medo demais de si mesma para ficar com o restante da Corte de Verão a noite inteira. Então ela vinha para os braços dele, bêbada de sol e esquecendo-se de ser tão cuidadosa com ele quanto fora nas outras noites.

Ela o beijou, e ele tentou ignorar o calor tropical. Orquídeas, uma pequena árvore de ylang-ylang e ramos de malpica cresciam no quarto. As essências perfumadas estavam bem acentuadas no ar úmido, mas isso era melhor do que a cachoeira de alguns meses atrás.

Quando ela estava aqui, nos braços dele, as consequências não tinham a menor importância. Tudo o que importava eram eles.

Mortais não nasceram para amar seres encantados; ele percebia isso todo mês, quando ela esquecia quão frágil ele era. Se pudesse ser forte o bastante, participaria das festas. Em vez disso, aceitara o fato de que multidões de criaturas mágicas descontroladas não eram seguras para mortais. Em vez disso, esperava que, após as festas, ela não o machucasse muito. Em vez disso, ele aguardava no escuro, na esperança de que aquele não fosse o mês em que ela ficaria com Keenan.

Mais tarde, quando sua fala voltou, ele retirou pétalas de orquídeas do cabelo dela.

– Amo você.

– Também te amo. – Ela corou e inclinou a cabeça. – Você está bem?

– Quando você está aqui, fico bem. – Jogou as pétalas no chão. – Se as coisas fossem como eu gostaria, você estaria aqui todas as noites.

– Eu queria que fosse assim.

Ela se aninhou nele e fechou os olhos. Não havia luz alguma em sua pele agora – não quando ela estava calma e relaxada – e Seth sentia-se grato por isso. Em poucas horas, o dia surgiria; ela veria as queimaduras nas laterais de seu corpo e nas costas, onde suas mãos o haviam tocado demais e ela se esquecera de si. Então, ela desviaria os olhos e faria sugestões que ele odiava ouvir.

A Rainha do Inverno, Donia, dera a ele a receita de um unguento que curava queimaduras de sol. Não funcionava tão bem em mortais quanto em seres encantados, mas, se ele o aplicasse a tempo, curaria as feridas ao longo do dia. Deu uma olhada no relógio.

– Está quase na hora do café da manhã.

– Não – murmurou Aislinn. – Está na hora de dormir.

– Está bem. – Ele a beijou e a abraçou pelo maior tempo que podia fazê-lo com segurança. Olhou o relógio, ouviu a respiração harmoniosa dela conforme caía num sono cada vez mais profundo. Depois, quando não podia mais aguentar, começou a escapulir da cama.

Ela abriu os olhos.

– Fique.

– Banheiro. Já volto. – Deu um sorrisinho constrangido para ela, esperando que não fizesse mais perguntas. Uma vez que ela não podia mentir, ele fazia tudo para evitar mentir para ela também, mas já tinham passado por isso algumas vezes.

Ela começou a olhar os braços dele, e ele sabia que nenhum dos dois queria ter a conversa que viria em seguida – aquela em que ela lhe dizia que não viria quando estivesse naquele estado e ele entrava em pânico com a ideia de ela ficar no loft com o Rei do Verão.

Ela se retraiu.

– Desculpe-me, pensei que você tinha dito que não estava ferido.

Ele podia argumentar ou podia distraí-la.

Não foi difícil escolher.

Quando Aislinn despertou, apoiou-se em um braço e ficou olhando Seth dormir. Não sabia o que faria se um dia o perdesse. Às vezes, tinha a sensação de que só aguentava tudo por causa dele; ele era a sua versão das vinhas que envolviam o corpo das Garotas do Verão – o fio que impedia que desmoronasse.

E eu o machuquei. De novo.

Ela podia ver as feridas escuras e as vívidas queimaduras causadas por suas mãos na pele dele. Seth nunca reclamara disso, mas ela se preocupava. Ele era frágil demais em comparação ao mais fraco dos seres encantados. Ela passou os dedos pelo ombro dele, que se aproximou dela. Em toda a bizarrice dos últimos meses, desde que se tornara Rainha do Verão, ele permanecera lá. Não lhe pedira para ser toda mortal ou toda encantada; em vez disso, deixou que Aislinn fosse ela mesma. Era um presente que ela nunca seria capaz de retribuir. *Ele* era um presente. Já era fundamental para ela quando era uma mortal, e se tornara cada vez mais importante enquanto ela tentava se manter firme em sua nova vida como uma rainha de criaturas mágicas.

Seth abriu os olhos para encará-la.

– Você parece estar longe daqui.

– Estou só pensando.

– Em quê? – Ele arqueou a sobrancelha, onde havia um piercing.

E o coração de Aislinn palpitou exatamente como quando ela tentava ser apenas amiga dele.

– O de sempre...

– Vai ficar tudo bem. – Seth rolou-a para debaixo de seu corpo. – Nós vamos dar um jeito.

Ela o envolveu em seus braços de forma que pudesse emaranhar seus dedos no cabelo dele. Dissera a si mesma para ser cuidadosa, moderar sua força, não deixar que ele lembrasse que ela era muito mais forte do que um mortal. *Que não sou o que ele é.*

– Eu *quero* que fique tudo bem – sussurrou ela, tentando afastar os pensamentos sobre a mortalidade dele, de sua efemeridade agora que ela era eterna, do quão finito ele era, e ela não. – Fala de novo?

Ele baixou os lábios até os dela e disse coisas que não precisavam de palavras. Quando se afastou, sussurrou:

– Algo tão bom assim poderia durar para sempre.

Ela correu a mão pela coluna dele, se perguntando se ele estava pensando que ela era estranha por querer deixar que a luz do sol entrasse por seus dedos daquela forma, se perguntando se isso apenas o faria recordar do quão não mortal ela era agora.

– Queria que pudesse ser sempre assim. Só nós dois.

Havia algo na expressão dele que ela não podia decifrar, mas então ele a puxou para junto de si e Aislinn se esqueceu dos pensamentos e palavras.

Capítulo 1

A Rainha da Alta Corte caminhou em direção ao saguão sentindo-se trepidar. Ela normalmente exigia que os visitantes fossem trazidos até ela, mas, nesse caso, Sorcha abriu uma exceção. Deixar Bananach zanzando pelo hotel era perigoso demais.

Nos últimos meses, Sorcha transferira a Alta Corte para a fronteira do mundo mortal, tomando para si um pedaço da cidade. Atravessar aquele bloqueio significava que alguém havia deixado o reino mortal e entrara na fronteira do Mundo Encantado. Seu domínio permanecera separado, à parte de todo o resto. As regras do mundo mortal – a noção de tempo e espaço, as leis da natureza – perdiam a importância no Mundo Encantado, mesmo nesse limbo para onde trouxera sua corte.

Era o mais próximo do reino dos mortais aonde Sorcha já levara sua corte em séculos, mas, agora que as outras cortes estavam passando por transformações, Sorcha não podia se afastar tanto. Ficar no mundo mortal por muito tempo era insustentável, mas viver na fronteira da mortalidade não alteraria o mundo deles. Era o caminho razoável. O rei-garoto subira ao trono da Corte do Verão com a rainha pela qual procurara por séculos. Sua amada dominava o trono do Inverno. E Niall, uma quase tentação para Sorcha, assumira o trono da Corte Sombria. Nada disso era totalmente inesperado, mas tudo mudara quase num piscar de olhos.

Ela passou a mão no corrimão, tocando a madeira lisa, celebrando a lembrança de tempos mais simples – e na mesma hora se livrou da mentira da nostalgia. Ela mantinha sua corte havia mais tempo do que podia se lembrar. Era a Rainha da Alta Corte. Eram dela o imutável, o coração do Mundo Encantado, a voz do mundo que se transformou, e ela era a Rainha Permanente.

A alternativa – sua antítese, sua irmã gêmea, Bananach – esperava na sala. Ela andou vagarosamente na direção de Sorcha com um olhar levemente louco. Cada pensamento perdido de caos e discórdia que poderia ser de Sorcha trilhava seu caminho até o espírito de Bananach. Enquanto a existência de Bananach se resumia a inflamar esses sentimentos, a de Sorcha era lutar contra a explosão de tais desprazeres. Isso criava entre as duas um laço estranho.

– Já faz algum tempo – disse Bananach. Seus movimentos eram exploradores, as mãos estudando superfícies como se precisasse se familiarizar com o mundo, como se a experiência tátil a ancorasse à realidade. – Desde a última vez em que nos falamos. Já faz algum tempo.

Sorcha não sabia se essas eram perguntas ou afirmações: em seus melhores dias, o apego de Bananach à realidade era tênue.

– Nunca é tanto quanto eu gostaria. – Sorcha fez um gesto para que a irmã se sentasse.

Bananach se sentou em um divã floral. Sacudiu a cabeça, agitando as longas penas que desciam por suas costas como cabelo mortal.

– Eu não. Eu não gosto de você.

A franqueza era desconcertante, mas Guerra não estava preocupada com delicadeza – e Bananach era a essência da guerra, da violência, da carniça, do caos, do sangue e da desordem. A Corte Sombria podia ser a corte que se opunha a Sorcha, mas era Bananach sua verdadeira oposição. A criatura com cabeça de corvo não fazia parte da corte nem era influenciada por ela. Era muito primitiva para estar em meio à Corte Sombria, e muito calculista para ficar sem ela.

A atenção resoluta de Bananach era inquietante. Os olhos negros como um abismo brilhavam desagradavelmente.

– Me sinto menos *certa* quando você está perto de mim.

– Então por que você está aqui?

Bananach batucou na mesa com as garras de maneira irregular: sem música, sem padrão.

– Você. Eu venho aqui por você. Cada vez, não importa o que houver, eu virei.

– Por quê? – Sorcha se sentiu presa na mesma conversa de séculos.

– Hoje? – Bananach inclinou a cabeça em um ângulo característico de seu jeito de ave, observando, captando o mais breve movimento. – Tenho coisas a dizer. Coisas que você vai querer saber.

Sorcha se manteve imóvel; não reagir normalmente era o mais seguro com Bananach.

– E por que eu deveria ouvir dessa vez?

– Por que não?

– Porque você não está aqui para me ajudar.

Sorcha se cansara da eternidade de discórdias. Às vezes, se perguntava o que aconteceria se simplesmente se livrasse de Bananach. *Eu me destruiria? Minha corte?* Se ela soubesse essa resposta, se pudesse matar sua irmã sem causar danos a todos eles, já o teria feito havia séculos.

– Criaturas mágicas não mentem, minha irmã. Qual sentido em não ouvir? – sussurrou Bananach. – Você é Razão, não é? Estou lhe oferecendo Verdade... há alguma lógica em me ignorar?

Sorcha suspirou.

– Então devo presumir que agir de acordo com o que você me diz causará algum tipo de caos?

Bananach se mexeu um pouco em seu assento, como se subitamente tivesse ouvido alguma música que ninguém mais conseguia – ou queria – ouvir.

– Sonhar não é proibido.

– Ou *deixar* de agir causará o caos... e você está me incitando a fazer o inverso – refletiu Sorcha. – Você nunca se cansa disso?

Bananach inclinou a cabeça, fazendo pequenos trejeitos, e bateu os dentes como se realmente tivesse um bico. Era uma versão de gargalhada, um gesto curioso de que Sorcha não gostava. A criatura-corvo a encarou com um olhar determinado.

– Por que eu me cansaria?

– Realmente, por quê? – Sorcha se sentou em uma das inúmeras cadeiras entalhadas em água que seus serviçais haviam espalhado pelo saguão. Era salpicada por joias não lapidadas, arruinando o conforto, mas aumentando sua beleza rústica.

– Devo lhe dizer então, minha irmã? – Bananach se inclinou para mais perto. Seus olhos escuros brilhavam com um cintilar de estrelas, constelações que às vezes apareciam também no céu mortal. Hoje, Scorpius, a besta que matou Orion, estava no centro do olhar de Bananach.

– Fale – disse Sorcha. – Fale para que você possa ir logo embora.

A postura e o tom de voz de Bananach se tornaram os de um contador de histórias. Ela se acalmou, recosto-se e juntou as pontas dos dedos das mãos. Muitos séculos atrás, elas estariam perto de uma fogueira no escuro para ter esse tipo de conversa cheia de discórdia. Era quando ela gostava de vir com seus resmungos e maquinações. Mas mesmo aqui, na quase opulência do palácio construído pelos mortais, Bananach falava como se estivessem em volta da fogueira, as palavras na cadência dos contadores de histórias no escuro.

– Há três cortes que não são suas: aquela que deveria ser minha, a corte do sol e a corte do gelo.

– Eu sei...

Bananach capturou o olhar de Sorcha com o seu e falou por cima dela:

– E em meio a essas cortes há uma nova unidade; um *mortal* transita livremente por todas elas. Ele sussurra nos ouvidos daquele que ocupa meu trono; ele ouve enquanto o novo Rei Sombrio e a nova Rainha do Inverno lamentam as crueldades do rei-garoto.

– E? – instigou Sorcha. Ela nunca sabia ao certo quanto essas histórias durariam.

Dessa vez, parecia uma história curta. Bananach se levantou como se tivesse visto um espectro na sala que lhe pedira para se aproximar.

– O rei-garoto tem muito potencial para a crueldade. Talvez eu goste do Verão. – Sua mão se esticou para tocar algo que ninguém mais podia ver. Em seguida, ela parou e fechou a cara. – Contudo, ele não me receberá.

– Keenan faz somente o que precisa para proteger sua corte – murmurou Sorcha distraidamente, já refletindo a respeito do objetivo por detrás da historinha da irmã: não era a propensão do Rei do Verão para a crueldade que importava; era o papel do mortal. Mortais não deveriam ter voz nos assuntos das cortes de criaturas mágicas. Se as coisas fossem mantidas devidamente em ordem, não conseguiriam sequer ver seres encantados, mas a objeção de Sorcha a mortais sendo agraciados com a Visão era desrespeitada de tempos em tempos.

Como se os mortais nascidos com a Visão já não fossem problema suficiente.

Mas problema era o que Bananach desejava. Pequenos problemas levavam a uma desordem maior. Nisso, ao menos, elas concordavam. A diferença era que uma delas procurava evitar a desordem, a outra, alimentá-la.

Centenas de momentos de aparente insignificância se juntavam para criar os resultados desejados por Bananach. Ela fora a voz incitando Beira, a última Rainha do Inverno, a dar um golpe em Miach – o Rei do Verão falecido havia muitos séculos e amante eventual de Beira. Bananach era a voz que sussurrava as coisas com que todos eles sonhavam em silêncio, mas geralmente tinham o bom-senso de não transformar em realidade.

Sorcha não estava disposta a ter outro pequeno problema evoluindo para situações causadoras de caos.

– Mortais não têm que se intrometer nos assuntos dos seres encantados – disse Sorcha. – Não deveriam estar envolvidos no nosso mundo.

Bananach batucou seus dedos com garras nas pontas em um ritmo que parecia indicar satisfação.

– Mmmm. *Este* mortal é da confiança deles, todas as três cortes que não são dele escutam suas palavras. Ele tem influência... e eles o protegem.

Sorcha fez um gesto para que ela prosseguisse.

– Diga-me.

– Ele se deita com a Rainha do Verão não como uma distração, mas como um companheiro. A Rainha do Inverno deu a Visão a ele. O novo Rei Sombrio o chama de "irmão". – Bananach tomou seu lugar novamente e assumiu uma postura carrancuda, que sempre perturbara Sorcha, por uma boa razão: quando Bananach estava concentrada, se tornava mais perigosa. – E você, minha irmã, não tem influência sobre ele. Esse você não pode ter. Você não pode roubá-lo como fez com outros queridinhos que recebiam a Visão e semimortais.

– Entendo. – Sorcha não esboçou reação. Ela sabia o que Bananach esperava, atendo-se a algo para esgotar suas últimas reservas de calma.

Bananach acrescentou:

– E Irial teve uma queridinha, uma coisinha mortal ligada a ele, de quem cuidou como se ela merecesse estar na presença da Corte Sombria.

Sorcha balançou a cabeça, lamentando a estupidez de Irial. Mortais eram frágeis demais para suportar os excessos da Corte Sombria. Ele sabia disso.

– Ela morreu? Ou enlouqueceu?

– Nenhuma das duas coisas. Ele abdicou o trono por ela... de tão corrompido que estava por sua mortalidade... doentia, como ele gostava dela. Esse é o motivo pelo qual o novo rei se senta no trono que deveria ser meu. – O papel de contadora de histórias interpretado por Bananach persistia, mas seu temperamento foi se tornando mais agressivo. A ênfase nas palavras, que aumentava e diminuía de acordo com os tons que ela adotava ao contar histórias, enfraquecia. Em vez disso, palavras aleatórias eram enfatizadas. Sua cobiça pelo trono da Corte Sombria a aborrecia; a menção do assunto não fazia bem ao seu estado de espírito.

— Onde ela está? — perguntou Sorcha.

— Não exerce influência alguma agora... — Bananach balançou uma das mãos como se removesse teias que estivessem na sua frente.

— Então por que me contou isso?

A expressão de Bananach era indecifrável, mas a constelação em seus olhos mudou para Gemini, os gêmeos.

— Sei que já compartilhamos... muitas coisas; pensei que você deveria saber.

— Não tenho necessidade alguma de saber sobre as queridinhas descartadas de Irial. É um hábito deplorável, mas — Sorcha deu de ombros como se não importasse — não posso controlar a depravação da corte dele.

— Eu poderia... — Um suspiro de desejo ardente seguiu essas palavras.

— Não, você não poderia. Você destruiria o pequeno autocontrole que eles têm.

— Talvez — Bananach suspirou novamente —, mas as batalhas que teríamos... Eu poderia vir a seus pés, vestida de sangue e...

— Você não vai conseguir minha ajuda com ameaças — lembrou Sorcha, embora o argumento fosse irrelevante. Bananach não podia evitar sonhar com guerra mais do que Sorcha podia resistir a sua inclinação por manter a ordem.

— Nunca uma ameaça, irmã, apenas um sonho que acalento. — Em um borrão rápido demais até mesmo para que

Sorcha pudesse ver claramente, Bananach veio se ajoelhar em frente à irmã, suas penas encostando-se no rosto de Sorcha. – Um sonho que me mantém aquecida à noite, quando não tenho sangue algum para meu banho.

As garras com que Bananach batucara tão aleatoriamente formaram uma cadência regular enquanto se enterravam e desenterravam dos braços de Sorcha, marcando sua pele com pequenas luas.

Sorcha permaneceu calma, embora o próprio humor estivesse quase chegando ao limite.

– Você deve ir embora.

– Eu deveria. Sua presença deixa minha mente confusa. – Bananach beijou a testa de Sorcha. – O nome do mortal é Seth Morgan. Ele nos vê como somos. Ele sabe muito sobre as cortes, até mesmo a sua. É estranhamente... ético.

Algum sopro de fúria ameaçou vir à tona com a sensação das penas de sua irmã tocando seu rosto; a lógica calma que Sorcha personificava foi desafiada apenas por uma das mais poderosas criaturas da Corte Sombria. Nem os seres do Verão nem os do Inverno conseguiam provocá-la. Os solitários não agitavam o poço de autocontrole que existia em seu espírito. Apenas a Corte Sombria fazia com que ela quisesse esquecer quem era.

É lógico. É a natureza da oposição. Faz todo sentido.

Bananach esfregou a bochecha contra a de Sorcha.

A Rainha da Alta Corte quis agredir a criatura-guerreira. A lógica dizia que Bananach ganharia; ela era a violência encarnada. Poucas criaturas, se é que existia alguma, poderiam se opor a ela em um confronto direto – e a Rainha da Ordem não era uma delas. Ainda assim, naquele momento, o desejo de tentar só aumentava.

Somente um golpe. Alguma coisa.

A pele em seus braços começou a aferroar de tantas pequenas feridas quando Bananach inclinou a cabeça em outra série de movimentos curtos e irregulares. As penas pareciam sussurrar quando Bananach se afastou e disse:

– Cansei de olhar para você.

– E eu para você. – Sorcha não se moveu para estancar o sangue que gotejava no chão. Um movimento enfraqueceria seu poder contra Bananach ou aumentaria sua fúria. Ambas as opções causariam mais ferimentos.

– Uma verdadeira guerra está por vir – disse Bananach.

Fumaça e neblina tomaram a sala. Figuras semissombrias de seres encantados e mortais esticaram mãos cheias de sangue. O céu se tornou mais denso com asas ilusórias de corvo, farfalhando como cascas de milho secas. Bananach sorriu. A forma de asas que ainda-não-estava-fisicamente-lá se desdobrou de sua coluna. Aquelas asas haviam se aberto sobre campos de batalha nos séculos passados; vê-las tão claramente fora do campo de batalha tinha um efeito moral devastador.

Bananach esticou suas asas sombrias ao dizer:

– Eu sigo as regras. Alertei você. Pragas, sangue e cinzas cobrirão o mundo deles e o seu.

Sorcha manteve seu rosto sem expressão, mas ela viu as linhas de possibilidades futuras também. As predições de sua irmã pareciam mais prováveis do que improváveis.

– Não permitirei que você tenha esse tipo de guerra. Nem agora, nem nunca.

– É mesmo? – A sombra de Bananach se espalhou como uma mancha escura no chão. – Bem, então... o próximo passo é seu, minha irmã.

Capítulo 2

Seth observou Aislinn discutir com os conselheiros da corte, muito mais falante com os seres mágicos do que jamais fora com humanos. À mesa, na frente deles, Aislinn tinha as páginas de seu novo diagrama, complementado com tabelas, espalhadas.

Quando ela se sentava no loft de Keenan, com as plantas altas e a aglomeração de criaturas mágicas enchendo o local, era fácil esquecer que nem sempre fora um deles. As plantas se inclinavam em sua direção, florescendo em sua presença. Os pássaros que se empoleiravam nas colunas a saudavam quando ela entrava em um dos aposentos. Criaturas mágicas competiam por sua atenção, buscando alguns momentos na presença dela. Depois de séculos sem poder, a Corte do Verão começava a prosperar – por causa de Aislinn. Em um primeiro momento, ela parecia desconfortável em ser o centro da corte, mas se acostumara tão facilmente com sua posição que Seth se perguntava quanto tempo levaria até que Aislinn abandonasse o mundo mortal, inclusive ele.

— Se nós designarmos regiões diferentes como essas... — Ela apontou para seu diagrama novamente, mas Quinn se desculpou, deixando que Tavish explicasse mais uma vez por que ele achava o plano dela desnecessário.

Quinn, o conselheiro que substituíra Niall recentemente, afundou no sofá próximo a Seth. Era tão diferente de Niall na aparência quanto no temperamento. Onde Niall se destacara por suas características quase comuns, Quinn parecia se esforçar para exibir algum sinal de educação e postura. Manteve seu cabelo listrado pelo sol, a pele bronzeada, suas roupas insinuando riqueza. Mais importante, contudo, nos momentos em que Niall fora a voz capaz de arrancar Keenan de sua melancolia ou dissipar o temperamento explosivo do Rei do Verão, Quinn parecia inflamar o estado de espírito de Keenan. *Isso* fazia Seth desconfiar do novo guarda.

Quinn fechou a cara.

— Ela não está sendo razoável. O rei não pode esperar que nós...

Seth simplesmente olhou para ele.

— O quê?

— Você acha que Keenan dirá *não* a ela? A qualquer coisa que ela proponha?

Seth quase gargalhou com a ideia.

Quinn pareceu ofendido.

— É claro.

— Errado. — Seth observou sua namorada, a rainha da Corte do Verão, brilhar como se pequenos sóis estivessem aprisionados dentro de sua pele. — Você tem muito que aprender. A não ser que Ash mude de ideia, Keenan dará uma chance ao plano dela.

– Mas a corte sempre foi dirigida dessa forma – repetia Tavish, o mais antigo conselheiro da corte.

– A corte sempre foi liderada por um monarca, não foi? Ainda é. Você não *precisa* concordar, mas estou pedindo seu apoio. – Aislinn jogou rapidamente os cabelos sobre o ombro. Ainda eram tão negros quanto os de Seth, exatamente como eram quando ela era humana, mas agora que se tornara um deles, os cabelos tinham fios dourados.

Tavish elevou sua voz, um hábito que ele aparentemente não tinha antes que Aislinn se juntasse à corte.

– Minha Rainha, com certeza...

– Não comece com "Minha Rainha", Tavish. – Ela deu um tapinha no ombro dele. Pequenas fagulhas espocaram da sua pele.

– Não quis ofendê-la, mas a ideia de governantes locais parece tolice. – Tavish sorriu de maneira apaziguadora.

O temperamento de Aislinn fez com que um arco-íris aparecesse pela sala.

– Tolice? Estruturar nossa corte para que nossos seres fiquem seguros e tenham acesso a ajuda quando precisarem é tolice? Temos a responsabilidade de cuidar da nossa corte. Como faremos isso se não tivermos contato com eles?

Mas Tavish não recuou.

– Uma mudança tão grande...

Seth parou de prestar atenção neles. Ouviria Aislinn recontar o acontecido mais tarde, quando tentasse entender a situação. *Não há necessidade de ouvir a mesma coisa duas vezes.* Pegou o controle remoto e vasculhou as músicas. Alguém adicionara a música "Living Zombies" que ele mencionara na outra semana. Ele a selecionou e aumentou o volume.

Tavish exibia no rosto uma expressão de por-favor-me-ajude. Seth a ignorou, mas Quinn não. Resmungando, mas ansioso por provar seu valor, o novo conselheiro voltou para a mesa.

Em seguida, Keenan atravessou a porta com várias Garotas do Verão ao seu lado. Elas ficavam mais bonitas a cada dia. À medida que o verão se aproximava – e Aislinn e Keenan ficavam mais fortes –, suas criaturas pareciam florescer.

Tavish começou imediatamente:

– Keenan, meu Rei, talvez você possa explicar à sua majestade que... – Mas as palavras dele morreram após uma olhada no semblante irado do Rei do Verão.

Em resposta ao temperamento instável de Keenan, a já brilhante pele de Aislinn radiou luz suficiente para que os olhos de Seth doessem ao encará-la. Sem ao menos se dar conta de que o fazia, ela lançou raios de sol, como mãos não materializadas, na direção de Keenan. Nos últimos meses, desenvolvera uma ligação cada vez mais forte com o Rei do Verão.

O que é um saco.

Tudo o que Keenan tinha que fazer era olhar para ela e lá estaria, ao seu lado. Os papéis eram esquecidos, e também as discussões. Tudo o que não fosse Keenan era deixado de lado. Ela se juntava a ele, e o restante do mundo ficava em suspenso somente porque Keenan parecia aborrecido.

É a função dela. As coisas da corte têm que vir em primeiro lugar.

Seth queria não se irritar com aquilo. Esforçara-se para se tornar a pessoa que era agora – alguém cujo temperamento estava sob controle, cuja personalidade sarcástica não o levava a tecer comentários cruéis. Ele canalizava essas tendências discordantes para suas pinturas e esculturas. Com sua arte e sua meditação, mantinha alguma paz naqueles dias, mas Keenan testava o seu progresso tão duramente alcançado. Não era como se Seth não entendesse a importância de fortalecer a Corte do Verão após séculos de um frio cada vez maior, mas às vezes era difícil acreditar que Keenan não supervalorizava pequenos aborrecimentos para conseguir a atenção de Aislinn. Passara séculos achando que o que ele pensava, ou queria, era de extrema importância. Agora que tinha poder para continuar com tamanha arrogância, não era provável que se tornasse menos egocêntrico.

Tavish fez um gesto para que as Garotas do Verão viessem até ele e as conduziu para a cozinha. Agora que Niall se fora e Keenan tentava restabelecer a autoridade de sua corte, sem falar nos novos acordos com outras cortes, Tavish assumira a responsabilidade de ajudar as Garotas do Verão a atingirem certo grau de independência. Seth achava perversamente divertido que passar horas se assegurando de que um grupo de garotas bonitas estivessem satisfeitas fosse considerado um trabalho, mas ninguém mais parecia achar graça naquilo. As proridades da Corte do Verão nem sempre faziam sentido para um mortal – Seth era regularmente lembrado disso.

Enquanto Keenan recontava qualquer que fosse a nova crise em que se achava, Seth juntou suas coisas e se levantou. Esperou até que Aislinn olhasse para ele e disse:

– Ash? Estou indo.

Ela veio até Seth, ficando ao seu lado, mas sem tocá-lo. Não porque não conseguia alcançá-lo, mas porque ainda estava insegura. Eram um casal havia apenas alguns meses. Embora fosse difícil resistir à tentação de lembrar a todos que ela era *dele*, Seth não a tocou. Permaneceu ali, esperando, sem pressionar. Era o único jeito de lidar com ela. Entendera isso havia mais de um ano. Ele esperou; a tensão cresceu; então ela se apoiou nele, enfiando-se em seus braços e suspirando.

– Desculpe. Eu só preciso – ela lançou um olhar preocupado para Keenan –, coisas de corte, sabe?

– Sei. – Seth passara mais horas do que gostava ouvindo-a, na tentativa de compreender suas novas responsabilidades, completamente incapaz de ajudá-la. Aislinn tinha uma longa lista de coisas que requeriam sua atenção, e ele apenas se sentou e esperou.

– Mas nós ainda vamos ao Ninho do Corvo amanhã, tudo bem? – O tom dela era preocupado.

– Encontrarei você lá. – Ele se sentiu culpado por seu egoísmo, por trazer-lhe mais preocupação. Passou seus dedos pelos cabelos de Aislinn, puxando-os gentilmente até que ela levantasse a cabeça e o beijasse. Isso queimava os lábios e a língua dele quando ela estava nervosa ou chateada: não de maneira muito dolorosa, mas o bastante para que não pudesse fingir que ela era a mesma garota que ele conhecera. Quando ele se afastou, a queimação esmaeceu. Ela estava calma de novo.

– Eu não sei o que faria sem você. Você sabe disso, não sabe? – sussurrou ela.

Ele não respondeu, mas também não a soltou; envolvê-la em seus braços era a melhor resposta que poderia lhe dar. Ela estaria sem ele cedo ou tarde: ele era mortal, mas *essa* era uma conversa que ela se recusava a ter. Seth tentara conversar com ela, mas Aislinn interrompia cada tentativa com beijos ou lágrimas – ou ambos. A menos que encontrassem um jeito de ele pertencer ao mundo dela, com o tempo ele partiria, e Keenan seria aquele que a abraçaria.

Ir de não querer assumir compromissos para a noite seguinte para pôr tudo de lado na esperança de convencer Aislinn a confiar nele, para pensar em eternidade, era perturbador. Ele não havia se preparado para aquela coisa de se-casar-e-sossegar, mas, desde que ela ficara em seus braços e em sua vida, ele odiava a ideia de estar em qualquer outro lugar que não fosse com ela.

O Rei do Verão caminhara até a mesa e estava examinando os diagramas, as anotações e os gráficos de Aislinn. Apesar de essa situação ser bizarra para todos eles, ele frequentemente fazia questão de que Aislinn e Seth tivessem privacidade. Era óbvio, entretanto, que se afastar não era fácil para Keenan.

Ou Ash.

Quinn pigarreou ao entrar na sala.

– Vou acompanhar você até a porta, se já estiver pronto.

Seth nunca estava pronto para se afastar de Aislinn, mas não via sentido em se sentar e ficar observando enquanto Aislinn e Keenan murmuravam um para o outro. Ela tinha responsabilidades; ambos precisavam manter aquilo em mente – mesmo que essas responsabilidades incluíssem chegar tarde à noite e festas com Keenan. Ela tinha um trabalho a fazer.

E Seth tinha... Aislinn. Era o que ele tinha: Aislinn, o mundo de Aislinn, as necessidades de Aislinn. Ele existia à margem do mundo dela, sem nenhum papel, nenhum poder e nenhum desejo de ir embora. Não que ele quisesse ir embora daquele mundo, mas não sabia bem o que fazer ali.

E ela não quer falar sobre isso.

– Vejo você amanhã. – Seth beijou Aislinn mais uma vez e seguiu Quinn em direção à porta.

Capítulo 3

Donia estava em sua casa – *a casa de Beira* – quando Keenan e Aislinn entraram. Não era seu lugar preferido, mas ela se organizou para conduzir os negócios dali e manter seu chalé para assuntos pessoais, um lugar em que apenas Evan e alguns poucos guardas selecionados podiam entrar.

E Keenan. Keenan sempre podia.

Quando Keenan entrou pela porta ridiculamente entalhada – seu cabelo cor de cobre brilhando como um farol –, Donia quis ir em sua direção, fingir, apenas por um breve momento, que o que partilharam, que suas décadas de histórias lhes davam direito a tal conforto. Não davam, especialmente quando Aislinn estava ao lado dele. A atenção que Keenan dava a cada pensamento e ação da sua rainha beirava a obsessão.

Será que Ash se importaria se eu me jogasse nos braços dele?

De certo modo, Donia duvidava disso: a Rainha do Verão fora a responsável pelo encontro de Donia com Keenan no Solstício do Inverno. Fora ela que insistira que Keenan amava, de fato, Donia, embora nunca o tivesse expressado com palavras. Ainda assim, Keenan não arriscava demonstrar nem uma faísca de emoção perto de Aislinn.

Então todos ficaram ali, de pé e constrangidos, no vestíbulo, cercados por um número de Garotas-Pilriteiro que observavam calmamente dos bancos de igreja encostados à parede. Sasha ergueu a cabeça do chão, onde estava deitado. O lobo olhou brevemente para os regentes do verão, fechou os olhos e voltou a dormir.

Evan, contudo, não estava tão calmo. Foi para mais perto de Donia.

– Quer que eu fique com você?

Silenciosamente, ela assentiu. Evan era seu amigo mais chegado; ela suspeitava de que ele já o fora por anos, antes que Donia percebesse que sua proteção onipresente não era simplesmente uma obrigação. Ela achava que ele fazia sua proteção porque muitos outros guardas de Keenan a temiam, mas, quando se tornou a nova Rainha do Inverno, Evan deixou a corte de Keenan para ficar ao seu lado.

Ela esticou o braço e apertou a mão dele, em uma gratidão silenciosa.

– Os outros? – murmurou ele.

– Eles ficam lá dentro. Nós vamos lá pra fora. – Ela falou mais alto ao dizer: – Se vocês quiserem me acompanhar.

Keenan estava ao lado de Donia. Não encostou nela, nem sequer um toque casual em sua mão. Ele abriu a porta quando eles se aproximaram, tão familiarizado com a casa quanto ela. Fora sua mãe, a última Rainha do Inverno, a moradora anterior. Depois de segurar a porta para Donia e Aislinn, Keenan entrou no jardim. Neve e gelo derreteram com seus passos. *Melhor isso do que ter o Rei e a Rainha do Verão lá dentro, onde minhas criaturas estão*. Donia não estava disposta a arriscar a segurança dos seres de sua corte, e, enquanto Aislinn se saía razoavelmente bem ao controlar suas emoções, Keenan era instável mesmo em seus melhores dias.

Se Donia observasse por bastante tempo, sabia que veria tempestades nos olhos dele. Quando estiveram juntos, aqueles lampejos de luz pareciam arrebatadores. Agora, pareciam muito claros, muito efêmeros, muito tudo.

– Sejam bem-vindos aqui hoje. – Donia gesticulou para um dos bancos de madeira espalhados pelo jardim de inverno. Eles eram bem bolados, todos juntos pela habilidade de um carpinteiro, sem parafusos ou ferrolhos em nenhum lugar.

Keenan não se moveu. Ele permaneceu de pé no jardim, tão intocável quanto estivera durante a maior parte do relacionamento deles, fazendo com que ela se sentisse de alguma forma carente.

– Você tem algum hóspede? – perguntou Keenan.

– O que isso importa? – respondeu Donia.

Eu não devo mais satisfações a ele, não agora.

Sob a ponta do banco, uma raposa do Ártico se agachou. Apenas seus olhos e nariz escuros apareciam no banco de neve. O restante de seu corpo se misturava ao branco extremo do chão. Enquanto Aislinn e Keenan se aproximavam – aquecendo o ar ao redor deles –, a raposa disparou para a neve mais espessa junto às paredes que cercavam o jardim. Apesar do desprezo de Donia pela última Rainha do Inverno, ela gostava muito do jardim de inverno: nele, ao menos, Beira fizera algo inteligente. As paredes do jardim e o telhado permitiam uma pequena amostra de inverno o ano todo – um santuário revigorante para ela e suas criaturas.

Donia sentou-se em um dos bancos.

– Você está procurando por alguém em particular?

Ainda de pé, Keenan lhe lançou um olhar exasperado.

– Bananach foi vista aqui perto.

Aislinn agarrou o braço dele para conter as palavras que viriam de seu pavio curto.

– Embora eu tenha certeza de que você esteja sendo bem protegida aqui – a Rainha do Verão deu um sorriso ofuscante para Evan, que se movera para trás de Donia –, Keenan precisava verificar se você está bem. Certo, Keenan?

Keenan olhou rapidamente para Aislinn, procurando por alguma coisa – convicção, clareza, era difícil precisar com eles.

– Não quero você conversando com Bananach.

A neve no chão embaixo dos pés de Donia se tornou mais espessa à medida que seu temperamento despertava.

– Por que exatamente você está aqui?

Pequenas tempestades brilharam nos olhos dele.

– Eu estava preocupado.

– Com o quê?

– Você. – Ele se aproximou, invadindo o espaço dela, pressionando-a.

Mesmo agora, quando eles eram iguais, Keenan não respeitava os limites de Donia. Ele passou as mãos por seus cabelos cor de cobre. E, como uma mortal enfeitiçada, ela ficou apreciando o gesto, apreciando Keenan.

– Preocupado comigo ou tentando me dizer o que fazer? – Ela ficou tão imóvel quanto o inverno antes de a tempestade começar, mas sentiu gelo se agitando dentro de si.

– A guerra estar batendo à sua porta *é* uma preocupação para mim. Niall está furioso comigo e... Eu só não quero ninguém da Corte Sombria perto de você – disse Keenan.

— Não é você quem decide isso. Essa é a *minha* corte, Keenan. Se escolho ouvir o que Bananach tem a dizer...

— *Você ouve* o que ela tem a dizer?

— Se Bananach ou Niall vierem aqui, vou lidar com eles como faria com Sorcha ou qualquer uma das criaturas solitárias poderosas... ou você. – Donia manteve o tom de sua voz tranquilo.

Ela acenou para as Garotas-Pilriteiro, que foram para a entrada.

As sempre silenciosas criaturas saíram e olharam para Donia com expectativa. Elas eram a família que ela nunca esperara encontrar na fria Corte do Inverno. Donia sorriu para elas, mas não se deu o trabalho de esconder a irritação quando disse a Keenan:

— Matrice vai lhes mostrar a saída. A menos que haja assuntos pessoais que você queira discutir.

O relâmpago nos olhos dele explodiu novamente, iluminando seu rosto com aquele estranho lampejo de claridade.

— Não. Creio que não.

Protetora em excesso, Matrice estreitou os olhos por causa do tom dele.

— Bem, então, se esgotamos os negócios. – Donia manteve as mãos relaxadas, recusando-se a mostrar-lhe que mesmo agora estava tentada a estender a mão e arrefecer aquele temperamento. – Matrice?

A ira de Keenan diminui por um momento.

— Don?

Ela cedeu e tocou o braço dele, odiando que fosse ela – de novo – quem tinha que tomar a iniciativa de tocá-lo.

— Se você quiser *me* ver, não a Rainha do Inverno, mas a *mim*, será bem-vindo no chalé. Estarei em casa mais tarde.

Ele assentiu, mas não concordou, não prometeu. Não o faria – não até que sua verdadeira rainha não precisasse de sua atenção.

Donia a odiou por um momento. *Se ela não estivesse aqui...* É claro, se Aislinn não tivesse se tornado a Rainha do Verão, Keenan estaria enfeitiçando outra mortal, em busca daquela que o libertaria.

Ao menos tenho parte dele agora. É melhor do que nada. Foi o que ela dissera a si mesma em um primeiro momento, mas, no instante em que ele se afastava, aceitando a mão de Aislinn enquanto andavam, seguindo as Garotas-Pilriteiro de volta para a casa, Donia se perguntou se isso era realmente o melhor.

Naquela noite, Donia andou na direção do chalé com a ilusão de solidão. No silêncio, Evan, sem dúvida alguma, estava atrás dela. Se ela se concentrasse, veria o borrão das asas das Criaturas do Pilriteiro nas sombras, ouviria o soar melancólico do tremoço. Um ano atrás, esses mesmos detalhes deixariam seu coração aterrorizado. Evan era um dos seres encantados de Keenan naquela época; e os seres da Corte do Inverno eram prenúncios de conflitos, emissários da última Rainha do Inverno, trazendo ameaças e avisos.

Muita coisa mudara. Donia mudara. O que continuava igual era o quanto ela desejava a atenção de Keenan, sua aprovação, seu toque.

Lágrimas congeladas caíram retinindo no chão enquanto ela pensava sobre o impacto daquele desejo em sua vida. Ela abrira mão de sua mortalidade na esperança de ser a rainha por quem Keenan procurava. *Não era eu.* Observara-o enfeitiçar inúmeras mortais naquela busca, como se aquilo não a magoasse todas as vezes. *Magoava*. Por livre e espontânea vontade, entregara-se à morte pelas mãos da mãe dele para ajudá-lo a encontrar a tal rainha. *Mas eu não morri.*

Em vez disso, ela liderava a corte que subjugara e oprimira a dele por séculos – e a corte dela queria que as coisas continuassem assim. Uma mudança climática muito acentuada e rápida demais não era boa para nenhuma delas. A sua corte insistia no assunto, um burburinho que pedia por algumas exibições de poder que lembrassem a ele que eles ainda eram fortes. Enquanto estavam na escuridão, quando eram apenas os dois, Keenan sussurrava palavras doces de paz e harmonia.

Sempre na indefinição... por causa dele. E ele se afastaria de mim se Ash pedisse...

Furiosa consigo mesma por ficar ruminando aquilo, por sequer pensar a respeito, Donia enxugou as lágrimas que rolavam por seu rosto. Ele não era dela, nunca seria verdadeiramente dela, e ela não podia evitar se sentir aterrorizada por essa verdade inevitável.

Ela entrou na varanda.

E ele estava lá esperando, seu rosto bonito enrugado de preocupação, as mãos esticadas para ela.

– Don?

A voz dele continha todo o anseio que ela sentira por ele antes.

Toda a clareza na mente de Donia se esvaiu quando Keenan abriu os braços. Ela escorregou em seu abraço e o beijou, sem se importar em manter seu frio sob controle, sem se importar se isso o feria.

Ele vai parar.

Mas em vez de afastá-la, ele a puxou para junto de si. Aquela horrível luz do sol que ele carregava em sua pele brilhou mais clara. A neve que começou a cair ao redor deles derretia tão rápido quanto precipitava.

Suas costas estavam contra a porta. Ela não a havia destrancado, portanto ainda oscilava aberta. Em uma olhada rápida, percebeu que Keenan derretera a fechadura.

Não estamos no Solstício ainda. Não deveríamos. Não podemos...

Havia arranhões nos braços dela onde ele a havia tocado e bolhas em seus lábios. Emaranhou sua mão no cabelo dele e o manteve bem junto a ela. Gelo se espalhou pelo pescoço de Keenan.

Ele vai parar. Eu vou parar. A qualquer segundo.

Eles estavam no sofá, e pequenas fogueiras queimavam o forro acima da cabeça dela. Ela deixou seu frio escapar. A sala estava tomada por uma nevasca pesada. As fogueiras chiavam ao serem apagadas.

Eu sou mais forte. Eu posso *parar.*

Mas ele a tocava. Keenan estava aqui e a tocava. Ela não parava. Talvez eles pudessem fazer aquilo dar certo; talvez ficasse tudo bem. Ela abriu os olhos para encará-lo, e a claridade a cegou.

– Minha – murmurou ele entre beijos.

As roupas deles pegaram fogo, ardendo enquanto a neve transformava as chamas em fumaça, apenas para se incendiarem de novo. Bolhas cobriam a pele dela onde as mãos dele a seguraram. Queimaduras de gelo estavam bem visíveis no peito e no pescoço dele.

Ela gemeu, e então ele se afastou.

– Don. – Seu rosto estava tomado de tristeza. – Não quis... – Ele se apoiou em um braço e olhou para os braços feridos dela. – Não quero machucar você.

– Eu sei. – Ela deslizou para o chão, deixando-o sozinho no sofá esfumaçado.

– Eu só queria conversar. – Ele a observou com cuidado.

Ela se concentrou no frio que tinha dentro de si, não no quão perto Keenan estava.

– Sobre nós ou sobre negócios?

– Ambas as coisas. – Ele deu um risinho ao tentar puxar a camisa esfarrapada.

Ela ficou olhando ele abotoar a blusa, como se isso fosse ajudar a mantê-la em ordem. Nenhum dos dois falou nada enquanto ele lidava com a roupa arruinada. Depois, ela perguntou:

– Você me ama? Ao menos um pouco?

Ele parou, as mãos para cima.

– O quê?

– Você me ama?

Ele a encarou.

– Como você pode me perguntar isso?

– Ama? – Ela precisava ouvir aquilo, alguma coisa, qualquer coisa.

Ele não respondeu.

– Por que você está aqui? – perguntou Donia.

– Para ver você. Para ficar perto de você.

– *Por quê*? Eu preciso de mais do que o seu tesão. – Ela não chorou ao dizer isso. Não fez nada para que ele soubesse o quanto seu coração estava partido. – Diz pra mim que o que temos é mais do que isso. Algo que não vai nos destruir.

Ele era uma efígie à luz do sol, lindo como sempre, mas suas palavras não foram bonitas.

– Don. Vamos. Você sabe que é mais do que isso. Você *sabe* o que há entre nós.

– Sei?

Ele esticou a mão, que estava se curando, mas ele ainda estava ferido.

É isso que fazemos um com o outro.

Donia se levantou e saiu, para não ver a destruição em sua casa.

De novo.

Keenan a seguiu.

Ela se inclinou contra o chalé. *Quantas vezes fiquei aqui, de pé, tentando me manter longe dele ou da última Rainha do Inverno?* Ela não queria uma repetição do que acontecera na última vez em que Inverno e Verão tentaram se juntar.

– Não quero que acabemos destruindo um ao outro, como eles – sussurrou ela.

– Nós não somos como eles. Você não é como Beira. – Ele não a tocou. Em vez disso, sentou na varanda. – Não vou desistir de você se tivermos uma chance.

– Isso – ela gesticulou para a destruição atrás de si – não é bom.

– Nós nos deixamos levar por um minuto.

– De novo – acrescentou ela.

– Sim, mas... podemos dar um jeito. Eu não devia ter aberto os braços para você, mas a vi chorando e... – Ele apertou a mão dela. – Eu cometi um deslize. Você faz com que eu me esqueça de mim.

– Você também faz isso comigo. – Donia se virou para olhá-lo. – Ninguém mais me enfurece ou me excita assim. Amei você durante a maior parte da minha vida, mas não estou feliz com o jeito como as coisas estão.

Ele ficou imóvel.

– Que coisas?

Ela riu brevemente.

— Isso pode funcionar com sua outra rainha, mas eu conheço você, Keenan. Sei o quão próximos vocês estão ficando.

— Ela é minha rainha.

— E ficar com ela fortaleceria a sua corte. — Donia balançou a cabeça. — Eu sei. Sempre soube. Você nunca foi meu.

— Ela tem Seth.

Donia observou as Garotas-Pilriteiro movimentando-se leve e rapidamente por entre as árvores. Suas asas brilhavam no escuro. Ela mediu suas palavras.

— Ele vai morrer. Mortais morrem. E aí, o que acontece?

— Eu quero você em minha vida.

— Na escuridão, quando ela não está por perto. Umas poucas noites do ano... — Donia pensou sobre o punhado de noites durante as quais podiam de fato ficar juntos, não mais do que poucos instantes. O gosto do que ela não podia ter fez com que ficasse muito mais difícil aguentar os meses em que até mesmo um beijo era perigoso. Ela piscou para espantar lágrimas geladas. — Não basta para mim. Pensei que bastaria, mas preciso de mais.

— Don...

— Me escute, por favor. — Donia se sentou ao lado dele. — Eu te amo. Te amo o bastante para morrer por isso... mas vejo você tentando seduzi-la e, ainda assim, vir bater à minha porta. Charme não fará com que você tenha as duas sob seu encanto. E nenhuma de nós é uma de suas Garotas do Verão. — Donia manteve a voz tranquila. — Aceitei a morte para lhe dar sua rainha, mesmo quando isso significava perdê-lo, mesmo após anos de conflito.

— Eu não mereço você. — Keenan olhava para ela como se Donia fosse tudo para ele. Naquele olhar, o mesmo pelo qual ela se apaixonara inúmeras vezes, ele parecia conjugar todas as palavras que ela ansiava ouvir. Em momentos que ela colecionava como tesouros, ele era seu par perfeito. Momentos não eram o suficiente. – Nunca mereci você – disse ele.

– Às vezes eu tenho certeza disso... mas eu não o amaria se isso fosse completamente verdadeiro. Vi o rei encantado que você pode ser e a pessoa que você pode ser. Você é melhor do que pensa – ela tocou o rosto dele com cuidado –, melhor do que eu penso, às vezes.

– Quero ser a pessoa que eu poderia ser com você... – começou Keenan.

– Mas?

– Preciso priorizar as necessidades da minha corte. Por nove séculos meu único desejo foi chegar aonde cheguei. Não posso deixar o que eu quero, quem eu quero, atravessar o caminho do que é melhor para meus súditos. – Ele passou a mão no próprio cabelo novamente, parecendo o garoto que ela conhecera quando pensou que ele era um humano.

Ela quis confortá-lo, prometer que tudo ficaria bem. Não conseguiu. Quanto mais o verão se aproximava, mais ele e Aislinn eram atraídos um para o outro. Ele não viera vê-la mais do que umas poucas vezes desde o início da primavera. Hoje, ele vinha dando ordens. Amá-lo não significava permitir que ele mandasse nela – ou em sua corte.

– Eu entendo. Tenho que fazer a mesma coisa... mas quero *você*, Keenan, não o rei. – Ela se apoiou no braço dele. Se eles tomassem cuidado, não se esquecessem, não perdessem o controle, podiam se tocar. Infelizmente, tocá-lo fazia do autocontrole um desafio. Ela suspirou e acrescentou: – Quero deixar as cortes de lado quando estivermos juntos, e preciso que entenda que o amor que sinto por você não significa que você tenha que lidar com a minha corte de forma diferente da que cuida dos outros assuntos. Não pense que o que partilhamos significa que minha corte é manipulável.

Ele a olhou nos olhos quando perguntou:

– E se eu não conseguir fazer isso?

Ela o olhou.

– Então preciso que você saia da minha vida. Não tente usar meu amor para me manipular. Não espere que eu não sinta ciúmes quando você a trouxer para a minha casa e olhar para ela como se ela fosse o seu mundo. Quero um relacionamento de verdade com você... ou nada.

– Não sei o que fazer – admitiu Keenan. – Quando estou perto dela, é como se estivesse encantado. Aislinn não me ama, mas eu quero que ela me ame. Se me amasse, minha corte ficaria mais forte. Como botões de flores se abrindo à luz do sol. Não é uma escolha, Don. É uma necessidade. Ela é minha outra metade, e a decisão dela de sermos "apenas amigos" me enfraquece.

– Eu sei.

– Ela não sabe... e não sei se isso ficará mais fácil.

– Não posso ajudá-lo – ela entrelaçou os dedos nos dele – e às vezes odeio vocês dois por isso. Fale com ela. Encontre um jeito de ficar com ela ou encontre um jeito de se sentir livre o bastante para ser realmente meu.

– Aislinn não me ouve quando tento conversar sobre isso, e não quero brigar com ela. – A expressão de Keenan era de encantamento. Até mesmo falar sobre ela o confundia.

Donia olhou para ele, o mesmo ser mágico perdido que amara durante a maior parte de sua vida. Muito frequentemente, fora ela a amolecer quando estavam estremecidos, muito frequentemente, ela o ajudara porque ambos tinham o mesmo objetivo: Inverno e Verão em harmonia. Ela suspirou.

– Tente de novo, Keenan, porque isso vai acabar mal se alguma coisa não mudar.

Ele beijou suavemente os lábios franzidos de Donia e disse:

– Ainda sonho que é você. Não importa quantas vezes eu procure, em meus sonhos sempre foi você a destinada a ser a minha rainha.

– E eu seria se a escolha fosse minha. Não é. Você precisa me deixar em paz ou achar um jeito de se distanciar dela.

Ele a puxou para mais perto.

– Não importa o que aconteça, não quero deixar você. *Nunca*.

– É um problema diferente também. – Ela observou o gelo se formar nos degraus ao lado dela. – Não fui feita para o Verão, Keenan.

– É assim tão errado querer uma rainha que me ame?

– Não – sussurrou ela. – Mas não está funcionando querer que duas rainhas o amem.

– Se você fosse minha rainha...

– Mas não fui. – Ela pousou a cabeça no ombro dele.

E eles ficaram sentados exatamente assim, apoiando-se um no outro com cuidado, até que a manhã chegasse.

Capítulo 4

Sorcha convocara Devlin depois de seu desjejum. Como sempre, ele estava lá depois de alguns instantes. Em sua eternidade juntos, o irmão dela nunca deixara de ser confiável e previsível.

Ele se postou na entrada, silencioso enquanto ela cruzava a extensão do salão. Seus pés descalços não faziam nenhum som ao pisar no estrado e ela se sentou no único trono de prata polida. Dali, o salão cavernoso era bonito. Havia uma simetria de design agradável de contemplar. Este recinto – e apenas este recinto – não se curvava à vontade dela. O Salão da Verdade e da Memória era impermeável a qualquer magia senão a sua própria. Em uma ocasião, quando a Corte Sombria residia no Reino Encantado, este era o local em que disputas entre as cortes eram resolvidas. Certa vez, quando habitavam juntos o Reino Encantado, este era o local em que sacrifícios eram feitos. As pedras cinza-ardósia guardavam essas e muitas outras memórias.

Sorcha deslizou os pés pela terra e pelas pedras frescas sobre as quais estava seu trono. Quando alguém era imortal, a memória, às vezes, se tornava nebulosa. O solo a ajudava a manter o foco no Reino Encantado; a rocha a ligava à verdade do Salão.

Devlin não se moveria até que ela se acomodasse. De alguma forma, a devoção dela à ordem e às regras era essencial para Devlin. A estrutura o ajudava a se manter no caminho que escolhera. Para ela, ordem era algo instintivo; para ele, uma escolha que fazia toda vez que respirava, a cada dia.

As palavras eram secas, mas ele as disse da mesma forma:
– Você está recebendo, minha senhora?
– Estou. – Ela ajeitou a saia para que as pontas de seus dedos dos pés ficassem cobertas. Fios prateados tremeluziam em suas mãos e bochechas; bruxuleavam onde mais ela às vezes revelasse, mas seus pés descalços permaneciam cobertos. A prova da natureza da conexão que tinha com o Salão não era algo para se mostrar à Alta Corte.
– Posso me aproximar?
– Sempre, Devlin – reassegurou a ele, como já fazia havia tanto tempo que nenhum dos dois poderia se recordar. – Mesmo sem pedir, você é bem-vindo.
– Você me honra com sua confiança. – Ele baixou o olhar para os pés ocultos dela. Sabia a verdade que ela não partilhara com mais ninguém. Razão deixara claro que a confiança dela nele seria a fonte de sua queda qualquer dia. E também ressaltara que não havia outra escolha: confiar nele assegurava sua lealdade.

E ainda não caímos.

Ele era os olhos e as mãos dela no reino dos mortais. Era sua violência quando necessário. Mas era também o irmão de Bananach – um fato que nenhum dos três jamais esquecia. Devlin via regularmente a irmã deles; importava-se com a louca criatura-corvo, ainda que os objetivos dela fossem completamente perturbadores. A afeição de Devlin pela irmã deles não deixava que Sorcha esquecesse sua desconfiança em relação à lealdade do irmão.

Ele se aliará a ela um dia? Está do lado dela agora?

– Criaturas sombrias drenaram o sangue de um de seus mortais... no solo do Reino Encantado – começou Devlin. – Você os julgará?

– Sim. – Novamente, as palavras eram automáticas: ela sempre julgava. Era o que Razão fazia.

Devlin se virou para trazer o acusado e as testemunhas, mas ela o deteve com a mão erguida.

– Depois disso, preciso que você visite o mundo dos mortais. Há um mortal que circula livremente pelas três cortes – disse ela.

Ele baixou a cabeça em deferência.

– Como desejar.

– Guerra pensa que ele é a chave.

– Você quer que eu elimine o mortal ou o capture?

– Nenhuma das duas coisas. – Sorcha ainda não tinha certeza de qual era o movimento certo, mas agir precipitadamente não era. – Consiga-me informações. Veja o que eu não posso ver.

– Como desejar.

Ela voltou sua atenção ao julgamento.

– Faça-os entrar.

Momentos depois, guardas comandados por Devlin trouxeram quatro Ly Ergs ao salão. Na terra dos mortais, o hábito das criaturas encantadas de palmas vermelhas de sugar sangue não era uma preocupação; lá fora, a maioria das perversões não era problema de Sorcha. Entretanto, estes quatro não estavam no mundo mortal.

Várias criaturas de sua própria corte seguiram os acusados sala adentro. Hira e Nienke, criadas que o apoiaram durante os últimos séculos, vieram sentar-se na escada aos seus pés. Vestiam trajes simples de cor cinza que combinavam com sua roupa, apenas ligeiramente mais ornada, e, como ela, estavam descalças.

Ela fez um gesto para Devlin.

Devlin se virou em um ângulo estratégico, sem dar as costas a ela, mas de frente para os Ly Ergs e os integrantes da corte. Posicionando-se assim, podia ver todos.

– Seu rei sabe que vocês estão aqui? – perguntou ele aos Ly Ergs.

Apenas um respondeu.

– Não.

– Bananach sabe?

Um dos quatro, não o mesmo Ly Erg, deu um risinho forçado.

– Senhora Guerra sabe que agimos para realizar seus desejos.

Sorcha contraiu os lábios. Bananach era cuidadosa – ela não tomava nenhuma atitude para permitir, de maneira declarada, um ataque em solo Encantado, mas sem dúvida o encorajava.

Devlin olhou para Sorcha.

Ela fez um curto aceno com a cabeça, e ele cortou a garganta do Ly Erg. O movimento foi firme, mas rápido o bastante para ser silencioso.

Os outros três Ly Ergs observaram o sangue se derramando sobre a rocha. O Salão o absorveu, bebendo a memória do ser encantado morto. Os Ly Ergs tiveram que ser fisicamente impedidos de tocar no sangue. Era seu alimento, sua tentação, a razão de quase todas as ações praticadas por eles.

Feridas se sucederam enquanto os Ly Ergs tentavam alcançar o sangue derramado – que tanto desagradava quanto deliciava Devlin. Ele sorriu, franziu o cenho e mostrou os dentes. Era uma série breve de expressões que a corte não via. Eles sabiam que não deviam olhar para o rosto de Devlin enquanto ele questionava hóspedes não convidados.

Sorcha ouviu as verdades que o Salão compartilhava com ela: somente ela ouviu as palavras sussurradas que tremulavam pelo recinto. A Rainha da Alta Corte sabia que os Ly Ergs não agiam por uma ordem direta.

– Ela não os instruiu especificamente a virem para o Reino Encantado.

As palavras pronunciadas por ela atraíram todos os olhares em sua direção.

O chão se agitou ligeiramente quando a rocha se abriu e engoliu o Ly Erg para o firmamento do Salão. O solo sob os seus pés ficou úmido, e ela sentiu as veias prateadas em sua pele se dilatando e enfiando-se no Salão como raízes, nutrindo-se do sacrifício necessário para a Verdade – e para a magia.

O sangue sempre alimentara a magia. Ela era o centro de toda essa magia. Como seus irmãos, ela precisava do alimento do sangue e sacrifício. Contudo, não sentia prazer algum nisso; era meramente de ordem prática aceitá-lo. Uma rainha fraca não poderia manter o Reino Encantado – ou a magia que alimentava todas as criaturas mágicas no mundo dos mortais – vivo.

– A morte de seu irmão é uma infeliz consequência de entrar no Reino Encantado sem consentimento. Vocês não me pediram permissão para entrar aqui. Em vez disso, atacaram membros da minha corte. Sangraram um de meus mortais. – Sorcha olhou para os membros reunidos de sua corte, que a observavam com a mesma fé inabalável de sempre. Gostavam da estabilidade e da segurança que ela lhes proporcionava. – Lá fora, outras cortes também têm direitos e poderes. No Reino Encantado, sou absoluta. Vida, morte: isso e tudo o mais estão sujeitos somente à minha vontade.

Suas criaturas aguardaram, testemunhas silenciosas da inevitável restauração da ordem. Elas entendiam a natureza prática das suas decisões. Não recuaram quando ela voltou a atenção para eles.

– Estes três invasores atacaram um de meus mortais em minhas terras. Tal comportamento não é aceitável. – Sorcha encontrou o olhar de Devlin e correspondeu-o enquanto ele a olhava. – Um deles deve viver para explicar a transgressão ao novo Rei Sombrio.

– Como minha Rainha desejar, será feito – disse ele em uma voz firme e clara que contrastava intensamente com o brilho em seus olhos.

Os membros da corte baixaram o olhar para que a sentença pudesse ser executada. Entender não significava se deliciar com o derramamento de sangue. As criaturas da Alta Corte não eram grosseiras.

A maioria delas, ao menos.

Com uma mão estável e lenta, Devlin arrastou uma lâmina pela garganta de um Ly Erg. Ali no Salão, tocando o solo e a rocha, Sorcha conhecia a Verdade: a lâmina não era tão afiada quanto deveria, e seu irmão sentia prazer na finalização dessas mortes. Mais importante, ela sabia que ele se alegrava com o fato de que sua ação dava a ela o alimento de que precisava para que a Alta Corte se desenvolvesse, que este era outro segredo que partilhavam.

– Em nome de nossa corte e segundo a vontade e a palavra de nossa rainha, suas vidas acabaram – declarou Devlin enquanto baixava o Ly Erg para o buraco que se abrira na rocha.

Ele repetiu a ação, sacrificando o segundo Ly Erg.

Em seguida ergueu sua mão ensanguentada para ela.

– Minha Rainha?

Com seus pés no solo, ela sabia que por um instante ele queria que ela o repreendesse por se regozijar com a morte dos Ly Ergs. Ele a desafiava a castigá-lo ao permanecer de pé com sangue em sua mão. Ele esperava por isso.

A corte desviou seus olhares para o estrado.

Sorcha sorriu de forma tranquilizadora para Devlin e depois para os demais.

– Irmão.

Os fios prateados na pele dela ressoaram com energia enquanto se retraíam de volta para a pele dela. Ela pegou a mão do irmão e pisou no já imaculado chão onde o último Ly Erg permanecia e olhava desejoso para o sangue na mão de Sorcha.

– Nem o seu rei nem Bananach podem conceder permissões no Reino Encantado. Siga as regras. – Ela beijou a sua testa. – Desta vez você recebeu misericórdia em troca de levar a mensagem ao seu rei.

Ela se virou para o irmão e assentiu. Sem nenhuma outra palavra, ele a conduziu em meio a suas criaturas para fora do

Salão e para a calma de seu jardim. Isso também era rotineiro. Fizeram como requerido pela ordem, e em seguida ela se retirou para a quietude da natureza enquanto ele seguia em direção ao mundo dos mortais.

Dessa vez, contudo, Devlin procuraria o mortal errante. Esse Seth Morgan era uma aberração. Se suas ações tinham despertado a atenção de Bananach, ele requeria uma análise mais aprofundada.

Capítulo 5

Quando Seth emergiu das pilhas de livros naquela tarde, Quinn o esperava. A expressão do guarda era falsamente amigável.

– Não preciso de um acompanhante – murmurou Seth ao passar pelo guarda para checar seus mais novos livros sobre folclore.

Sua objeção não fez diferença.

Depois que Seth enfiou os livros na mochila, Quinn apontou a saída com a cabeça.

– Você já está pronto?

Seth preferia caminhar sozinho, mas não tinha como convencer o guarda a desobedecer ordens. O mundo era perigoso para um frágil mortal. Aislinn insistia em que os guardas o protegessem o tempo todo. Ele entendia isso, mas era preciso um grande esforço para engolir respostas cáusticas e resistir a tentar escapar. *O que é uma estupidez.*

Ele passou silenciosamente por Quinn e manteve-se calado enquanto percorriam o caminho até o Ninho do Corvo, onde encontraram Niall esperando na porta que dava para a rua. O Rei Sombrio se apoiava na parede, fumando um cigarro e batendo o pé no mesmo ritmo, qualquer que fosse a música que tocasse lá dentro. Diferentemente de Keenan e Aislinn, Niall não tinha guardas o acompanhando nem espreitando por perto. Era apenas ele – e ele era uma visão muito bem-vinda.

Quinn lançou a Niall um olhar de desprezo.

– Ele não pertence mais à nossa corte.

Niall permaneceu em silêncio enquanto Quinn fechava a cara para ele. Mudara desde que se tornara o Rei Sombrio; a diferença óbvia era que estava deixando seu cabelo, antes raspado bem rente, crescer. Contudo, esta não era a diferença real – quando Niall pertencia à corte de Keenan, movia-se de maneira cuidadosa, como se estar atento a ameaças em potencial fosse necessário. Não importava onde estivessem; mesmo na segurança do loft, Niall mantinha-se vigilante. Agora, ele se comportava como se estivesse muito à vontade. Sua indiferença casual mostrava que nada nem ninguém poderia lhe fazer mal – o que, de certa maneira, era verdade. Os líderes das outras cortes eram vulneráveis apenas a outros monarcas em exercício ou a uns poucos seres encantados muito influentes. Niall, assim como Aislinn, agora era praticamente imune a injúrias fatais.

Quinn baixou sua voz ao acrescentar:

– Você não pode confiar na Corte Sombria. Nossa corte e a deles não se misturam.

Seth balançou a cabeça, ainda que esboçasse um sorriso. A postura provocativa de Niall, o jeito como Quinn respondia, feito alguém que se prepara para um ataque – umas poucas semanas atrás, Niall teria reagido da mesma forma que o último Rei Sombrio. *Tudo é relativo*. Niall mudara. Ou talvez ele sempre estivesse tão pronto para provocar problemas e Seth não havia notado.

Seth manteve o olhar de Niall ao perguntar:

– Você pretende me fazer mal?

– Não. – Niall lançou um olhar fatal a Quinn. – E sou, de longe, muito mais capaz de manter a sua segurança do que o puxa-saco do Keenan.

Quinn se encrespou, mas não falou nada.

– Não ficarei mais seguro em lugar nenhum. Sério – disse Seth a Quinn em uma voz equilibrada, sem deixar transparecer qualquer diversão ou irritação. – Niall é meu amigo.

– E se...

– Meu Deus, simplesmente vá embora – interrompeu Niall ao seguir junto aos dois com um jeito ameaçador que lhe caía muito bem. – Seth está seguro em minha companhia. Não colocaria um amigo em perigo. É coisa do *seu* rei tratar os amigos com tanto desleixo.

– Não acho que nosso rei aprovaria – insistiu Quinn, dirigindo-se apenas a Seth, olhando apenas para ele.

Seth arqueou uma sobrancelha.

– *Eu* não tenho rei. Sou mortal, lembra?

– Precisarei relatar isso a Keenan. – Quinn esperou por vários instantes, como se a ameaça importasse a Seth. No momento em que se tornou claro que não fazia diferença, ele se virou e foi embora.

Quando Quinn saiu de vista, a postura ameaçadora desapareceu do semblante de Niall.

– Idiota. Não acredito que Keenan o promoveu a conselheiro. Ele é um fantoche sem nenhum critério moral e... – interrompeu-se. – Não é problema meu. Venha.

Niall abriu a porta e eles entraram na escuridão persuasiva do Ninho do Corvo. Era uma espécie confortante de penumbra, sem pássaros levantando voo nem as fúteis Garotas do Verão. Seth se sentia bem lá. Na época em que seus pais ainda estavam por ali, passava muitas tardes naquele lugar com o pai. Na verdade, Seth praticamente crescera no Ninho do Corvo. O local mudara, mas, quando Seth olhava para ele, ainda via a mãe atrás do balcão do bar tratando com insolência algum tolo que tivesse cometido o erro de pensar que ela era ingênua. *Estava mais para o inverso.* Linda era pequena, mas o que faltava a ela em tamanho era compensado em temperamento. Seth não tinha mais do que catorze anos quando percebeu que a presença de seu pai no bar era simplesmente uma desculpa para estar perto de Linda. Ele dizia ficar entediado em casa, cansado da aposentadoria, inquieto sem um trabalho, então fazia pequenos reparos no bar. Não era tédio; tratava-se de estar mais perto de Linda.

Sinto falta deles. Seth deixou que as lembranças viessem. Não tinha problema fazer isso ali. Era o mais próximo que tinha de uma casa da família atualmente.

Linda não se prendera muito à maternidade. Ela o amava; ele não tinha dúvida disso, mas quando se casou com o pai de Seth não foi na esperança de se acomodar e começar uma família. No momento em que Seth atingiu idade suficiente, ela já tinha planos de ir para algum novo lugar. O pai deu de ombros e foi junto sem hesitar.

Ou pensar em convidá-lo para ir também.

Seth pôs um fim naquela sequência de lembranças enquanto Niall liderava o caminho até uma mesa posicionada no canto mais escuro do lugar. Passaram pelos bebedores resistentes que já tinham ingerido várias cervejas naquela tarde.

Os frequentadores do meio-dia eram uma estranha mistura de funcionários de escritório, ciclistas e pessoas entre um emprego e outro ou cujo trabalho sazonal não dera certo ainda.

Escolheram uma mesa que lhes desse alguma privacidade, e Seth desdobrou um dos gastos cardápios que apanhara na mesa ao lado.

— Está igual. — Niall apontou para o cardápio. — E você pedirá a mesma coisa.

— É verdade, mas gosto de olhar para ele. Gosto que esteja igual. — Seth fez um gesto para uma das garçonetes e fez seu pedido.

Mais tarde, quando estavam apenas os dois, Niall lançou-lhe um olhar estranho e perguntou:

— Pareço o mesmo para você?

— Há mais sombras — Seth gesticulou para o ar ao redor de Niall, onde formas sussurrantes ondulavam e espiralavam umas nas outras — à sua volta, e toda essa coisa de olhos bizarros é nova. Mais assustadores que os de Ash, também. Ela está no auge e tem traquejo quase sempre. Você? Há estranhas pessoas desesperadas.

Niall não pareceu feliz com este detalhe.

— Irial ainda tem os mesmos olhos.

Seth já sabia que não deveria puxar *este* assunto. A relação de Niall com o último Rei Sombrio nunca era algo a ser mencionado quando Niall já estivesse melancólico. Em vez disso, Seth disse:

— Você parece mais feliz.

Niall fez um som rude que podia ter sido uma risada.

— Não acho que possa chamar isso de feliz.

— Mais satisfeito consigo mesmo, então. — Seth deu de ombros.

Desta vez Niall riu de fato, um som que pareceu causar a todos no lugar – exceto em Seth – um tremor ou um suspiro desejoso. Sem pensar, Seth tocou a pedra que usava em um cordão em volta do pescoço. Era um amuleto antifeitiço que Niall lhe dera; em tese, servia para protegê-lo do desejo incontrolável de Niall, que era seu estado natural, mas tinha o efeito colateral de ajudar Seth a resistir a outras magias de criaturas encantadas.

Keenan nunca ofereceu ou sequer me disse que havia feitiços... Seth balançou a cabeça. Não era segredo que o Rei do Verão não se voluntariaria a fazer qualquer coisa que tornasse a vida de Seth mais fácil. Se Aislinn sugerisse algo, Keenan cooperaria sem hesitar, mas nunca tomaria uma iniciativa nesse sentido. Quando Niall se tornou o Rei Sombrio, ficou livre para partilhar todo tipo de conhecimento com Seth.

Niall disse, quase casualmente:

– Você mencionou o amuleto a Ash?

– Não. Você sabe que ela perguntaria a Keenan por que ele não tinha me oferecido um primeiro... e não sei ao certo se ainda quero ser a razão para mais uma briga entre eles.

– Você é um tolo. *Eu* sei por que ele não te ofereceu um amuleto. E se Ash o descobrisse, saberia também.

– Mais uma razão para eu não contar a ela. Ela está passando por momentos difíceis com as mudanças e o equilíbrio – disse Seth.

– E ele usará cada uma dessas coisas como vantagem se puder. Ele é... – Nial parou com um olhar selvagem.

Seth seguiu o olhar de Niall. Uma criatura de cabelos negros, com arte em tinta escrita em seu rosto e braços como as pinturas de batalha usadas pelos guerreiros celtas, postou-se cercada por um grupo de seis criaturas menores com mãos manchadas de vermelho. A imagem de um corvo tremeluzia acima do rosto da criatura-fêmea. Cabelos negro-azulados que, de alguma forma, eram também penas, estendiam-se até a sua cintura em um emaranhado confuso. Diferentemente da maioria dos seres encantados, tanto sua face mortal artificial quanto as características de pássaro eram visíveis, mais ou menos aparentes conforme predominavam ou não.

– Não se envolva. – Niall afastou a cadeira da mesa quando ela se aproximou.

Ela inclinou a cabeça de um jeito decididamente inumano.

– Que surpresa agradável, *Gancan*...

– Não. – O mau humor de Niall liberou-se com verdadeiros anéis de sombras, invisíveis aos mortais que não tinham a Visão no clube. – Não é "Gancanagh". Rei. Ou você esqueceu?

A criatura mágica que falara não recuou; em vez disso, deixou seu olhar deslizar lentamente sobre Niall.

– Está certo. As coisas ficam nebulosas na minha mente alguns dias.

– Esse não é o motivo por que você escolheu não me chamar por meu título. – Niall não se levantara ainda, mas posicionara seu corpo em um ângulo em que poderia facilitar um movimento repentino.

– Também é verdade. – A postura da criatura-pássaro ficou tensa. – Você lutaria contra mim, meu *rei*? As batalhas de que preciso não estão próximas o bastante.

Seth sentiu a tensão se tornando cada vez mais palpável. As outras criaturas haviam se dispersado, assumindo lugares por todo o Ninho do Corvo. Elas pareciam contentes.

– É isso que você quer? – Niall se levantou.

Ela lambeu os lábios.

– Um pequeno conflito me ajudaria.

– Você me desafia? – Ele esticou o braço e correu a mão pelos cabelos de pena daquela criatura.

– Ainda não. Não um desafio de verdade, mas sangue... sim, é o que eu quero. – Ela se inclinou para a frente e estalou a boca, e Seth imaginou se ela tinha realmente um bico.

Niall fechou a mão em punho nos cabelos dela e segurou a cabeça da criatura longe de si.

Ela se balançou como se estivessem dançando.

– Eu poderia perguntar por Irial. Poderia mencionar como ele está magoado por você ter recusado seu... conselho.

– Vadia.

– Isso é tudo que consigo? – Ela o olhou. – Uma *palavra*? Venho sem sangue. Venho à sua procura. Consigo uma palavra? É assim que você me trata depois...

Niall a socou.

Ela tentou atingir o braço ainda estendido dele com a faca de osso branco que agora segurava.

Eles eram rápidos demais para que Seth conseguisse acompanhá-los. O que ele podia dizer era que a criatura estava mais do que se contendo. Em alguns momentos, Niall tinha uma série de cortes que pareciam, em sua maioria, superficiais. Ele a pegou pelas pernas, mas ela estava de pé e em cima dele antes de sequer tocar o chão.

No borrão de toda a cena, ela parecera ter um bico de corvo e garras, além da pequena faca. Os guinchos de sua boca-bico eram sons horríveis, gritos de guerra que pareciam ter a missão de convocar as outras criaturas para o seu lado. Em vez disso, os seres encantados que tinham vindo com ela sentaram-se às mesas e nos bancos, observando em silêncio.

Niall rapidamente a manteve presa numa espécie de abraço – as costas dela no peito dele.

Ela ficou imóvel por um momento. A expressão em seu rosto era constrangedora de se olhar: não era infelicidade, mas um tipo íntimo de prazer. Ela suspirou.

– Você é quase digno de luta.

Em seguida, ela lançou a cabeça para trás, bem no rosto de Niall, com tamanha força que fez com que o nariz e a boca dele sangrassem.

Niall não afrouxou seu abraço, entretanto. Em vez disso, soltou sua mão direita e a usou para segurar a cabeça dela. Aproveitou o impulso e a girou até o chão. Manteve-a no chão com uma das mãos em sua cabeça e metade de seu corpo sobre ela. Niall ficou lá, o corpo dele imobilizando a criatura.

Ela virou o rosto ensanguentado para o dele, e eles se encararam.

Desconfortável, Seth desviou a vista e percebeu que a garçonete estava ao lado dele; ela disse algo.

– O quê?

A garçonete falou novamente.

– Niall. Não o vi saindo. Ele vai voltar?

Com um susto, Seth se lembrou de que ela não enxergava os seres mágicos. Somente ele via a luta. Somente ele os via ensanguentados e emaranhados juntos ao outro. Ele assentiu.

– Vai. Ele vai voltar.

A garçonete lançou a ele um olhar estranho.

– Você está bem?

– Estou. É só que... você me pegou de surpresa. – Ele sorriu. – Desculpe.

Ela assentiu e foi até outra mesa.

Atrás dele, Seth ouviu Niall dizer:

– Querida?

Seth se virou para ver Niall se levantar e estender a mão para a criatura.

– Estamos resolvidos?

– Mmmm. Em suspenso. Não resolvidos. Nunca nos acertaremos até que você esteja morto. – Ela pegou a mão dele e, com a graça fluente que caracterizava tantos seres encantados, se levantou. Seus olhos estavam desfocados quando tocou cuidadosamente as próprias bochechas. – Isso foi bom, meu Rei.

O Rei Sombrio assentiu. Não tirou os olhos dela.

– Procurarei você hoje à noite – sussurrou ela no que podia ser uma ameaça ou uma proposta.

Depois virou a cabeça em uma série de curtos movimentos convulsivos, localizando precisamente cada uma das seis criaturas de palmas vermelhas. Moveram-se em uníssono na direção dela. Sem trocar mais nenhuma palavra, o grupo foi embora tão subitamente quanto chegou.

Niall olhou para Seth.

– Eu já volto.

Ele também foi embora, e Seth ficou ali sentado, perplexo com a violência gratuita e incerto a respeito do que pensar sobre ela.

Seth percebeu que outra pessoa assistira à luta: um ser encantado, invisível aos olhos mortais Sem-Visão, o observava atentamente do outro lado do recinto. Cabelos brancos e ásperos estavam presos para trás em um pequeno coque no alto de sua cabeça. Seus traços eram pontudos, angulosos de um jeito que faziam com que parecesse ter sido entalhado.

Era um tipo de escultura diferente daqueles que Seth criava, mas, naquele momento, as mãos de Seth desejaram ter um bloco de pedra para tentar esculpir uma peça adversária. O ser pálido continuou encarando, e por um instante Seth se indagou se ele estaria vivo. Estava tão inflexível que a ilusão de ser esculpido era total.

Alguns momentos depois, quando Niall retornou, não estava tão coberto por sangue. Seu feitiço escondera o estado de suas roupas e os cortes em sua pele, portanto, o único mortal no local que notou que algo mudara fora Seth.

Quando Niall se sentou à mesa novamente, Seth perguntou:

– Você o conhece?

Niall seguiu o olhar de Seth para o lado do salão onde a criatura-estátua ainda se encontrava.

– Infelizmente. – Niall tirou uma cigarreira do bolso e pegou um cigarro. – Devlin é o "mediador" de Sorcha, ou seu capanga, depende de quem esteja definindo.

O encantado Devlin sorriu placidamente para eles.

– E não estou a fim de lidar com ele – acrescentou Niall, sem desviar sua atenção de Devlin. – Muito poucas criaturas são fortes o bastante para me testar atualmente. Ela é. Infelizmente, ele também.

Sem saber ao certo como o dia se tornara de repente tão tenso, Seth lançou outro olhar a Devlin, que se aproximava da mesa deles.

Ele parou, ainda invisível, e disse para Niall:

– Há problemas a caminho, meu amigo. Sorcha não é o único alvo.

– Ela é sempre um alvo? – Niall abriu o isqueiro e o acendeu.

Sem ser convidado, Devlin puxou uma cadeira e se juntou a eles.

— Sorcha já foi apaixonada por você. Isso deveria importar, mesmo para você. O que ela precisa é...

— Não quero saber, Dev. Você sabe o que sou agora...

— No controle do próprio caminho.

Niall deu uma risada.

— Não. Isso não. Nunca.

Seth não sabia ao certo qual era o movimento correto a fazer, mas, quando começou a se levantar, Niall segurou seu antebraço.

— Fique.

Devlin observou, aparentemente impassível.

— Ele é seu?

— Ele é meu amigo – corrigiu Niall.

— Ele me vê. Ele viu *ela*. – O tom de Devlin não era acusador, mas havia, apesar disso, um certo alarme em sua voz. – Mortais não devem Ver.

— Ele vê. Se você tentar levá-lo – Niall exibiu os dentes em um rosnado animalesco –, qualquer ternura que eu já tenha sentido por sua rainha ou amizade por você não deterão minha ira. – Em seguida, ele olhou para Seth. – Não o acompanhe a lugar algum. Nunca.

Seth ergueu uma sobrancelha em uma indagação silenciosa.

Devlin se levantou.

— Se Sorcha quisesse que eu levasse o mortal, ele já teria ido embora. Ela não ordenou seu recolhimento. Estou aqui agora para alertá-lo sobre problemas na sua corte.

— E relatar isso a Sorcha também.

— É claro. – Devlin lançou um olhar a Niall que ia além do desdém. – Eu relato tudo para a minha rainha. Sirvo a

Alta Corte em todos os sentidos. Preste atenção às palavras de minha irmã.

Depois ele se levantou e saiu.

Niall apagou seu primeiro cigarro, o qual não tinha fumado, e pegou outro.

– Quer me explicar alguma coisa? – Seth gesticulou pelo recinto.

– Na verdade, não. – Niall acendeu o cigarro e deu uma longa tragada. Segurou o cigarro na frente de si com uma expressão confusa no rosto. – E realmente não sei se *consigo* explicar tudo isso.

– Você está em perigo?

Niall expirou e deu um sorrisinho meio forçado.

– Isso não seria surpresa.

– Eu estou em perigo?

– Não em relação a Devlin. Ele tentaria levar você se tivesse sido enviado com essa finalidade. – Niall deu uma olhada para a saída que a criatura da Alta Corte usara. – Devlin vem aqui para tratar dos assuntos da Alta Corte porque Sorcha não costuma andar entre os mortais.

– E a criatura que te atacou?

Niall deu de ombros.

– É um dos passatempos dela. Ela gosta de violência, discórdia, dor. Mantê-la sob vigilância é um dos muitos desafios que Irial deixou para mim. Ele ajuda, mas... tenho dificuldade em confiar nele.

Seth não sabia o que dizer. Eles mantiveram um silêncio desconfortável por vários cigarros.

A garçonete parou para limpar as mesas mais próximas a eles – de novo. Olhava fixamente para Niall com óbvio interesse. A maioria das criaturas e dos mortais fazia isso.

Niall era um Gancanagh, sedutor e viciante. Até que se tornasse o Rei Sombrio, sua afeição era fatal também para seus companheiros.

– Quem era ela? A criat... – Seth parou a palavra no meio quando a garçonete veio até a mesa deles com um cinzeiro limpo. Ele lhe disse: – Eu aviso se precisarmos de alguma coisa.

– Não me importo em parar aqui, Seth. – Ela fechou a cara para ele antes de voltar sua atenção para o Rei Sombrio. – Niall... tem alguma coisa de que você precise?

– Não. – Niall acariciou o braço desnudo da garota. – Você é sempre tão boa com a gente. Não é, Seth?

Depois que a garçonete foi embora, suspirando e lançando um olhar de volta para Niall, Seth revirou os olhos e murmurou:

– Precisamos distribuir esses amuletos seus para todos aqui.

Um sorrisinho malicioso substituiu a expressão triste do rosto de Seth.

– Desmancha-prazeres.

– Aproveite. Aproveite a atenção, mas reserve sua afeição para criaturas mágicas – advertiu Seth.

– Sei disso. Só preciso – o Rei Sombrio se retraiu como se o pensamento lhe doesse –, só preciso que você continue me lembrando disso. Não quero nunca ser o que Keenan é, o que Irial era.

– O quê? – perguntou Seth.

– Um maldito egoísta.

– Cara, você é um rei das criaturas mágicas. Não sei se você tem muita escolha. E com o que acabou de acontecer com a criatura-corvo...

— Não. Eu pouparia você e a mim mesmo de saber as coisas desagradáveis na minha vida se você deixasse.

Seth ergueu a mão em um sinal de pausa.

— Você é quem manda. Não vou julgá-lo, de qualquer jeito.

— Então, pelo menos um de nós não julgará – murmurou Niall. Depois de ficar quieto por um momento, ele endireitou os ombros, girando-os como se estivesse testando sua mobilidade. – Creio que o verdadeiro dilema seja para onde direcionar meu lado de "maldito egoísta".

— Ou, você sabe, se esforce para resistir.

— Claro. – A expressão de Niall era desinteressada quando ele acrescentou: – É *exatamente* o que se espera que o Rei Sombrio faça: resistir à tentação.

Capítulo 6

Aislinn alimentava os pássaros quando Keenan chegou com a cara fechada e batendo portas. Uma das calopsitas se agarrou a suas costas pela camisa e enfiou o bico no cabelo dela para observar o Rei do Verão. As aves eram uma fonte de conforto para Keenan. Às vezes, quando se sentia melancólico ou irritado, sentar-se e observá-las era uma das únicas formas infalíveis de equilibrar seu temperamento. Os pássaros pareciam saber o quão importantes eram e agiam de acordo. Hoje, no entanto, o rei não parou entre eles.

– Aislinn – disse, cumprimentando-a, antes de passar por ela em direção ao seu escritório.

Ela esperou. A calopsita levantou voo. Nenhum dos outros pássaros veio em sua direção. Em vez disso, todos pareciam observá-la esperançosamente. A crista da calopsita estava em pé. Os outros pássaros apenas olhavam fixamente para a rainha, ou na direção em que Keenan tinha ido. Alguns grasniram ou piaram.

– Tudo bem. Eu vou atrás dele.

Ela o seguiu até o escritório. A sala era um dos dois aposentos que pertenciam a Keenan. No outro – o quarto dele – ela nunca havia entrado, mas o escritório era o lugar onde ficavam quando estavam a sós. Ela achou estranho entrar lá sozinha. As Garotas do Verão, algumas vezes, se aninhavam no sofá com um livro, mas não tinham o menor interesse em estabelecer limites com Keenan. Aislinn queria. Quanto mais o verão se aproximava, maior era a atração por ele, algo que ela não queria.

Aislinn ficou parada na porta, tentando não se sentir desconfortável por estar no espaço dele. O rei vivia dizendo que o loft era tanto dela quanto dele, que *tudo* era dela agora. Seu nome estava nas contas de lojas, cartões de crédito, cartões de bancos. Como Aislinn ignorou tudo aquilo, partiu para gestos mais sutis, coisas que ele pensava que a fariam se sentir em casa no loft. *Pequenas amarras para me prender*. À primeira vista, não era evidente que Keenan tinha novamente feito mudanças no escritório, mas, se a rainha olhasse ao redor do recinto sóbrio, pequenos detalhes estariam diferentes. Ela não vivia ali, mas atualmente passava tanto tempo no apartamento que era como se fosse uma segunda – *terceira* – casa. Suas noites eram divididas entre sua casa, a de Seth e o loft. Tinha roupas e artigos de higiene nos três lugares. Sua verdadeira casa, o apartamento que dividia com Vovó, era o único lugar onde era tratada como se fosse normal. Em casa, ela não era uma rainha encantada; era apenas uma garota que precisava melhorar sua nota em cálculo.

Enquanto Aislinn estava parada na porta, hesitante, Keenan sentou-se na extremidade de um sofá de couro marrom-escuro. Alguém havia trazido um jarro de água gelada; condensação em forma de gotas d'água escorria pelo recipiente como pequenos córregos. Formavam poças na superfície da peça de ágata que servia como mesinha de centro. Ele jogou uma das almofadas mais novas para longe, uma coisa enorme, verde-escura e sem decoração pomposa.

– Donia não quer me receber.

Aislinn fechou a porta atrás de si.

– Qual o motivo desta vez?

– Talvez por ter perguntando sobre Bananach. Ou talvez ainda seja pela questão com Niall. Talvez seja algo... mais – Keenan parou de repente e fechou a cara.

– Ela chegou ao menos a falar com você? – Por um instante, Aislinn pousou a mão no antebraço dele, antes de ir para a outra extremidade do sofá. Ela mantinha distância por hábito, rompendo-a apenas por etiqueta ou gestos de amizade, mas a cada dia ficava mais difícil manter essa distância.

– Não. Fui parado na entrada *novamente*, proibido de entrar na casa. "A menos que seja assunto oficial", disse Evan. Por três dias ela esteve indisponível, e agora isso.

– Evan está apenas fazendo o trabalho dele.

– E gostando, eu tenho certeza. – Keenan não era muito bom em lidar com qualquer tipo de rejeição; Aislinn percebera isso quando ainda era mortal.

Ela mudou de assunto.

– Parece estranho que estivesse chateada por causa de Niall agora ou por termos perguntado sobre Bananach.

– Exatamente. Quando Niall se acalmar, o fato de dominar a Corte Sombria pode ser bom para as nossas cortes. Ela...

– Não. Quero dizer, ela parecia tranquila quando saímos de lá no outro dia. Não estava feliz, mas não muito zangada.

Aislinn abraçou um travesseiro como um grande bicho de pelúcia. Discussões sobre a complexidade das relações e cortes das criaturas encantadas, e das rixas entre seres com séculos de história a faziam se sentir muito jovem. Muitas das fadas podiam parecer – e muitas vezes agir – como seus colegas de escola, mas essa história de longevidade tornava a vida muito mais complicada. Relacionamentos curtos se estendiam por décadas; longas amizades se esticavam ao longo de séculos; traições de ontem e de décadas e séculos atrás ainda doíam profundamente. Era um desafio navegar por esse mundo.

– Tem alguma coisa que não sei? – perguntou ela.

Keenan a observava com uma expressão pensativa.

– Sabe... Niall era assim. Ele me ajudava a concentrar, ia direto ao ponto... – Suas palavras se perderam enquanto nuvens pequeninas se moviam em seus olhos, uma promessa de chuva ainda não cumprida.

– Você sente falta dele.

– Sinto. Tenho certeza de que é um grande rei... Só queria que não fosse de uma corte tão vil. Eu não soube lidar muito bem com isso – disse ele.

– Nós dois erramos nesse ponto. Eu ignorei as coisas às quais deveria ter reagido, e você... – Aislinn se conteve. Rememorar os enganos de Keenan e suas consequências para Leslie e Niall mais uma vez não ajudaria. – Ambos cometemos erros.

A presença de Leslie no coração da Corte Sombria também fora culpa de Aislinn. Ela falhou com uma de suas amigas mais próximas, e também com Niall. Aislinn dividia o peso da responsabilidade pelas ações da Corte do Verão. Por isso, tentava desenvolver um relacionamento mais próximo com Keenan: a responsabilidade deles era conjunta, e, se ela fosse suportar a culpa de seus atos menos palatáveis, precisava saber quais seriam com antecedência.

E impedi-los caso fossem horríveis.

– E eles fizeram escolhas ruins. Nós não somos os únicos responsáveis por isso. – Keenan não poderia ter dito isso se fosse mentira, mas era uma opinião. Opiniões eram território incerto na regra de que as criaturas mágicas não mentem.

– Nós também não fomos absolvidos. Você omitiu coisas de mim... e eles sofreram as consequências.

Aislinn não tinha perdoado Keenan completamente por ter usado Leslie ou Niall, mas, ao contrário de Donia, ela não tinha escolha senão conviver com o Rei do Verão. A menos que um deles morresse, estavam unidos por toda a eternidade ou até que não regessem mais a Corte do Verão – e os monarcas dos seres encantados tendem a dominar suas cortes durante séculos. Isso era bem próximo de uma eternidade.

Uma eternidade com Keenan. O pensamento ainda a aterrorizava. Ele não estava predisposto a partilhar o poder, e ela não tinha experiência em lidar com criaturas mágicas. Antes de sua transformação em monarca dos seres encantados, seu principal método de "lidar" com as criaturas era evitá-las. Agora, tinha de governá-las. Ele havia governado por nove séculos sem seu poder completo. Era difícil dizer que sua opinião deveria ter igual valor, mas a alternativa – ter responsabilidade pelas consequências, sem se envolver nas decisões – não era uma solução.

E desde que virara rainha, as criaturas do verão tornaram-se importantes para ela. Seu bem-estar importava, sua felicidade e segurança eram essenciais. Esse sentimento era tão instintivo quanto a necessidade de ajudar o Verão a se fortalecer, mas isso não significava que todos os outros deveriam ser sacrificados para isso, algo que Keenan não entendia.

Ela balançou a cabeça.

– Nós não vamos concordar nisso, Keenan.

– Talvez – ele a olhou com tanto carinho que a rainha pôde sentir os raios de sol sob sua pele reagirem –, mas ao menos você não se recusa a falar comigo.

Aislinn chegou mais para trás, para o canto do sofá, a sua mensagem implícita no movimento.

– Eu não tenho escolha nesse caso. Donia tem.

– Você tem escolha. Você é apenas...

– O quê?

– Mais razoável. – Ele não escondeu o sorriso enquanto dizia isso.

A tensão que crescia dentro dela desapareceu quando ele sorriu. Ela deu uma risada.

– Eu nunca fui tão *irracional* quanto tenho sido nos últimos meses. A forma como mudei... Meus professores comentaram. Meus amigos, a Vovó, até mesmo Seth... Minhas oscilações de humor são terríveis.

– Comparada a mim, você é bastante serena. – Seus olhos brilhavam: ele sabia o quão instável ela se tornara. Ele fora o alvo de seu temperamento mais do que qualquer outro.

– Não tenho certeza de como medir a racionalidade se *você* é o parâmetro. – Ela relaxou novamente. Ao longo de toda a estranheza dos últimos meses, Keenan encontrava maneiras de animá-la. Era grande parte do que tornava suportável ser a Rainha do Verão. A amizade de Keenan e o amor de Seth eram seus principais pilares.

Keenan ainda sorria, mas o apelo em seus olhos era sério quando ele pediu:

— Talvez *você* possa falar com Don? Talvez possa explicar-lhe que sinto falta dela. Talvez possa contar a ela que fico triste quando não posso vê-la. Diga que preciso dela.

— Não é você quem deve lhe dizer isso?

— Como? Ela nem mesmo me deixa entrar. — Ele franziu a testa. — Preciso dela na minha vida. Sem ela... e sem você sendo... não faço nada direito. Eu tento, mas preciso que ela acredite em mim. Não ter nenhuma de...

— Pare.

Aislinn não queria que ele continuasse aquele pensamento. A paz entre as cortes era nova e frágil. Seria melhor se Donia e Keenan estivessem em paz um com o outro, mas conversar com Donia sozinha a deixava ansiosa. Tornaram-se quase amigas, não tão próximas quanto Aislinn inicialmente esperava que fossem, mas próximas o suficiente para terem passado tardes juntas, no começo. Aquilo acabou quando a primavera começou. *Quando as coisas com Keenan mudaram.* Poderiam evitar falar sobre isso, mas era um esforço constante para ela e Keenan não se tocarem.

— Eu posso tentar, mas, se ela está chateada com você, pode não estar disposta a falar comigo também. Ultimamente, Donia fura comigo toda vez que tento marcar algo com ela – admitiu Aislinn.

Keenan serviu dois copos d'água enquanto falava:

— É porque o Verão está se fortalecendo, e o Inverno enfraquecendo. Beira ficava mal-humorada a cada primavera e isso já acontecia quando eu ainda estava fraco.

Keenan estendeu um copo para ela, e ela estacou.

É apenas água. E mesmo que fosse o vinho do verão, não a afetaria como da primeira vez. Ela afastou os pensamentos.

— Ash?

Ela voltou a si, pega de surpresa pelo uso incomum de seu apelido. Ela tirou a atenção do copo e o olhou.

– O quê?

Ele correu o polegar sobre a parte externa do copo enquanto erguia-o mais alto. O líquido estava transparente.

– É seguro. Minhas intenções não são de lhe fazer mal. *Nunca*. Mesmo antes, eu não lhe queria mal.

A rainha corou e pegou o copo.

– Desculpe. Eu sei disso. De verdade.

Ele deu de ombros, mas se magoava facilmente pelos momentos de pânico dela. Ela suspeitava que ele podia senti-los às vezes, como se o fato de compartilharem uma corte estivesse criando um vínculo para o qual nenhum dos dois estava preparado. Ninguém mais na corte conseguia enxergar além da sua aparência – somente Keenan.

Amigos. Somos amigos. Não inimigos. Ou qualquer outra coisa.

– Vou falar com Don – disse a ele. – Sem promessas. Mas vou tentar. Talvez seja bom para nós... Ela tem estado tão impaciente comigo nas últimas semanas. Se isso é só consequência da primavera, talvez seja bom conversarmos.

Ele pegou a mão dela e a apertou delicadamente.

– Você é muito boa por tolerar as situações em que a coloco. Sei que isso ainda não é fácil para você.

Ela não soltou a mão dele, segurando-a com a força que ganhou quando sua mortalidade fora substituída por essa diversidade.

– Há um limite para o que sou capaz de tolerar. Se você esconder outro segredo, como fez com Leslie – ela deixou a luz do sol que vivia em sua pele escapar, não como um descontrole, mas numa demonstração do domínio crescente que tinha sobre o elemento que compartilhavam –, seria imprudente, Keenan. Foi Donia que tornou possível libertar Leslie. Você falhou comigo. Não quero que aconteça novamente.

Durante quase um minuto, ele não respondeu, apenas segurou sua mão.

Quando ela começou a se afastar, ele sorriu.

– Eu não tenho certeza se essa ameaça está tendo o efeito que você gostaria. Você é ainda mais atraente quando está zangada.

Seu rosto ficou vermelho, pois as palavras que *deveria* dizer e as que conseguiria dizer eram diferentes, mas ela não desviou o olhar.

– Não estou brincando, Keenan.

O sorriso dele desapareceu, e ele soltou sua mão. Uma expressão de seriedade surgiu em seu rosto. Ele assentiu.

– Sem segredos. É isso que você está me pedindo?

– É. Não quero que sejamos adversários ou que façamos jogos de palavras. – Seres encantados manipulavam as palavras para se permitir todas as vantagens possíveis.

O ser diante dela falou calmamente:

– Eu também não quero que sejamos adversários.

– Ou que façamos jogos de palavras – repetiu ela.

O sorriso malicioso voltou.

– Na verdade, eu gosto de jogos de palavras.

– Estou falando sério, Keenan. Se vamos trabalhar juntos, você precisa ser mais aberto comigo.

Ele tinha um tom de desafio em sua voz quando perguntou:

– Sério? É isso que você quer?

– É. Não podemos trabalhar juntos se eu tiver que imaginar o que você está pensando o tempo todo.

— Se você tem certeza de que é isso que quer. – Sua voz oscilava entre provocação e uma seriedade intensa. – É, Aislinn? É isso que você realmente quer de mim? Quer a minha honestidade total?

Ela sentiu como se caminhasse para uma armadilha, mas recuar não era a atitude certa se quisesse ser sua semelhante. Ela se forçou a encará-lo enquanto disse:

— Sim.

O rei se recostou e tomou um gole de sua água, observando-a ao mesmo tempo.

— Bem, então você não precisa imaginar... Eu estava pensando, agora mesmo, que às vezes ficamos tão envolvidos com as coisas da corte, Donia, Niall, suas aulas... É fácil se esquecer de que nada do que tenho seria meu se não fosse por você, mas não é fácil esquecer que ainda quero mais.

Ela corou.

— Não foi isso que eu quis dizer.

— Então, *você* vai jogar com as palavras agora? – Não havia como negar o desafio em sua voz naquele momento. – Você decide quando minha honestidade é bem-vinda?

— Não, mas...

— Você disse que queria saber o que estou pensando; não havia condições. Sem jogos de palavras, Aislinn. Você escolheu. – Ele apoiou o copo na mesa e esperou por vários segundos. – Você mudou de ideia tão facilmente? Você prefere que tenhamos segredos ou não?

Aislinn sentiu a ponta do terror se aproximar, não o medo por sua segurança física, mas o medo de que a amizade que estavam construindo desmoronasse ao seu redor.

Quando ela permaneceu em silêncio, ele continuou.

— Eu estava pensando que ninguém mais poderia lidar com *nenhuma* das coisas com que você tem lidado. Até mesmo como se acostumou a ser uma criatura mágica... Nenhuma das Garotas de Verão se ajustou tão rapidamente. Você não chorou ou sentiu raiva ou se apegou a mim.

— Eu sabia da existência das criaturas encantadas. Elas não... — protestou Aislinn. Ela odiava cada vez mais a incapacidade das criaturas de mentir enquanto ele falava. Seria mais fácil mentir e negar como foi indolor para ela se tornar um ser encantado. Seria mais fácil dizer que ela não estava se adaptando à sua nova vida muito mais rápido do que jamais imaginou. Seria mais fácil dizer que tinha dificuldades.

Porque se fosse verdade ele não estaria fazendo isso comigo.

Teria me dado espaço, teria me dado tempo. Ele tinha sido um amigo e nem sequer se aproximaria dos limites que ela impôs.

Fuja. Fuja agora.

Ela não fugiu.

E Keenan se aproximou, invadindo seu espaço.

— Você sabe que é mais do que isso. Agora eu *sei* que era certo não ter encontrado minha rainha durante todos esses anos. Esperar por você valeu tudo o que pensei que não pudesse suportar.

Agora, Keenan estava com a mão em seu cabelo, a luz do sol deslizava por sua pele.

— Se você fosse minha rainha, *realmente* minha rainha, a nossa corte seria ainda mais forte. Se fosse minha, sem distrações mortais, estaríamos mais seguros. Seríamos mais fortes se estivéssemos verdadeiramente juntos. O Verão é o tempo de se deleitar em prazeres e no calor. Quando estou perto de você, quero esquecer todo o resto. Eu amo Donia. Sempre amarei, mas quando estou perto de você... – Ele se calou.

Ela sabia o que ele não estava dizendo. Ela sentia a verdade de suas palavras, mas essa parte dela não era algo para ceder à saúde de sua corte. Será que ele sabia que se sentiriam assim? Será que sabia que a insistência dela em abordar a realeza como um trabalho e não como um relacionamento limitaria o crescimento de sua corte? Ela não queria saber a resposta.

– A corte é mais forte do que jamais foi durante sua vida – murmurou.

– É verdade, e sou grato pelo que deu à nossa corte. Vou esperar o tempo que for preciso pelo restante. É isso que estou pensando. Acho que deveria estar pensando na lista de coisas que temos de fazer, mas – ele se inclinou para mais perto, sustentando seu olhar – tudo em que consigo pensar agora é que você está aqui comigo, no lugar que lhe pertence. Eu amo Donia, mas amo minha corte também. Eu poderia te amar como se fôssemos feitos para amar um ao outro, Aislinn. Se você permitisse, eu poderia te amar o suficiente para esquecermos tudo além de nós dois.

– Keenan...

– Você pediu honestidade.

Ele não estava mentindo. Não podia. *Não importa.* Ele lhe dizer essas coisas não importava, não podia importar.

Aislinn sentia a luz do sol que vivia em algum lugar no centro dela. A luz se estendia para preencher sua pele até explodir. Ela estava reagindo ao breve toque de Keenan com uma intensidade que sentia apenas com Seth – o que era errado.

É mesmo? Uma voz traiçoeira sussurrou dentro dela. *Ele é meu rei, meu parceiro...*

Ela colocou a mão no peito de Keenan, pretendendo afastá-lo, mas a luz do sol pulsou entre eles com o contato. Seus corpos eram um enorme conduíte; a luz solar passava por eles como um fluxo de energia que se fortalecia quando ultrapassava a barreira da pele.

Os olhos dele se arregalaram, e ele respirou várias vezes, trêmulo. Inclinou-se na direção dela, e ela se sentiu inclinar para ele. O braço de Aislinn estava dobrado de modo que, embora ainda estivesse com a mão sobre ele para empurrá-lo, eles estavam de peitos colados, seu braço pressionado entre eles.

E Keenan a beijou, algo que só tinha feito quando ela era mortal. Uma vez, ela ficou perdida sob a tontura de muito vinho de verão e muitas horas de dança em seus braços. A segunda vez foi com um gosto de sedução, quando ela lhe dizia que a deixasse em paz. Mas, desta vez, a terceira vez, ele a beijou com tanta delicadeza que os lábios mal se tocavam. Era tanto uma pergunta quanto um beijo. Era afeto, e de alguma forma isso piorava a situação.

Ela se afastou.

– Pare.

A palavra não foi muito além de um sussurro, mas mesmo assim ele parou.

– Você tem certeza?

Ela não podia responder. *Sem mentiras*. Ela sentia o gosto da maturidade do verão nas palavras, a promessa do que ela poderia ter se chegasse mais perto, só por um momento.

– Preciso que você se afaste. – Ela se concentrou no significado dessas palavras, no tecido do sofá, nas lombadas dos livros encadernados em couro que podia ver na parede atrás de Keenan, em qualquer coisa que não ele.

Ela tirou a mão de seu peito.

Lentamente. Concentre-se somente no que importa. Minha vida. Minhas escolhas. Seth.

Keenan se afastou também, observando-a atentamente ao mesmo tempo.

– A corte estaria morrendo se não fosse por você.

– Eu sei disso. – Ela não conseguia mais se afastar. Não havia para onde ir; o braço do sofá já estava quase perfurando suas costas.

– Eu seria inútil sem você – continuou ele.

Ela agarrou o travesseiro em seu colo como se fosse um escudo que pudesse segurar entre eles.

– Você manteve a corte junta por *nove séculos* sem mim.

Ele assentiu.

– E valeu a pena. Cada tortura valeu a pena para sermos o que somos agora, e para o que poderemos ser se você me aceitar um dia. Se tivéssemos tempo para ficarmos juntos como deveríamos...

Por outro momento longo demais, ela ficou imóvel, tentando encontrar as palavras para dissipar a tensão que havia surgido. Esta não foi a primeira vez que o rei se expressou com tanta clareza, mas foi a primeira que estendeu a mão para tocar sua pele com intenções além do afeto casual. A combinação foi irresistível.

– Distância? – A voz dela falhou.

Ele se afastou mais.

– Só porque você me pede.

Ela estava tonta.

Keenan deu um leve sorriso.

Ela se levantou com as pernas trêmulas e caminhou até a porta. Abriu-a e agarrou a maçaneta com tanta força que temeu quebrá-la. Precisou de mais autocontrole do que ela gostaria, mas olhou para ele.

— Isso não muda nada. Não *pode*. Você é meu amigo, meu rei, mas isso é... tudo o que você pode ser.

Keenan assentiu, mas foi um gesto que indicava que ele a ouvira, não que concordara, o que deixou muito claro quando disse:

— E você é minha rainha, minha salvadora, minha parceira: e isso é tudo para mim.

Capítulo 7

Aislinn caminhou sem rumo por Huntsdale. Às vezes, não se sentia capaz de ficar perto de Seth; isso acontecia cada vez mais nos últimos tempos, com os pensamentos em Keenan prolongando-se em sua mente. Pensara sobre as coisas que ele lhe dissera e sobre o jeito como se sentira quando ele esticou a mão para tocá-la, e ela estava com medo. A separação entre ele e Donia faria com que ele insistisse mais em ficar com ela. Eles já estavam muito juntos com a proximidade do verão, e ela não sabia o que fazer.

Parte dela queria falar com Seth, mas ela morria de medo de que ele fosse embora. Não importava o quanto ele sussurrasse que a amava, ela ainda temia estragar tudo e que Seth a deixasse. Às vezes, queria fugir do mundo dos problemas das criaturas encantadas; como poderia esperar que ele não desejasse a mesma coisa? Seth tinha que dividi-la com sua corte e seu rei. Se ela lhe dissesse que Keenan a estava pressionando – e que ela se sentia tentada –, seria a gota d'água?

Seth lhe dava espaço, mas notava quando ela estava chateada, e ela não ia saber o que responder se ele lhe perguntasse o motivo. *Meu rei, minha outra metade, ele decidiu mudar as regras. E eu recusei por pouco.* Ela não queria ter essa conversa, não tão cedo. Ela teria. Diria a ele. *Só que não ainda. Não até que eu saiba o que dizer.*

Ela queria falar com alguém, mas sua única amiga que sabia sobre as criaturas mágicas, Leslie, deixara a cidade e se recusava a falar sobre elas; contar a Seth significava admitir sentir-se atraída por Keenan; e seu outro confidente para assuntos que envolviam coisas encantadas, Keenan, era o problema. Aislinn confrontava a desagradável percepção de que o próprio ciclo de amigos estava bem menor do que jamais estivera. Nunca tivera uma enorme quantidade de amigos, mas entre os meses em que estava se apaixonando por Seth e tentando classificar o sentimento como platônico e as mudanças trazidas por ser uma monarca dos seres encantados, afastara-se dos poucos amigos que tinha. Ainda falava com Rianne e Carla na escola, mas não saía com nenhuma delas havia meses.

Depois de dar uma olhada nas horas, ligou para Carla.

Carla atendeu quase imediatamente.

– Ash? Você está bem?

– Estou. Por quê? – Aislinn sabia por quê: ela nunca mais ligara.

– Eu só... nada. O que está acontecendo?

– Você está de bobeira?

Carla ficou em silêncio por um momento. Então ela disse:

– Depende do motivo pelo qual você está perguntando.

– Tudo bem, estava pensando que tenho sido uma péssima amiga ultimamente... – Aislinn parou de falar.

– Continue falando. Você está indo bem. Qual é a próxima parte?

– Penitência? – Ela riu, aliviada por Carla estar tratando o assunto com leveza. – Qual é o preço?

– Dez por jogo? Encontro você lá?

Aislinn virou na rua seguinte, em direção ao Shooters.

– Me dá umas bolinhas de vantagem?

Carla riu com desdém.

– Penitência, querida. Estou de olho em uma nova placa de vídeo, e quando a noite acabar você a terá bancado.

– Ai.

– Iep. – A risada de Carla estava cheia de alegria. – Vejo você lá, daqui a meia hora.

– Vou pegar uma mesa.

Então, em um estado de espírito decididamente melhor, Aislinn se desligou. Ela sabia que vários de seus guardas a seguiam a uma distância discreta. Esta noite, não queria ver nenhum deles, contudo. Jogar sinuca com uma amiga não seria solução, mas ela se sentiria mais próxima da vida normal de que ainda sentia falta.

Com isso em mente, andou cerca de meia dúzia de quadras até o Shooters. Passaram-se semanas desde que entrara lá. A culpa se abateu sobre ela novamente – e o medo de que não fosse mais bem-vinda. Os frequentadores assíduos do Shooters trabalhavam duro e relaxavam com o mesmo entusiasmo. Eram todos mais velhos do que ela – alguns velhos o bastante para terem sido colegas de turma de Vovó –, mas lá não se distinguia idade, classe ou raça. Era um lugar onde todos eram bem-vindos, contanto que não criassem confusão.

Antes que tudo mudasse, Denny, um jogador trapaceiro de sinuca de vinte e poucos anos, a adotara como uma espécia de projeto. Denny passara as lições dela à amiga dele, Grace, quando sentiu que havia chegado a um ponto de estagnação, e, com a combinação de ambos os talentos, Aislinn se tornara uma jogadora bem decente. Ela nunca seria capaz de trancar a partida como ele, mas esse tipo de maestria vinha com a prática diária. A maioria dos frequentadores habituais era legal para se conversar ou jogar, mas era de Denny e de Grace que ela realmente sentia falta.

Quando ela entrou, logo viu Denny. Ele estava em uma mesa com Grace. Quando Grace levantou os olhos e avistou Aislinn, seu rosto se abriu em um sorriso.

– Ei, Princesa. Faz muito tempo que não visita a gente.

Denny deu sua tacada antes de erguer os olhos da mesa.

– Saiu sem nenhum dos dois Príncipes Encantados?

Ela deu de ombros.

– É hora das meninas. Vou encontrar Carla.

– Pegue uma bola branca ou uma cadeira.

A voz de Grace tinha uma rouquidão por causa do cigarro e do uísque que contrastava com o corpo. Ela soava como uma mulher que deveria ser uma cantora esguia em um vestido escarlate vibrante, partindo corações e incitando discussões entre amantes, mas Grace era um tipo diferente de problema. Usando botas pretas, jeans desbotados e uma camisa masculina de botões, era toda musculosa e tão capaz de lidar com alguma briga quanto qualquer homem no recinto. Tinha imenso orgulho do fato de que sua Softail customizada era equipada com mais peças cromadas e canos mais altos do que a de Denny.

– Topa uma disputa de times quando Carla chegar? – Denny deu a volta na mesa para preparar sua próxima tacada. Amarrara o cabelo para trás, mas o rabo de cavalo frouxo já estava se desfazendo e caindo em seu rosto.

— Só se eu ficar com a Carla – disse Grace. – Desculpe, Ash, mas os dois juntos acabariam com a gente.

Aislinn forçou um sorrisinho.

— Ela já até lançou a aposta. Dez por jogo.

— Então, vinte por time? – Denny encaçapou duas bolas em uma tacada complexa que Carla poderia explicar por meio da geometria e simples ângulos, mas que Denny executara como um caso de precisão e prática.

— Ou ainda dez, mesmo separados. – Grace abriu uma garrafa de água.

— Se você ficar com Carla, provavelmente ficaremos equilibrados – disse Denny. Em seguida, ele terminou de limpar a mesa.

— Ou não – murmurou Grace.

Ele deu um sorrisinho.

— Ou não.

Um blues tocou na *jukebox*; Aislinn estivera por lá com frequência suficiente para reconhecer o clássico Buddy Guy. Ao longo do salão, conversas murmuradas aumentavam e diminuíam em meio ao bater das bolas. Gritos de derrota e de vitória rompiam no familiar zumbido do Shooters. *É bom estar aqui.* Passara tempo demais com as criaturas mágicas; sair com amigos era a mudança de que ela precisava.

Quando Carla chegou, Aislinn tinha quase conseguido convencer-se de que a vida era exatamente como antes. Não que antes tudo fosse perfeito, mas às vezes parecia que as coisas eram bem mais simples naquela época. Contemplar a eternidade, um trabalho que ela não fazia ideia de como executar bem e um relacionamento que rumava em direção a linhas intransponíveis – isso não era relaxar.

Mas Carla estava lá, Denny e Grace estavam lá, a música estava boa e a risada vinha fácil. O restante da noite estava reservado aos amigos e à diversão.

— Game — gabou-se Carla. Ela executou uma dancinha da vitória que fez Denny desviar o olhar e Grace sorrir afetadamente.

— Alguém está guardando um segredo — murmurou Aislinn para Denny.

Denny estreitou os olhos.

— Deixa pra lá, Ash.

Grace e Carla conversavam enquanto Grace organizava as bolas. Aislinn virou de costas para a mesa e manteve sua voz baixa.

— Esse negócio de idade é relativo. Se você...

— Não, realmente não é. Talvez algum dia, quando ela já tiver vivido um pouco mais... mas ela não teve essa chance ainda, e eu não quero roubar isso dela. — Denny olhou para Carla ao se sentar em um dos bancos diante da parede. — Vocês duas têm anos para aproveitar a liberdade antes de se acomodarem. Eu já estou no ponto de querer isso.

— Então com que idade se é velho demais?

Ele deu um sorriso.

— Não fique toda irritadinha. Seth não é velho demais para você. Um ano ou dois não são grande coisa.

— Mas...

— Mas eu sou quase dez anos mais velho. É diferente. — Denny se afastou do banco.

— Nós vamos jogar ou fazer o cabelo um do outro agora?

— Cretino.

Ele deu um sorrisinho maldoso.

— Mais uma razão pela qual você não deveria me encorajar.

– Tanto faz. – Ela sorriu de volta para ele.

Enquanto jogavam, Aislinn pensou em Seth – *e em Keenan* – e não sabia ao certo se concordava com Denny. *Ele está certo? Será que mais do que uns poucos anos é demais?* Parte dela pensava que ele tinha razão. Estar com Seth nunca dera a ela a sensação de que havia uma diferença de maturidade ou sabedoria, ou qualquer outra desarmonia. Com Keenan era como se estivesse constantemente tropeçando.

Ela deixou de lado seus pensamentos e se concentrou no jogo. Carla e Grace formavam um ótimo time, mas Denny era melhor do que as duas. Todos jogavam por diversão; ele jogava por dinheiro quase todas as semanas.

– Ei, peso morto – gritou ele –, sua vez.

Carla riu.

– Ash está apenas tentando me ajudar, não é?

– É uma explicação tão boa quanto qualquer outra para você ter perdido aquela tacada praticamente dada antes... – Denny sorriu enquanto gesticulava para a mesa.

Ela não tinha perdido aquela, mas perdeu mais do que deveria pelas horas que se seguiriam. Era a noite menos complexa que tinha em um tempo – sem assuntos não discutidos ou preocupações acerca de cada palavra que dizia ou cada movimento que fazia. Era exatamente do que precisava.

Quando Aislinn chegou em casa, mais tarde naquela noite, não se surpreendeu que Vovó estivesse acordada esperando por ela. Podia haver guardas que a seguiam nos últimos tempos, e toda aquela coisa de nunca-deixe-que-as-criaturas-mágicas-percebam-que-você-consegue-vê-las era, agora, algo totalmente superado, mas Vovó ainda a tratava como se fosse uma garota normal. *Bem, tão normal quanto sempre fui.* Sua casa era o local em que ela podia ser pequena e ter medo. Era onde ela era chamada a atenção porque esquecera de acrescentar leite à lista do mercado se tivesse usado a última caixa. Era um abrigo... mas isso não significava que o restante do mundo fosse deixado à porta.

Aislinn caminhou até a sala de estar. Vovó estava sentada em sua cadeira favorita; tinha uma xícara de chá na mão. Seus longos cabelos grisalhos ainda estavam trançados, mas não estavam presos para cima.

A trança era mais comprida do que Aislinn já usara em seu cabelo. Quando criança, Aislinn pensava que Vovó realmente era Rapunzel. Se as criaturas mágicas eram verdadeiras, por que Rapunzel não seria? Elas viviam em um edifício alto com janelas com vista para um mundo estranho. Vovó deixara seu cabelo crescer mais ainda naquela época, e ele era cinza como as cinzas. Aislinn lhe perguntara, certa vez, sobre sua teoria.

— *Mas eu não seria a bruxa que te mantém segura? Prendendo você aqui na torre?*

Aislinn pensou naquilo.

— *Não, você é a Rapunzel, e estamos nos escondendo da bruxa.*

— *E o que acontecerá se a bruxa nos encontrar?*

— *Ela vai roubar nossos olhos ou nos matar.*

— *E se nós deixarmos a torre?* — *Vovó transformava tudo em um jogo de perguntas e respostas. Tudo girava em torno delas, e respostas erradas significavam ficar mais tempo em casa.* — *Quais são as regras?*

— *Não olhar para as criaturas. Não falar com as criaturas. Não fazer nada que desperte a atenção das criaturas.*

Nunca. – Aislinn contara as três grandes regras em seus dedos enquanto as pronunciava. – *Sempre seguir as regras.*

– Exatamente. – Então Vovó a abraçou. Seus olhos brilhavam com lágrimas. – *Desrespeitar as regras fará com que a bruxa ganhe.*

– Foi isso que aconteceu com Mamãe? – Aislinn tentou ver o rosto de Vovó, na esperança de encontrar pistas. Mesmo agora, ela sabia que Vovó nem sempre respondia com toda a verdade.

Vovó a aninhou mais firmemente em seus braços.

– Mais ou menos, querida. Mais ou menos.

Moira não era um assunto que discutissem. Aislinn olhou para Vovó, a única mãe que tivera, e odiou o fato de ter que ficar tanto tempo longe dela. A eternidade era um longo tempo para se ficar sem família. Vovó, Seth, Leslie, Carla, Rianne, Denny, Grace... todo mundo que ela conhecera antes de Keenan, morreria. *E ficarei sozinha. Apenas com Keenan.* Ela não podia falar sobre a dor em seu coração.

– Houve um programa especial sobre as complicações trazidas pelas mudanças climáticas inesperadas. – Vovó indicou a televisão com a cabeça. Ela estava muito dedicada a prestar atenção ao clima, agora que Aislinn era a materialização do verão. – Um pouco sobre o problema das enchentes e algumas teorias sobre a causa das súbitas mudanças ambientais.

– Estamos trabalhando no problema das enchentes. – Aislinn tirou os sapatos e os chutou. – A especulação é inofensiva. Ninguém acredita em criaturas mágicas.

– Eles falavam sobre como os ursos polares estão...

– Vovó? Podemos não fazer isso esta noite? – Aislinn desmoronou no sofá, afundando nas almofadas com uma sensação de conforto que nunca sentira no loft. Não importava o quanto Keenan tentasse, lá não era seu lar. Não era onde ela se sentia ela mesma. Aqui era.

Vovó desligou a televisão com um clique.

– O que aconteceu?

– Nada. Só... Keenan... nós discutimos. – Aislinn não estava certa de que palavras precisava. Ela e Vovó conversavam sobre namoro, sexo, drogas, bebidas, tudo, mas normalmente na teoria. Não era em close e com detalhes. – Não sei. Depois eu fui ao Shooters com Carla. Isso ajudou, mas... amanhã, e depois de amanhã, no próximo ano... o que vou fazer quando não tiver mais ninguém além dele?

– Ele já está te pressionando? – Vovó não perdeu tempo. Ela nunca fora chegada a sutilezas.

– O que você quer dizer?

– Ele é um ser encantado, Aislinn. – A abominação estava bem explícita.

– Eu também sou. – Aislinn não gostava de dizer essa frase, não ainda, talvez nunca viesse a gostar. Vovó a aceitara, mas vivera toda uma existência de medo e ódio contra justamente o que Aislinn era agora. Sua filha morrera por causa deles.

Por causa de Keenan.

– Você não é como eles. – Vovó fechou a cara. – Você certamente não é como *ele*.

Aislinn sentiu as primeiras poucas lágrimas de frustração queimarem em seus olhos. Ela não queria deixá-las rolarem. Não tinha total controle ainda, e às vezes o clima reagia às suas emoções mesmo quando ela não queria que isso acontecesse; nesse exato momento, não estava certa de que podia controlar suas emoções e o céu. Respirou para se acalmar antes de responder:

– Ele é meu parceiro, minha outra metade...

– Mas você ainda é boa. Você é honesta. – Vovó foi até o sofá e puxou Aislinn para si.

Aislinn se inclinou para dentro do abraço, deixando que Vovó a embalasse.

– Ele vai te pressionar para que faça o que ele quer. É o jeito dele. – Vovó acariciou os cabelos de Aislinn, passando seus dedos pelos fios multicoloridos. – Não está acostumado a ser rejeitado.

– Eu não...

– Você rejeitou a afeição dele. Isso dói. Todas as criaturas mágicas são orgulhosas. Ele é um rei dos seres encantados. Mulheres vêm se entregando a ele desde que ele tinha idade suficiente para notá-las.

Aislinn quis dizer que Keenan não estava interessado nela apenas porque ela dissera não. Quis contar que a amizade deles estava evoluindo, e eles só precisavam encontrar um jeito de fazê-la funcionar. Mas ela não tinha certeza de que aquilo era verdade. Havia uma parte dela que acreditava que ele estava simplesmente reagindo à recusa dela em dar-lhe atenção ou a séculos acreditando que rainha era o mesmo que parceira de cama. Havia uma outra parte, menos confortável, que acreditava que, já que eles eram parceiros, o desejo de ser mais do que amigos apenas ficaria mais forte. *Esta* parte era apavorante.

– Eu amo Seth – murmurou ela, apegando-se àquela verdade, sem admitir em voz alta que amar alguém não significava não notar mais ninguém.

– Eu sei disso. E Keenan também. – Vovó não interrompeu o movimento ritmado de sua afeição.

Ela sempre soube como educar sem adular. Era algo que ninguém mais fizera – não que tivesse havido mais alguém. Sempre foram elas, apenas as duas.

— Então o que eu faço?
— Apenas seja você, forte e honesta. O restante entrará nos eixos se agir assim. Sempre entrou. Sempre entrará. Lembre-se disso. Não importa o que aconteça durante... os séculos que tem pela frente, lembre-se de ser verdadeira consigo mesma. E se você falhar, se perdoe. Você vai cometer erros. Tudo o que te cerca é novidade, e eles têm todos tantos anos a mais nessa situação do que você...
— Eu queria que você ficasse para sempre comigo. Estou com medo — fungou Aislinn. — Não sei se o quero para sempre.
— Nem Moira. — Vovó interrompeu a fala nesse momento. — Ela fez uma escolha estúpida, entretanto. Você... você é mais forte do que ela era.
— Talvez eu não queira ser forte.
Vovó fez um pequeno som que era quase uma risada.
— Você pode não querer, mas fará isso de qualquer jeito. Isso é a força. Nós percorremos o caminho que nos é dado. Moira desistiu de viver. Fez algumas coisas que eram... perigosas para si mesma. Dormiu com estranhos. Fez Deus sabe o quê quando ela... Não me entenda mal. Eu te mantive fora dos erros dela. E ela obviamente não fez nada que te tornasse uma viciada ao nascer. Ela não deu um fim a sua vida nem deu você a *eles*. Ela a deixou comigo. Mesmo no fim, ela tomou algumas decisões difíceis.
— Mas?
— Mas ela não era a mulher que você é.
— Sou só uma garota... Eu...
— Você está liderando uma corte de seres encantados. Está lidando com a política deles. Acho que você conquistou o direito de ser chamada de mulher. — A voz de Vovó

estava austera. Era a que usava quando falava de feminismo e liberdade e igualdade racial e todas aquelas coisas a que ela se apegava como algumas pessoas se apegavam à religião.

— Não me sinto pronta.

— Querida, nenhum de nós nunca acha que está pronto. Não estou pronta para ser uma senhora velha. Não estava pronta para ser mãe em nenhuma das vezes, nem para você nem para Moira. E eu certamente não estava pronta para perdê-la.

— Ou a mim.

— Não estou perdendo você. Esse é o único presente que as criaturas mágicas me deram. Você estará aqui, forte e viva muito depois de eu virar pó. Nunca se preocupará com dinheiro, segurança ou saúde. — Vovó soou feroz agora. — Quase tudo o que poderia desejar a você *eles* lhe deram, mas somente porque você foi forte o suficiente para suportar. Nunca vou gostar deles, mas a certeza de que minha bebezinha ficará bem depois que eu me for... É um bom caminho para me fazer perdoar-lhes por todo o restante.

— Ela não morreu mesmo ao me dar à luz, morreu? — Aislinn nunca perguntara, mas ela sabia que as histórias não batiam. Ouvira Keenan e Vovó conversando no último outono.

— Não, não morreu.

— Por que você nunca me contou?

Vovó ficou silenciosa por uns poucos instantes. Em seguida, ela disse:

— Você leu um livro quando era pequena, e me contou que sabia por que sua mãe a abandonara. Você tinha tanta certeza de que não fora culpa dela, de que ela apenas não era forte o bastante para ser uma mãe. Você disse que era como as garotas nas histórias em que as mães morriam para salvá-las. — O sorriso de Vovó era hesitante. – O que eu podia fazer? Era um pouco verdade: ela não foi forte o bastante, só que não do jeito que você pensava. Não podia contar a você que ela escolheu nos deixar porque era, em maior parte, um ser encantado quando você nasceu. Na sua versão, ela era nobre e heroica.

– É por isso que sou assim? Porque ela não era humana quando eu nasci? Eu já fui totalmente mortal algum dia?

Dessa vez, Vovó ficou quieta por tanto tempo que Aislinn se perguntou se elas repetiriam os silêncios que sempre surgiam quando conversavam sobre Moira. Vovó se sentou e acariciou os cabelos de Aislinn por vários minutos. Finalmente, ela disse:

– Já me perguntei, mas não sei como poderíamos descobrir isso. Ela mal era uma mortal quando você nasceu. Acrescente isso ao que quer que seja que nos faz ter a Visão... Não sei. Talvez.

– Talvez ela fosse a rainha pela qual ele procurava. Talvez você tenha sido também. Talvez seja por isso que temos a Visão. Talvez pudesse ter sido qualquer um na nossa família. Talvez quando Beira o amaldiçoou e ocultou as criaturas e o que quer que fosse que tornasse alguém a Rainha do Verão... poderia ter sido *qualquer* uma de nós. Se Moira tivesse se submetido ao teste... me pergunto se ela teria sido a rainha. Se eu ainda seria, da mesma forma, um ser encantado. Se ela não era realmente mortal quando eu nasci...

Vovó interrompeu o cada vez mais rápido fluxo de palavras de Aislinn.

– Ficar pensando no que *poderia ter sido* não ajuda em nada, Aislinn.

– Eu sei. Se ela fosse uma criatura mágica... eu não ficaria sozinha.

– Se ela tivesse escolhido aceitar ser uma criatura mágica, eu também não teria te criado. Ela não teria te abandonado.

– Ela me *abandonou*. Preferiu morrer a se tornar um ser encantado. A ser o que sou agora.

– Sinto muito. – As lágrimas de Vovó escorreram pelos cabelos de Aislinn. – Queria que você não soubesse de nada disso.

E Aislinn não tinha uma resposta. Apenas ficou deitada lá, com a cabeça no colo de Vovó, como fizera tantas vezes quando era uma garotinha. Sua mãe preferira morrer a ser uma criatura mágica. Isso não deixava muito espaço para questionar o que Moira pensaria das escolhas que Aislinn fizera.

Capítulo 8

Seth quis se sentir surpreso ao ver Niall esperando no Ninho do Corvo no dia seguinte, mas não foi o que aconteceu. A amizade deles era uma das coisas a que Niall se apegara rápido, e Seth, por sua vez, não se opunha. Era como descobrir que ele tinha um irmão – ainda que um irmão mais velho, confuso e temperamental – cuja existência ninguém tivesse se dado o trabalho de lhe contar.

Seth girou uma cadeira e sentou com as pernas abertas.

– Você não tem um trabalho ou algo do gênero?

O Rei Sombrio ergueu um copo em saudação. Um segundo copo estava pousado na mesa. Ele gesticulou na direção do copo e disse:

– Não foi servido pela minha mão nem veio do meu copo.

– Relaxa. Eu confio em você. Além disso, eu *já* estou no seu mundo – Seth pegou o copo e tomou um gole – e também não tenho planos de deixá-lo hora alguma.

Niall franziu o cenho.

– Talvez você devesse confiar menos livremente.

– Talvez. – Seth se inclinou, pegou um pano limpo da mesa ao lado e o passou para Niall. – Ou talvez você devesse esfriar a cabeça.

Em um canto, a banda fazia a passagem de som. Damali, uma das parceiras eventuais de Seth antes de Aislinn, acenou. Os *dreads* pintados da cor de cobre estavam no meio de suas costas quando ele a vira pela última vez. Não estavam mais tão compridos, mas agora sua cor era magenta. Seth acenou com um gesto de cabeça e voltou sua atenção para Niall.

– Então, está sentindo a necessidade de me dar um sermão ou ser superprotetor?

– Estou.

– Falante e sentimental hoje. Que sorte a minha.

Niall olhou para ele.

– A maioria das pessoas se sente intimidada por mim agora. Sou o senhor dos monstros que as criaturas mágicas temem.

Seth arqueou uma sobrancelha.

– Mmmm.

– O quê?

– Toda essa coisa de "tenha medo de mim" não combina com você. É melhor se ater à reflexão. – Seth virou outro gole e deu uma olhada pelo Ninho do Corvo. – Nós sabemos que você poderia ordenar que todos fossem mortos, mas eu sei que você não faria isso.

– Faria se precisasse.

Seth não tinha uma resposta para isso – não era um tema aberto a argumentação –, então mudou o assunto.

– Você vai ficar melancólico a tarde toda?

— Não. — Niall olhou para o outro canto. Agora, ainda tão cedo, havia um alvo de dardos disponível. — Venha.

— Uau — disse Seth, mas se levantou ao dizê-lo, aliviado por fazer *alguma* coisa.

— Agora, por que meus verdadeiros Hounds não me obedecem tão rapidamente? — Niall aparentemente decidira se alegrar. Ele deu um sorriso, fraco, mas ainda assim um sorriso.

Seth foi até lá e puxou os dardos do alvo. Ele não levava o jogo tão a sério para carregar os dele. Niall, entretanto, levou os seus. Fora uma criatura-mágica-mas-não-rei por muito tempo. Como um rei, não era predisposto a reagir a metal, mas era uma mudança muito recente. Um hábito de toda a vida não ia embora assim tão facilmente. Ele abriu seu estojo; dentro havia dardos com pontas de ossos.

Enquanto Seth testava a força que aplicaria aos dardos de metal, Niall observava com uma expressão perturbada.

— Não é mais tóxico, mas eu ainda prefiro que não toque a minha pele.

— Cigarros também não lhe são tóxicos, mas você certamente não hesita.

— Um ponto a seu favor. Os dardos não deveriam me incomodar — Niall concordou, mas mesmo assim não fez nenhum movimento no sentido de tocar os dardos na mão de Seth.

Com um conforto que raramente sentia na companhia dos membros da Corte do Verão, Seth virou as costas para o Rei dos Pesadelos e mirou o alvo. *Lar. Segurança.* O fato de Niall estar no lugar que Seth podia chamar de lar apenas aumentava para que seu sentimento de segurança não se perdesse nele.

— Vamos jogar sem contar os pontos?

– Claro.

Seth não via vantagem em fingir que estava a fim de jogar com mais seriedade. Em seus melhores dias, não era bom o bastante para representar qualquer desafio para Niall, mas lançar dardos não se tratava disso de forma alguma. Era um jeito de passar o tempo, uma tarefa em que se concentrar.

Jogaram três partidas em silêncio quase completo, e, ainda que ele estivesse obviamente distraído, Niall vencera todas com sua costumeira facilidade. Quando Niall mirou e atirou seu terceiro e último dardo, disse:

– Espero que você seja melhor em perdoar do que em atirar dardos.

– O que houve? – Seth não pôde impedir a onda de preocupação que se seguiu ao tom cuidadosamente neutro do Rei Sombrio.

Niall deu uma olhada nele enquanto recolhia seus dardos.

– Negócios inacabados. Confie em mim.

– Não quero problemas.

– Sou o Rei Sombrio, Seth, que problema poderia acontecer? – Niall deu um sorrisinho, finalmente parecendo quase feliz. – Eles estão aqui.

E por um momento Seth não quis se virar. Sabia que o veria – sua namorada e aquele com quem competia pela afeição dela – quando se virasse. Não gostava de vê-los juntos, mas seu autocontrole era pouco. Ainda que significasse vê-la com Keenan, Seth não conseguia resistir a olhar para ela. Nunca conseguira, mesmo quando era uma mortal. Aislinn sorria para Keenan; tinha a mão pousada levemente na dobra de seu braço. Começara a adotar mais dos maneirismos formais dos seres encantados em público.

Niall falou em voz baixa:

— Nunca sequer considere achá-lo digno de confiança. Ele conta os dias até aquele em que você estará fora de seu caminho, e tem o tempo a seu favor. Sei que você ama nossa Rainha do Verão, mas essa é uma batalha perdida, especialmente porque você não está lutando. Corte suas perdas antes que elas o destruam, ou revide.

— Não quero desistir. — Seth olhou para Ash. Pensara a mesma coisa algumas vezes ultimamente. — Mas não quero mais ter que lutar contra ninguém.

— Lutar é... — começou Niall.

Seth não ouviu o restante das palavras: Aislinn levantara os olhos e encontrara o olhar de Seth. Deixou Keenan e começou a cruzar o recinto.

Casualmente, Keenan se virou para falar com um de seus guardas, como se a ausência dela não fosse dolorosa. *Contudo, era.* Seth sabia disso; estudara as reações do Rei do Verão, observara-as mudarem conforme o inverno acabava. Keenan manteria Aislinn sempre perto dele se pudesse.

Exatamente como eu faria.

Niall olhou Seth com pena quando Aislinn se aproximou deles.

— Você não está ouvindo nada, não é?

O ar nos pulmões de Seth pareceu desaparecer.

É ela, ou o que ela é? Ele vinha se perguntando cada vez mais. Nunca tentara realmente um relacionamento antes de Aislinn, portanto entender o que era normal era um desafio. O aumento do fascínio era normal? Ou se devia ao fato de estar apaixonado por alguém que não era mais humano? Lera antigas histórias do folclore suficientes nos últimos meses para saber que humanos raramente resistiam à atração de um ser encantado.

É isso que está acontecendo comigo?

Mas então Aislinn estava deslizando para seus braços. Quando ela levou seus lábios até os dele, Seth não poderia deixar de se importar com o motivo pelo qual era fascinado por ela, ou se os alertas de Niall eram verdadeiros, ou com o que Keenan pretendia. Tudo o que importava era que ele e Aislinn estavam juntos. A luz do sol inundou sua pele quando ela passou os braços ao seu redor.

Ele a abraçou mais forte do que abraçaria antes – quando ela era humana. Nunca conseguiria apertá-la o bastante para machucá-la, não agora que ela era uma criatura mágica.

As mãos de Aislinn percorreram a coluna dele, e uma gota de luz do sol pingou de sua pele ao tocá-lo. Tal atrevimento em público não era característico de Aislinn.

Ele interrompeu o beijo deles.

– Ash?

Ela se afastou um pouco, e ele tremeu com a perda de proximidade.

Como o sol sendo levado.

– Desculpe. – Suas bochechas coraram levemente.

Ele não tinha nenhuma confiança em sua habilidade de formular uma sentença ainda.

– Eu te amo – sussurrou ela contra os lábios dele.

– Eu também – prometeu Seth. – *Para sempre.*

Ela se aninhou nos braços dele com um breve suspiro. Não era uma rainha, nem uma criatura mágica, não era ninguém a não ser Aislinn naquele momento.

– Você está bem?

– Agora estou.

Menos de um minuto depois, contudo, ficou tensa. Embora Aislinn não pudesse ver Keenan, obviamente ela sabia que ele estava de pé, atrás dela. Qualquer que fosse a conexão entre eles, ela se fortalecia, e isso não tornava a vida mais fácil.

Por sua vez, o semblante de Keenan denunciava confusões que ele não podia expressar. A humanidade residual de Aislinn, sua habilidade para mudar de governante a uma simples garota pareciam desconcertar Keenan. Seth o observara tentando entender a recusa de Aislinn a se distanciar do mundo humano. Era uma força: as pessoas que ela viu se beneficiarem de sua dedicação em restaurar o poder do Verão a inspiravam a fazer mais. Mas era também uma fraqueza: passar tempo com mortais fazia com que se lembrasse das diferenças desagradáveis entre eles e as criaturas mágicas, e a mantinha distante de seus seres encantados. A distância era a fonte de uma brecha em sua corte, uma vulnerabilidade que causava mais do que pequenos sinais de problema.

Além disso, havia tensões advindas da recusa de Aislinn em ser uma rainha propriamente dita e da relação de Keenan com Donia; a corte estava mais forte, mas não curada.

Seth sabia que isso mudaria com o tempo – especialmente quando os mortais que Aislinn amava envelhecessem e morressem –, mas Keenan ficava abertamente insatisfeito com quaisquer fraquezas que pudessem expor Aislinn. As frustrações das criaturas em processo de fortalecimento com seus monarcas faziam com que Keenan se preocupasse com o que aconteceria se esses seres se tornassem mais ousados. Essa preocupação com Aislinn era uma das poucas coisas que Seth

apreciava no Rei do Verão. Keenan realmente estimava Aislinn. Queria mantê-la segura e feliz.
Ele também a quer só para si.
– Você tem que se afastar, Keenan. Sei o que você está fazendo. Vi você jogando assim durante séculos. – A voz de Niall de repente era fumaça e sombras. – Tente pensar nas necessidades dos outros, só para variar.
– Não acho que o que eu faço seja problema seu de maneira alguma. – Keenan trocou de posição de forma a ficar mais longe de Aislinn e de frente para Niall.
– Se você fizer algum mal a Seth – Niall lançou um sorriso para Seth –, será problema meu.
– Ele não pertence a sua corte.
Com a voz cheia de escárnio, o Rei Sombrio disse:
– Apenas um idiota pensaria que isso importa. Leslie está perdida para mim. *Amiga* da sua rainha, e você permitiu que fosse corrompida...
– Pela Corte Sombria, *sua* corte, Niall. – Keenan olhou para Aislinn, para Seth, para vários mortais no local. Na alcova turva em que se encontravam, o conflito ainda não atraía nenhuma atenção.
– É minha corte, e com tudo o que aprendi com os dois reis pervertidos a quem amei e dediquei a vida, nunca vou me submeter à sua. Não me provoque, Keenan. – Niall seguiu na direção de Keenan, diminuindo a distância, ameaça grudando em sua pele. – Faça mal a Seth e você *vai* se ver comigo.
Keenan não falou nada.
– Diga-me que você não tem nenhuma intenção de fazer mal a ele, Keenan. – A voz de Niall baixou para um rosnado que ele não sabia existir em seu amigo. Ao lado do Rei Sombrio, as donzelas do abismo se materializaram e ondularam;

seus corpos eram línguas de chamas negras, torcendo-se e serpenteando. Seth sabia que eram capazes de causar devastação se liberadas, mas não sabia ao certo se isso era uma coisa boa ou ruim. Em uma parte de si mesmo que ele tentava manter oculta, havia uma ira em relação a Keenan e excitação com o pensamento de que Niall poderia acabar com ele. *O que não é legal.* Seth controlava esses desejos ultimamente. Dera duro para ser a pessoa que era agora. Não se envolvia em brigas nem em casos de uma noite; não ficava estupidamente bêbado ou se dispunha a experimentar coisas só porque eram proibidas. Ele estava calmo – mesmo quando esta não era sua reação instintiva.

– Niall? – Seth soltou Aislinn e andou por entre as bailarinas do abismo – Relaxa.

– Ele não fala, não é, Seth? – Niall transformara suas mãos em punhos.

– Eu sei onde estou me metendo. – Seth sabia que Keenan tinha sentimentos confusos. Não tomara nenhuma atitude com o intuito de fazer mal a Seth, mas não seria uma surpresa se ele tivesse considerado a hipótese. *Longamente. Provavelmente com Tavish o aconselhando sobre os riscos.* Seth não entraria nessa, contudo; não ajudava em nada. – Não preciso ouvir a resposta dele.

– Ash precisa. – Niall estava parado, mas sombras ondularam dele para a parede de tijolos atrás de Keenan. As barras negras podiam se solidificar em uma gaiola. – Seth, afaste-se. Por favor.

Seth se moveu para longe do pequeno espaço em que os dois reis estavam, encarando-se. Depois de assistir ao conflito com a criatura-corvo, Seth tinha consciência de que ficar entre esses dois não era uma boa ideia. *Mortais são muito frágeis.*

O pensamento o indignava, mas era verdade. *Sou muito facilmente destruído por eles. Por todos eles.*

– Keenan não faria mal a Seth – murmurou Aislinn. Ela se aproximou e pegou a mão de Seth. – Eu não perdoaria isso, e ele sabe.

Niall lançou-lhe um olhar de censura.

– É mesmo?

Raios de sol tremeluziam ao redor dela quando Aislinn se irritava com Niall.

– Sim, *é mesmo.*

Um tumulto na entrada chamou a atenção de todos eles. Guardas da Corte do Verão tentavam impedir o ingresso de um grupo de seres encantados muito enfeitados. Não adiantou. Gabriel, o Hound e homem de confiança da Corte Sombria, adentrou vagarosamente o local. Com ele, outros seis Hounds – inclusive a rude e estranhamente doce companheira de Gabriel, Chela – e a filha semimortal de Gabriel, Ani. Os passos de Gabriel reverberavam pelo chão. A onda de medo que a chegada dos Hounds despertou se agitou pelo local.

E Seth, mais uma vez, sentiu-se grato pelo amuleto antifeitiço que Niall lhe dera. Ele podia ser frágil, mas não estava suscetível ao medo dos Hounds, ou a quaisquer outros encantos. Donia dera-lhe a Visão, mas isso apenas permitia que Seth os enxergasse. Niall concedera-lhe proteção contra a forma como eles podiam brincar com suas emoções.

– Gabe – disse Seth, sem saber se a chegada do Hound era uma boa notícia ou não. Eles não eram conhecidos por aconselhar cautela e calma. – Bom te encontrar... eu acho.

Gabriel riu.

– Veremos.

Chela piscou.

– Mortal.

Niall não desviou o olhar de Keenan.

– Se você fizer mal a Seth, não o perdoarei. Ele é meu amigo e está protegido pela Corte Sombria.

– Keenan não fará mal a Seth – interrompeu Aislinn. – E nossa corte já o mantém em segurança. Ele não precisa de você.

Keenan lançou um olhar inexpressivo a Niall e depois perguntou a Seth:

– Você oferece lealdade à Corte Sombria, Seth Morgan?

– Não.

– Você oferece lealdade à Corte do Verão?

Seth sentiu Aislinn tensionar ao seu lado.

– Não, mas eu não recusaria a amizade de nenhuma das duas quando oferecida.

– Há um preço... – A expressão inocente de Keenan era velhaca, uma espécie de mentira. – Dor, sexo, sangue, há muitos pagamentos horríveis que a Corte Sombria pode solicitar. Você está disposto a dar o que *eles* pedirem em troca de proteção?

– Seth? – A preocupação na voz de Aislinn era real. Ela era a única no local que poderia acreditar que Keenan estava tentando ajudar Seth.

Ao oferecer a amizade de sua corte, Niall lhe dera uma tábua de salvação não solicitada, mas não uma armadilha. Seth entendia isso. *Mesmo que ela não visse.* A amizade de uma corte era mais do que apenas a amizade de Niall: significava que as pessoas que juraram fidelidade àquele trono agiriam como se fosse um deles. Significava que ele teria a maioria dos benefícios de pertencer àquela corte sem as obrigações ou deveres. Considerando-se o quão vulnerável ele era, significava que tinha poder de solicitação – de uma corte que muitos dos solitários, a Alta Corte e a Corte do Verão temiam. Mesmo que isso não irritasse Keenan, despertaria interesse.

– Está tudo bem – Seth assegurou a Aislinn. – Niall é meu amigo.

– Não é apenas a amizade do Rei Sombrio que é oferecida, mas de sua Corte. Nenhuma moeda a não ser sangue é aceita como pagamento – disse Niall. Seus olhos traziam o medo de que Seth rejeitasse sua oferta.

– Aceito. – Seth esticou o pulso na frente dele e esperou. Não o fez na direção de Niall ou dos Hounds. Os detalhes do que se seguiria eram-lhe completamente desconhecidos. Quase todos ali poderiam derramar sangue sem uma lâmina, mas eles também carregavam algum tipo de arma. Era duvidoso que alguém além de Niall o fizesse sangrar, e, mesmo que acontecesse, Seth acreditava que Gabriel e Chela, os dois mais poderosos seres encantados sombrios depois de Niall, seriam cuidadosos com a segurança dele.

Apenas Keenan deseja meu mal.

– Eu confio em vocês – disse Seth a Niall e aos Hounds.

– Sinto-me honrado. – Niall se inclinou para a frente e baixou a voz para dizer: – Mas Reis Sombrios realmente *não* resistem muito bem à tentação.

Em seguida, com um sorrisinho traiçoeiro, ele se virou e, com o punho, golpeou a face de Keenan com tanta força que a cabeça do Rei do Verão bateu na parede de tijolos com um baque alto.

Em um segundo, todas as criaturas se tornaram invisíveis.

Aislinn correu para o lado de Keenan enquanto ele se contorcia e caía.

Os Hounds se agruparam à frente para formar um muro ameaçador diante de Niall.

As dançarinas do abismo bailavam.

E Niall lambeu as articulações de seus dedos.

– Selado e pago com sangue. As regras não dizem que o sangue tem que ser o *seu*, Seth.

Capítulo 9

Aislinn pôs-se entre Keenan e Niall antes que o pensamento de proteger seu rei tivesse sequer terminado de se formar em sua mente.

– Pare.

– Não é uma boa hora para você me provocar. – Niall deu as costas para ela e começou a se afastar.

Ela o seguiu. De alguma maneira entendeu que seu temperamento a levava a agir estupidamente, mas não se importava. Seu rei fora ferido pelas mãos daquela criatura. Ela tinha que revidar contra qualquer um que atacasse sua corte; tinha que esmagar qualquer um que os enfraquecesse.

Entretanto, a atitude de Niall não envolve a corte. Niall e Keenan não haviam resolvido seus conflitos, e Niall acreditava que Keenan representava uma ameaça a Seth. *Isso é pessoal, nada tem a ver com a corte.* A lógica tentava interferir no impulso. *Mas Keenan está ferido.*

Ela pegou o braço de Niall. O cheiro de pele crepitante foi instantâneo. Sua luz do sol resplandeceu mais clara do que Aislinn se dera conta.

Niall não recuou. Em vez disso, puxou seu braço – e, consequentemente, ela – para mais junto do seu corpo. Os dedos dela estavam pressionados contra o peito dele, queimando pequenos buracos em sua camisa. Em vez de afastar-se dela, segurou-a perto o bastante de modo que ela tivesse que inclinar a cabeça para trás a fim de poder olhá-lo. Quando isso aconteceu, Niall disse:

– Minha corte gostaria de mais conflitos com a sua... e eu – ele sorriu –, eu tenho que me perguntar se eles não têm razão.

– Me solte. – Ela puxou a mão e se concentrou para não mais feri-lo.

Ele agarrou o pulso dela.

– Qualquer sangue teria servido, mas eu quis o dele. Não estou violando nenhuma lei ao fazer isso. E, sinceramente? Suspeitei que gostaria mais desse jeito – ele olhou para além dela e deu um sorrisinho para Keenan, deitado de rosto no chão –, e gostei mesmo.

Em seguida, ele a soltou.

Ela chegou para trás cuidadosamente.

– Você o machucou.

– E você me feriu. A diferença, Aislinn, é que eu faria isso todos os dias se tivesse alguma justificativa. E você? – Niall não soava como a mesma criatura que a ajudara a se acostumar ao seu novo papel de Rainha do Verão, e com certeza não parecia o mesmo ser encantado que cortejara Leslie. Aquela pessoa desaparecera, e o que estava diante dela era uma criatura igual ao pior dos seres de quem ela se escondia quando criança.

Mal controlando sua luz do sol, lançou-lhe um olhar.

– Não sou eu quem está começando brigas.

– Será que eu devo começar uma? Realmente dar início ao conflito que eles desejam? Minha corte sussurra e entoa fábulas do que poderíamos fazer enquanto a sua ainda está fraca. É cada vez mais difícil não dar ouvidos. – Suas dançarinas balançavam-se ao redor dele como sombras a ganhar vida. Gabriel e vários outros Hounds continuaram esperando.

Isso poderia ficar mais perigoso do que somos capazes de lidar.

Eles não haviam trazido muita gente consigo. Ela não esperava ter problemas. Claro, havia sinais de discórdia, mas seres encantados estavam sempre envolvidos em pequenas divergências. Os líderes das cortes podiam manter a situação sob controle. Niall fora um dos mocinhos. Donia fora uma das mocinhas. As duas cortes haviam causado problemas para a dela e ambas eram comandadas por criaturas que já tinham sido confidentes – *e mais* – de Keenan. Ele confiara que o passado em comum poderia proteger a Corte do Verão. Ele sabia que estavam se desentendendo, mas não pensara que era sério o bastante para levar a problemas de fato. *Não é a forma como funcionam as cortes encantadas, Aislinn*, garantira-lhe Keenan. *Não somos tão rápidos em atacar*, prometera. E ela acreditou nele – até agora.

– Eu assusto você, Ash? – A voz de Niall era um sussurro baixo, como se eles fossem as duas únicas pessoas no lugar. – Eu a faço lembrar do motivo pelo qual você pensava que nós éramos monstros?

– Faz. – A voz de Aislinn saíra trêmula.

– Bem. – Ele deu uma olhada para o lado de Aislinn, onde um muro de sombras se formara. Atrás desse muro jazia a única criatura, que não ela, capaz de destruir essas sombras, mas ela não sabia ao certo como, e Keenan estava no chão, inconsciente.

Como se o detalhe fosse apenas um interesse casual, Niall acrescentou:

— O seu rei nunca aprendeu a lutar. Tinha a mim e a todos os demais para fazer isso para ele.

O muro de sombras cresceu e envolveu os dois em uma bolha. Ela se debateu contra a bolha; a textura era ao mesmo tempo emplumada e escorregadia. *Lua nova. Fome. Medo.* O mero toque dela fez Aislinn tremular. *Necessidade. Afogar-se sob ondas negras de necessidade. Dentes.*

Ela desvencilhou a mão e se forçou a se concentrar na conversa.

— Por que você está fazendo isso?

— Protegendo o mortal que *você* ama? — Niall sacudiu a cabeça. — Não permitirei que Keenan faça mal a ele também, e você provou não defender seus amigos dele. Você é boa para sua corte, mas seus mortais...

— *Sua* corte fez aquilo com Leslie.

— E você poderia ter salvado a sua amiga. Se tivesse lhe oferecido a proteção da sua corte antes que ele a levasse. — Ele interrompeu a frase com um rosnado. — Você falhou com ela da mesma forma que falhará com Seth.

— Eu cometi erros, mas *nunca* faria mal a Seth. Eu o amo. — Aislinn sentiu o próprio humor oscilando. Niall a encurralara, atacara seu rei e sugerira que Seth estava vulnerável por causa dela. Ela já ferira Niall antes por acidente, falta de controle, mas agora... agora ela queria machucá-lo. *Gravemente.* Seu mau humor estava aflorando, e naquele momento não viu razão para tentar controlá-lo. O ar dentro da bolha de sombra tornava-se cada vez mais fervilhante. Ela conseguia sentir o gosto pungente de ar do deserto, areia contra seus lábios.

– Me ataque, Ash. Vá em frente. Me dê um motivo para liberar os ataques da minha corte à sua. Convença-me de que eu deveria deixá-los torturarem suas frágeis Garotas do Verão. Solicite a minha permissão para que drenem sangue do povo-árvore – sussurrou em um tom apropriado para quartos e luz de velas. Essa era a natureza da Corte Sombria, contudo: violência e sexo, medo e luxúria, ira e paixão. Ele esticou a mão e acariciou a face dela ao acrescentar: – Deixe que eu ceda aos desejos deles.

Irial era menos perigoso para nós. Esse era o ponto fraco de Niall – Irial. *Pare de tratá-lo como um amigo. Não pense nele como um mortal.* A mente dela ficou confusa tentando descobrir qual manobra era a ideal no momento. Tudo o que aprendera sobre as criaturas mágicas não era útil. Havia muito tempo rendera-se à habilidade de viver de acordo com a maioria das regras que Vovó lhe ensinara. Uma delas ainda tinha valor, entretanto: *Se eu fugir, eles vão me perseguir.*

Ela se aproximou, avançando para cima dele.

– O último Rei Sombrio pensou em me seduzir. Aqui. Neste mesmo lugar...

Niall riu, parecendo quase feliz por um breve segundo, mas tal prazer foi embora tão rapidamente quanto chegara.

– Se ele tivesse realmente tentado, teria conseguido. Ele não te provocou, Ash... você foi uma distração momentânea, um flerte rápido. Irial é assim mesmo.

– Keenan diz que você é como Irial, um *Gancanagh*. Ele não me explicou isso antes – admitiu ela, sem sentir orgulho pelos enganos cometidos por seu rei ou seus resultados, mas querendo ser honesta. – Você ainda é? Você é viciante?

– Por quê? Você quer experimentar?

Algo feroz aguardava. Ela enxergou isso sob a fina e superficial aparência de civilidade que ainda era Niall. Não era uma superfície que ela quisesse romper. A lógica a alertava para que se afastasse, mas ela não lhe deu atenção.

– Então nós realmente devemos começar a tratar *você* como tratávamos Irial...

– Não – Niall pôs as mãos nos ombros dela e a empurrou até que estivesse espremida entre o muro de sombras e ele –, você deveria se lembrar de que Irial não queria realmente ferir Keenan. Eu quero. Só preciso de uma desculpa. Você me dará uma, Ash?

A sensação do muro atrás de seu corpo era esmagadora. Tentações perigosas sussurravam em sua pele; coisas que ela preferia não considerar vieram em disparada à mente. *Keenan sob minhas mãos. Meu. Não apenas superficialmente, mas me afogar nele.* Não era uma criatura da Corte Sombria que ela queria, mas era a energia da Corte Sombria que fazia sua mente ir até lugares que na verdade não deveria. Tentações da Corte Sombria faziam-na pensar na criatura que ela desejava, não no mortal que amava. O coração pareceu rápido demais em seu peito enquanto as sombras a empurravam para seus medos e luxúria.

– Eu quero. – Ela mordeu o lábio, sem pronunciar as palavras, sem admitir que pensara em Keenan naquele instante.

– Eu sei o que você quer, Ash. O que *eu* quero é feri-lo. – Niall olhou para Keenan através das sombras. – Quero que ele cruze linhas que justifiquem um ataque.

– Justificar? – Ela tentou se desvencilhar das sombras que a aninhavam.

– Para mim. Para Donia. Para Seth.

– Mas...

– Minha corte quer isso. É uma grande parte do motivo pelo qual me tomam como seu rei... É a razão que leva Bananach a aparecer em meus aposentos sempre que pode. Ela vem até mim, cheia de sangue e faminta por qualquer ira que eu sinta. – Niall olhou para Seth, que tentava inutilmente derrubar a barreira de sombras. – Seth quer você. Ele a ama. Mantenha Seth em segurança, longe das investidas de Keenan... ou terei mais razão para liberar as perversidades e crueldades da minha corte.

Ela olhou através da barreira. Seth estava dizendo alguma coisa, mas suas palavras eram bloqueadas pelo muro esfumaçado. A expressão dele, contudo, não estava. Seth estava lívido. O seu muito calmo Seth podia ser tudo naquele momento, menos pacífico.

– Se *Seth* me perdoasse, Ash, eu a usaria como minha desculpa para provocar seu rei. – Ele apertou os ombros dela. – Você fez mal a Leslie com sua estupidez. Você me fez mal.

Ele a empurrou para dentro do muro de sombras até que ela pensasse que seu coração ia parar. Um terror se avolumou dentro dela, deslizando até seus cantos mais plácidos e incitando todos os medos e dúvidas de Aislinn a se desenvolverem. *Sozinha. Não sou boa o bastante. Fraca. Estúpida. Destruindo Seth. Fazendo mal a minha corte. Falhando com meu rei.*

– Sinto muito. Nunca quis que Leslie se ferisse. Você sabe disso... – Ela forçou sua mente a se concentrar, invocando o calor dentro de si, a paz do sol do verão que era sua própria força. Não era o bastante: não contra um rei encantado que sabia o que estava fazendo. – Sei que você não é realmente tão cruel. Você é uma boa pessoa.

– Você está enganada. – O olhar de Niall disparou para Gabriel e os outros Hounds, que eram contornos sombreados do lado de fora da gaiola que Niall erguera ao redor dos dois. Então, finalmente, ele a arrancou do muro de escuridão. – Pergunte a suas Garotas do Verão se sou bonzinho. Pergunte a Keenan quando ele despertar. Pergunte a si mesma se seus temores a meu respeito têm fundamento. Você está totalmente sozinha com um monstro, Aislinn... e seus desejos, seus medos, sua ira são como iscas de sangue.

Mas eu não estou sozinha. Esta simples declaração fez toda a diferença. Havia uma pessoa do outro lado do muro que a amava, e havia uma criatura que era parte dela. Seth dava-lhe coragem; Keenan, a luz do sol. Ela se deixou drenar por sua própria luz do sol e a de Keenan para sua pele; o calor familiar espantou as espessas sombras que haviam invadido seu corpo.

– Preciso ir. Desfaça esse muro.

– Ou?

Sem nenhum pensamento além de fazer o Rei Sombrio se curvar à Corte do Verão, ela deixou a luz do sol fluir adiante, lançando-a na pele de Niall. Cansaço e satisfação, corpos almiscarados com o sol do verão, um siroco batendo asas – tudo isso se avolumou dentro dele. *Um troco justo pelas sombras.* Era todo o peso do prazer do verão com um toque de dor.

– Nós somos mais fortes agora. Não provoque Keenan... ou a mim.

As mãos dele ainda a dominavam, mas ele fechou os olhos.

Ela pensou que tinha sido bem clara. Pensou em dizer a ele que Keenan e ela gostariam de que as coisas não tivessem sido como foram. Ela realmente queria a paz entre as cortes. Passaram-se apenas alguns segundos de esperança e culpa, e, antes que ela pudesse decidir, ele abriu os olhos. A beira do abismo a observava de dentro dele.

– Você está pensando como uma mortal, Aislinn. – Ele lambeu os lábios. – Ou talvez esteja pensando como Keenan. Rápidas demonstrações de poder não me intimidam.

Ela deu um passo desajeitado para trás, tentando se desvencilhar dele.

– Ainda que Seth não fosse meu amigo, eu não tentaria te seduzir. Entretanto, eu quebraria esses seus ossinhos delicados. – Ele estava com o peito junto ao dela. – Sou o Rei Sombrio, não um filhotinho que se impressiona com uma demonstração de mau humor. Eu vivi com Irial. Aprendi a lutar ao lado dos Hounds de Gabriel.

Niall apertou até que Aislinn sentisse o quão frágil ela era – para ele, para outro governante encantado.

Seth pressionou as sombras novamente. Sua mão estava do lado de fora da barreira. Se ele pudesse forçar sua passagem, poderia tocar Aislinn, mas não conseguiria cruzar as sombras. A frustração em seu rosto era horrível de se ver. Quando ela olhou para ele, o medo estampado em seu rosto, Seth praguejou. Ele sacudiu Keenan, mas o Rei do Verão não respondia.

Vários Hounds aguardavam ao redor de Keenan. Não ajudavam nem interferiam na tentativa de Seth despertá-lo. Outros Hounds se postaram na entrada, barrando qualquer criatura que tentasse ingressar no Ninho do Corvo.

– Você pode ser uma boa rainha e uma boa pessoa, Aislinn. Não deixe que sua crença em Keenan cause dor a Seth, ou vou cobrar o preço de cada mal pelo qual você foi perdoada.

Niall a soltou e, ao mesmo tempo, baixou o muro.
Ela caiu no chão.

Com aparente indiferença, Niall passou pelo mortal que defendera, pelo rei a quem servira, por suas próprias criaturas.

Seth o deteve.

– Que diabo você está fazendo? – Ele sentiu o último traço de calma que reunira dentro de si se esvair. – Você não pode...

– Seth. Não. – Niall agarrou o braço de Seth. – A Corte do Verão precisava de um lembrete de que não me submeto ao seu comando.

– Não estou falando da corte. É *Ash*. Você fez mal a *Ash*.

– Escute com muita atenção. – Niall olhava para Seth enquanto falava, cada palavra curta e precisa. – Ela está ilesa. Assustada, mas isso não é uma coisa ruim. Se ela estivesse realmente ferida, você estaria cuidando dela, não discutindo comigo. Você sabe disso tão bem quanto eu.

Seth não tinha resposta para isso. Argumentar seria mentir, e – como fazia com Aislinn – Seth tentava não mentir para Niall.

Dois dançarinos sombrios se pressionaram contra Niall; seus corpos eram quase tão tangíveis quanto os de seres vivos. Um macho se postou atrás de Niall. Seu corpo diáfano estava estendido, alongando de forma a que seus braços se enlaçassem sobre os ombros de Niall. Suas mãos se encontraram nas costelas de Niall. A segunda dançarina sombria estava ao lado de Niall; mantinha a mão espalmada sobre o coração dele, centrada sobre as mãos do primeiro dançarino sombrio. Distraidamente, Niall acariciou as mãos entrelaçadas.

— Ela veio atrás de mim – lembrou-lhe Niall. – Sou quem sou, Seth. Passei séculos sob as rédeas da Corte do Verão. Nunca mais serei nada nem ninguém além de mim mesmo. Dei a ela a chance de ir embora, e ela me ameaçou.

— Porque você golpeou Keenan...

Niall deu de ombros.

— Todos temos escolhas a fazer. Ela escolheu me testar. Eu escolhi apontar as tolices dela.

— O que você fez foi exagerado.

— Ela está fisicamente intacta. – Niall franziu o cenho, mas sua voz se suavizou. – Não quero brigar com você, meu irmão. Fiz o que precisava ser feito.

— O que quer que aconteça. Quando quer que... – Seth sabia que não podia pedir nenhuma promessa. Aislinn tinha uma eternidade como uma rainha encantada, uma governante que não se podia dizer que aprovasse a corte de Niall. Tudo o que Seth conseguiu dizer foi: – Quero que ela fique sempre em segurança.

— E Keenan? – A voz de Niall não trazia nenhuma emoção. – Você me culpa por tê-lo ferido?

Seth parou, como se tentasse encontrar palavras para responder. Niall esperou, imóvel a não ser pelo constante sobe e desce de seu peito sob as mãos dos dançarinos sombrios. Uns poucos instantes depois, Seth encontrou e sustentou o olhar de Niall.

— Não. Quero que Aislinn fique em segurança. Quero que você fique em segurança. E não quero que ele consiga se safar manipulando ou ferindo qualquer um de vocês dois.

Niall suspirou com um alívio óbvio, e os dançarinos sumiram, retornando a qualquer que fosse o limbo em que viviam.

– Farei o que puder. Vá ver como ela está.

E Seth teve que encará-la – sua amada, aquela que ele não poderia salvar, que estava aninhando outra pessoa. Ela estivera em perigo, e ele fora inútil. *O que aconteceria quando não fosse alguém como Niall? O que eu poderia fazer se Niall a tivesse ferido?* Ele era só um mortal.

Keenan não foi de nenhuma ajuda também, Seth lembrou a si mesmo. A diferença, é claro, era que Keenan podia ir atrás de Niall, e se estivesse consciente teria agido assim quando ela estava aprisionada.

Às vezes ser humano é uma droga.

CAPÍTULO 10

– Você tem certeza de que pode se mexer? – Aislinn aconchegou a cabeça de Keenan em seu colo.

Ele parecia mais envergonhado que machucado, mais chateado do que com raiva.

A marca dos lábios dela na testa e nas bochechas dele reluziu levemente na penumbra do local. Aquilo fez com que ela se sentisse culpada, esta prova de que o tocara. Não tinha sido um beijo íntimo. Não era nada novo. Eles tinham descoberto que o beijo dela o curava quando Aislinn ainda era mortal e esperava pelo teste para ser Rainha do Verão. Mas logo após o último beijo e embalada pelos pensamentos de quando fora prisioneira de Niall, ela se sentiu envergonhada.

Keenan se sentou e afastou-se dela, forçando uma distância maior do que a de costume entre eles.

– Eu não preciso que você cuide de mim.

– Você está bem? Se sentindo tonto? – perguntou ela.

Ele se sentou no chão ao seu lado, mas distante dela. Olhou para Seth.

– Seth deve estar feliz.

Ela ficou paralisada.

– Não faça isso. Não culpe Seth pela ira de Niall.

– Niall me bateu *por causa* do Seth. – Ele ainda não se levantara e ela tinha certeza que não o fazia porque ainda não estava seguro se conseguiria.

– E fui atrás de Niall *por você*.

Keenan sorriu – cruelmente.

– Está bem, então.

Ela olhou para Seth, que estava parado no meio do caminho no salão. Ele costumava não se aproximar quando podia ver que ela e Keenan estavam discutindo. *Ele* nunca a tratara como nada menos do que uma semelhante.

– Se você tivesse visto Niall... o que ele... quando...

Foi Keenan quem congelou desta vez.

– Quando ele *o quê*?

– Niall é mais forte do que eu. – Ela cruzou os braços sobre o peito. – Se ele quisesse me machucar, poderia. Não havia nada que eu pudesse fazer para impedi-lo.

– Ele te machucou? – De repente, ele estava mais perto, passando as mãos pelos braços dela, buscando-a como se fosse puxá-la para si.

E eu quero que ele me puxe. Era instintivo. Mas também desnecessário: ela estava bem.

– Pare. Eu estou com alguns hematomas, mas é só isso... e foi tanto minha culpa quanto dele. – Ela corou. – Eu perdi a cabeça. Ele tentou se afastar, mas você estava machucado e fiquei... furiosa.

Ela relatou o que ele perdera.

– E o que você sentiu quando estava pressionada contra as sombras? – Agora o tom de Keenan não era magoado nem irado. Era de desafio, o mesmo que propusera na conversa anterior. – O que você desejou?

Ela baixou a cabeça.

– Isso não... Eu não... vou contar. Não foi real. Era só o resultado de alguma perversão de...

As palavras cessaram, mentiras impossíveis de serem ditas.

– O que você sente por mim *não é* uma perversão, Aislinn. É tão difícil assim admitir? Você não pode me dar ao menos isso? – Ele forçou, como se ouvi-la dizer fosse mudar alguma coisa, como se admiti-lo importasse tanto quanto o ataque do Rei Sombrio contra ele, como se a situação pessoal deles fosse de tamanha importância.

Não é.

– Você já sabe a resposta. E isso não muda *nada*. Eu amo Seth. – Com isso, ela se levantou e cruzou o salão. Tentou esquecer todo esse assunto tão desconfortável ao se dirigir para Seth.

Ele também não estava feliz; estava estampado em seu rosto.

– Ele está bem? – perguntou Seth com raiva enquanto se sentavam à mesa desgastada que os guardas haviam confiscado para eles.

– O orgulho não, mas a cabeça parece estar.

– E você? – Seth não insistiu nem fez rodeios. Ele confiava nela o bastante para saber que o procuraria se precisasse de alguma coisa.

– Com medo.

– Niall... – Ele balançou a cabeça. – Eu não acho que ele machucaria você. Não de verdade, mas, quando você estava lá dentro, eu não tive tanta certeza. Você parecia assustada ao ser empurrada contra aquela coisa. O que era *aquilo*?

— Energia da Corte Sombria, como meu raio de sol e calor ou o frio de Don. O de Niall é outra coisa. Medo, raiva e luxúria. Coisas da Corte Sombria. Como as causas do Niall.

— Luxúria? — Seth repetiu.

Ela corou.

E Seth disse as palavras que ela não poderia pronunciar:

— Mas não por Niall.

Ele olhou Keenan de relance, e ela viu tristeza nos olhos de Seth. Depois, ele esticou o braço e pegou a mão de Aislinn.

Sem pressão. Mesmo agora. Ele confiava nela.

A banda já tinha começado quando eles se sentaram; Damali cantava algo sobre liberdade e balas de armas de fogo. A voz tinha uma intensidade que podia levar a banda a lugares bons, mas a letra era péssima.

Silenciosamente, Keenan se juntou a eles à mesa. Ele não parecia mais feliz do que ela — ou do que ela suspeitava de como Seth se sentia — de estarem os três ali, juntos.

Quando a música terminou, Seth olhou para ele e perguntou:

— Você está bem?

— Estou. — Keenan forçou os lábios em uma mistura de sorriso e careta.

A música seguinte começou, poupando-os de mais tentativas de manter a civilidade.

Geralmente, Aislinn não era do tipo namoradinha em público, mas ela se mexeu para se sentar no colo de Seth. Ele deslizou os braços ao redor dela e a envolveu. De alguma forma, apesar do barulho da banda, parecia haver um silêncio entre eles. Não era raiva, mas era pesado mesmo assim. Ambos sabiam que as coisas estavam mais delicadas do que qualquer um deles gostaria.

Sentado na frente de Aislinn, Keenan percebeu seu olhar antes de sair. Não era um olhar que ela pudesse, *ou quisesse*, entender. *Dor? Raiva?* Isso realmente não importava. Tudo o que ela sabia era que tinha aquela sensação de ser atraída, uma força que a levava a segui-lo se ele se distanciasse muito dela. Normalmente, se ela ignorasse esse sentimento, ele passaria – ou ela simplesmente pararia de notá-lo tanto –, mas aqueles primeiros momentos após sua partida foram horríveis. E a cada dia ficava pior. Era como negar-se a respirar depois de passar muito tempo mergulhando, era como mandar o coração bater mais devagar depois de um beijo quase longo demais.

Seth passou os dedos sobre as bochechas dela.

– Tudo vai ficar bem.

– Eu quero que fique. – Ela se inclinou para ser tocada por Seth. Era melhor ser simplesmente honesta. Seth era seu porto seguro, a única coisa que fazia sentido ultimamente.

Eu realmente posso contar qualquer coisa a ele. Ele me entende. Ela se sentiu mal por esconder coisas dele. *De novo.* Ele acreditou nela quando falou pela primeira vez sobre as criaturas mágicas. Ele confiou nela. Ela precisava se esforçar para recompensar aquela confiança inabalável.

Seth sabia o que se passava com ela – não por causa de algum estranho laço mágico, mas porque a conhecia. Não era só por isso que ela o amava, mas também por este motivo. A calma dele, sua honestidade, sua arte, sua paixão, suas palavras – havia mais motivos para amá-lo do que ela considerava possível. Às vezes, era difícil entender por que ele tinha escolhido ficar com ela.

– Você quer falar sobre isso? – perguntou ele.

Ela olhou para ele, por cima do ombro.

– Eu quero. Só... não aqui nem agora.
– Tudo bem. Eu espero. De novo. – A mesma frustração de antes transpareceu momentaneamente. – Talvez você devesse ir resgatá-lo de Glenn.
– O quê? – Ela não queria resgatar ninguém; queria ficar ali, nos braços de Seth. Queria encontrar um jeito de dizer que algo dentro dela estava confuso. Queria dar um jeito em tudo.
– Glenn está no bar hoje. Você sabe que ele vai importunar Keenan se um de nós não for até lá, e não acho que ele gostaria da minha presença neste momento.
– Foi o Niall, e não você. Keenan deveria saber disso.
Seth ignorou as palavras dela e disse:
– Vai lá salvar seu rei, Ash. O orgulho dele já está ferido e ele é um idiota quando se sente ofendido.

Keenan voltou primeiro. Ele entregou uma cerveja a Seth.
– Aislinn não precisava ir atrás de mim.
– A gente achou que você não precisava do Glenn te infernizando – disse Seth.
O Rei do Verão parecia mais esquisito do que de costume. Ele não gostava do Ninho do Corvo, mas não admitia. Ele ia aonde Aislinn queria que ele fosse, fazia o que a deixava feliz. Se não era do mesmo jeito que Seth se sentia, isso poderia irritá-lo.
A quem estou enganando? Ainda irrita.
Keenan sentou-se na cadeira, concentrado na banda. Eles não eram péssimos, mas não mereciam aquela atenção toda. Damali talvez, mas o restante da banda era no máximo mediano.
Seth não estava no clima de fingir que tudo ia bem.
– Não sei o que houve entre vocês antes de hoje à noite, mas acho que posso adivinhar...

O olhar que Keenan lhe lançou confirmou seus medos.

– Certo, é o seguinte. Se ela escolher te dar mais do que amizade, vai ser horrível para mim. Provavelmente é como você se sente agora.

Keenan estava estático, mas da mesma forma que leões enjaulados ficam imóveis – julgando a fraqueza do adversário. Apesar de parecerem humanos, as criaturas eram alguma Outra coisa. Aislinn era Outra coisa, e quanto mais tempo passasse com eles, mais distante do humanamente normal se tornaria.

E de mim.

Era muito fácil esquecer que eles não eram humanos, mas Seth estava aprendendo a se lembrar. Ser alguma Outra coisa não era ruim; só não eram as mesmas regras. Keenan parecia mais humano depois de tanto tempo entre eles, mas se não fosse por Aislinn insistir para que Seth fizesse parte de sua vida... bem, nem Seth, nem Keenan tinham qualquer ilusão sobre esse aspecto.

Ele pensou sobre isso. Essa indiferença objetiva pela segurança de Seth despontava nas palavras de Keenan às vezes. *E, quando acontece, posso ouvir isso.*

– Eu vejo – disse Seth. – Você olha para Aislinn como se ela fosse o seu universo. Ela também sente isso. Eu não sei se é coisa do Verão ou sei lá o quê.

– Ela é minha rainha. – Keenan deu uma olhada em Seth e voltou a assistir à banda. Se Seth pensasse que Damali era realmente assim tão interessante para Keenan quanto ele demonstrava, talvez ele se preocupasse com ela.

– É, percebi há algum tempo. Sei que você também não está tornando as coisas mais fáceis para mim.

– Eu fiz tudo o que ela pediu ou sugeriu.

– Com a experiência dela de poucos meses no mundo de vocês? Grande ajuda, essa – bufou Seth. – Mas eu entendo. Também não me agrada particularmente te ajudar. Mas ajudarei se ela pedir.

– Então estamos entendidos. – Keenan fez que sim com a cabeça, ainda encarando Damali. A atenção dele fez com que ela brilhasse: sua voz estava perfeita.

– Espero que sim. – Seth deixou transparecer toda a raiva que estava guardada naquelas palavras. – Mas só para esclarecer: se você se aproveitar dela ou levar Aislinn a fazer algo que ela não queira de fato, eu vou, com prazer, usar qualquer influência que tenho.

Em outras circunstâncias, o olhar de escárnio de Keenan seria engraçado; era igual à expressão que aparecia no rosto de Tavish quando afrontado.

– Você acha que pode me passar a perna?

Seth deu de ombros.

– Não sei. Niall nocauteou você para garantir minha segurança. Donia não quer te ver, até onde eu sei. Chela e Gabe parecem gostar de mim. Eu me disponho a tentar, se precisar. – Ele cutucou o piercing em seu lábio enquanto media suas palavras. – Se ela fizer uma escolha justa, é uma coisa. Mas se você usar qualquer ligação mágica para tentar controlá-la, é outra bem diferente.

O sorriso de Keenan estava longe de humano naquele momento. Ele parecia exatamente a criatura eterna que era – voz e movimento frios, sentado em um salão mundano, como um deus da Antiguidade em meio ao povo.

– Você sabe que eu poderia mandar te matar. Pela manhã, não seria nada mais do que um punhado de cinzas chamuscadas. Sua simples presença enfraquece a minha corte.

Após séculos de espera, eu estou livre, mas minha rainha se enfraquece por se apegar à sua mortalidade, por sua causa. Ela é afastada do que me fortaleceria, por você. Não tenho nenhum motivo lógico para não querer te ver morto mais rápido do que você morreria.

Seth se aproximou para que suas palavras não fossem ouvidas.

– Você vai mandar me matar, Keenan?
– Você mataria por ela?
– Claro. *Por* ela, especialmente se fosse você. – Seth sorriu. – Mas não para chamar a atenção dela. Isso seria um sinal de fraqueza, e ela merece mais do que isso.

– Ela chorará a sua morte, mais cedo ou mais tarde. A preocupação com você a entristece. Esse foco piegas na sua breve existência a distrai. Seria melhor para a minha corte se você fosse embora e ela fosse minha rainha de verdade... – As palavras de Keenan desapareceram enquanto ele olhava para Seth com uma expressão indecifrável.

– Porém, se você mandar me matar, ela descobrirá. *Isso* fortaleceria sua corte? – Seth desviou o olhar para ver Aislinn cruzando o salão em direção a eles. Ela franziu o cenho quando os viu, mas não se apressou ou fez algo óbvio.

Ele se virou para Keenan, que estava estático como um leão novamente, observando Aislinn também.

O Rei do Verão falou baixinho.

– Não. Se eu ordenasse sua morte, ela ficaria muito triste. Tavish recomendou isso, apesar das complicações. Mas acho que os riscos para minha corte são maiores que os benefícios de sua morte. Não posso ordenar sua retirada, por mais tentador que seja. Isso a afastaria ainda mais.

O coração de Seth se acelerou. Suspeitar que sua morte fora discutida era uma coisa; ouvir a confirmação disso era totalmente diferente.

– É por isso que você ainda não mandou me matar?

– Em parte. Eu esperava poder ficar com Donia, pelo menos por um tempo. Em vez disso, eu e Aislinn estamos ambos preocupados com amores que não podemos manter. Não é assim que o Verão deveria ser. Nossa Corte gira em torno da frivolidade, do impulso, daquela sensação estonteante de prazer. Não é amor o que sinto por Aislinn, mas nossa corte se fortaleceria se ela fosse minha. Todos os meus instintos me levam a ela. E me distanciam de Donia. Todos sabem que, se você não estivesse no meio, Aislinn *seria* minha.

Seth assistiu ao Rei do Verão observando Aislinn. Sua boca estava seca quando ele disse:

– E?

Com esforço, Keenan tirou os olhos dela.

– E eu não mato mortais... mesmo aqueles que estão no meu caminho. Por enquanto, vou lidar com as coisas como elas estão. Não será assim para sempre. – Ele pareceu um pouco triste ao dizer aquilo, mas Seth não podia ter certeza se era porque ele estava no caminho ou se era porque não estaria no caminho para sempre. – Então vou esperar.

Mais tarde Seth pensaria sobre isso, mas naquele exato momento Aislinn aninhou-se em seus braços.

Aislinn fez um gesto com a cabeça na direção de Damali.

– Ela é boa.

Ambos concordaram murmurando.

– Me faz querer dançar. – Ela ondulou no colo dele. – Quer dançar?

Antes que Seth pudesse responder, Keenan esticou o braço e tocou na mão dela:

– Desculpe-me, mas tenho que ir.

– Ir? Agora? Mas...

– A gente se vê amanhã. – Ele se levantou devagar, movendo-se com a elegância de uma criatura mágica que parecia proclamar sua "Outra coisa". – Os guardas estarão do lado de fora para te acompanhar... onde quer que você vá hoje.

– Vou lá para o Seth – sussurrou ela. Suas bochechas coraram.

A expressão de Keenan não mudou.

– Amanhã então.

E depois ele se foi, mais rápido do que os olhos de qualquer mortal – até mesmo aqueles com a Visão – poderiam acompanhar.

Capítulo 11

Seth não se surpreendeu quando Aislinn foi ficando inquieta após algumas músicas e quis caminhar. Ela já era assim antes de se tornar um ser encantado. Essa era uma das coisas que não havia mudado – como esconder coisas dele. Ela sempre tivera que manter segredos, e quando temia uma rejeição seu instinto era o de continuar a fazê-lo. No entanto, entender por que ela era reservada não significava aceitar esta característica. Eles haviam caminhado cerca de uma quadra apenas quando Seth perguntou:

– Nós vamos conversar sobre o que está te incomodando?

– Precisamos mesmo?

Ele ergueu a sobrancelha e a encarou.

– Você entende que te amo, certo? – Seth inclinou a cabeça dele contra a dela ao dizer isso. – Não importa o que aconteça.

Ela parou, enrijeceu-se e em seguida suas palavras tropeçaram umas nas outras muito rapidamente.

— Keenan me beijou.

— Eu imaginei. – Ele manteve um braço em volta dela enquanto voltavam a caminhar.

— O quê? – Sua pele cintilou quando sua ansiedade despontou.

— Ele estava agindo de modo estranho. Você estava estranha. – Seth deu de ombros, mas não alterou o ritmo de sua caminhada. – Não sou cego, Ash. Eu percebo as coisas. Seja lá o que este laço entre vocês dois for, está piorando com a chegada do verão.

— Está. Estou tentando ignorar o que está acontecendo, só que não é fácil. Mas eu vou conseguir. Você está *bravo*?

Seth parou, medindo suas palavras antes de falar.

— Não. Não estou satisfeito, mas espero isso dele. Não interessa o que ele fez. Quero que me diga o que *você* quer.

— Você.

— Para sempre?

— Se houvesse um jeito. – Ela envolveu com firmeza a cintura de Seth, como se ele fosse desaparecer caso ela o soltasse. Isso doía. Sua pele era mortal, a dela, não. – Mas não há. Não posso transformá-lo *nisso*.

— E se eu quisesse? – perguntou.

— Não é algo que você devesse querer. *Eu* não quero ser *assim*. Por que você iria... – Ela se postou diante dele e o encarou. – Você sabe que te amo. Amo só você. Se eu não tivesse você na minha vida... Não sei o que vou fazer quando você... – ela balançou a cabeça –, mas não temos que pensar nisso. Eu rejeitei Keenan quando ele me beijou. Disse que te amo, e que ele é apenas meu amigo. Eu resisti a ele quando eu era mortal, e vou fazer o mesmo agora.

– E?
– Às vezes, é como uma pressão dentro de mim. Como se ficar longe dele fosse *errado*. – Ela parecia desesperada, como se quisesse que ele contasse as mentiras de que ela mesma tentava se convencer. – Vai ficar mais fácil com o tempo. Tem que ficar. Essa coisa de ser uma criatura mágica é nova. E ele estar livre também é novidade. É só... isso *tem* que ficar mais fácil com o tempo ou com a prática ou algo assim, concorda?

Ele não podia dizer o que ela queria ouvir. Ambos sabiam que não ficaria mais fácil.

Ela baixou o olhar e a voz:

– Eu perguntei a Donia... antes. Sobre você se tornar *isso*. Ela me disse que era uma maldição e que não poderia transformá-lo, e que nem eu poderia... ou Keenan. Keenan não me transformou, nem às Garotas do Verão. Beira também não. Isso era algo que Irial fazia. Não é uma coisa que possamos fazer.

– Então... Niall...

– Talvez. Eu não sei. – Ela se aninhou dentro do abraço dele, mas não disse o que ele queria ouvir. – Talvez seja melhor assim. Você ser amaldiçoado para que possamos ficar juntos não é legal. E se um dia você me odiar? Olhe Don e Keenan. Eles estão fadados a lidar um com o outro para sempre, e agora eles brigam o tempo todo. Olhe para as Garotas do Verão. Elas morreriam sem seu rei. Por que eu iria querer isso para você? Eu te amo... e ser assim... Minha mãe preferiu a morte a se tornar um ser encantado.

– Mas quero ficar perto de você para sempre. – Seth lembrou a ela.

– Mas você vai perder todas as outras pessoas, e...

– Eu quero a eternidade com você. – Seth levantou o queixo dela para que pudesse olhá-la diretamente nos olhos. – O resto se encaixará se eu puder ficar com você.

Ela balançou a cabeça.

– Mesmo que não achasse isso má ideia, *eu* não posso transformá-lo.

– Se você pudesse...

– Não sei – admitiu ela. – Não quero ter poder sobre você e não confio em Niall, mesmo que ele pudesse... e... – Ela estava ficando cada vez mais chateada enquanto falava. Faíscas saíam de seu corpo. – Eu te quero comigo, mas não quero perder você. E se você for como as Garotas do Verão? Ou...

– E se eu não fosse? E se eu morrer porque uma criatura mágica é mais forte do que eu? – perguntou Seth. – E se você precisar de mim e eu não puder ajudá-la porque sou mortal? Estar apenas a meio caminho do seu mundo me deixa vulnerável.

– Eu sei. Tavish diz que eu devia libertá-lo.

– Não sou um animal de estimação a ser solto na natureza. Estou apaixonado por você, e sei o que quero. – Seth a beijou, esperando que suas emoções estivessem tão evidentes em seu toque quanto ele estava tentando deixá-las com suas palavras. As faíscas de sol formigavam contra sua pele: eletricidade, calor e alguma energia estranha que palavras mortais não poderiam nomear.

Para sempre. Assim. Era o que ele queria; era o que ela queria também.

Ele se afastou, meio embriagado pelo toque dela.

– Juntos para sempre.

Ela estava sorrindo.

– Talvez exista um outro meio. Nós podemos... Diga-me que ficaremos bem de qualquer jeito?

– Ficaremos – prometeu ele. – Daremos um jeito.

Ele deixou o braço em volta dela quando recomeçaram a andar. *Tudo* ficaria bem. O Rei do Verão alegava que sua objeção era à mortalidade de Seth, que afastava Aislinn de sua corte. Se Seth fizesse realmente parte da Corte do Verão, não haveria espaço para objeções – mas, até mesmo ao refletir sobre o assunto, Seth sabia que não era tão simples. Poderia ser. Ele nunca quis nada tanto quanto a eternidade com Aislinn. Só precisava encontrar um jeito.

– Vamos para a beira do rio? – Ela luziu, seu corpo inteiro pulsando com a luz solar, e ele a abraçava, sua própria estrela cadente. – Esta noite tem música.

Ele concordou. Não perguntou como ela sabia: era como um chamado para ela. Grandes grupos de suas criaturas mágicas eram como faróis para Aislinn agora.

– Podemos correr? – Nos olhos dela, extensos lagos azuis cintilavam. Ela podia alegar não gostar de ser uma criatura mágica, mas parte dela gostava muito. Se Aislinn conseguisse afastar seu medo de quem, *do que*, era agora, seria mais feliz.

Ele assentiu, e em seguida a abraçou. Seus pés mal tocavam a calçada, resvalando na terra, como se estivessem voando. Se ele se soltasse, levaria um tombo terrível, mas não a soltaria nem agora, nem nunca.

Quando pararam à margem do rio, ela ria com o prazer de correr sobre a terra, com a liberdade de quem ela fora e em que tinha se tornado.

Uma banda tocava à beira do rio. Um dos cantores era uma sereia. Ela repousava na água, dando ordens para os outros na margem. Sua pele era verde-musgo, ligeiramente fosforescente no escuro. Usava uma capa de prata sobre um vestido de algas que mostrava muito mais do que cobria. Da cintura para baixo, seu corpo era uma cauda cheia de escamas, mas de alguma forma mesmo isso parecia elegante. Atrás dela, um trio de sereios estava à toa com alguns gênios da água, mas, diferentemente dela, os outros sereios eram horrorosos. O rosto deles era como o de um bagre, as bocas com bigodes de gato estavam escancaradas enquanto observavam a irmã com uma proteção tal que fez Seth se perguntar se eram realmente as criaturas da Corte Sombria que deveriam ser temidas. Os seres encantados aquáticos eram horripilantes.

Porém, naquele momento, a sereia começou a cantar, e seus irmãos acompanharam em um coro. Seth, então, esqueceu que eram qualquer coisa além de gloriosos.

Não era uma língua que ele conhecia. Não era nem uma música propriamente dita, eles só estavam se exibindo um pouco. Cada célula de seu corpo parecia se esforçar para encontrar uma forma de alinhar-se à melodia. Sua respiração encontrou o ritmo. Não era um feitiço; seu amuleto o protegia daquilo. Eles eram realmente bons.

Seth e Aislinn ficaram em silêncio, perdidos no som e na sensação daquela música. As notas os fizeram levitar, roubando seus segredos, suas almas, e girando-os para o ar e para a água, onde não havia dor. Não havia preocupações. Não havia medo. Cada momento perfeito o preenchia até que sua pele não pudesse mais contê-los.

Em seguida, a música parou.

A magia se quebrou; a gravidade voltou ao seu espírito, ancorando-o à terra. A música deles era assim, suspendia você desse mundo só para largá-lo sem nenhum aviso. A queda doía; a ausência era como um golpe físico.

– Eles são incríveis – sussurrou Aislinn.

– Mais do que isso. – Seth desviou seu olhar dos sereios. O único momento em que ele e Aislinn conseguiram encontrar um lugar para sentar foi entre as músicas. Quando a música começava, ou ficavam paralisados ou dançavam. Ele suspeitou que Aislinn poderia resistir ao apelo das canções, mas ele não podia. A música de seres encantados era inebriante.

Deram apenas alguns passos quando uma huldra chamou a atenção de Seth. De todas as criaturas mágicas que conhecera, huldras estavam entre as mais inquietantes. Elas existiam para instigar e provocar; era seu único propósito. Sem costas e ocas por dentro, literal e figurativamente, seu apelo estava em sua carência. Aquele espaço era um vazio faminto, a que tanto mortais quanto criaturas mágicas tinham dificuldade em resistir. Sem o amuleto que Niall lhe dera, Seth não tinha certeza de como venceria a tentação.

A huldra, Britta, soprou-lhe um beijo.

Aislinn segurou sua mão com mais força, mas não falou nada.

Seth não reagiu. Ele assentiu, mas não fez gestos encorajadores. As noites de música eram realizadas em territórios declarados neutros especialmente para o evento, o que permitia que todas as huldras fossem mais ousadas. Verdade seja dita, Britta, provavelmente, seria ousada independentemente de onde estivessem. Não era fácil se livrar de qualquer criatura forte o suficiente para ser solitária e ainda permanecer onde havia várias cortes em conflito.

Britta caminhou na direção deles. Terreno neutro significava que ali eram todos iguais. Seth gostava disso, mas a tensão no corpo Aislinn deixou bem claro que, naquele momento, ela não gostava.

A poucos passos, Britta tropeçou, e, sem pensar, Seth a amparou. Ao fazê-lo, uma de suas mãos deslizou sobre o espaço onde suas costas deveriam estar. Mesmo que a camisa fina que ela usava cobrisse a maior parte do buraco, ele sentiu a atração daquele espaço vazio.

– Que ótimo reflexo, amor. – Ela beijou sua bochecha com uma familiaridade que não fora conquistada. Em seguida, olhou para Aislinn. – Rainhazinha.

Quando ela se afastou, Aislinn murmurou:

– Eu nunca vou me sentir à vontade entre alguns deles, vou?

– Vai, sim – assegurou-lhe ele. – Nós dois vamos.

– As coisas não eram mais fáceis antes, mas pareciam fazer mais sentido. – Ela apoiou a cabeça nele.

– Tudo vai fazer sentido novamente. Você é nova nisso – disse ele.

Ela assentiu, e ele suspeitava que era porque ela não podia responder sem tentar distorcer o sentido de suas palavras, para que parecesse menos receosa do que estava. Ele também tinha medo. Se contasse a ela as coisas que Keenan dissera, se contasse o quanto ela realmente o machucou quando se esqueceu de sua própria força, a afastaria ainda mais, quando queria trazê-la mais perto. Queria estar mais próximo dela, mas até que ela se redescobrisse e ele encontrasse um jeito de se tornar mais do que apenas um mortal preso em um mundo encantado, a distância era inevitável.

Naquele momento, os sereios começaram realmente a cantar. Músicos os acompanharam ao longo da margem do rio e das árvores e de mais longe na escuridão onde os olhos mortais não podiam vê-los. Batidas vibrantes e cantos ritmados, sons que não eram feitos por qualquer instrumento possuído por mortais, e as vozes subindo e descendo como dedos de água lambendo a margem – pura melodia os cercava.

Aislinn suspirou de contentamento.

– Não é tão ruim, não é?

– Nem um pouco. – Ele sentia a música, a pureza dela, como se fosse algo tangível.

O Mundo Encantado não era perfeito, mas às vezes era muito mais completo. As músicas casuais eram mais intensas, mais cativantes do que a música que até mesmo os melhores músicos humanos poderiam tocar. Ninguém coreografava o movimento dos dançarinos que interpretavam as notas com seus corpos; ninguém dirigia os músicos que se harmonizavam na escuridão.

– Venha comigo. – Aislinn levou-o até uma árvore morta.

Nos galhos, havia três corvos empoleirados. Por um segundo, ele teve certeza de que os olhos das aves estavam fixos nele, mas Aislinn puxou sua mão e ele a seguiu, tão consumido por ela quanto pela música. Ele achou que seu coração atravessaria o peito quando ela soltou sua mão. Estava de costas para os cantores, mas a música girava em torno dele. À sua frente, ela era uma visão que competia com a música. Ela tocou um pedaço de uma videira torcida em volta da árvore esquelética. A videira cresceu sob a sua mão, farfalhando e se estendendo, até que um balanço – quase como uma rede – pendia de um galho.

Em seguida, ela parou de tocar a videira e pegou a mão de Seth novamente.

Enquanto a estivesse tocando, vendo, perdido nela, ele conseguiria se mover. A música ainda o possuía, mas o fascínio dela sobre ele era mais do que magia de seres encantados. O amor pode dar força a uma pessoa para romper os encantos e magias.

– Me abraça? – pediu ela.

– Com prazer. – Ele se sentou na rede de videira e abriu os braços para ela.

Capítulo 12

Quando Bananach chegou, Donia estava sentada à janela do quarto andar, vendo as estrelas aparecerem no céu. Era um dos seus momentos favoritos do dia, quando as cores que listravam o céu desapareciam. As coisas não eram claras nem escuras, mas um meio-termo. Fora assim que Donia vira sua vida por muito tempo: podia melhorar ou piorar. Ela esperava que melhorasse, mas esta noite Guerra estava diante de seu portão, à sua procura.

Donia observou Bananach caminhando vagarosamente pela trilha no jardim. Então, parou e agarrou uma das hastes da cerca pontiaguda. A ponta da haste em forma de flecha era afiada como uma faca. Bananach não apertara a ponta da haste com força suficiente para se ferir ao parar e olhar para a casa.

Por que você está aqui?

Donia não passara tempo suficiente estudando os poderosos seres mágicos semissolitários. Não tivera motivos para fazê-lo. Mas, nos últimos meses, ela os analisara o máximo que pudera, lendo as antigas cartas que Beira trocava com vários seres solitários e com os líderes de outras cortes. A Corte Sombria, de muitas formas, fazia mais sentido para ela do que as outras cortes. A Corte do Verão, de Keenan, ainda era inexperiente, estava despontando. Sua identidade ainda se formava. Apesar de já existir há muito tempo, a corte estava se recriando agora com a descoberta da rainha perdida de Keenan. A Alta Corte de Sorcha era fechada e não se dispunha a interagir mais do que minimamente com alguém de fora do seu reino. A Corte Sombria era uma rede elaborada de iniciativas criminosas. Durante o reinado de Beira, Irial vendia as drogas que estivessem em voga. As criaturas dele estavam ligadas a crimes célebres e empreendimentos mesquinhos. O próprio Irial era dono de uma cadeia de prostíbulos e bares de fetiche que atendiam a quase todo tipo de perversão. Parte disso mudara quando Niall assumiu a Corte Sombria. Como Irial, o novo Rei Sombrio não cruzava determinados limites, mas ele mesmo se impunha alguns a mais. Entretanto, Bananach não tinha nenhum. Ela só tinha uma meta, um propósito – o caos e o derramamento de sangue causados pela guerra.

Enquanto Donia olhava para Guerra através do vidro sujo, a amoral, a obstinada criatura parou, com os olhos fechados, e sorriu.

Atrás dela, Evan bateu suavemente na porta.

– Donia?

Ele entrou, enchendo o quarto abafado com o aroma amadeirado que o caracterizava:

– Ah, você já viu que ela está aqui.

Donia não desviou a vista da janela quando Evan veio ficar atrás dela.

- O que ela quer de nós?
- Nada que a gente queira dar - respondeu Evan com um calafrio.

Donia não achava que manter suas criaturas por perto, nem mesmo o Chefe da Guarda, fosse uma boa ideia. Guerra superaria qualquer guarda solitário - e provavelmente pelotões inteiros - sem qualquer esforço. Era melhor não expor nenhuma tentação diante dela. Era melhor evitar completamente qualquer contato, mas hoje esta não era uma opção.

- Eu a receberei sozinha - disse Donia.

Evan fez uma reverência com a cabeça e saiu enquanto Bananach subia as escadas apressadamente.

Uma vez no recinto, a criatura-corvo se acomodou no centro do tapete. Sentou-se de pernas cruzadas, como num acampamento - vestindo um uniforme militar manchado de sangue, cheirando a cinzas e morte - e deu tapinhas no chão:

- Venha.

Donia observava atentamente a mais-do-que-levemente-zangada criatura. Bananach podia parecer simpática naquele momento, mas Guerra não vinha chamá-la sem motivo.

- Não tenho nada a conversar com você.
- Devo dizer o que eu tenho a lhe dizer então?

Bananach gesticulou pela extensão do quarto e gritos surgiram do silêncio que reinava no domínio de Donia. Vozes de criaturas e de mortais se misturavam em gritos rancorosos que forçaram lágrimas nos olhos de Donia. Rostos esfumaçados pairavam e piscavam pelo quarto. Corpos ensanguentados pisoteados por pés encantados surgiram - apenas para serem substituídos por grotescos membros deformados que rumavam para as janelas. Essas imagens abriam caminho para cenas de antigos campos de batalha onde a grama estava manchada de sangue e casas queimavam. Oscilando entre essas cenas, flashes de mortais adoecidos pela peste e pela fome.

– Possibilidades adoráveis se apresentam para nós. – Bananach suspirou enquanto olhava para a outra extremidade do quarto, onde suas visões se iluminavam até quase ganharem vida. – Tanta coisa pode ser antecipada com você ao meu lado.

O gramado coberto de sangue deu lugar a uma nova visão: Keenan estendido sob a vaga imagem de Donia. Eles estavam no chão liso, onde antes haviam feito amor. Enquanto observava, Donia se via no chão, aninhada nos braços de Keenan. A imagem não era real, mas a fez refletir.

Ele tinha queimaduras causadas pelo gelo; ela estava cheia de bolhas.

Ela se dirigiu a ele, disse palavras que já falara muitas vezes antes, mas certa vez jurara nunca mais repetir para Keenan:

– Eu te amo.

E ele suspirou um nome, não o seu:

– Aislinn...

Donia se levantou.

– Não posso fazer isso, Keenan – ela sussurrou. Uma rajada de neve flutuou pelo quarto.

Ele a seguiu, implorando por perdão novamente.

– Don... Foi sem querer... Me desculpe...

Sua cópia ilusória enterrou as mãos no estômago de Keenan, penetrando-o.

Ele caiu.

Um raio de sol brilhou, ofuscando-a brevemente, mesmo sendo somente uma ilusão.

– Você é igual a Beira – as palavras de Bananach saíram como um sussurro –, tão tempestuosa, tão pronta a me oferecer meu caos quanto ela.

Donia não conseguia se mexer. Continuou sentada, olhando fixamente a fraca visão de si mesma com as mãos manchadas pelo sangue de Keenan.

– Fiquei preocupada, temia que você fosse diferente. – Bananach cantarolou as palavras. – Beira demorou muito mais para chegar ao ponto de atacar o último Rei do Verão. Você não.

A Donia com as mãos tingidas de vermelho postou-se diante de Keenan, observando-o sangrar. Ele tinha raiva nos olhos.

– Isso não aconteceu. – Ela invocou toda a reserva da calma do Inverno. – Eu não feri Keenan. Eu o amo.

Bananach gralhou. Foi um som horrível, que pôs fim à paz na casa de Donia.

– Algo pelo qual sou grata, Rainha da Neve. Se você fosse fria por dentro, sem sentimentos, não teria a crueldade do Inverno de que tanto precisamos para ajeitar as coisas.

– Por que você me diz isso?

– Digo o quê? – A cabeça de Bananach foi se inclinando aos poucos para o lado, até assumir um ângulo grotesco.

– Se você me diz o que será necessário para dar início a sua guerra, por que eu faria isso? – Donia cruzou e descruzou os pés. Alongou-se, permitindo-se brevemente ficar com os olhos fechados, como se estivesse desconcertada pelos horrores trazidos por Bananach. Não foi muito convincente.

Tambores de batalha se ergueram como um muro de trovões ao redor delas. Gritos rompiam o ritmo das batidas. Em seguida, o som parou bruscamente, deixando apenas uma melancólica melodia de gaitas de fole, pura demais para o caos que as precedera.

– Talvez eu não queira que você apunhale o reizinho. – Bananach deu um sorrisinho malicioso. – Talvez isso impeça minha preciosa destruição... Sua atitude pode nos levar à mesma reviravolta que o assassinato de Miach por Beira nos levou.

– Qual atitude?

Bananach estalou a mandíbula com um decidido estrépito.

– Uma delas. Talvez mais.

Donia recuou enquanto as figuras ilusórias continuavam seus conflitos. Sua dublê era golpeada incessantemente por um ensanguentado Rei do Verão cheio-de-raios-de-sol-e-fúria. Em seguida, a cena retrocedeu para o momento em que Keenan dissera o nome de Aislinn, mas desta vez Donia o atacou até que ele estivesse imóvel no chão.

– Existem tantas respostas maravilhosas para sua pergunta, Neve. – Bananach cantarolou as palavras. – Tantas maneiras de você nos dar nossas soluções sanguinolentas.

Novamente a cena se desdobrou.

Ela se dirigiu a ele, disse palavras que já falara muitas vezes antes, mas certa vez jurara nunca mais repetir para Keenan:

– Eu te amo.

Ele suspirou.

– Eu te amo, mas não posso ficar com você.

Donia não conseguia tirar os olhos da visão.

E, mais uma vez, a cena recomeçou.

Ela se dirigiu a ele, disse palavras que já falara muitas vezes antes, mas certa vez jurara nunca mais repetir para Keenan:
— Eu te amo.
E ele suspirou um nome, não o seu:
— Aislinn...
Donia se levantou.
— Não posso fazer isso, Keenan — *sussurrou.*
Uma rajada de neve flutuou pelo quarto.
Ele investiu contra ela.
— Era apenas um jogo...

Desta vez, ambos atacavam um ao outro até que o quarto estivesse tomado por vapor. Nele, cadáveres apareceram novamente, ficando mais sólidos à medida que o tempo passava. No centro da matança, Bananach mantinha-se como o feliz corvo carniceiro que era.

— Por quê? — Era a única palavra que restava a Donia. — Por quê?

— Por que você congela a terra? — Bananach parou e, quando Donia não respondeu, ela acrescentou: — Todos nós temos objetivos, Garota do Inverno. O seu e o meu são a destruição. Você aceitou isso quando tomou a corte de Beira como sua.

— Não é isso que eu quero.

— Poder? Que ele sofra por magoá-la? — Bananach riu. — É claro que você quer isso. Eu somente encontro o caminho para que você me dê o que quero. Eu as vejo — ela gesticulou para o quarto —, nenhuma delas é a minha possibilidade. Elas são todas suas.

Capítulo 13

A semana seguinte pareceu quase normal para Aislinn: as coisas com Seth estavam bem novamente, Keenan não tentou passar dos limites com ela e a corte aparentemente estava calma. Ela não podia continuar ignorando Keenan, e estava se tornando quase uma dor física ficar tão longe dele, portanto decidiu simplesmente fingir que a estranheza da semana anterior não tinha acontecido. Ela evitou ficar sozinha com Keenan nos últimos dois dias, mas, a não ser por poucos olhares bem dirigidos, quando convidava Quinn ou Tavish a participarem de uma conversa na qual de fato não seria necessária a presença deles... e, está bem, talvez alguns momentos muito claros de "criação de laços" com as Garotas do Verão, Keenan fingia não notar sua atitude evasiva. Ele simplesmente esperava enquanto ela se apegava a suas criaturas como escudo. Ela gostava de passar tempo com elas, especialmente com Eliza, mas isso não explicava a necessidade de dançar no parque justo no momento em que Keenan se aproximava.

Totalmente óbvio. Estava claro para todos, mas ninguém tocava no assunto. A não ser por Keenan e Seth, ninguém tinha abertura para falar sobre isso com Aislinn. Ela era a rainha deles, e, por enquanto, isso lhe concedia um pouco mais de privacidade.

Todos eles veem que está acontecendo alguma coisa. Estão agitados por causa disso. Ela prometera a si mesma ser uma boa rainha. Perturbar a todos não era o que uma boa rainha deveria fazer.

Com um pouco de tremor na mão, Aislinn bateu na porta do escritório.

– Keenan? – Ela a abriu. – Você está ocupado?

Ele tinha espalhado os gráficos dela na mesinha de centro. Música de fundo tocava suavemente – um dos velhos CDs dela, na verdade, "Haunted" de Poe. Ela o tinha escolhido uma tarde, na Troca Musical, com Seth.

Keenan a encarou e deixou claro que sabia o que estava acontecendo ao olhar para além de Aislinn:

– Onde está sua equipe de seguranças?

Ela fechou a porta.

– Eu dei a tarde de folga para eles. Pensei que podia ficar com você... que a gente podia conversar.

– Entendi. – Ele olhou para os gráficos dela. – Você teve uma boa ideia aqui, mas não vamos progredir muito nessa área deserta.

– Por quê? – Ela não se deu o trabalho de mudar de assunto. Ela mesma não estava totalmente certa de que queria conversar sobre aquilo, mas eles precisavam.

– Rika mora lá. Ela era uma das Garotas do Inverno. – Ele franziu o cenho. – É muito parecida com Don. Ela tem problemas comigo.

— Você fala como se isso fosse surpresa. — Ela se postou perto do sofá, mais próxima dele do que deveria, mas não ia deixar que qualquer constrangimento que tivesse acontecido a dominasse.

— Mas é. — Keenan se recostou no sofá, pousou os pés sobre a mesinha de centro e cruzou as mãos. — Elas agem como se meu objetivo fosse mesmo lhes fazer mal. Eu nunca quis que ninguém se ferisse... Exceto Beira e Irial.

— Então elas deveriam apenas perdoar e esquecer? — Aislinn evitara esse assunto por meses. Ela tinha evitado vários assuntos, mas, cedo ou tarde, eles teriam que resolvê-los. A eternidade era um tempo terrivelmente longo para deixar as coisas mal-resolvidas. — Todas nós perdemos muito quando você escolhe...

— Nós? — interrompeu ele.

— O quê? — Ela puxou uma cadeira e se sentou.

— Você disse "nós perdemos muito". Você se incluiu no mesmo grupo que as Garotas do Verão e do Inverno.

— Não, eu... — Ela parou de falar e corou. — Eu fiz isso mesmo, não foi?

Ele assentiu.

— Eu *sou* uma delas. Nós, aquelas que você escolheu, perdemos muito. — Ela abaixou a cabeça, o cabelo caindo para a frente como uma cortina em que se pudesse esconder atrás. — Não que eu não tenha ganhado coisas maravilhosas também. Eu sei disso. De verdade.

A expressão no rosto dele estava incomumente fechada ao fitá-la:

— Mas?

— Mas não é fácil. Ser assim. Eu juro que não consigo me acostumar. Vovó vai morrer. Seth. — Ela parou de falar, sem conseguir sequer completar a frase. – Vou perder todos. Eu não vou morrer e eles vão.

Ele ergueu a mão, como se para tocá-la, e depois a baixou.
– Eu sei.

Ela respirou fundo algumas vezes para se acalmar:
– É difícil não ficar furiosa com isso. Você ter me escolhido significa que perderei as pessoas que eu amo. Eu vou viver pra sempre, vendo os que amo envelhecerem e morrerem.

– Isso significa que perderei a pessoa que amo também. Donia só estará em minha vida enquanto o seu coração estiver em outro lugar – admitiu Keenan.

– Pare. – Aislinn se contraiu ao ouvir Keenan dizendo tais coisas tão casualmente. – Não é justo... com *ninguém*.

– Eu sei. – Ele estava estático como ela jamais o vira. O sol nascia no oásis que Aislinn conseguia enxergar nos olhos de Keenan. – Eu nunca quis que as coisas fossem assim. Beira e Irial limitaram meus poderes, esconderam-nos de mim. O que eu deveria fazer? Deixar o verão morrer? Deixar a terra congelar até que todos os mortais e as criaturas do verão desaparecessem?

– Não.

O lado racional dela entendia. Aislinn sabia que não havia muitas escolhas a não ser as que ele fizera, mas ainda assim doía. A lógica não levava embora arrependimento ou medo ou nada disso, na prática. Ela havia acabado de encontrar Seth, e já o estava perdendo. *Ele vai morrer*. Ela pensou nisso. Não podia dizer, mas ela pensava nisso com frequência. Daqui a anos, séculos, ela ainda seria assim, e ele seria pó na terra. *Como posso não ficar furiosa?* Se ela não fosse um ser encantado, não teria que encarar um futuro sem a presença de Seth.

– Então, o que você teria feito diferente, Aislinn? Você teria deixado a corte morrer? Se Irial tivesse limitado os *seus* poderes, você teria ignorado e permitido que *sua corte* e a humanidade definhassem e morressem?

Ela podia ver uma estrela morrendo nos olhos de Keenan, uma órbita negra com uns poucos lampejos desesperados de luz cintilante. Ao encará-lo, incapaz de falar, viu pequeninas estrelas rodeando aquele sol que morria; já estavam todos sem vida na vastidão crescente. Ela não tinha a intenção de amar sua corte; se ele tivesse lhe dito, meses atrás, que se sentiria assim, ela não teria acreditado. Mas, no momento em que se tornou sua rainha, sentiu um instinto de protetor feroz. A Corte do Verão tinha que se fortalecer. Ela usava o pouco conhecimento e experiência sobre política que tinha para ajudá-los a se fortificar. Tentava lentamente neutralizar a falta de equilíbrio gerada pela Corte de Donia. Sua corte, suas criaturas, o bem-estar da terra – eram mais do que escolhas. Ela acreditava neles. Se sentindo como se sentia naquele momento, será que teria feito algo diferente no lugar dele? Teria deixado Eliza morrer? Suportaria ver todos os filhotes morrerem congelados?

– Não. Eu não suportaria – admitiu ela.

– Não pense nem por um segundo que desejei o que aconteceu às Garotas do Inverno e às Garotas do Verão. – Ele se ajeitou no sofá, inclinando-se para a frente na ponta da almofada, e seu olhar encontrou o dela. – Eu passei mais tempo me censurando pelo que tive de fazer do que você jamais saberá. Eu quis – ele olhou para ela enquanto estrelas, mal cintilando no limbo, se formavam em seus olhos – que cada uma delas fosse *você*. E quando não eram, eu sabia que as condenava a uma morte lenta se não conseguisse te achar.

Ela se sentou em silêncio. *Ele tinha minha idade quando isso começou. Tomar essas decisões. Ter esperanças.*

– Eu daria a mortalidade a todas elas de novo se pudesse, mas mesmo isso não repararia o que perderam. – Keenan começou a empilhar os papéis da mesa de centro. – E, mesmo que pudesse torná-las mortais novamente, eu não estaria disposto a correr o risco de lhe oferecer a mesma coisa, por medo de que a maldição de Beira voltasse. Então, ainda assim, eu carregaria o fardo de saber que tirei a mortalidade daquela que me salvou. Você é minha salvadora, e não posso te fazer feliz.

– Eu não estou...

– Está. E isso nos põe em algo como uma relação estranha, não põe?

– A gente vai dar um jeito – sussurrou ela. – Temos a eternidade, não temos? – Ela tentou suavizar a voz para acalmá-lo. Essa não era a conversa que ela queria ter com ele, mas era a que precisavam ter agora, por um breve período.

– Temos. – Ele voltou para aquela posição estática do início da conversa. – E passarei a eternidade me dedicando, como puder, a fazê-la feliz.

– Não era isso que eu... Quero dizer... Não quero que você faça algo para tentar compensar o que tinha de ser. Eu só... Eu tenho medo de perdê-los. Não quero ficar sozinha.

– Você não vai ficar. Ficaremos juntos para sempre.

– Você é meu *amigo*, Keenan. Aquilo que aconteceu outro dia? Não pode se repetir. Não deveria nem ter acontecido. – Ela estava tão tensa, os músculos estavam tão contraídos que não conseguia nem descruzar as pernas. – Eu preciso de você... mas eu não te amo.

– Você queria que eu te tocasse.

Ela engoliu a mentira que queria dizer e admitiu:

– Queria. Assim que você estendeu a mão, eu não queria nada mais além daquilo.

– Então o que você quer que eu faça? – Ele parecia artificialmente calmo.

– Não estenda sua mão. – Ela mordeu o lábio até sentir a pele se romper e o sangue correr.

Frustrado, ele passou a mão por seu cabelo cor de cobre, mas assentiu:

– Vou tentar. É tudo o que eu posso dizer e ainda ser verdadeiro.

Um calafrio percorreu o corpo de Aislinn:

– Vou falar com a Donia hoje à noite. Você a ama.

– Eu amo. – Keenan parecia tão confuso quanto ela. – Mas isso não muda o que sinto quando te vejo, ou quando penso em você, ou quando estou perto de você. Você não pode negar que sente o mesmo.

– Amor e desejo não são a mesma coisa.

– Você está dizendo que o que sinto é um simples desejo? Isso é tudo que você sente? – A arrogância dele voltara, de modo tão firme quanto fora quando se encontraram pela primeira vez e ela rejeitara suas investidas.

– Não é um desafio, Keenan. Eu não estou fugindo de você.

– Se você nos desse uma chance...

– Eu amo *Seth*. Eu... ele é o meu coração. Se eu pudesse encontrar um jeito de tê-lo para sempre comigo sem ser egoísta, eu o faria. Não vou fingir que não sinto um impulso me atraindo para você. Você é meu *rei*, e preciso que você seja meu amigo, mas não quero um relacionamento com você. Desculpe-me. Você já sabia disso quando me tornei sua rainha. Nada mudou. E nada vai mudar enquanto eu estiver com ele e eu quero... – Ela parou de falar. Dizer aquilo que estava pensando tornava tudo muito decisivo, mas continuou: – Eu quero achar uma maneira de tornar Seth um de nós. Quero ele comigo para sempre.

– Não. – Não era uma resposta: era a ordem de um rei.

– Por quê? – O coração dela batia acelerado. – Ele quer ficar comigo... e eu quero...

– Donia também pensava que queria ficar comigo para sempre. E Rika também. E Liseli... e Nathalie... e... – Ele gesticulou para a extensão do aposento, onde não havia ninguém a não ser eles dois. – Onde elas estão?

– É diferente. Seth é diferente.

– Então você aceitaria que ele fosse como as Garotas do Verão? Você o veria morrer se ele te deixasse? – Keenan parecia irritado. – Você acabou de me dizer que se ressente porque a transformei. E muitos se sentem assim, por eu os ter transformado. Não. Não persiga isso.

– É o que ele *quer*. Podemos dar um jeito. – Aislinn o ouviu expressar os mesmos temores que ela tinha, mas esperava que Keenan lhe dissesse que ela estava se preocupando por nada, que havia um jeito.

– Não, Ash. Ele acha que sim, mas transformá-lo apenas faria dele seu serviçal, seu escravo. E ele não ia querer isso de fato. Nem você. Eu acreditava que as Garotas do Verão queriam ficar comigo para sempre. E muitas também acreditavam nisso. E as Garotas do Inverno acreditavam tanto que também tiveram que sofrer pelos meus erros. Esquece isso. Um ser encantado nunca consegue oferecer a um mortal o que ele realmente quer, e amaldiçoar alguém que você ama... – O Rei do Verão parecia muito mais velho que ela agora. – Não é chamado de maldição por ser bonito, Aislinn. Se você realmente ama Seth, vai cuidar dele enquanto ele estiver em sua vida e depois vai deixá-lo partir. Se eu pudesse escolher que fosse de outro jeito...

Ela se levantou.

– Era isso que você esperava o tempo todo, não era? Que ele se fosse pouco depois da minha transformação. Você sabia que eu me sentiria assim com você.

– Mortais não foram feitos para amar criaturas mágicas.

– Então atender às minhas exigências não foi grande coisa, foi? Seth e eu vamos nos separar e você... simplesmente... Não.

Keenan a encarou, e ela se lembrou dos comentários de Denny sobre experiência e idade e admitiu para si mesma que ele tinha um ótimo argumento. E se Keenan não desistisse, o que isso significaria para ela? Ele tinha passado os seus quase novecentos anos conquistando garotas, uma após outra. E todas elas sucumbiram.

E nenhuma delas era sua rainha.

O olhar dele era pesaroso, mas suas palavras não foram menos duras:

– É melhor amar alguém e saber que ele seguiu feliz do que destruí-lo. Amaldiçoar alguém de quem você gosta não é um ato de amor. Eu me arrependo de cada uma delas.

– Seth e eu somos diferentes. Só porque Donia está te afastando, não significa que não vai dar certo para mim. As coisas ainda podem dar certo para vocês. Você pode dar um jeito.

– Eu queria que você tivesse razão, ou que aceitasse que eu estou certo. Ash, você acha que a Don está se afastando de mim por quê? Por que o Seth quer ser amaldiçoado? Eles veem o que você se nega a admitir. Você e eu somos algo inevitável. – O sorriso de Keenan era triste. – Eu não estou errado e não vou te ajudar a cometer um erro desses.

Tudo o que ela fez foi sair correndo do escritório.

E como acontecera quando ainda era mortal, ela precisava da ajuda da criatura que amava Keenan. Se Donia o perdoasse pelos erros que ele tinha cometido, isso iria convencê-lo de que o amor poderia acertar as coisas. Talvez ele a ajudasse. Pelo menos, pararia de correr atrás dela se tivesse o amor de Donia. Donia *tinha* que ficar com Keenan.

As coisas se acertarão quando Donia o aceitar de volta.

O trajeto até a casa de Donia foi um borrão. Apenas quando percorria uma rua silenciosa na periferia da cidade Aislinn admitiu que sentia vários tipos de medos diferentes – não só do que aconteceria se Donia rejeitasse de fato Keenan para sempre, mas do que ocorreria quando ela estivesse na belíssima propriedade vitoriana da Rainha do Inverno. Eram amigas, mas isso não significava que Donia não poderia ser aterrorizante. O Inverno dói, e na casa de Donia é sempre Inverno.

Criaturas do inverno se moviam silenciosamente pelo jardim de espinhos. As árvores congeladas e arbustos protegidos do sol faziam o jardim parecer deslocado em meio à vizinhança verdejante. Enquanto Aislinn descia a rua, viu cachorros descansando nas varandas das casas, uma garota se bronzeando em uma felicidade lânguida e mais flores do que jamais vira em sua vida inteira. A morte de Beira e a libertação de Keenan estavam equilibrando as coisas e permitindo à vida florescer novamente. Mas nesse jardim, a neve nunca derreteria; os mortais que passassem por aqui continuariam a desviar o olhar. Ninguém – mortal ou criatura mágica – adentrava esse frígido jardim sem a permissão da Rainha do Inverno. Permissão que fora negada a Keenan. *O que eu estou fazendo aqui?*

Keenan precisava de Donia; eles se amavam, e Aislinn precisava lembrá-la disso. Aqueles que uma vez foram mortais podiam amar criaturas mágicas.

Enquanto Aislinn cruzava o jardim, a grama congelada derretia sob seus pés. Atrás dela, ela podia ouvir o estalar da neve se formando instantaneamente de novo. Esse era o domínio de Donia. Era onde ela tinha mais força. *E onde eu fico mais fraca.* Após séculos com Beira declarando aquele lugar como seu centro de poder, ele existia tanto nos limites do Mundo Encantado quanto no reino dos mortais, algo que Keenan fora – e ainda era – incapaz de conquistar.

A pele dela pinicava desconfortavelmente enquanto caminhava pelo mundo gelado. Aislinn era uma intrusa e o Inverno era tão imprevisível quanto o Verão. Donia podia negá-lo, mas Aislinn passara sua vida temendo a devastação da neve aparentemente interminável. Ela vira corpos sem vida e congelados nas ruas; as expressões mortas de dor eram algo que não conseguia esquecer. Aislinn tinha sentido a dor do gelo utilizado como uma arma quando ela e Keenan enfrentaram a antiga Rainha do Inverno.

Essa não era Donia, Aislinn lembrou a si mesma, mas não fez diferença. Algo na simples oposição de suas cortes fazia com que ela quisesse ter a mão de Keenan entrelaçada na sua, mas ele não estava ali.

Assim que pisou na varanda da entrada, uma das criaturas de asas brancas do Povo do Pilriteiro abriu a porta. Ela se movia sem fazer nenhum barulho, e não disse nada quando Aislinn passou pela porta e se arrepiou com o frio que tomava o aposento. Ela também não disse nada enquanto Aislinn andou quase deslizando pela casa escura.

– Donia está ocupada? – A voz de Aislinn ecoou no silêncio, mas não houve resposta.

Aislinn realmente não esperava por isso: as criaturas do Pilriteiro eram mudas. E isso só as tornava mais perturbadoras. Elas nunca se afastavam de Donia, e só saíam da casa da Rainha do Inverno para acompanhá-la. Seus olhos vermelhos em brasa reluziam como carvão numa lareira em seus semblantes acinzentados.

A garota guiou Aislinn por entre várias outras criaturas do Pilriteiro que vagavam pelo saguão principal. O fogo de uma lareira crepitava em uma das salas quando elas passaram e o crepitar da madeira era o único som além do retumbar dos pés de Aislinn na madeira envelhecida do chão. A Corte do Inverno podia se mover com uma horripilante quietude, e um calafrio percorreu o pescoço de Aislinn.

Na frente de uma porta fechada, a criatura do Pilriteiro parou. Ela não fez nenhuma menção de abrir a porta.

– Eu preciso bater? – perguntou Aislinn.

Mas a garota se virou e saiu.

– Grande ajuda. – Ela esticou a mão justamente quando a porta se abriu por dentro.

– Entre. – Evan fez um movimento com a cabeça indicando que Aislinn entrasse no aposento.

– Oi, Evan.

– Minha rainha falará com você a sós – disse ele, mas seguiu a frase com um sorriso amigável, vincando o rosto em uma expressão que aliviou levemente a tensão que Aislinn sentia. Assim como o Povo do Pilriteiro, seus olhos vermelho-cereja se destacavam, mas, enquanto as criaturas do Pilriteiro eram tingidas da cor de cinzas de um fogo esmorecido, homens-árvore, como Evan, eram a própria imagem da fecundidade. Sua pele-casca marrom-acinzentada e o cabelo verde como folhas lembravam as árvores que vagavam livremente pela terra. Eram criaturas do Verão, de sua corte. Era um alívio vê-lo.

Mas ele já estava de saída, e Aislinn ficou sozinha com Donia e seu lobo, Sasha.

– Donia – começou Aislinn, mas de repente não conseguiu pensar em nenhuma palavra para continuar.

A Rainha do Inverno não facilitava as coisas. Apenas ficou parada observando Aislinn.

– Presumo que ele a tenha mandado aqui.

– Ele preferia falar pessoalmente com você. – Aislinn se sentiu como uma criança na grande sala hostil, mas como Donia não tinha oferecido a ela um lugar para se sentar ou feito qualquer menção de que ela mesma se sentaria, permaneceu de pé. O tapete debaixo de seus pés estava quase esfarrapado, um verde esmaecido, e de alguma maneira ainda parecia opulento. Aislinn suspeitava que ele ficaria melhor em um museu do que em uma casa.

– Mandei Evan não deixar ele entrar. – Donia afastou-se de Aislinn, mantendo uma distância exagerada entre elas.

Aislinn estava nervosa pelo fato de a Rainha do Inverno se sentir compelida a se manter fora de seu alcance.

– Posso perguntar por quê?

– Pode. – Donia parecia extraordinariamente inacessível.

Aislinn tentou fazer com que a sua irritação e a pontada de medo a abandonassem:

– Está bem. Só estou perguntando.

— Eu não quero vê-lo. — Donia sorriu e Aislinn se arrepiou.

— Olha, se você quer que eu vá embora, diga. Estou aqui porque ele pediu e porque gosto de você. — Aislinn cruzou os braços sobre o peito, tanto para evitar se impacientar facilmente quanto para conter a vontade de esticar a mão e esmagar um dos delicados globos de neve que se alinhavam em uma prateleira na parede. Eles não eram o tipo de coisa que Aislinn esperava que Donia tivesse, mas aquele momento não parecia ser a melhor hora para perguntar. Algo no comportamento de Donia estava diferente, e Aislinn sentiu que estava respondendo a uma ameaça invisível.

— Seu temperamento fica mais óbvio à medida que o Verão se fortalece. — O sorriso gélido de Donia era firme. — Como o dele. Você até se parece com ele, com aquele brilho pulsando sob sua pele.

— Keenan é meu amigo. — Aislinn mordeu o lábio e encravou os dedos com mais força ainda sobre os braços cruzados, não porque estivesse nervosa, mas para se controlar.

A Rainha do Inverno se afastou um pouco mais. Ela parou à janela e passou o dedo sobre o vidro, cobrindo-o com flores congeladas. Não olhou para Aislinn quando começou a falar.

— Amá-lo é como uma ferida. Ele é tudo com que sempre sonhei. Quando estamos juntos... — suspirou Donia, uma nuvem de ar frio que deixou gotículas congeladas nas cortinas. — Não me importa que ele possa me queimar. Neste momento, eu receberia isso com satisfação. Eu aceitaria, mesmo que isso acabasse comigo.

O temperamento de Aislinn se acalmou, e ela corou, despreparada para este tipo de conversa com Donia.

Donia não tirou os olhos do vidro ao prosseguir:

— Já me perguntei se era por isso que Miach e Beira não conseguiram coexistir. Eu vejo o que está acontecendo, a história está prestes a se repetir. Não pense que não percebo, Ash.

A Rainha do Inverno deu as costas para o vidro, apoiando-se contra ele, emoldurado pela renda de gelo com a qual tinha decorado o vidro e as cortinas.

— Não estou te julgando. Eu *quero* que você fique com Keenan — insistiu Aislinn.

— Mesmo que seja um erro? — O tom de Donia era incompreensível para Aislinn. Beirava a provocação. — Mesmo que seja a história se repetindo? Mesmo que as consequências sejam catastróficas? Você deixaria que iniciássemos uma guerra para proteger o seu coração?

Aislinn não conseguiu responder. Ela não tinha parado para pensar sobre o fato de que os pais de Keenan eram o Rei do Verão e a Rainha do Inverno.

— Eu fico imaginando se Beira ter matado Miach foi algo inesperado. Reis do Verão são tão inconstantes. O Inverno pode ser tão mais tranquilo. — Enquanto Donia falava, uma cadeira de gelo se formou embaixo dela. Os cantos não eram lisos, mas dentados como ondas congeladas quando estavam quase se quebrando.

Aislinn não tinha intenção, mas riu.

— Pode ser? Eu já vi o seu temperamento. O Verão também *pode* ser calmo. Tudo o que vocês não são é... E não acho que tranquilidade seja algo que algum de vocês dois queira. Eu o vi depois do Solstício. Havia queimaduras de frio em sua pele, mas ele estava feliz.

— Você veria essas marcas, não veria? — Donia lançou-lhe um olhar nada amigável. — Sempre acho que consegui esquecê-lo, e depois ele é doce ou maravilhoso... — Ela parecia melancólica. — Você sabe o que ele fez?

Aislinn balançou negativamente a cabeça.

— Ele mandou uma companhia de jardinagem remover o pilriteiro... aquela planta horrível era o cenário de todos os testes. Desapareceu, daqui e do chalé. Não foi exterminada, mas replantada longe de mim. — Pequenas gotas de gelo estalavam ao se despedaçarem aos pés de Donia.

— Que meigo...

— *É* sim. — O rosto de Donia era um espelho de como Aislinn geralmente se sentia em relação a Keenan — aquela amarga mistura de afeto e frustração que cada vez mais a dominava. E Aislinn odiava que elas tivessem isso em comum. Ela odiava que estivessem tendo aquela conversa.

Elas continuaram lá, nenhuma se expondo ainda mais, até que Donia disse:

— Isso não vai fazer com que eu mude de ideia. Sei que ele acha que me ama, mas ele também acha que ama você.

Eu queria poder mentir. Nesse instante, eu realmente queria poder mentir pra ela.

— Eu não quero... — Aislinn titubeou. Tentou de novo. — A gente não... — As palavras não eram de todo verdadeiras: ela não conseguia pronunciá-las. E finalmente disse: — Eu e Seth estamos juntos.

— Estão, mas ele é mortal. — Donia não parecia irritada. — E Keenan é seu rei, seu companheiro. Eu ouço isso na voz dele ao pronunciar seu nome. Ele nunca soou assim com mais ninguém.

— Exceto com você.

A Rainha do Inverno assentiu.

– É, exceto comigo. Eu sei disso.

– Ele quer te ver. Está magoado, e você precisa...

– Não. – Donia se levantou. – Você não está em condições de me dizer o que eu *preciso* fazer. Minha corte dominou a terra por mais tempo do que qualquer uma de nós pode até mesmo imaginar. Eles viram Keenan sofrer nas mãos de Beira por muitos séculos. – Donia estava estática, mas seus olhos eram ofuscantes como a neve. – Eles não desistem facilmente do poder, mas peço isso deles. Eu exijo que eles aceitem que o Verão deve durar mais do que alguns poucos dias.

– Então você entende por que vocês precisam fazer as pazes.

– Para que o Verão possa se fortalecer.

– Sim.

– E isso deve servir de motivação para mim? – Donia riu. – A Corte do Verão me desprezou por eu ter falhado em ser você. Eles não estavam lá para me confortar quando tentei dar a ele a Corte e falhei... Diga-me, Ash, por que eu deveria me importar com o que acontece na sua corte?

– Porque você ama Keenan e ele te ama, e podemos ter paz se vocês resolverem seja lá o que esteja te irritando desta vez.

– Você não tem ideia de quem seu rei realmente é, tem? – Donia soou perplexa. – Embora sua mãe tenha morrido para evitar ser presa em sua corte e você tenha perdido sua mortalidade por causa dele, você continua cega. O que está nos atrapalhando é a arrogância dele, e... você, Ash.

– Eu não quero ficar entre vocês. Eu quero que Seth esteja presente em minha vida, somente Seth. Se eu pudesse, eu ainda seria mortal e... Queria que você tivesse sido escolhida a Rainha do Verão.

– Eu sei. E é isso que me impede de te odiar. – Donia sorriu quase afetuosamente.

– Eu não o amo. – Aislinn revelou apressadamente, como se temesse que as palavras não fossem pronunciáveis, como se fossem quase uma mentira. – Eu quase sempre estou furiosa com ele e... Eu *quero* que você e ele fiquem juntos.

– Eu também sei disso.

– Então, fique com ele e pronto.

– Eu não serei seu escudo, Ash. – Uma pontinha de escárnio despontava na voz de Donia.

– Meu...?

– Você não pode se esconder atrás dos meus sentimentos para mascarar seja lá o que vocês precisem resolver. – Donia dobrou os dedos quase displicentemente e uma geada cobriu as paredes. Uma fina camada de gelo se deitou sobre os castiçais e branqueou o papel de parede.

– Você dois já tinham muitos problemas antes de mim. – Aislinn sentiu sua pele aquecer, uma reação inevitável à queda de temperatura da sala. A própria energia tentava afastar o frio que vinha do ar mais próximo a ela.

– Já tínhamos. – Flocos de neve caíam suavemente no chão ao redor de Donia. – Mas eram sempre relativos à busca dele por *você*.

– Eu não pedi por nada disso. – Aislinn estava ganhando créditos com Donia. Ela precisava que Donia visse Keenan, precisava que ela entendesse. Era o que todos eles precisavam. – Você precisa...

– Não me dê ordens, Aislinn. – A Rainha do Inverno soou absolutamente calma. Sua quietude era tal qual a neve recém-caída, intocada, imperturbável.

– Não vim aqui brigar com você. – Sua luz do sol era um fraco escudo na casa da Rainha do Inverno. *No palácio dela.* Chame como quiser, mas era isso mesmo, seu palácio, seu trono de poder. *E não é o lugar onde eu deveria estar.*

– Talvez tenha sido um erro. – As unhas de Donia eram estacas de gelo. – O Verão começou mais cedo esse ano *porque eu permiti.*

– E nós agradecemos.

Donia brincou com o gelo dentro e sobre suas mãos, pressionando as pontas umas contra as outras.

– Ainda assim você vem até minha casa como se fosse mais forte do que eu, como se o que *você* quisesse fosse mais importante, como se sua corte tivesse voz em meus domínios...

O temperamento de Aislinn se libertou, um vislumbre de raio de sol na sala gélida, mas ainda assim ela se retraiu.

– Não queria que fosse desse jeito. A gente não queria. Eu só não entendo por que você tem que ser tão irracional.

– Irracional? Porque o que o *Verão* quer tem que ser uma boa ideia?

Aislinn não podia responder. Parecia óbvio que uma Corte do Inverno mais forte não seria a resposta certa. Todos eles não tinham pensado assim? Donia quase vira a morte como certa nas mãos da última Rainha do Inverno porque pensava desse jeito. Mas enquanto permaneciam ali, parecia claro para Aislinn que Donia mudara de ideia.

– Se eu te atacar, ele vai ficar furioso, apesar de seus insultos. – Donia deu um passo a frente. – O que ele diria? Será que isso o impediria de vir bater à minha porta, trazendo com ele todo o inferno pelo que nos faz passar? Isto faria as coisas serem como deveriam ser?

– Eu não sei... e como as coisas "deveriam ser"? O que você quer dizer com isso? – Aislinn queria sair correndo. Donia *era* mais forte; a Corte do Inverno ainda era mais forte.

– Esta coisa entre a gente não é tão simples quanto era antes de eu e você virarmos regentes. Se nós brigarmos, nossas cortes ficarão em desarmonia. É o que a minha corte quer – Donia encontrou o olhar de Aislinn e o sustentou –, e eu pensei nisso. Eu imaginei isso, pensei em lançar meu gelo sobre sua pele bronzeada. Eu pensei em te atacar. Eu poria fim a essa tentativa tola de fingir que somos todos amigos.

– Donia? – Aislinn a olhava cautelosamente. Assim como fora com Niall, a criatura que Aislinn pensava conhecer fora substituída por algo feroz, alguém que poderia, *e iria*, machucá-la. Aislinn estava sozinha com a Rainha do Inverno em seu palácio.

– Eu gosto de você. Eu fico me lembrando disso frequentemente, mas existem outros fatores... – As palavras da Rainha do Inverno desapareceram. A neve flutuava ao redor de seus pés. – A Corte do Verão não é bem-vinda em meu Inverno.

Apesar do gelo que cobria as paredes, apesar da voz fria de Donia, o humor de Aislinn finalmente fugiu ao controle:

– Não temos voz em sua corte, mas você pode nos dizer o que fazer?

– Posso.

– Por que deveríamos...

E Donia estava ao lado dela antes que as palavras pudessem vir à tona. Ela colocou a mão no meio do estômago de Aislinn e pressionou a ponta congelante de seus dedos na sua pele. O gelo derretia à medida que perfurava Aislinn, mas tão rapidamente quanto o gelo derretia, ele crescia, cortando mais profundamente o seu estômago. Algumas partes se quebraram e ficaram presas dentro do corpo dela.

Aislinn gritou. A dor foi instantânea, queimando em buracos dentro dela, e ela não podia distinguir se era por causa do corte ou por causa dos pedaços dentro dela. *Eu vou morrer aqui?*

– Por que você deveria dar ouvidos aos meus desejos? – murmurou Donia. Com os dedos ainda manchados de vermelho pelo sangue de Aislinn, Donia colocou a mão no queixo de Aislinn e puxou sua cabeça para que ficassem cara a cara. – Porque sou mais forte, Ash, e vocês dois precisam se lembrar disso. Esse equilíbrio que vocês procuram só existirá se *eu* permitir.

– Você me apunhalou. – Aislinn achou que ia vomitar. Sentiu seu corpo úmido. A dor do gelo dentro dela rivalizava com a dor dos furos no estômago.

– Pareceu prudente. – A expressão na face de Donia era em tudo muito similar à da última Rainha do Inverno: totalmente sem remorso e indiferente à coisa horrível que acabara de fazer.

– Keenan vai...

– Ficar furioso. Sim, eu sei, mas – Donia suspirou, uma nuvem gelada de ar que fez Aislinn se retrair – desta vez suas feridas foram leves. Não o serão da próxima vez.

Aislinn colocou a mão sobre o estômago, mas essa foi uma tentativa frustrada de conter o sangue que escorria dos buracos em sua pele.

– Keenan e eu poderíamos revidar. É isso que você quer?

– Não. Eu quero que vocês fiquem longe de mim. – Donia entregou a ela um lenço branco de renda. – Não volte aqui até que eu a convide. *Nenhum* de vocês deve voltar aqui sem convite.

E com isso, Evan entrou na sala para ajudar Aislinn a chegar até a porta.

Capítulo 14

Aislinn não se apoiou em Evan enquanto ele a levava para fora da casa. Não agarrou o braço dele para se equilibrar quando tropeçou nos degraus. Ela manteve uma das mãos sobre sua ferida, como se segurá-la diminuísse a dor.

Eu sou a Rainha do Verão. Sou mais forte do que isso.

Contudo, doía. Donia perfurou pele e músculo, e esses músculos se movimentavam a cada passo. Não havia como andar sem dor. Cada passo a fazia querer chorar.

Isto não significa que eles precisem ver isso.

Fadas passeavam lentamente pelo quintal de Donia; as Irmãs Marfíneas, quase transparentes, deslizavam sobre a neve como fantasmas. Uma Garota do Pilriteiro estava empoleirada nos ramos de um carvalho coberto de gelo. Seus olhos reluziam como frutos congelados. Algo com asas esfarrapadas sentava-se ao lado dela. Uma *glaistig* estava parada com seus pés de cabra na posição de um pistoleiro à moda antiga. Todos eles observavam Aislinn enquanto ela deixava o palácio de sua rainha.

Eles ouviram.

No momento em que Donia a atacara, Aislinn tinha gritado. A sensação de ser apunhalado não é o tipo de coisa que alguém suporte em silêncio. Eles ouviram seu grito, e agora podiam ver o sangue molhando sua camisa ao redor de sua mão.

Eu não sou fraca. Não estou derrotada.

Na metade do caminho em direção ao fim da propriedade, Aislinn pôs-se ereta.

– Você pode ir.

A expressão do homem-árvore não se afetou; as criaturas que assistiam estavam igualmente indiferentes, mas Aislinn não lhes daria a satisfação de vê-la como uma pessoa fraca. Ela baixou a mão e caminhou até o final dos pavimentos de pedra. Ela fez uma parada por causa da dor, apoiando-se no portão de ferro que marcava o fim do quintal da Rainha do Inverno, mas durante a pausa enfiou a mão no bolso e alcançou seu celular. Em seguida, produziu um encanto sobre seu sangramento e seu corpo extremamente pálido, e avançou para a calçada.

Só um pouco mais.

Ela conseguiu percorrer uma quadra antes que as lágrimas começassem a escorrer por seu rosto. Sem sequer olhar para o telefone, pressionou e segurou um botão. Quando ele respondeu, ela não o deixou falar.

– Preciso de você. Venha me buscar.

Em seguida, desligou e andou para a calçada. Seus olhos não estavam fechados, mas as pálpebras estavam próximas o suficiente disso para deixá-la preocupada.

Não é uma lesão grave. Ela disse isso, e criaturas mágicas não mentem.

Ela observava os corvos que tinham pousado em um parapeito no prédio em frente a ela, apertou outro botão e segurou o telefone junto ao ouvido. Ela sorriu ao ouvir a voz de Seth, mesmo que fosse apenas uma gravação. Após o sinal, ela disse na voz mais clara possível:

– Não poderei encontrá-lo para jantar hoje. Aconteceu uma coisa... Eu te amo.

Aislinn queria que ele viesse ao seu encontro, mas ela estava sangrando na rua – um alvo incapaz de se defender contra captura ou outro ataque – e ele era um mortal. O mundo dela não era seguro para ele. Não era seguro para ninguém.

Mortais passavam por ela. Eram apenas murmúrios de som e de movimento contra o silêncio que ela encontrou dentro de si e ao qual se apegou. Mais adiante na rua, ouviu um ônibus parar. O barulho de pessoas indo e vindo ficou mais alto por alguns momentos. Os corvos gritaram, seus piados roucos misturavam-se aos sons do mundo mortal a sua volta. Ela inclinou a cabeça para trás contra um edifício, preocupada não com a fuligem e a sujeira, mas com o fato de que o cimento e os tijolos estavam quentes contra sua pele. Calor era do que ela precisava. *O calor resolverá tudo*, ela pensou nisso em uma confusão de palavras que soavam como um compasso em sua mente. *Calor, quente, verão, luz do sol, calor, quente, calor, verão, sol, quente.* Ele traria essas coisas.

Ela estremeceu. Em sua mente, podia ver os fragmentos de gelo que Donia deixara dentro de sua pele. Lascas de Inverno estavam enterradas em seu corpo. Uma lição, era disso que se tratava: uma lição e um aviso. *Não era fatal.* Mas ela não tinha certeza. Enquanto estava sentada lá, na rua, ela se perguntou se estava mais ferida do que Donia pretendera. *Calor, aquecimento, verão, luz do sol, quente, aquecimento, verão,*

luz do sol, quente. Ela pensava nessas coisas como numa oração. Ele viria. Ele traria o calor e a luz do sol.
Calor, aquecimento, verão, luz do sol, quente. Não estou tão ferida. Não estou. Ela estava. Sentia-se como se estivesse morrendo. Ser uma criatura mágica significava viver para sempre. Mas não significaria se ele não viesse buscá-la. *Calor, aquecimento, verão, luz do sol, quente. Eu vou morrer.*
— Aislinn? — Keenan a erguia em seu colo.
Sua pele era pura luz do sol, e ela se enterrou ainda mais fundo em seus braços. Ele estava falando alguma coisa com alguém ou algo parecido. Não importava. Gotículas de sol caíam como chuva em seu rosto e embebiam sua pele.
— Muito frio. — Ela estava tremendo tanto que pensou que poderia cair, mas ele a segurou contra seu corpo e em seguida o mundo saiu de foco.

Quando acordou, Aislinn não estava na sua cama em casa — ou na sua cama no loft ou na cama de Seth. Ela olhou para o emaranhado de videiras sobre sua cabeça. Embora nunca as tivesse visto por esse ângulo antes, ela já estivera parada à porta maravilhada com a maneira como elas se torciam ao redor da cama de Keenan.
— O que são elas? — Aislinn sabia que ele estava no quarto; não era necessário procurá-lo. Ele não estaria em qualquer outro lugar, não agora.
— Ash... — começou ele.
— Quer dizer, as videiras. Elas não estão em nenhum outro lugar do loft. Só... aqui.
Ele veio se sentar na beirada da ridícula coisa de seda brocada vermelha e dourada que cobria sua enorme cama — chamadas "Cálice de Ouro".

– Eu gosto delas. Sinto muito pela nossa discussão.

Ela não conseguia olhar para ele; era uma idiotice ficar constrangida, mas sentia-se assim. A conversa com Donia se repetia na cabeça de Aislinn, como se reexaminá-la pudesse torná-la de alguma forma diferente. O medo voltou rapidamente. *Eu poderia ter morrido.* Ela não tinha certeza se era verdade, mas foi o que pensou quando estava sozinha e sangrando.

– Sinto muito também.

– Pelo quê? Você não estava pedindo nada que eu já não esperasse. – A voz de Keenan era tão calorosa quanto suas lágrimas quando ele a ergueu do chão. – Nós vamos resolver tudo. Por agora, o que importa é que você esteja em casa, a salvo, e quando eu souber quem...

– Donia. Quem mais? – Aislinn levantou a cabeça e sustentou seu olhar. – Donia me apunhalou.

– Don? – Ele empalideceu. – De propósito?

Aislinn desejou poder levantar uma sobrancelha do jeito como Seth fazia.

– Apunhalar alguém geralmente não é *acidente*, é? Ela cravou gelo no meu estômago com as pontas dos dedos. Frio o suficiente para me fazer mal... – Ela tentou se sentar e sentiu as feridas pequenas resistirem. Não era uma dor aguda como fora a punhalada, mas até mesmo a sensação de dormência trouxe lágrimas a seus olhos. Ela se recostou. – Obviamente essa história de cura mágica em criaturas é superestimada.

– É porque foi Donia. – Keenan tinha o tom de voz equilibrado, mas os estrondos do trovão lá fora desmentiam sua tentativa de demonstrar calma. – Ela é nossa opositora, e é uma rainha.

– Então... e agora?

Keenan empalideceu novamente.

– Eu não quero guerra. Nunca é a primeira escolha.

Aislinn soltou a respiração que estivera segurando. Ela também não queria guerra, especialmente com sua corte muito mais fraca do que a Corte do Inverno. A ideia de suas fadas sentirem esse tipo de dor a aterrorizava. Já houvera agitação suficiente no Mundo Encantado com a mudança de poder em três cortes.

– Isso é bom.

– Se fosse outra pessoa além de Donia, eu a mataria com prazer por causa disso. – Acariciou suavemente o cabelo de Aislinn para trás, permitindo que um pouco de luz extra escapasse no gesto. – Ver você ali... ela atacou minha rainha e, portanto, minha corte.

Aislinn não se opôs ao carinho dele, não agora. A sensação daquele frio dentro de seu corpo era muito recente. Por um breve momento, ela desejou que fossem íntimos o suficiente para que pudesse pedir-lhe que se deitasse e a abraçasse. Não era um desejo sexual, ou sequer romântico; apenas a ideia de ter a luz do sol espalhada sobre ela. *Calor, aquecimento, verão, luz do sol, quente.* Entretanto, suas bochechas enrubesceram e ela se sentiu culpada ao pensar nisso. Isso significaria outra coisa para ele, e ela não lhe daria abertura.

– Eu posso ajudar. – Ele parecia envergonhado ao gesticular apontando para a cintura dela. – Eu teria feito antes, mas sei como você se sente sobre o seu... espaço... especialmente desde...

Ela puxou a camisa. Não era aquela ensanguentada.

– Mas, então, como estou vestindo isso?

– Siobhan. Ela trocou sua blusa depois que verifiquei a ferida. Ela estava aqui quando eu a examinei. Ela ficou aqui.

Aislinn pegou a mão dele entre as suas e a apertou.

— Eu confio em você, Keenan. Mesmo se você tivesse – ela corou – trocado a minha roupa.

E era verdade. Ela podia se sentir desconfortável com a proximidade dele e incomodada com suas investidas, mas não acreditava que ele a manipulasse para fazer qualquer coisa que não quisesse ou que a violentasse. Ela pensava assim quando ainda não o conhecia, mas no fundo de seu coração sua crença era diferente agora. *Donia estava errada.*

— Então como? – solicitou ela.

— Apenas luz solar. Como a que você fez por mim, porém *mais*. Isso vai curar quase tão lentamente quanto se você fosse... – Sua voz desapareceu ao dizê-lo.

— Mortal. Não há problema em dizer isso. Eu sei o que sou, Keenan. – Ela percebeu que ainda tinha a mão dele nas suas e a apertou novamente. – Se eu fosse mortal, estaria morta agora.

— Se você fosse mortal, ela não teria te atacado.

— Não tenho tanta certeza. Se você se preocupasse com as Garotas do Verão como... desse jeito, ela as machucaria? – Aislinn não pensara que Donia fosse tão cruel, mas, deitada na cama de Keenan com quatro cortes gelados em seu corpo, era difícil manter essa crença.

A princípio, Keenan não respondeu. Em vez disso, olhou para a "Cálice de Ouro" contorcida em volta das colunas da cama. Flores se abriram, revelando linhas de cor púrpura, e gavinhas esticaram-se na direção dele.

— Keenan? – insistiu Aislinn.

— Eu não sei. Mas não importa. Não agora.

— O que importa?

— Que ela atacou minha rainha. – Algo novo brilhou nas profundezas de seus olhos: espadas oscilavam e reluziam.

Talvez isso devesse assustá-la, esse vislumbre de raiva nos olhos de seu rei, mas a confortava. As outras emoções que ela acreditou também ter visto, possessividade e medo e desejo, essas eram assustadoras.

– Mas você foi me ajudar. Eu vou melhorar.

Ele tirou sua mão da dela, hesitante agora.

– Posso te curar?

– Pode. – Ela não perguntou o que ele precisava fazer; isso seria um tipo de dúvida, e naquele momento nenhum deles queria aquela dúvida no quarto. Eles eram amigos. Eles eram parceiros. Eles resolveriam o resto. Eles tinham que resolver.

É por causa dele que estou viva agora.

O gelo dentro dela teria mantido suas feridas abertas se ele não o tivesse retirado. Com o tempo, a perda de sangue a teria matado.

Keenan puxou a pesada manta, levando o fino e macio lençol junto.

Ela estava ferida, mas, ainda assim, sentia a estranha tensão crescer. Aislinn sentiu ansiedade ao suspeitar que o desconforto não viria de dor, mas de prazer.

– Você pode levantar sua camisa? Preciso ver os cortes. – A voz dele estava trêmula, por medo ou por outra coisa que ela não queria imaginar.

A porta para o resto do loft estava aberta. Não tinham a privacidade de portas fechadas, mas ninguém chegaria perto do quarto com eles lá dentro. Sua corte aceitaria o fato de não namorarem se continuassem assim, mas não era o melhor. Isso não era segredo.

Silenciosamente, ela levantou a barra de sua camisa para expor seu estômago nu para Keenan. Gazes brancas cobriam os cortes.

— Isso também?

Ele assentiu, mas não se ofereceu para ajudar. As mãos dele estavam juntas, e recusou-se a olhar diretamente para ela.

Ela descolou o adesivo e retirou o curativo. Contusões roxas e escuras cercavam a borda dos quatro cortes avermelhados. Eles não tinham mais do que três centímetros, mas eram profundos. Donia tinha expandido e estendido o gelo nas pontas de seus dedos enquanto os fincava na pele de Aislinn.

— Isso não vai doer — murmurou Keenan —, mas desconfio que será... desconfortável de outra maneira.

Ela corou, mais intensamente desta vez.

— Eu confio em você.

Sem falar mais nada, ele pressionou a palma da mão sobre os cortes congelados. O toque de sua pele na dela era elétrico. Em seus olhos, ondas se chocavam contra uma praia deserta sob um perfeito nascer do sol.

Ela sentiu o choque de prazer e inspirou bruscamente.

Keenan não desviou o olhar dela enquanto a luz do sol penetrava seu corpo pelas pequenas incisões. Ele manteve seu olhar e disse:

— Você curou o gelo de Beira com um beijo. Eu poderia curá-la mais rápido dessa forma, mas não posso... não assim. Eu quero, Ash. Eu quero usar a desculpa para beijá-la aqui — ele olhou para sua barriga nua. — Quero aproveitar esta confiança que está me dando agora e usá-la para nos perdermos um no outro, mas não posso. Não com você sendo minha-mas-não-minha. Curá-la desta forma será mais lento, porém melhor. Para você e... para todo mundo.

— Isso é provavelmente inteligente. — Ela respirou trêmula. Seu coração estava batendo em um ritmo perigoso; pequenos pedaços de êxtase percorreram todo o seu corpo quando a luz do sol derreteu o que ainda restava do frio. E o tempo todo, ele a observava com admiração em seus olhos. Era um olhar do qual ela normalmente fugia, mas, naquele momento, não havia para onde correr.

Desvie o olhar. Ela não conseguia. Tudo o que podia fazer era olhá-lo.

A luz do sol se fortaleceu. Ela agarrou o pulso dele e estremeceu não com o frio, mas com o prazer da eletricidade formigando por sua pele e ossos. Não havia como negar que era sexual. O único toque dele era da mão sobre a sua barriga, mas era quase tão sexual quanto o que ela dividia com Seth.

Keenan inspirava profundamente, um ritmo constante que ela tentou usar como foco de meditação.

– Você devia parar...

– Devia?

– Sim – sussurrou, mas não removeu a mão dele, não soltou seu pulso. A pele dela exultava com a luz do sol. *A luz do sol dele.* Nossa luz do sol. Um suspiro escapou por entre seus lábios quando uma pulsação de luz mais forte que todas as outras juntas passou da mão dele para a sua pele. Seus olhos se fecharam com onda após onda de prazer rolando por seu corpo.

Flores se esticavam na direção da luz que geravam no quarto.

Depois ele retirou a mão.

Olhando para baixo, ela achou que haveria uma queimadura marcando aquele toque. Não havia. Havia ainda quatro pequenos cortes, mas a contusão tinha quase sumido.

– Você está bem? – perguntou suavemente a ele.

– Não. – Ele engoliu em seco, parecendo tão vulnerável e confuso quanto ela se sentia. – Eu não quero ficar sem ela *e* sem você. Ela não me quer por causa do que sinto por você. Vocês duas me pedem para fazer escolhas que vão contra o que acredito que *deveria* fazer. Eu poderia ser feliz com qualquer uma de vocês, mas estou infeliz e enfraquecido pelo que somos agora.

– Sinto muito. – Ela se sentiu mais culpada do que nunca.

– Eu também – concordou ele. – Prefiro morrer a vê-la ferida, mas acho que jamais poderia atacar Don. Você é minha rainha, mas ela é... Eu a amo pelo que parece uma eternidade, às vezes. Se você realmente me quisesse assim – ele deslizou os dedos sobre sua barriga ainda nua –, eu diria adeus a ela. Eu sabia que precisaria fazer isso quando encontrasse minha rainha. *Ela* sabia. Nós aceitamos essa condição. Um rei deve ficar com sua rainha. Eu sinto isso. Toda vez que toco sua pele, eu sinto isso. É como...

– Inevitabilidade – completou ela, com um sussurro. – Eu sei, mas eu não te amo. Eu não deveria ter concordado com essa cura, deveria?

– Você estava ferida. Eu não te contei que seria como...

– Como sexo? – Ela corou. – Sentiu-se assim quando eu te curei?

– Não tanto, mas eram pequenas lesões e era inverno na época. – A mão dele não a tocava, mas estava perto o suficiente para que pudesse sentir o calor a atraindo. Mas ele nem sequer flexionava os dedos. – Não era para eu amar alguém que não é a minha rainha. Era para eu te amar, não a ela, e você... você deveria me amar.

Lágrimas escorreram por suas bochechas, e ela não tinha certeza se eram de vergonha ou de dor.

— Sinto muito — repetia ela. — Eu preciso me afastar de você. Sinto muito... Eu só... Eu sinto muito.

Keenan suspirou, mas ficou parado, quase a tocando.

— Eu tinha que tentar. Nós ficarmos juntos simplificaria tudo.

— Mas eu não te amo. Donia ama. Se eu pudesse trocar de lugar com ela, trocaria. Eu abandonaria nossa corte, se pudesse. Se fosse resolver tudo...

— Você é mais forte do que eu, então. Eu quero tudo: corte, rainha e amor. Você ser a minha rainha me deu a minha corte, mas... — ele se afastou — não me deu você. Ainda não. Essa pressa em me libertar me tornou um tolo. Eu só preciso ficar longe de você até compreendermos essa compulsão de ficarmos juntos. Talvez precisemos manter os guardas perto de nós, ou não ficar juntos no loft, ou... algo parecido.

— Você me ajudaria a transformar Seth...

— Não. Isso nunca. Posso me esforçar mais para lhe dar o *agora*, mas não vou amaldiçoar Seth. Mesmo se eu não te quisesse. Com o tempo, Aislinn, vamos explorar essa coisa entre nós. Nós somos algo inevitável. Por enquanto, porém, vou me afastar. — Ele se virou para a porta. — Eu não sei como faremos para ficar afastados, mas enquanto você tiver Seth tentarei ficar com Don.

— Então o que faremos agora?

— Confrontarei Donia sobre ter apunhalado você, e espero que não seja tarde demais. — Ele parecia tão ferido quanto ela se sentia quando fechou a porta ao sair.

Ela olhou fixamente para a porta, e depois permitiu-se chorar. Ela estava a salvo. *E viva*. Tudo tinha sido tão intenso, tão confuso; toda sua vida mudara, e ela estava estragando tudo. Seth não estava feliz. Keenan não estava feliz. Alguém que pensara ser sua amiga apunhalá-la era mais do que podia aguentar.

Ela chorou até dormir.

Quando acordou, Seth estava parado na porta do quarto de Keenan, sem passar do limiar para realmente entrar no quarto.

– Tem alguma coisa que queira me dizer?

Ela piscou, limpando os olhos.

– Tavish não quis me dizer o que estava acontecendo. As meninas estavam ou em silêncio ou em lágrimas e me abraçando – continuou. – Tudo o que disseram é que você estava aqui. Se você estivesse aqui porque estava com ele, não acho que elas estariam chorando.

– Seth. – Ela se levantou para sentar e fez uma careta. Colocou a mão sobre a barriga.

– Você está ferida. – Ele já estava a seu lado. – Ele...

– Não. Keenan não me machucaria. Você sabe disso.

– Então, quem?

Ela o atualizou, contando tudo, exceto como se sentiu quando Keenan a curou, e acrescentou:

– Acho que a cura acelerada não tira a sensibilidade. – Mostrou-lhe o estômago ainda ligeiramente ferido. – Já está quase bom, mas dolorido. Cura mágica etc...

Ele se sentou no chão ao lado da cama.

– Então ele te curou. Da mesma forma que você o curou? Com um beijo?

– Não com um beijo. Apenas a mão. – Ela corou, e aquele rubor disse tudo o que ela não conseguira falar.

— Diga que não foi grande coisa, Ash. — Sua voz era um sussurro cheio de dor. — Olhe para mim e diga que não foi íntimo para nenhum dos dois.

— Seth...

— Diga-me que não estou perdendo mais de você para ele a cada maldito dia. — Ele sustentou o olhar dela, procurando respostas que ela não tinha. Fechou os olhos e encostou a testa no colchão.

— Seth, eu... eu precisava de cura. Você não podia... mas, quero dizer... Eu sinto muito. Mas nós conversamos. Ele vai parar de insistir. Vamos encontrar uma maneira de resolver o problema.

— Por quanto tempo?

— Enquanto você... — começou, mas não pôde terminar a frase.

— Enquanto eu estiver aqui? Enquanto eu ainda estiver vivo? — Ele se levantou. — E depois? Eu sei como ele fica quando você encosta nele. Eu sei que isso não foi... que não é casual. E eu não pude ajudá-la. Mais uma vez. Eu não sou nem forte o suficiente para você me chamar.

Ele balançou a cabeça.

— Sinto muito. — Ela estendeu a mão.

Ele a pegou.

— Eu conversei com ele... a seu respeito. Mudar as coisas. — Hesitou ao falar, mas ela queria que ele soubesse que estava tentando encontrar um jeito. *Se eu viver o suficiente.* Ultimamente, parecia que as ameaças estavam por toda parte.

— E? — Seth pareceu esperançoso por apenas um momento.

— Ele disse que não, mas...

— Simples assim. Niall está certo sobre ele. Ele preferia que eu não fizesse parte de sua vida, Ash. E um dia, não farei.

Ele terá tudo, e eu não terei nada. – Ele se segurou, forçando sua expressão a mudar para uma que mentisse para ela. Então, inclinou-se para baixo e beijou sua testa. – Quer saber? Você não precisa disso agora, não quando você está machucada. Vou embora.

– Seth. Por favor? – O coração dela batia horrivelmente. Isso não era o que ela queria: ver Seth sentindo algo que parecia doer tanto quanto os golpes de Donia. – Estou tentando.

– Também estou tentando, Ash, mas eu... é como ter o paraíso e, em seguida, vê-lo escapar. Eu só preciso de um pouco de distância no momento. Deixe-me ter isso. – Ele soltou a mão dela e saiu.

E ela estava sozinha, ferida e deitada em uma cama que não era sua. Do outro lado da porta, inúmeras criaturas esperavam seu comando, mas as duas pessoas de que mais precisava tinham lhe dado as costas.

Capítulo 15

Seth não olhou para as criaturas na sala de estar, nem reagiu a elas. Honestamente, ele não sabia se falavam. Quinn levantou-se e seguiu-o até a porta.

Eu não posso lidar com ele agora.

Seth atravessou a rua para o parque onde realizavam suas festas. A grama estava pisada, formando um grande círculo, achatado, como nas imagens de círculos nas plantações. O povo-árvore andava pela escuridão do anoitecer. Garotas do Verão estavam sentadas em pequenos grupos, conversando ou rodopiando como pequenos dervixes pelo parque. Alguns dos filhotes estavam em um círculo de tambores. Não ficou muito claro se as Garotas do Verão cobertas por videiras dançavam ao som dos tambores ou se as criaturas-leão tocavam ao ritmo das dançarinas.

Aqui, no parque da Corte de Verão, o mundo dos Encantados parecia lindo.

– Você não precisa me seguir. Estou perfeitamente seguro no parque – disse Seth sem virar a cabeça para trás para ver Quinn.

— Vai ficar no parque?

— Não para sempre. — Seth sentou-se em um banco feito de trepadeiras torcidas. Algumas criaturas que faziam artesanato haviam trançado as trepadeiras enquanto cresciam. Agora, era um assento em floração. Era uma das inúmeras coisas incríveis que se podia ver com o benefício da Visão mágica.

Ver ilusões. Ou talvez ver verdades. Ele não sabia. No canto do parque, um grupo de seis corvos se acomodou em um carvalho. A aparição deles lhe deu uma pausa, mas Tracey, uma das mais gentis Garotas do Verão, tomou as mãos de Seth nas dela.

— Vamos dançar?

Ela já estava se balançando, segurando as mãos dele. Era muito magra, mas ainda era uma criatura, o que significava que ela poderia puxá-lo, mesmo que ele resistisse. Gavinhas das videiras serpenteavam para aproximá-lo.

— Eu realmente não estou no clima, Trace. — Ele tentou soltar suas mãos das dela.

— É por isso mesmo que deve dançar. — Ela sorriu ao puxá-lo, fazendo com que se levantasse. — Ajuda a não ficar triste.

— Eu só preciso pensar. — Ele tinha gostado das poucas vezes em que passara horas vazias dançando com as Garotas do Verão ou as ouvindo falar. Era como as festas em que se perdia. *Antes de Ash*. Era assim que a vida se dividia: *Antes-de-Ash* e *Com-Ash*.

— Você pode pensar de pé também. — Ela o puxou do banco para dentro da roda, e, uma vez que seus pés tocaram aquele solo, ele se perdeu.

Ele via as esculturas em pedra e a fonte enquanto ela o guiava para dentro do círculo. Podia ver os sorrisos nos rostos conhecidos dos filhotes, quando o ritmo da música mudou. No entanto, ver não mudava nada. Ele vira todo tipo de coisa em sua vida, mas era impotente para recriá-los como queria que fossem.

Videiras entrelaçaram sua cintura quando Tracey aproximava-se dele, toques fugazes de suas mãos e cabelo a faziam parecer ainda mais etérea. Não havia nada em que pudesse se agarrar e segurar; nada era sólido.

– Você precisa me deixar ir. – Ele disse as palavras, embora seus pés ainda se movessem. – Eu preciso ir, Trace.

– Por quê? – A expressão de seus olhos arregalados parecia inocente, mas não o enganava.

As Garotas do Verão não eram tão singelas como aparentavam. Frívolas? Propensas a explosões aleatórias de alegria? Amorosas? Definitivamente. Mas também tinham propósitos. Viveram séculos à espera de sua rainha, vendo seu rei enfrentar dificuldades. Você não vive tanto tempo em circunstâncias adversas sem desenvolver objetivos próprios ou aprender a usar as percepções das pessoas para sustentar suas ilusões.

– Tracey – ele se afastou dela –, eu estou chateado.

Ela continuou, girando com ele, e a música mudou para uma batida de samba.

– Fique.

– Eu preciso...

– Fique. – Ela estendeu a mão e removeu seu amuleto, deixando-o vulnerável a seu encanto.

O cordão deslizou como algo com vida quando ela colocou a pedra em sua blusa. Ele olhou transfixado para as pétalas que caíam como chuva ao redor deles.

– Fique conosco. É o seu lugar. – Tracey puxou-o para seus braços.

Um breve momento de consciência o afligiu: ele precisava daquela pedra. Isso não estava certo, mas o pensamento não durou mais do que o bater de asas de uma borboleta. O mundo mudara. Ele sentia só alegria. Aqui era onde queria estar. Em algum lugar dentro de si sabia que não deveria ficar, mas as Garotas se esforçaram tanto para ensiná-lo a dançar da maneira de que gostavam, e os filhotes estavam tocando tão bem, e a terra cantarolava debaixo de seus pés.

– Sim. Vamos dançar – disse ele, mas já estavam dançando.

Pouco depois, Tracey beijou a bochecha dele e se afastou girando. Em seguida, Eliza estava em seus braços.

– Rumba? – perguntou ela.

A música mudou, e seu corpo moveu-se no tempo da batida que reverberava pelo solo. Ele mal conseguia fazer uma pausa longa o suficiente, mas fez, tirando suas botas para que sua pele pudesse sentir o ritmo.

A lua estava alta no céu. Uma menina ondulava na fonte. *Não uma menina. Uma criatura mágica. Como Ash.*

– Vem dançar comigo, Seth – chamou ela.

Siobhan soltou suas mãos. *Quando Eliza se tornou Siobhan?* Ele entrou na fonte. A água encharcou seu jeans, aliviando seus pés doloridos quando estendeu a mão para ela. O contato era bom e arrepiante. *Eu poderia me afogar nela.* A lógica forçava caminho dentro dele, alertando, lembrando que ela era feita de água. Ele realmente poderia se afogar nela.

– Você vai me machucar, Aobheall?

Ela encostou os lábios no seu ouvido.

– Liberte-se deste lugar, mortal. O plano das criaturas mágicas não lhe trará nada de bom esta noite.

Os jatos d'água na fonte formavam uma espessa cortina em torno deles, bloqueando a visão dos outros. O som dos tambores dos filhotes estava abafado pelo barulho da água.

– Peça ajuda – disse ela.

– Pedir?

– Quem viria te ajudar, Seth? Se você precisasse ser resgatado, quem o salvaria? – Ela pressionou seu corpo contra o dele enquanto falava. – Eu não posso. As garotas? Os filhotes? Nosso rei? Quem o salvaria dos caprichos do Mundo Encantado?

– Niall. Como um irmão. – Ele apertou um botão em seu telefone. A água não o tocou enquanto fazia isso, só ela, Aobheall. Ele segurou o telefone na mão, mas não o levou ao ouvido.

– Onde estamos, mortal? – murmurou Aobheall.

– Fonte. – Ele se sentiu drogado, penetrando ainda mais em uma realidade que poderia mantê-lo livre.

– E há quanto tempo está em nossos braços?

– Eternamente.

– Que droga, Seth. – A voz vinha do telefone.

– Quer ficar aqui, Seth? Ou quer sair do parque?

– Ficar para sempre. – Ele não conseguia se afastar de Aobheall. *Com ela, com eles.* Ele podia vê-los além do véu de água. *As Garotas do Verão de Ash.* Elas cuidariam dele. Lembrou-se de estar triste, antes de estar nos braços de Tracey. Ele não estava triste agora. – Com você.

Seth ainda estava na fonte quando Niall chegou.

O Rei Sombrio entrou na água, e, por um momento, Seth foi atingido por uma onda de emoções completamente em desacordo com seus verdadeiros sentimentos. Niall era um deus. Seth o olhou e não conseguia se lembrar de querer outra pessoa tão intensamente.

Em seguida, Niall levantou a mão de Seth e pressionou algo nela.

– Você parece ter perdido o seu.

O toque do amuleto em sua pele clareou a mente de Seth. Ele percebeu que estava todo molhado e em pé na fonte com Aobheall e cobiçando seu melhor amigo.

– Você – falou Seth enquanto pegava a mão de Aobheall – é gentil.

A risada dela era o som de água caindo.

– Na verdade não, Seth. Se eu fosse gentil, teria sugerido que chamasse Niall antes de ter minha chance de dançar com você.

– Para uma criatura mágica, você é gentil – acrescentou Seth.

– Venha dançar comigo se precisar esquecer. Posso segurar esse amuleto para você, não para sempre, mas pelo tempo que negociarmos antes. – Aobheall virou-se e deslizou sua mão pelo rosto de Niall. – E *você* ainda é sempre bem-vindo na minha fonte.

Niall sorriu.

– Estou te devendo uma.

Ela riu de novo.

– E quando não esteve? Eu gosto de mantê-lo assim.

O Rei Sombrio a beijou. Sombras invadiram as gotas de água. Em vez de arco-íris multicoloridos, o arco que se formou tinha faixas brilhantes de cinza e prata cravejadas com rajadas de luz. Enquanto Niall beijava Aobheall, sua forma se dissipou e ela se tornou parte da água que caía em sua fonte. O som de seu suspiro final prolongou-se por um breve momento.

Niall saiu da fonte de volta ao parque.

– Seth?

Silenciosamente, Seth o seguiu. As Garotas do Verão não estavam dançando; os filhotes tinham parado de tocar, o povo-árvore estava imóvel. Nenhum dos membros da Corte do Verão queria entrar em conflito com Niall. Bem, talvez alguns deles quisessem, se os olhares em seus rostos – especialmente o de Siobhan – fossem honestos. Na verdade, Seth suspeitava de que mais de uma das Garotas do Verão ainda procurava Niall, mas Seth não queria saber.

– Tracey? – chamou Niall.

Ela se virou para ele e estendeu as mãos. As videiras em sua pele se encolheram, afastando-se de Niall, mas ela não. Niall segurou suas duas mãos.

– Você realmente não deveria fazer isso de novo. – Niall pisou na gavinha de uma videira que serpenteava de seu tornozelo em direção a Seth. Ele a segurou sob sua bota. – Seth é o meu irmão agora.

– Nós gostamos de Seth. Ele estava triste e nos deixando... – Tracey estendeu a mão em direção a Seth.

Niall pegou o pulso dela, impedindo-a de tocar em Seth.

– Então você tirou o amuleto dele para que ele se sentisse melhor?

Tracey assentiu. Várias outras, inclusive Siobhan e Eliza, vieram ficar ao lado de Tracey.

– Ele estava mais feliz – disse Eliza. – Que importância tem o *motivo*?

– Você poderia ser feliz conosco. Fique conosco, e estará perto de Aislinn também – murmurou Tracey para Seth. – Não queremos que você nos deixe.

– A rainha está apenas tendo dificuldades. – As palavras de Siobhan foram para Seth, mas ela olhou para Niall enquanto falava. – Isso acontece às vezes quando as pessoas querem coisas que as confundem. Você não deveria deixá-la.

– Eu não estava indo embora. Eu estava... Eu só preciso de espaço. – Seth olhou para o outro lado da rua. As janelas do loft estavam abertas. Plantas de dentro e de fora as cobriam. *Querendo ficar mais perto dela. Deles.* Ele não queria explicar seus sentimentos a ninguém, nem a seu amigo, nem às Garotas do Verão. De alguma forma, seu problema se tornara público; pessoas de mais sabiam de coisas que deveriam ser privadas. Uma explosão de raiva o corroeu ao pensar nisso. – Eu não... Eu só estou *farto* de lidar com isso agora.

Ele se virou e começou a andar. Niall viria com ele, um guarda-árvore o seguiria, ou uma das *glaistigs*. *Nada de me deixar sem vigilância.* Ele não escolheu ser parte do Mundo Encantado, mas era. Com ou sem filiação à Corte, estava sob seu controle. *Escolhi isso quando a escolhi.* Agora, porém, com a imagem de Aislinn descansando na cama de Keenan em sua cabeça, tal compreensão não foi muito consoladora.

Niall ficou em silêncio enquanto caminhavam para o trem de Seth. Ele ficou em silêncio ao observar Seth encher a chaleira e medir o chá. Ele continuou em silêncio enquanto Seth alimentou Boomer. A paciência das criaturas mágicas era muito maior do que a de Seth; mesmo com anos de prática em meditação, a calma de Seth parecia facilmente perturbável.

Ele despejou a água fervida no bule pequeno que Aislinn encontrara para ele em alguma loja. *Quando ela era uma mortal.* Seth afastou aquele pensamento. Ela não era mortal. Ela nunca mais seria. Esperar que as coisas melhorassem não era bom o suficiente. As coisas poderiam ficar como estavam, ou poderiam progredir.

Seth sentou-se de frente para seu amigo.

– Até mesmo Tracey é mais forte do que eu.

– Você é um mortal. – Niall segurava sua xícara ainda vazia. – Se você não tivesse perdido seu amuleto...

– Eu não o perdi.

– Exato. – Niall pegou o bule e serviu o chá. – É difícil, eu tenho certeza...

– Você não tem ideia. – O desdém da risada de Seth soou amargo até para ele mesmo. – Você nunca *foi* humano. Vocês são tão perfeitos, tão fortes, tão... tudo. É disso que Ash precisa.

– Não comece – advertiu Niall. – Nada que você possa conseguir com esse pensamento será sensato.

– O que teria acontecido se Aobheall estivesse com um humor diferente?

– As meninas não queriam lhe fazer mal. Não mesmo. Se Ash não estivesse tão distraída agora... – Niall se interrompeu. – Se você precisar sair de nosso mundo, eu te ajudo. Talvez devesse considerar isso.

– Não é isso que eu quero. – Seth tomou um gole de chá. Sentia como se Aislinn estivesse escapando, e não tinha certeza de quanto tempo ele seria capaz de ficar em seu mundo como um mortal. Ela não o chamou quando se machucou porque ele era muito vulnerável. O conflito entre as cortes estava crescendo. Parecia que ele precisava escapar ou entrar de vez nele. Ficar na metade do caminho entre os mundos não era um plano viável.

Seth apoiou sua xícara na mesa e disse a Niall:

— Eu quero ser uma criatura mágica.

Niall pareceu chocado.

— Não, você não quer.

Seth serviu outra xícara de chá.

— Não estou interessado em morrer, nem em deixá-la. Não sou forte o suficiente para enfrentar a mais fraca das criaturas. Não consigo resistir a um encanto... Eu preciso ser uma criatura mágica.

Niall o encarou.

— Este é um péssimo plano, meu amigo. Acredite em mim.

Seth parou ao ouvir isso. *Meu amigo*. Era uma dádiva um ser encantado usar tais termos a não ser casualmente. Algo que não podia ser ignorado.

— Eu valorizo sua amizade, Niall, e acredito plenamente em você. Isso não está em questão.

A expressão tensa de Niall relaxou um pouco.

Então Seth continuou.

— Mas não vou mudar de ideia só porque você discorda. Você me conhece muito bem. Pode me ajudar?

Niall se levantou e começou a andar de um lado para outro.

— Estou tentado. Apesar de saber que seria egoísta da minha parte, apesar de saber que iria destruí-lo se o ajudasse a fazer isso, apesar do quanto eu gosto de você... Eu ainda estou tentado.

– Você está me deixando confuso. – Seth jogou fora as cinzas do cinzeiro que tinha separado para Niall. Ele podia aceitar que seu amigo fumasse, mas o fedor de bitucas de cigarro o enojava. – Explique.

– Duas cortes podem trabalhar juntas para criar uma maldição, como Irial e Beira fizeram, mas não vou te amaldiçoar. A única outra escolha seria Sorcha, e lá também haveria um preço.

– Que tipo de preço?

– Com Sorcha? Provavelmente, eu me tornar um pouco mortal, você se tornar um pouco pervertido... Equilíbrio. Troca. É como ela gosta. – Niall parou; sua imobilidade parecia quase tão perturbadora quanto seu andar havia sido. – Ela pode transferir essências. Eu assumiria alguma parte de sua mortalidade, tornando-me incapaz de ser o Rei Sombrio. Acabaria com o fardo que Irial me impôs, e você assumiria parte da minha... natureza.

– Assim você ganha. Você pode sair daqui, e eu consigo...

– Não. – Niall caminhou até a pia e lavou sua xícara.

– A escolha é minha – disse Seth.

– A história está cheia de gente se metendo em verdadeiros desastres por algum tipo de amor. Minha história está repleta dos resultados de tais escolhas deploráveis. – Niall caminhou até a porta. Ele pareceu assombrado e estranhamente com medo de Seth.

– Então você cometeu erros; isso não significa que eu faria o mesmo.

– Eu não, Seth. As pessoas cujas vidas eu arruinei. – Niall abriu a porta. – Eu não farei parte de seu erro. Aproveite o tempo que tem com Ash ou siga em frente. Estas são suas únicas opções.

Seth ficou olhando para a porta depois que Niall saiu. *Minhas únicas opções.* Nenhuma dessas escolhas era boa o suficiente – mas Niall dera outra opção a Seth.

Sorcha. A Rainha da Alta Corte é a solução.

Agora, Seth só precisava encontrá-la.

CAPÍTULO 16

A comoção à porta era esperada. Donia sentia as ondas de calor pulsando contra ela no banco de igreja em que estava sentada na entrada. Na sua frente, sentados em outros bancos, criaturas esperavam atentamente. Não era como pipoca no cinema, mas não estava longe disso. Sasha não estava lá; tais diversões eram demais para o lobo. As criaturas, entretanto, estavam absortas.

– Eu vou entrar – repetiu Keenan pela terceira vez.

– Sem o consentimento de minha rainha, não vai. – O homem-árvore estava parado em frente à porta, tão imponente e determinado quanto na vez em que cuidou de Donia a pedido de Keenan. Ninguém se esquecia de que ele jurara lealdade ao mesmo Rei do Verão a quem agora negava a entrada.

– Não me obrigue a fazer isso, Evan.

Evan não hesitou, mas Donia sim. A ideia de Evan ser machucado a enchia de medo. Se não fosse questionar a autoridade dele, nem a dela, ela o mandaria se retirar; mas permitir que Keenan entrasse livremente quando ela tinha dado ordens expressas em contrário era inaceitável. Se ela queria falar com ele, devia chamar seguranças, o que também era inaceitável. Ela precisava falar com ele, mas ele tinha que entender que a porta dela não estava aberta para ele. O significado implícito de resistência simbólica, o insulto de ter somente um guarda – e especialmente aquele guarda – era claro para Keenan.

Era, como quase tudo na política das criaturas mágicas, um tipo de jogo.

E mais uma vez, Evan argumentou:

– Ela foi muito clara ao dizer que você não poderia...

O estouro e o chiado de madeira queimando foram impressionantes, porém inevitáveis. A porta fora completamente incinerada. Evan se chamuscou, mas nada fatal. *Poderia ter sido muito pior.* O Rei do Verão poderia ter partido diretamente para a violência em vez de dar a Evan a chance de sair da frente. Ele poderia ter matado o homem-árvore. Mas não matou. Essa ação comedida era um tipo de concessão a ela.

Keenan passou por cima do corpo caído de Evan e encarou Donia:

– Eu vim falar com a Rainha do Inverno.

Atrás dele, Rin, uma das kitsune, disparou para verificar o estado de Evan. A criatura-raposa olhou para Keenan por trás de uma cortina de cabelos azul-escuros. Mas a animosidade de Rin se dissipou no momento em que Evan agarrou a mão dela. Várias outras kitsunes e criaturas lupinas observavam. Estavam de pé, sentadas ou agachadas, na expectativa. Elas se oporiam ao Rei do Verão, mas Donia não estava disposta a ver nenhuma delas se machucar só para provar que tinha razão. Ela confiara em Evan, concordara com ele de que precisava negar passagem a Keenan. Era o mais longe que estava disposta a ir.

– Eu não me lembro de você ter agendado um horário – disse ela, virando-se e saindo, sabendo que ele a seguiria. Ela não permitiria que seus seres encantados vissem sua discussão, nem que experimentassem a dor da fúria dele.

Keenan esperou até que ambos estivessem no jardim. Então agarrou no braço dela e a girou de forma que ela fosse obrigada a encará-lo.

– Por quê? – Foi tudo que Keenan disse.

– Ela me aborreceu. – Donia se livrou dos braços dele.

– Ela te aborreceu? – A expressão dele de um horror confuso era a mesma que ela já vira inúmeras vezes ao longo dos anos. Isso não facilitava as coisas. – Você apunhalou minha rainha, atacou minha corte, porque ela te aborreceu.

– Na verdade, você me aborrece. Ela só contribuiu para isso. – Não havia emoção em suas palavras. E seu rosto também era inexpressivo. Todos esses sentimentos perigosos estavam afundados no frio mais profundo dentro dela.

– Você quer guerra entre nossas cortes?

– Na maioria dos dias, não. – Ela deu mais um passo para o lado, olhando a neve ao redor de seus pés, como se toda aquela conversa fosse de pouco interesse. Por um momento, ela achou que a estratégia funcionaria, em pelo menos um deles. – Eu só quero que você fique longe de mim.

Então, ele se aproximou o suficiente para que a determinação dela falhasse:

– O que houve, Don?

– Eu fiz uma escolha.

– De me desafiar? De provar que sua corte é mais forte? Que escolha?

Gelo cresceu na ponta dos dedos dela. Ele viu e assoprou. O gelo derreteu.

Keenan pegou a mão dela.

– Você apunhalou a Ash. O que eu devo fazer em relação a isso?

– O que você quer fazer? – Ela envolveu a mão dele, segurando-se a ele tão firmemente quanto se atrevia.

– Perdoar você. Atacar você. Implorar para que você não faça isso. – O sorriso dele era triste. – Minha corte... minha rainha... eles são quase tudo pra mim.

– Diga que você não a ama.

– Eu não amo Aislinn. Eu...

– Prometa que você não vai convencê-la a se deitar com você.

– Eu não posso dizer isso, e você sabe muito bem. – Com a mão livre, Keenan tocou distraidamente a árvore atrás dela e a alisou. Pequenos brotinhos nasceram por baixo do gelo. – Um dia, quando Seth se for...

– Então você precisa se afastar de mim. – Donia mal podia vê-lo em meio à neve que caía ao seu redor. – Eu não me arrependo de tê-la apunhalado. Se sua corte continuar a desrespeitar meus domínios, ela terá apenas sofrido o primeiro de muitos ataques que ordenarei. E muitos não são suficientemente fortes para aguentar e sobreviver a eles.

– Eu vou tentar convencê-la um dia... mas "um dia" não é agora. – Ele se aproximou ainda mais dela, sem prestar atenção à neve, derretendo os flocos e quase a cegando com a luz do sol que emanava de sua pele. O chão aos pés dela se tornava lamacento conforme o calor que saía do corpo de Keenan derretia a espessa camada de gelo. A lama congelava novamente sob os pés dela, mas naquele momento era o Rei do Verão o mais forte. Sua fúria dava-lhe vantagem. – Escute-me por um minuto. Você é a única com quem me importo desta maneira. Eu sonho com você quando não estamos juntos. Desperto com o seu nome nos lábios. Não preciso ficar longe. Ela o quer, e eu quero você. Quando Aislinn me contou o que houve, algo em mim se quebrou. Eu não quero nunca estar em guerra contra você. A ideia de te atacar me apavora.

Donia continuou imóvel. Sentia a pressão da casca da árvore em sua pele. A mão de Keenan segurava a dela.

– Mas se você tocar na minha rainha novamente, vou esquecer tudo isso. Vou morrer por dentro, mas devo mantê-la a salvo. Não me obrigue a fazer isso. – Ele soltou a sua mão, e correu os dedos por seu cabelo. Tão rápido quanto seu humor se exaltara, agora se arrefecia. – Por favor.

– Não se trata só dela. Você insulta minha soberania toda vez que chega aqui fazendo exigências. Ninguém faz isso. Nenhum outro soberano. Nem sequer um dos solitários poderosos. – Ela pôs suas mãos sobre o peito dele e deixou o gelo se estender o suficiente para rachar a pele dele. – Você já esgotou toda a misericórdia que eu tinha.

Ele se aproximou ainda mais e ela não pôde conter o impulso de retrair o gelo antes que o ferisse de verdade. Ele sorriu ao percebê-lo e disse:

– Depois de tudo o que passamos para poder ficar juntos, você vai desistir agora?

Ela passou os lábios sobre os dele, tão rápido que nem poderia ser chamado de beijo. E ela expirou, até que uma fina camada de gelo cobrisse o rosto e as roupas dele. Ela não conseguia apunhalá-lo, ainda não, mas ao menos podia atacá-lo.

– Eu amo você, Don – sussurrou ele. – Já devia ter lhe dito isso anos atrás.

Finalmente ouvir aquilo trazia uma mistura de emoções, mas amá-lo era assim – doloroso e belo ao mesmo tempo. Sempre tinha sido assim. O coração dela acelerava e parecia que ia parar ao mesmo tempo. Ela suspirou e respondeu:

– Eu também te amo... É por isso que precisamos resolver as coisas. Eu vou acabar massacrando todos em sua corte se continuarmos assim.

Ele deu um sorrisinho malicioso.

– Não conte com isso.

Em seguida ele a beijou, não apenas um roçar de lábios, como ela tinha feito, mas um beijo que escaldou a língua de Donia. A árvore floresceu totalmente. O jardim inundou a sua volta. Um mar de flores saiu da terra.

Ela estava coberta de lama quando ele se afastou.

– Durante séculos lutei contra o Inverno quase sem poder. Agora estou livre com toda essa experiência. Se formos ficar em lados opostos, você provavelmente vai querer se lembrar disso. – Ele a segurava o mais próximo possível, do mesmo jeito que a tinha segurado nas poucas noites que passaram juntos. Era controlado, uma demonstração de poder; nem um pouco de seu calor a tocava. – Mas não quero que estejamos em desacordo. Enquanto ele estiver na vida dela, eu não posso fazer nada. Eu tentei. Eu tinha essa obrigação. É o melhor para minha corte, mas ela não é minha, ainda.

A respiração deles se misturou em um silvo de vapor.

– Não quero apenas uma parte de você durante os poucos anos em que posso tê-la.

Ele pôs uma orquídea no cabelo de Donia. A flor não deveria desabrochar ali, mas desabrochou.

– Eu não estou desistindo de nós, ou da paz entre nossas cortes. Eu te amo. Estou farto de pressionar Aislinn. A força do Verão me tornou estúpido. Ela quer ficar com Seth, e, enquanto eles estiverem juntos, eu posso ficar mais tempo com você. Se eu pudesse passar uma eternidade com você, essa seria minha escolha. – Ele a beijou carinhosamente. – Eu não amo Aislinn. Eu e ela já esclarecemos isso.

Donia desviou o olhar.

– Eu a empurrei para você – disse ela, afastando-se. – Cometi um erro ao pensar que você seria meu por pelo menos alguns anos... Ela é seu par perfeito. E não eu.

– Talvez, um dia. Mas não agora... eu me deixei levar pelo primeiro verão. É uma coisa inebriante, mas eu posso redirecionar essa energia. Permita-me sonhar com a gente enquanto é possível. É do que as nossas cortes precisam: um rei feliz, um rei que sonhe em se perder em alguém que deseje se perder tanto quanto ele. Diga que você deixará eu me perder em você.

Ela cedeu. *Eu sempre cedo.*

– Eu deixo. – Ela o puxou para si. Estavam cobertos de lama e tão entrelaçados quanto possível sem se machucarem. – Mas isso significa que, até que ele se vá, você é somente meu. Não quero vê-lo com ela por aqui.

– Ou me intrometendo na sua corte. Eu sei. Sua corte, suas regras. Sem intromissões nem manipulações. – Ele deu um sorriso sarcástico diante da expressão de surpresa dela. – Eu estava ouvindo, Don. Vou pedir desculpas a Evan, seguir suas regras. Mas você precisa parar de apunhalar membros de minha corte, certo?

Ela sorriu.

– Por enquanto.

– Vou me contentar com isso – sussurrou ele nos lábios dela. – Por enquanto.

– Mesmo que você seja meu, mesmo que Ash não fique entre nós, você ainda precisa entender que não sou sua serva. Você não pode tentar influenciar minha corte. – Ela precisava deixar isso claro. O problema não era simplesmente a relação dele com a Rainha do Verão. Tinham mais dois problemas diante deles.

– Eu te amava quando você era mortal. Eu te amava quando você era a Garota do Inverno que se opunha a mim, contando histórias de como era horrível confiar em mim. – Ele falava enquanto beijava seu pescoço e ombros. – Eu não estou aqui porque você é a Rainha do Inverno, mas, apesar disso, farei o melhor possível. E quando eu falhar...

– Não vou ter compaixão só porque te amo. – Ela era sincera e grata por seres encantados não poderem mentir, pois pela primeira vez, depois de muito tempo, eram completamente sinceros um com o outro. – Mas vou tentar controlar meu coração partido de se vingar quando Seth morrer e você...

Ele a interrompeu com um beijo e então sussurrou:

– Será que podemos não falar sobre o nosso fim? Estamos apenas no início hoje. Eu sou seu. Completamente seu, sem reservas. Não vou tentar interferir na sua corte. Você pode me beijar agora?

Ela sorriu.

– Posso.

Não foi como qualquer outro beijo que tenham trocado. Não teve a intenção de consumir um ao outro, ou confortar, ou um quê de pesar. Era lento e carinhoso – e acabou muito rápido.

Ele se apoiou na árvore e olhou-a com o amor com que ela sempre sonhara estampado no rosto.

– Em alguns meses, eu poderei passar vários dias com você. Mas agora – ele se afastou cuidadosamente – cheguei ao limite do meu autocontrole... fato que estou admitindo. Está vendo? A gente consegue fazer isso. Podemos ficar juntos.

– No Solstício – ela fez uma pequena chuva de neve cair sobre eles – não haverá afastamento.

– O Solstício não chegará rápido o suficiente. – Ele se lançou para a frente, beijou um floco de neve nos lábios e, então, partiu.

Ele é um tolo. Ela sorriu consigo mesma. Porém, *ele* é o *meu tolo.* Por enquanto. Eventualmente, ele estaria nos braços de Aislinn – disso, Donia estava quase certa. Quando Seth morresse, ela teria que deixar Keenan partir. Talvez isso significasse que precisaria se mudar de Huntsdale por algumas décadas. Mas enquanto isso não acontecia, tinha motivos para alimentar esperanças.

Talvez as visões de guerra de Bananach estivessem erradas. Ela e Keenan só precisaram dar um passo à frente. Visões de guerra – como a conhecida habilidade de Sorcha de vislumbrar o futuro – giravam em torno de probabilidades, não certezas.

E as probabilidades acabaram de mudar.

Capítulo 17

Aislinn acordou ao meio-dia. Estava sozinha no quarto de Keenan. Suas roupas estavam arrumadas em uma poltrona otomana que alguém trouxera para se sentar ao lado da cama. Uma bandeja com coisas de café da manhã estava na mesa de cabeceira. Antes de lidar com comida ou roupas, ela ligou para Seth – duas vezes –, mas ele não atendeu.

Ela ligou para Keenan.

– Como você está? – Foram as primeiras palavras dele. Ele parecia calmo, amigável, como se nada tivesse acontecido.

Ela suspirou aliviada:

– Melhor, estou melhor.

– Tem comida – sua voz agora era hesitante – ao lado da cama. Eu fiz com que trocassem a bandeja a cada meia hora para que a comida estivesse quente para você.

– Eu posso aquecê-la. Luz do Sol, lembra-se? – Sentiu-se aliviada por poderem se falar, por poderem se sentir à vontade um com o outro. – Onde você está?

— Nos pomares, fora da cidade. Aqui é lindo. Eles estão saudáveis agora.

— E você está aí porque...?

— Eu só quis lhes dar um pouco mais de atenção. Ver como estão as coisas. — Correntes quentes inundaram sua voz. Ele dificilmente soava tão em paz.

Ficar tão feliz ao ver a terra prosperar novamente era algo que ela ainda não alcançara, mas compartilhava o sentimento em um grau menor. Ela passara por menos de duas décadas de um frio amargo; ele vivera séculos disso — e se sentira responsável por não poder dar um fim àquilo. A verdade disso era uma revelação.

— É para aí que você vai quando estou na escola, não é?

— Para os pomares? Nem sempre. — Seu tom ficou mais evasivo.

— Mas para lugares como este. — Ela destapou o prato. Não estava frio, mas também não soltava vapor de tão quente. Ela deixou o calor crescer na ponta dos dedos e aqueceu o prato e seu conteúdo.

— É verdade.

— Por que você não me contou? — Pegou uma garfada de omelete de espinafre, queijo e tomate, uma de suas favoritas.

— Era algo que eu preferia fazer sozinho. Não quis te ofender dizendo que você não era bem-vinda.

Ela parou, incapaz de dizer que não ficara nada magoada com isso.

— Por quê?

Ele não respondeu imediatamente, e quando o fez sua voz era hesitante.

— Quando eu estava preso, costumava ver esses lugares, as árvores e os campos lutando para produzir comida para os mortais e os animais. Eu tentava. Pequenos raios de sol. Era tudo o que eu tinha. Não era muito, mas era alguma coisa. Agora eu tenho mais.

– Talvez um dia eu possa ajudar.

– Talvez. Mas por enquanto é algo... meu. Eu só compartilhei isso com uma pessoa.

– Donia.

– Sim – admitiu ele. – Ela ainda era mortal na primeira vez. Depois, eu a levei a alguns lugares com o passar dos anos, quando eu precisava conversar com ela, mas eu não contava o porquê de estarmos lá... Eu estive com ela hoje. Nós conversamos.

– E?

– Vamos acertar as coisas. Vamos tentar dar um jeito nessa atração entre mim e você. Tudo será maleável. Só não podemos nos permitir esquecer.

– Desculpe.

– O que quer que a gente faça, tem que ser algo com que nós dois concordemos. Eu tinha esperanças de que nossa amizade crescesse, que você escolhesse ficar comigo, mas...

Ela respirou fundo e pediu novamente:

– Você vai me ajudar a encontrar um jeito de transformar Seth?

– Não. – Keenan fez uma pausa. – Ainda estamos aprendendo, Aislinn. A aproximação do primeiro verão de fato em nossas vidas é inebriante. Vai ficar mais fácil para você e ele com o tempo.

– Promete? – Ela mordeu o lábio.

– E nós vamos ficar mais fortes.

– Cuide aí do seu pomar, então. Vou tentar falar com Seth de novo.

– Diga-lhe que sinto muito... se é que faz alguma diferença. Eu não vou mais forçar a barra – completou Keenan. – O verão gira em torno da paixão, Aislinn. É o que somos. Curta seu tempo com ele e vou aproveitar o meu com Donia.

Depois que ele desligou, Aislinn sorriu. Mesmo com a pressão do verão, eles encontrariam um jeito de fazer tudo funcionar agora que ela e Keenan estavam de acordo.

Aislinn comeu, se vestiu e saiu do loft. Precisava encontrar com Seth para acertar as coisas, mas, ao entrar no parque, parou, chocada.

As Garotas do Verão estavam todas sangrando ou se movendo com membros fraturados. Suas próprias videiras as tinham estrangulado. Os homens-árvore da guarda tinham sido queimados. Aobheall, em sua fonte, tinha sido transformada em estátua. Sua boca estava aberta em um grito mudo. Fumaça pairava no ar, retorcendo-se e subindo das árvores dizimadas e dos corpos dos homens-árvore. Aislinn podia sentir o gosto. Cinzas choviam como uma neve escura.

Uma mulher, uma criatura com cabelo de corvo, caminhava em meio à destruição. Uma faca de osso esculpido estava presa à sua coxa, o branco do osso destacando-se em sua calça cinza de camuflagem. Um manto preto esfarrapado, manchado de sangue, flutuava enquanto ela se movia. Aislinn foi tomada pela estranheza do manto sobre o uniforme militar, até perceber que não era um manto: a mulher tinha um cabelo de penas que caía pelas costas e parecia engrossar para formar um par de asas enquanto Aislinn a observava.

– Belas imagens, tudo para você – disse a criatura.

Ela fez um gesto abrangente no ar diante dela. Padrões desconhecidos estavam pintados nos braços dela com tintura azul, cinzas e sangue.

Aislinn olhou para suas criaturas. Pensou que há poucos meses as odiava; às vezes ainda as temia. Não era ódio ou medo o que sentia agora, contudo: estava com o coração partido e aterrorizada.

A criatura passou o braço em volta da cintura de Aislinn e disse:

– É para todos nós, na verdade.

– O que você fez? – sussurrou Aislinn.

Tracey estava dançando, mas um dos braços estava pendurado em um ângulo anormal, como se estivesse deslocado do ombro.

Aislinn empurrou a criatura-corvo cabeluda para longe.

– O que você fez com as minhas criaturas?

– Nada.

Ela ondulou a mão novamente e o parque estava como deveria: as Garotas do Verão, os homens-árvore e Aobheall estavam todos bem. Uma fogueira queimava na clareira, contudo, as chamas oscilavam no centro do círculo onde a Corte do Verão tipicamente dava suas festanças. Não era uma pequena fogueira de acampamento, mas uma enorme labareda.

– Posso te contar uma história, minha pequena rainha? – A criatura tinha olhos como os de Irial e Niall, de um preto profundo, mas os dela brilhavam com toques de loucura. – Devo falar sobre os "se" ou sobre "e agora"?

– Quem é você? – Aislinn se afastou enquanto perguntava, mas estava quase certa de quem era: Bananach, a essência da guerra e do derramamento de sangue. Não poderia ser outra pessoa.

– Uma vez, o mundo foi meu. Era um lugar adorável. Caos dançava ao meu lado e nossos filhos comiam os seres vivos. Far-Dorcha jantava à minha mesa. – Bananach se sentou de cócoras em frente ao fogo. Era meio-dia, mas o céu estava escuro com cinzas e fumaça.

Isso é uma ilusão, também? Aislinn não sabia ao certo o que fazer. Os encantos das criaturas não deveriam funcionar com ela. Por que o dela funcionava?

– Bananach? – Aislinn perguntou. – Esse é o seu nome, não é?

– É um dos nomes que eu uso. – Ela virou a cabeça em um ângulo estranho e olhou para Aislinn. – E você é a garota-Ash, a Rainha Perdida do Verão, aquela que traria a paz.

– Sou. – Aislinn podia sentir o calor do fogo enquanto ele crescia.

A expressão no rosto de Bananach tornou-se esperançosa: olhos bem abertos, lábios separados:

– Eu poderia gostar de você se entrasse nas chamas voluntariamente. Deixe que eles culpem um ao outro... É algo muito pequeno, na verdade. Nem vai doer. Luz do Sol e fogo, no fundo, são muito parecidos.

Aislinn tremeu:

– Não. Eu acho que não.

– Eu dançaria ao som de seus gritos. Você não estaria sozinha. – Ela falou, bajulando-a.

– Não. – Aislinn ficou muito quieta, pressentindo no olhar predatório de Bananach que qualquer movimento repentino seria desaconselhável. – Eu acho que você devia ir embora.

– Você não quer que eu responda às suas perguntas, pequena garota-Ash? Eu sei de muita coisa.

– E existe uma resposta certa? – As palavras de Aislinn não eram vacilantes, mas ela tinha certeza de que a criatura sabia o quanto ela a intimidava. Torcendo para não estar cometendo um erro, Aislinn acrescentou: – Diga de que você precisa.

A palavra *precisa* pareceu estranha, mas *quer* seria dar muita abertura, e *puder* parecia muito limitado. Semântica era mais uma das coisas estranhas ao se lidar com criaturas de séculos de idade. Aislinn esperava ter acertado o termo desta vez.

A criatura-corvo esfregou a mão nas calças e se levantou.

– Certa vez, depois do caos, mas antes de você, eu avisei. Eu podia fazer jogos de guerra, como os tabuleiros dos monarcas às vésperas da batalha. Eu posso mostrar os "se" quando estamos à beira do precipício.

Aislinn a encarou, muda por vários instantes. As cinzas no ar pareciam ter criado uma membrana em sua língua, impossibilitando-a de falar. Nenhuma das outras criaturas via Bananach. Elas não reagiam de forma alguma – nem a Bananach, nem a cada vez mais gigantesca fogueira no parque deles.

Bananach perambulava pelo centro da pira; as chamas tocavam-na como mãos de fanáticos suplicantes.

– Você vê meus sonhos de "se"... Estamos nos aproximando da batalha, pequena rainha-Ash. Você fez isso acontecer.

As chamas se agitavam na direção de Bananach, seguindo seu rastro, chamuscando suas penas.

– Você me dá esperança, então, lhe dou um aviso justo. Você e eu estamos em equilíbrio agora. Siga seu caminho e ficarei em débito com você. Eu perdi meu conflito.

Quando Bananach parou em frente a Aislinn, o cheiro cáustico de penas e carne queimadas se misturava ao leve odor de madeira em brasa. Era uma combinação perturbadora – quase tão perturbadora quanto o caos que subitamente se espalhara pelas criaturas da Corte do Verão enquanto qualquer que fosse a ilusão criada pela criatura da guerra se formava na fumaça.

Então, todos eles viram Bananach, viram a Guerra face a face com sua rainha. Guardas correram para o lado de Aislinn. Garotas do Verão se agruparam. Aobheall convocou todas para a fonte.

Bananach estalou o bico, mas não recuou.

Ela não faria isso.

A criatura da guerra se inclinou para mais perto de Aislinn e sussurrou palavras contra a bochecha dela.

– Devo acabar com eles? Fazer picadinho do povo-de-casa-de-árvore? Atiçar minha fogueira, garota-Ash?

– Não.

– Que pena. – Bananach suspirou. – Você me dá um presente, uma guerra em nosso horizonte... e vamos precisar de buchas para o banho de sangue que virá... ainda...

Com um borrão de penas e membros, ela chutou, socou e perfurou vários guardas. Imobilizou-os assim que começou a se mexer. A maioria dos guardas caía de joelhos; alguns estavam feridos, mas ainda se mantinham de pé. Um não se movia.

Bananach olhou para o céu.

– Está ficando tarde e tenho outros a encontrar. Meu rei espera que eu volte logo.

E com isso a criatura da guerra deixou-os no parque, cambaleando, em meio à desordem e ao pânico.

Keenan. Niall. Donia. Para onde Guerra iria? Guerra. Aislinn não queria guerra. A ideia a aterrorizava. *Muitas lembranças de morte e do que tenho a perder.* Ela pensou em

Vovó e em Seth, e em seus amigos mortais. Vovó estava sob vigilância constante; Seth também. Ela os perderia com o tempo, mortais morrem – mas não agora, não tão cedo. Ela tinha recém-descoberto as belezas que a terra podia oferecer, agora que os longos anos de inverno interminável faziam parte do passado. Esse era o seu mundo. Era um mundo que deveria transbordar de vida e possibilidades, mesmo que essas possibilidades às vezes fossem finitas.

Ela estava amando; ela era amada; e ela era parte de algo incrível. Muitos mortais e criaturas também eram. E tudo isso seria destruído se houvesse uma guerra. Sem temer as consequências de enfurecer outras cortes, sem moderação, com reis e guardas muito ocupados para responder por pequenas indiscrições... afora a reclusa Alta Corte, o mundo mortal e o das criaturas estaria lidando com duas – ou possivelmente três – Cortes Mágicas em conflito, bem como com as criaturas solitárias, que, sem dúvida, tirariam proveito do caos. Aislinn se sentiu mal ao pensar naquilo – e desesperada para falar com Seth.

Ela precisava ouvir a voz dele; precisava ouvir que ele a perdoara. Eles tinham que transpor muitos obstáculos, mas superariam tudo. Até agora tinham conseguido. Ele era o fio que a mantinha em ordem. A fé dele dava forças quando ela pensava que não conseguiria vencer um desafio; era por isso que ele era insubstituível. A paixão e o romance eram incríveis, mas a razão principal era que ele a fazia querer ser uma pessoa melhor. Ele a fazia acreditar que podia realizar o impossível. E *podia*, com ele em sua vida. Eles só estavam oficialmente juntos há poucos meses, mas ela sabia que ele era o único a quem amara desse jeito. Ele era isso, o "para sempre" dela.

Aislinn telefonou para ele novamente – ainda sem resposta. Deixou outra mensagem de voz:

– Me ligue, por favor. Eu te amo.

Com uma olhada rápida pelo parque, encontrou os homens-árvore em serviço, organizando suas criaturas e guiando-as para o loft. Eles eram eficientes, mesmo machucados.

Ela ligou para Keenan e disse:

– Conheci Bananach... A maioria de nós não se feriu, mas eu preciso que você venha para casa. Agora.

Capítulo 18

Com muito esforço, Seth conseguiu ignorar as ligações de Aislinn e de Niall o dia inteiro. Niall fizera uma visita. Eles tomaram uma xícara de chá em um clima de tensão que terminou quando Seth perguntou:

– Onde Sorcha mora?

Niall abaixou a xícara.

– Ela é inalcançável para os mortais. Escondida.

– Certo, já ouvi isso. Onde? – Seth manteve a voz bastante firme, mas sabia que sua irritação era óbvia para Niall. – Só me leve até ela.

– Não.

– Niall...

– Não. – O Rei Sombrio balançou a cabeça, levantou-se e foi embora.

Seth ficou olhando fixamente para a porta, irritado. Aislinn não ajudaria se soubesse; Keenan também não. Niall nem sequer discutiria o assunto. Só restava Donia, ou pesquisar.

Ele abriu o celular e apertou o número seis. Uma das Irmãs Marfíneas atendeu o telefone da Rainha do Inverno.

– Mortal?

Seth tremeu ao ouvir a voz rouca e seca.

– Posso falar com Donia? – perguntou.

– Não esta noite.

Ele fechou os olhos:

– Quando?

– Ela está ocupada. Eu dou o recado.

– Pede a ela para me ligar? – Ele começou a separar seus livros de folclore, inclusive os volumes que ganhara de Donia e Niall. – Assim que ela puder?

– A mensagem será dada. – E a Irmã Marfínea cortou a conversa. – Adeus, mortal.

Seth pegou um bloco de notas no meio de sua pilha de miscelâneas e se sentou em meio às pilhas de livros.

– Então o jeito é pesquisar.

Quando o telefone tocou, horas mais tarde, Seth correu para atender, esperando que fosse Donia. Não era. Mas ainda esperava, contra a lógica, que pudesse ter ajuda quando viu o número de Niall.

Em vez disso, o Rei Sombrio reiterou:

– É um erro.

– Não é. – Seth desligou na cara dele.

Não queria ouvir o que os outros pensavam. Ele não queria ouvir de Aislinn que não era possível, ou as objeções cheias de culpa de Niall. Ele sabia o que queria: virar uma criatura, ter a eternidade com Aislinn, ser forte o suficiente para se manter seguro no mundo em que agora vivia. Ser apenas humano não era suficiente. Ele não queria ser fraco, ou finito, ou facilmente derrotado. Ele queria ser mais. Ele queria ser igual a ela novamente.

Seth só precisava pensar em um jeito de encontrar Sorcha e então convencer a Rainha da Alta Corte a ajudá-lo.

Sem problemas. Seth fechou a cara. Só podia imaginar que ela gostaria de lhe dar esse presente sem hesitação. *É claro, eu lhe concedo a eternidade, pequeno mortal.*

Ele olhou para os livros em que tinha pesquisado e os achou inúteis. Olhou para as anotações que fizera. *Reclusa. Lógica. Não se mistura com as outras cortes. Devlin.* Nada de útil.

Seu cuidadoso autocontrole desapareceu. Ele se levantou e, com uma passada de mão, varreu tudo o que estava sobre o balcão. Foi uma algazarra satisfatória.

Melhor que meditação.

Ele vivia um grande amor, era saudável, tinha dinheiro suficiente, um amigo que era como um irmão... mas, por ser mortal, perderia tudo isso. Sem ela, teria que cortar laços com todos os seres encantados. Não haveria mais concertos às margens do rio. Não haveria mais mágica. Ele ainda teria a Visão: ele viu coisas que nem poderia ter visto. Perder Aislinn significava perder tudo.

Se ela o deixasse, não faria diferença se ele estivesse bem de saúde. E, se ela não o deixasse, Seth não teria força suficiente para estar ao lado dela e seguro. E mesmo que tivesse forças, ele envelheceria e morreria e ela seguiria adiante.

Havia livros espalhados por toda a sala. Nenhum tinha respostas.

Está tudo errado.

Ele andou até a cozinha.

É inútil.

Todas as louças que possuía, exceto as duas xícaras e a chaleira que Aislinn comprara para ele, tinham se espatifado na parede. Então, ele socou a parede até suas articulações sangrarem. Não ajudou, mas foi muito mais satisfatório do que qualquer outra coisa que pudesse pensar em fazer naquele momento.

Quando caiu a noite, Seth tinha apagado todas as evidências de seu surto. Reorganizara a casa e seus sentimentos. Ficar sem ela não era algo que quisesse sequer considerar. Precisava existir uma resposta – mas ele não tinha nenhuma.

Contudo, encontraria uma solução. Não botaria tudo a perder.

Nem agora, nem nunca.

Ele mandou uma mensagem de texto – "Preciso de um tempo. Falo com você mais tarde" – e ficou perambulando pela casa. O tamanho da casa geralmente não o incomodava, mas hoje parecia sufocante. Não queria sair, ver criaturas mágicas e fingir que estava tudo bem. Ele sabia o que não queria, o que realmente queria – tudo, menos como fazer acontecer. Até que ele bolasse algum tipo de plano, estar entre os seres encantados – ver o que ele não era – parecia crueldade.

Então, quando um dos guardas da corte bateu à sua porta para saber se Seth ia ficar em casa ou sair, ele disse:

– Vá para casa, Skelley.

– Tem certeza de que não quer beber alguma coisa? Ou poderíamos entrar... não por muito tempo, em turnos...

– Um tempo, cara. É disso que preciso hoje à noite – disse Seth.

Skelley assentiu. Ele ainda ficou parado ali mais um pouco.

— As meninas não queriam te fazer mal. Elas só... — e parou, como se as palavras que estivesse procurando não fizessem parte do seu vocabulário — elas curtem você. É como sua cobra.

— Como Boomer?

— A presença de Boomer te agrada?

— Claro. — Seth abriu um sorrisinho. — Ter Boomer ao meu lado me faz feliz.

— A sua presença alegra as garotas. — Skelley parecia tão sincero que era difícil pensar algo sobre ele além de gentil enquanto ficava no pátio cheio de metal da estrada de ferro, mesmo que tivesse comparado Seth a uma cobra de estimação. — Elas estavam preocupadas que você pudesse ir embora, como Niall fez.

Seth não sabia se se sentia confortado por Skelley tentar tranquilizá-lo ou se estava ofendido por ter sido comparado a uma jiboia.

Ou ambos.

Em geral, divertia-se. Cuidadosamente escondendo o sorriso, acenou para Skelley com a cabeça:

— É... bom saber disso.

O guarda excepcionalmente magro tinha um lado gentil. A maioria dos guardas não bateria à sua porta para falar de sentimentos. Skelley era diferente.

— Você é querido na corte — acrescentou ele. — Nossa rainha está feliz por você estar com ela.

— Eu sei disso. — Seth ergueu a mão em um aceno para os outros guardas que estavam nos limites do jardim. — Mas agora preciso apagar. Vai relaxar ou sei lá o quê.

— Ficaremos aqui.

— Eu sei. — Seth fechou a porta.

Umas poucas horas desassossegadas depois, ele tentou dormir. Não funcionou: ele estava muito ligado. Tentou gastar um pouco da energia: flexões, abdominais, barra. Tudo inútil. *Eu preciso tomar um ar.*

Ele olhou para o relógio: pouco mais de meia-noite. O Ninho do Corvo ainda estava aberto. Em questão de minutos, ele estava vestido e amarrando as botas. O celular vibrou quando outra mensagem chegou. Ele leu: "Te vejo amanhã?"

Eu estou pronto para vê-la amanhã?

Geralmente, isso não era uma questão. Ele não achava que jamais tivesse sido. *Será que ela sabia sobre o parque? Será que perguntaria sobre Niall? Ia querer falar de Keenan?*

Ele não sabia se estava pronto para lidar com qualquer um desses assuntos. Ele queria um plano, uma forma de chegar até Sorcha, um jeito de melhorar as coisas; conversar com Aislinn sobre tudo o que não estava certo não parecia ser a melhor solução. Ele não respondeu a mensagem. Ele queria; queria ligar para ela naquele instante. Em vez disso, pousou o telefone no balcão.

Se eu não estiver com ele, não posso nem ligar, nem atender.

Resolvido, caminhou até o Ninho de Corvo. Viu que três guardas o seguiam, mas se recusou a admitir que sabia que estavam lá. Saber que tinha babás o tempo todo na sua cola era mais do que poderia aguentar naquele momento.

Um dos guardas entrou no Ninho do Corvo, viu que não tinha nenhum ser encantado e saiu. Seth sabia que eles vigiariam as duas estradas. Era o máximo de distância que dariam.

Não era o bastante.

Depois de quase uma hora sentado sozinho, Seth admitiu que estava mal-humorado. Não estivera de fato pensando em um plano. Vira amigos, pessoas que já não eram tão próximas desde que ele e Aislinn começaram a namorar, mas não falou com elas.

Damali estava lá de novo, sem cantar, só curtindo com os amigos. Seus olhos se cruzaram e ele sorriu. Ela se aproximou, trazendo duas cervejas, a dela quase vazia.

– Você está livre agora?

Ele balançou a cabeça:

– Só para conversar, D.

– Droga – assobiou ela. – Pensei que eles estivessem brincando comigo. A garota esquelética ou o cara rabugento?

Seth pegou a cerveja que ela lhe oferecia:

– Ela não é esquelética.

Damali riu.

– Tanto faz. Ela te trata bem?

Trata? Ele tomou um gole e ignorou a pergunta:

– Você cantou muito bem na outra noite.

O olhar que Damali lançou não era crítico ou misericordioso. Foi bem... humano.

– Que tentativa fajuta de se esquivar. Você precisa de alguma coisa?

– De companhia. – Eles já se conheciam há tempo suficiente para que não precisasse fingir. – As coisas estão estranhas, e precisava dar uma arejada hoje.

Ela lançou-lhe um olhar avaliador.

– É por isso que não me meto em relacionamentos. Você era um dos meus. Sem cair na rede de ninguém. Sem arrependimentos. A gente se divertia quando você não era assim.

— Eu estou feliz de estar amarrado dessa vez, D.
— É, posso ver na sua cara. — Ela esvaziou a garrafa. — Quer mais uma?

Quando foi embora, depois de algumas cervejas — sem Damali —, Seth não se sentia mais animado do que antes. Talvez estivesse pior. Todos os contras e nenhum dos prós. Beber não ajudou. Nunca ajudara.

Enquanto caminhava, se perguntou se estava prestes a ir de mal para pior. Os guardas que ele tanto queria que saíssem de sua cola tinham desaparecido — e não a seu pedido. A criatura-corvo que atacara Niall estava agora seguindo Seth, e ela não fingia se esconder. Caminhava perto o suficiente dele para que pudesse ouvi-la cantando músicas de batalha para si mesma.

Ele sabia que ela devia assustá-lo, e bem lá no fundo ele sentia medo. Estava sem os guardas e sem o celular. *Não faz sentido me preocupar com o que não posso mudar.* Ele entrou no pátio da antiga estação. Os trilhos e os vagões abandonados eram um ótimo lugar, seguro, para um mortal que lidava com criaturas mágicas. Sua casa ficava em um pequeno terreno no fim do pátio. A maioria dos seres parava quando alcançava os trilhos; esta não parou. Ela o seguiu quase até a porta de casa. A poucos metros da entrada havia cadeiras de madeira que ele mantinha em seu jardim.

Ele puxou a chave e se virou para olhar para a criatura com cabeça de corvo.

Ela se sentou em uma das cadeiras:
— Senta comigo aqui fora, Mortal?
— Não acho que seria sensato fazer isso. — Seth destrancou a porta, mas não entrou.

Ela inclinou a cabeça muito de lado para olhá-lo. Foi um gesto nem um pouco humano.

– Talvez seja.

– Talvez. – Ele ficou parado nos degraus, em frente à porta que agora estava aberta.

Só precisava dar um passo para estar do lado de dentro. Faria diferença? Depois de presenciar quão rápida fora ao atacar Niall, Seth estava quase certo de que não poderia se mover tão rápido para entrar antes que ela o alcançasse – e que ela era forte o bastante para entrar de qualquer forma. Ele analisou suas opções: não tinha nenhuma. Se o próprio Niall lutara com ela, um mortal não teria chance alguma.

– De alguma maneira, duvido que aceitar qualquer coisa vinda de você seja sensato – disse ele.

A criatura mágica cruzou as pernas e se recostou na cadeira:

– Eu gosto de dúvidas.

E é por isso que tenho guardas. Mas Seth se lembrou da briga dela com Niall, e suspeitou que, mesmo que os guardas da Corte do Verão estivessem ali, não conseguiriam salvá-lo se ela quisesse realmente lhe fazer mal. Perguntou-se se ela os teria matado – e se faria o mesmo com ele.

– Seu rei sabe que você está aqui? – perguntou ele.

Ela estalou o bico, um som que deveria sair de um corvo.

– Criança corajosa. Tenho certeza de que ele saberá... na hora certa. Mas ele nunca é rápido o bastante para interferir nos meus planos.

O medo em Seth se agitou, e ele entrou na casa:

– Ele me ofereceu a proteção de sua corte. E eu aceitei.

– Claro. Ele gosta de você, não é? O novo Rei Sombrio sempre gostou de seus humanos de estimação, ele não é tão mau quanto o antigo rei era... – Ela se movia na direção dele exageradamente devagar, como num rolo de filme que avançasse um quadro por vez.

Seth desejou estar com o seu celular na mão. Niall não poderia chegar rápido o suficiente, mas ele sabia que essa criatura poderia – o quê? me matar? Ele olhou para dentro: podia ver o telefone. Deu mais um passo para dentro do trem.

– Bem, não devemos contar a ele sobre nossa conversinha. – O ser encantado balançou a cabeça como um pai desaprovador. – Ele lhe diria que não aceitasse, se soubesse.

Ele deu mais um passo atrás:

– Diria para eu não aceitar o quê?

Ela deu um meio-passo e parou.

– Ver a Rainha do Tédio. É isso que você quer, não é? Mas todos são contra. – Ela suspirou, mas não foi um som de lamento. Foi como se relembrasse algo, e Seth não queria saber no que ela estava pensando.

– Menino travesso tentando falar com a Rainha da Razão. Ela sabe de você. Enviou suas mãos sujas até você. Todos os seres encantados estão rindo do mortal que perambula entre os mundos.

Com isso, Seth parou também.

– Você está tentando me ajudar?

A criatura-corvo continuou a andar na sua direção. Ela estava a alguns passos e continuava a se mover com lentidão calculada.

– Mas eles estão no seu caminho. Como você pode correr atrás de seus sonhos se eles o mantêm numa coleira? Dizendo-lhe não. Eles são assim. Não dão escolha. Nos tratam como crianças.

Agora, estava parada diante dele. Desta distância, Seth podia ver que o cabelo penoso que caía pelas suas costas estava chamuscado em alguns pontos. Um par de asas sombrias aparecia e sumia. Cinzas tinham secado formando padrões em seus braços e bochechas. Ela parecia ter vindo para este jardim direto de um campo de batalha.

– Quem é você? – perguntou Seth.

– Pode me chamar de Bananach.

Ele deu mais um passo e alcançou o telefone.

– Por que você está aqui?

– Para levá-lo até Sorcha. – Ela acenava com a cabeça enquanto falava.

– Por quê? – Ele não olhou para o telefone enquanto deslizava o dedo para a tecla de discagem rápida de Niall.

– Não. Não vou machucá-lo a não ser que você torne isso necessário. Fazer isso tornaria necessário. – A loucura em suas palavras e em sua expressão subitamente sumiram, e ela parecia ainda mais assustadora por causa disso. Lançou-lhe um olhar sério. – Todos nós temos sonhos, Seth Morgan. E, por enquanto, o seu e o meu estão alinhados. Considere-se uma pessoa de sorte pois sua utilidade para mim não requer que o machuque neste momento.

Em seguida, ela passou por ele, entrando na casa.

Seth parou, o dedo ainda sobre a tecla que ligaria para Niall:

– Você está se oferecendo para me levar até Sorcha?

– Você está procurando por ela. Niall se nega a te ajudar. A Rainha-Ash não lhe dá o que você quer. A Inverno vai negar... Razão pode ajudar se ela assim desejar. Sua transformação me será útil. Tenho sussurrado palavras que nos trouxeram aqui, Seth. Contando segredos para Inverno. – Ela parou e arrulhou para Boomer. A jiboia estava descansando sobre uma das pedras aquecidas. Ela não olhava para ele quando disse:

– Junte suas coisas.

A essa altura, ele sabia o suficiente para perceber que ela falava como ela a via.

E como eu vejo.

As coisas que Bananach dissera eram verdade: nem Aislinn nem Niall estavam dispostos a ajudá-lo em sua busca por se tornar um ser encantado. A Rainha da Alta Corte poderia tornar isso realidade.

Bananach ficou fazendo barulho de beijos para Boomer – que ondulava de uma maneira que Seth nunca vira antes. Então olhou para ele:

– Pergunte-me o que quer saber. Temos pouco tempo.

Seth encarou Bananach e perguntou:

– Você vai me levar diretamente até Sorcha sem me machucar?

Ela o corrigiu:

– Eu vou levá-lo intocado para Sorcha. Você precisa ser mais específico em suas palavras se quiser me trazer algo de bom. E se alguém lhe machucar enquanto viajamos? Precisão é a chave da estratégia. Você tem a coragem, mas não a precisão. Você deve ter ambas. – Seu olhar era de avaliação. – Você vai servir. Os corvos me dizem isto, mas você deve ouvir bem a sabedoria de Sorcha. Ela é tediosa, mas Razão vai ajudá-lo naquilo de que nós precisamos.

– Nós? Por que nós?

– Porque serve ao meu propósito também. – Ela abriu o terrário e pegou a jiboia. – E continuar respondendo a suas perguntas não adianta mais.

– Certo. – Ele engoliu em seco.

Do lado de fora, Skelley gritou:

— Seth, você está bem?

Bananach apoiou o indicador contra os lábios.

— Estou. — Seth não abriu a porta. O guarda não faria frente a Bananach, e Seth não tinha certeza se queria que ela partisse. Ela tinha respostas. Ela podia levá-lo a Sorcha.

Skelley estava quieto:

— Você precisa de companhia?

— Não, acho que tenho tudo de que preciso. — Seth olhou para a criatura, que estava imóvel como sentinela observando-o. — Eu só precisava de um momento para encontrar o que queria.

Skelley deu seu adeus pela porta fechada e Seth se virou para Bananach:

— Não sei como você sabe do que preciso, mas quero ver Sorcha.

A criatura-corvo assentiu sombriamente.

— Ligue para a sua rainha e diga que está de partida. Você não pode passar lá, não hoje à noite. Não comigo. Eles não me receberiam bem naquela casa. E se eles me vissem... — Bananach fez um som feliz que deixou Seth envergonhado de ouvir antes de acrescentar: — Diversão repugnante e sangrenta, mas terá que ficar para outro dia.

Um pequeno resquício de lógica dizia a Seth que ele tinha se aventurado muito além do caminho do bom-senso.

Você ainda pode dizer não, ele pensou. *Agora. Diga a ela que você se enganou. Diga-lhe que vá embora. Talvez ela escute.*

Mas a mesma lógica o lembrou do quanto Aislinn parecia se distanciar a cada dia, o quão indefeso ele era contra as criaturas mais fracas, do quão pouco tempo teria ao lado dela por ser mortal.

Ele apertou o "1" no celular.

Quando caiu na caixa de mensagens, ele começou:

– Vou partir hoje à noite, e...

Bananach inesperadamente se postou diante dele, invadindo seu espaço, sussurrando:

– Não diga mais nada a ela.

Seth desviou o olhar da criatura. Ele sabia que não deveria confiar nela, mas a obedeceu. Falou ao telefone.

– Eu te ligo... depois. Preciso ir agora mesmo. Não sei quando... ou se... Preciso desligar.

Ele desligou.

– Bom menino. – Bananach desenrolou Boomer de seu braço e entregou-a para ele. Depois, abriu a porta. – Segure firme na minha mão, Seth Morgan. A Razão não espera por nós. Temos que ir antes que as peças se movam.

Seth não tinha certeza do que isso significava, mas pegou na mão dela e saíram pela noite. Ele fechou a porta. Um segundo depois já estavam longe do pátio, dos guardas e em uma rua que demoraria pelo menos meia hora para se chegar a pé. Ela era mais rápida do que Aislinn, e Seth tentou não vomitar.

Boomer tremeu um pouco enquanto estava enrolada nos ombros de Seth.

– Cordeirinho esperto – murmurou Bananach enquanto dava tapinhas de consolo na cabeça de Seth.

Vários corvos voaram para dentro das janelas quebradas no prédio em frente a eles. Eles inclinaram a cabeça para observar Seth. Bananach fez o mesmo gesto, ao mesmo tempo que os pássaros negros.

Ele conteve o enjoo novamente.

– Onde está Sorcha? Eu preciso ver a Rainha da Alta Corte.

– Escondida. – Bananach saiu andando e Seth correu atrás dela.

Ela tinha lhe oferecido uma resposta, e Seth não deixaria essa oportunidade escapar, independentemente do risco.

Melhor aproveitar uma chance de atingir a eternidade do que ficar imaginando "e se" mais tarde.

Capítulo 19

Aislinn estava um pouco surpresa – e muito desapontada – porque Seth não estava à sua porta pela manhã. A reunião de Keenan com Tavish e um punhado de outras criaturas mágicas na noite passada tinha varado a madrugada, mas ela viera para casa, na esperança de encontrar com Seth. Eles sempre tomavam café da manhã antes de irem juntos para a aula pelo menos duas vezes por semana. Hoje deveria ser um desses dias.

Invisíveis ao mundo, Quinn e um pequeno grupo de guardas esperavam na rua lá embaixo. Ela trocou um olhar com Quinn e sorriu. Eles desenvolveram um acordo sobre toda a questão da privacidade. Já era difícil o bastante explicar essa coisa da onipresença de Keenan aos amigos dela – e aos de Seth também. Se ela tivesse todo um grupo, formado em sua maioria por homens, seguindo-a feito sombras para todos os lados, ninguém entenderia. A não ser que estivessem no Ninho do Corvo, ou em algum lugar só para seres encantados, como o Forte, eles ficavam invisíveis.

O ritmo de caminhada de Seth era lento, mas em passos largos, portanto ela reservava um tempo extra pela manhã para que pudessem ir devagar. Sem ele ao seu lado, caminhou em passos rápidos.

Eu poderia correr.

Ela tentou afastar aquela sensação inquietante: às vezes Seth se atrasava. Talvez ele até já estivesse no Depot. Ele não tinha dito que se encontraria com ela, mas com certeza não estava mais tão chateado. Seth não era tão temperamental como ela. Ele era razoável.

Tudo vai dar certo.

Ela tinha se esquecido de recarregar o celular, portanto não podia nem ligar para ele.

O sentimento inquietante não queria sumir. Ela entrou em um terreno baldio, ao lado de um prédio – longe de olhos mortais –, e se lançou um encanto para ficar visível somente para as criaturas encantadas ou humanos com Visão. Em seguida, correu.

Era maravilhoso se mover tão rápido; seu corpo pinicava com o sentimento repentino de liberdade. Havia aspectos positivos em ser uma criatura mágica que a empolgavam muito mais do que ela jamais poderia ter imaginado. A velocidade com que era capaz de se mover agora era um deles. Mas tinha o lado negativo também, que era chegar aonde precisava muito velozmente. Era útil, mas acabava muito rápido. Ser encantada mexia com sua noção de tempo. Ela ainda não tinha se acostumado ao tempo paralelo que existia na parte separada do Mundo Encantado, nos domínios de Sorcha, mas, até que precisasse se encontrar com a Rainha da Alta Corte, ela não pensaria nesse paradoxo em particular. Por enquanto, ela já tinha problemas de mais, pensando em quão finitos os mortais eram, no pouco tempo que teria com Vovó e com Seth.

Ela parou na frente do Depot. O lugar estava lotado. Várias pessoas que ela conhecia estavam lá, nas mesas ocupadas ou apoiadas na parede. Aislinn ficou feliz por eles não conseguirem vê-la enquanto entrava. Passou correndo do salão principal para o menor. Seth também não estava ali. Sua inquietação cresceu.

Talvez ele esteja na escola. Era possível. Às vezes eles se encontravam lá antes de ele ir para a biblioteca, ou para o parque desenhar. Se não estivesse, era porque ainda estava chateado o bastante para não querer encontrá-la e não querer conversar. Pânico estreitou seus pulmões. *E se ele não falar mais comigo?*

Ele fora o único a aceitá-la do jeito que era, por quem ela era agora, com ambos os lados de sua nova vida. Vovó tentara. Keenan tentara. Apenas Seth realmente a conhecia; só Seth a entendia completamente.

Ainda invisível aos olhos mortais, atravessou a rua e correu para a escola Bishop O'Connell. Sem se importar com o quão ridícula parecia, ressurgiu no meio da escada. Quinn, atrás dela, fez um som desaprovador, mas não disse nada. Ele não era do tipo que comentava a arrogância das criaturas.

Aislinn deu uma olhada nos guardas.

Quinn disse:

– Ficaremos por aqui.

Ela assentiu e entrou. Por alguns instantes, ficou ali parada, mas o som familiar de seus colegas era inquietante. Essas eram as pessoas que ela deveria proteger, mas, diferentemente de seus súditos, eles não faziam ideia de que ela se colocava entre eles e uma possível guerra que poderia destruir a terra.

Ela os observava e ouvia pedaços de conversas tão distantes que pareciam em outra língua. Esse era o mundo ao qual ela nunca pertencera de fato – o mundo em que seus amigos viviam, onde provas de economia e bailes de formatura eram assuntos de vida ou morte. Ela parou. Algumas coisas continuavam as mesmas. Seth estar brigado com ela era muito importante. Ela podia não ser chegada a bailes, mas as festas mágicas ofereciam a ela dança mais do que suficiente. Economia ainda era importante, mas de uma maneira muito prática. E Seth... era tudo.

A melhor hora para encontrá-lo era agora. Sem hesitar, ela se virou e saiu pela mesma porta pela qual havia entrado. Ela iria até ele. *Talvez ele tivesse dormido demais. Ou talvez ele não quisesse conversar. Então ele ao menos poderia ouvir.* Ela não ia deixar a situação piorar. Iria até ele. Esclareceriam as coisas. Ele era essencial para ela.

Então Aislinn correu – pelas ruas, pelo jardim da linha do trem, até a porta da casa dele. Ouviu os guardas vindo atrás dela, mas não parou para falar com eles. *Deixe que pensem que sou impulsiva.* Só o que importava era achar Seth.

Alguns minutos após sair da escola, girou sua chave na fechadura de Seth e abriu a porta:

– Seth?

A luz estava apagada, a música não tocava. A chaleira estava no fogão desligado. Duas xícaras por lavar estavam na bancada. Parecia que ele tinha saído às pressas. Ele geralmente não deixava xícaras ou louças sujas.

– Seth? – Ela voltou e entrou no segundo vagão, no quarto.

Era de manhã cedo e a cama já estava feita. Ele saíra rápido demais para lavar a louça, mas teve tempo de fazer a cama. Ela se debruçou e colocou o telefone para carregar. Quando o celular voltou à vida, viu que tinha uma mensagem de voz. Ele tinha ligado.

Ficou aliviada – até escutar a mensagem:

– Vou partir hoje à noite, e... – Ele parou e Aislinn pôde ouvir uma voz ao fundo, uma garota, mas não conseguia entender o que ela dizia. Então a voz dele voltou: – Eu te ligo... depois. Só preciso ir agora. Não sei quando... ou se... Preciso desligar.

Partir? Ela repetiu a mensagem mais duas vezes. Ainda não fazia sentido algum.

Ele parece empolgado.

Displicentemente correu as mãos pelo novo edredom que tinham escolhido juntos e escutou a mensagem de novo. Aislinn ouviu a voz, sussurrando suavemente entre as palavras dele.

Ele se foi.

Ela confiara a ele segredos que nunca tinha contado a ninguém. Quando Keenan e Donia a estavam perseguindo, ela tinha se aberto para ele. Ela violara todas as regras segundo as quais vivia, que a sua mãe e Vovó tinham seguido.

Lágrimas brotavam de seus olhos, mas ela piscou para afastá-las.

– O que acabou de acontecer?

Ela não suportava ficar no quarto, naquele espaço que era só deles, por mais nem um minuto. Saiu do aposento e foi dar uma olhada na pedra aquecida de Boomer. A cobra não estava em seu terrário.

Boomer se foi.

– Seth vai voltar. – Ela procurou pela casa vazia.

Aislinn queria correr, mas era para Seth que ela corria quando se sentia perdida – e dessa vez ele tinha desaparecido.

– Cadê você? – sussurrou ela.

Não conseguia se convencer a ir embora, ainda. Lavou as mãos e depois lavou algumas louças. Ela não esperava que ele entrasse pela porta enquanto lavava as xícaras dele; apenas não aguentava a ideia de partir. Ao guardá-las, percebeu que toda a louça tinha sumido, exceto as duas xícaras e a chaleira que tinha comprado para ele. *Por que ele levou tudo? Por que não levou a chaleira que dei a ele?*

Tem algo de errado. Desaparecer assim não era típico de Seth.

Ela olhou em volta e achou várias louças quebradas na lixeira. Alguém tinha quebrado tudo e depois limpado. Se não fosse a ausência de Boomer e a excitação na voz dele, ela acharia que ele estava em perigo.

Seth levou Boomer.

Suas emoções estavam muito próximas de aflorar, e, desde que se tornara a Rainha do Verão, isso não era algo que ela pudesse permitir acontecer, não emoções como essas. Ela vira o resultado dessas bruscas mudanças de humor em Keenan – pequenas tempestades tropicais se formavam em espaços fechados, um vendaval nas ruas – e ela tinha ajudado a conter as consequências dessas revoltas emocionais. A presença dela o acalmava. Mesmo após nove séculos como Rei do Verão, ele ainda escorregava, mas as tempestades dele não eram como o pesadelo devastador que ela sentia crescer dentro de si.

Ela não tinha controle para lidar com nenhuma dessas emoções sozinha.

Do lado de fora do trem, uma bruma pairava como a neblina que vem do mar, embora não houvesse mar em Huntsdale. A neblina era sua culpa. Ela sentiu a confusão, o medo, a raiva e a dor crescendo e se agitando cada vez mais rápido.

Seth foi embora.
Ela caminhou até a porta e a fechou atrás de si.
Seth se foi.
Seus passos pela cidade eram impulsionados por simples vontade. Estava atordoada. Guardas falavam. Seres encantados paravam de conversar quando ela passava. Nada disso importava. Seth se fora.

Se Bananach ou qualquer outra pessoa quisesse feri-la, seria a hora perfeita. Ela tinha consciência apenas da constante repetição da mensagem em seus ouvidos enquanto a tocava uma vez após a outra.

Quando ela chegou ao loft, tudo o que sabia da vida estava reduzido a um fato: Seth partira.

Ela abriu a porta. Os guardas falavam com Keenan. Algo a respeito dela ser descuidada saía de suas bocas. Outros faziam mais barulho. Os pássaros conversavam. Tudo isso não importava.

Keenan estava no meio da sala; em volta dele, pássaros voavam pelas árvores e pelas videiras que mantinha no loft. Aquela visão normalmente a fazia se sentir menos tensa. Não funcionou dessa vez.

– Ele foi embora – disse ela.

– O quê? – Keenan não tirou os olhos de Aislinn ou se aproximou dela.

– Seth. Ele partiu. – Ela ainda não sabia se estava mais assustada ou magoada. – Ele se foi.

Sem som algum, o quarto se esvaziou, só restando Aislinn e Keenan. Tavish, as Garotas do Verão, Quinn, vários homens-árvore – todos desapareceram.

– Seth foi embora?

Ela se sentou no chão, sem se preocupar em caminhar mais para dentro do quarto:

— Ele disse que vai ligar, mas... Eu não sei de onde, por quê, ou nada. Ele estava chateado comigo, e agora ele se foi. Quando ele saiu do loft na outra noite, disse que precisava de espaço, mas não acreditei que ele estivesse falando sério. Continuo ligando. Ele não atende.

Ela levantou o olhar para Keenan.

— E se ele não voltar?

Capítulo 20

Seth postou-se com Bananach em um dos antigos cemitérios de Huntsdale; era um oásis isolado entre prédios em ruínas e paredes grafitadas. Um lugar onde ele vinha com os amigos, um local familiar onde ele e Aislinn tinham passado horas andando entre os mortos. Hoje, a sensação de conforto que geralmente sentia lá cedera lugar a uma trepidação.

– É aqui? A porta é aqui? – perguntou.

– Às vezes. Não sempre. – Com a cabeça, indicou que ele seguisse adiante entre duas pedras caídas apoiadas uma na outra. – Hoje é aqui.

Entre a Visão e o amuleto corta-encanto, Seth enxergou a barreira à frente deles. Ele vira barreiras antes – no parque ao lado do loft, na casa e no chalé de Donia, e no Forte. Havia outras cintilando por aí também, em lugares que muitas criaturas frequentavam ou escolhiam para seus ninhos. Mas nenhuma delas era tão sólida. As outras eram enevoadas, como fumaça ou neblina que se podia atravessar. Era muito desconfortável entrar em contato com elas, tão desconfortável que, se não soubesse que realmente estavam lá – ou se não soubesse sobre os seres encantados – as barreiras o impediriam de cruzá-las. Era o que elas faziam: mantinham os humanos longe.

Esta era diferente de todas as formas. Nem fumaça, nem ilusão, um véu de luz da lua descia de tão alto quanto podia enxergar e tocava a terra. A queda sólida de seu peso evidente fazia com que caísse como cortinas de veludo. Ele estendeu a mão para tocá-la. Não conseguiu atravessá-la.

À medida que Bananach seguia adiante a barreira se ondulava em pequenas perturbações, como se ela tivesse mergulhado na água parada. Então enfiou suas mãos cheias de garras no véu e ele se abriu.

– Entre no coração do Mundo Encantado, Seth Morgan.

A voz da cautela – um aviso de que ele estava à beira de uma decisão que mudaria tudo – zumbiu em sua mente. Ele podia ver seres encantados perambulando por uma cidade que não estivera visível quando o véu estava fechado. Atrás de uma barreira mais densa do que qualquer outra que tinha visto em Huntsdale, todo um mundo se escondia. Mas algo nele estava errado. A lógica mandava que ele parasse, considerasse os riscos, medisse as consequências – mas Sorcha estava lá dentro. Ela tinha a capacidade de resolver os problemas dele. Se pudesse convencê-la a ajudá-lo, ele poderia ficar com Aislinn por toda a eternidade.

Com Boomer enrolada em seu pescoço como um cachecol, Seth cruzou o véu.

Bananach grasnou:

– Que cordeirinho corajoso é você, não? Entrou em uma jaula sem nem pensar. Cordeirinho aprisionado.

Seth pôs a mão no véu de luz da lua: mas ele não se abriu. Tentou enfiar os dedos, como ela fizera. Estava duro como ferro. Os medos murmurados em sua mente cresceram até níveis cacofônicos.

Ele se virou para ela, mas Bananach já estava se afastando. Criaturas abriam caminho para sua passagem, não chegando a correr, mas obviamente desviando. Bananach passou por uma rua que poderia ficar em qualquer cidade, mas de alguma forma *não poderia* ficar em nenhuma delas. Era uma área que evidentemente já tinha sido uma cidade humana comum antes, mas tudo parecia um pouco fora do normal. Os prédios tinham sido despidos da maioria de suas estruturas metálicas, substituídas por algum material natural: videiras endurecidas com brotos e botões sem perfume se agarravam aos prédios no lugar das saídas de incêndio; postes de madeira apoiavam toldos; placas de pedras e outros minerais tinham sido transformados em grades e estruturas.

Ele olhou para trás e não conseguia mais precisar onde estava o véu. O cemitério e o resto da cidade que conhecia estavam tão escondidos quanto esta parte da cidade estivera quando Seth estava cercado por suas tão familiares lápides e mausoléus. Tentou se convencer de que isso não era mais estranho do que nenhuma das outras coisas que já presenciara desde que Aislinn revelara a ele o mundo das criaturas.

Não era apenas o fato de os metais serem subtituídos por materiais naturais que parecia surreal. O lugar inteiro tinha uma atmosfera de ordem e precisão. Becos eram claros e imaculados. Criaturas de aparência humana jogavam futebol na rua, mas estavam muito sérias. Gritos ou vozes exaltadas não eram ouvidos em lugar algum. Era como entrar em um cinema que exibisse um filme mudo, mas com influências surreais de Dalí.

Bananach parou em frente à entrada de um antigo hotel. Pilares de pedra cinza-pálida sustentavam uma entrada sem porta. Cortinas borgonha eram puxadas para trás por folhas douradas. Parecia a velha Hollywood, só que não era. Em vez de um tapete vermelho, um longo caminho de musgo-esmeralda se estendia desde a entrada.

A criatura-corvo pisou no tapete de musgo.

– Venha, Mortal – chamou. Não olhou na direção dele para conferir se a seguia; simplesmente esperava que ele obedecesse.

E Seth não via muitas opções. O véu que cruzara era impermeável. Ele podia continuar parado na rua ou podia segui-la para mais além.

Não vim até aqui para fugir na entrada.

Torcendo para não estar cometendo um erro, ele cruzou a rua até o tapete de musgo e entrou no portal.

O saguão do hotel estava repleto de seres mágicos conversando em pequenos grupos, ou encolhidos em cadeiras lendo, e alguns encaravam objetos, silenciosamente. Livros estavam empilhados em mesinhas de canto. Um homem coberto por um véu branco tirava o pó de um ser que aparentemente estava meditando havia muito tempo.

Sem olhar nem para a esquerda nem para a direita, Bananach passou por eles e entrou em um corredor de aspecto estéril. Os seres ficavam tensos assim que notavam sua presença. Alguns simplesmente sumiam. Palavras sussurradas se tornaram um burburinho ofegante pelo saguão quando Seth passou por eles. A Outreza deles era mais pronunciada do que a dos cidadãos das Cortes do Verão e Sombria. Muitos pareciam quase mortais, mas irradiavam uma tranquilidade que dava a impressão de ser ao mesmo tempo predadora e indiferente. Era assustador.

A criatura-corvo parecia distraída. Seu cabelo de penas flutuava para trás como bandeiras enquanto percorria lentamente os corredores, subia e descia escadas e se virava abruptamente. Ele sentia e ouvia o som baixo de tambores de batalha por todo o edifício. Flautas e cornetas se misturavam ao trovejar dos tambores. O som fez seu pulso acelerar de medo, mas continuou seguindo Bananach.

O ritmo da música acelerou quando eles dispararam por espaços vazios, atingindo uma cadência feroz que explodiria um coração que a tentasse acompanhar. Então ela simplesmente parou em meia-batida quando Bananach pousou sua mão espalmada em uma porta fechada e murmurou:

– Aqui está você.

Ela abriu a porta, que dava para um vasto salão de baile. O piso era talhado em mármore azul. Tapeçarias e quadros que deveriam estar entre as mais reverenciadas obras de arte estavam pendurados nas paredes. Alguns emoldurados em prata não polida, em seu estado natural. Outros, em simples molduras de madeira; alguns, ainda, pareciam estar em molduras de vidro. Pilares de mármore cobertos com videiras se erguiam em intervalos regulares pelo salão e sustentavam um teto estrelado. Seth sabia que não podiam ser estrelas de verdade, mas pareciam.

Enquanto Seth contemplava perplexo as estrelas e as obras de arte, Bananach postou-se na sua frente e disse:

– Eu trouxe um cordeirinho para você.

Relutantemente, Seth tirou os olhos das maravilhas ao seu redor para mirar a criatura sentada em uma cadeira de encosto perpendicular no grande salão vazio. Era aquela que poderia salvá-lo – ou esmagar cada um de seus sonhos. Seu cabelo parecia fogo: tons brilhantes de calor iam e vinham enquanto ele tentava olhá-la. Sua pele parecia o mesmo véu de luz da lua que cruzara para chegar ali, como se ela fosse feita daquela luz fria. Ainda assim, enquanto a observava, sua pele mudou novamente. Ficou tão escura quanto os confins mais remotos do universo. Ela era luz e sombra, chama e frio, preto e branco. Ela era os dois lados da lua, todas as coisas, perfeição.

A Rainha da Alta Corte. Sorcha. Não poderia ser mais ninguém. Sentada em seu salão de baile vazio, ponderando sobre um jogo de tabuleiro, cercada por natureza e arte.

Ele levantou a mão para tocar seu amuleto e passou o dedo sobre o objeto como se fosse uma pedra relaxante. Mesmo usando o amuleto, sentia-se impelido a reverenciá-la. A tentação de cair de joelhos e oferecer-lhe sua alma se comparava à necessidade de respirar. Era automático, impossível resistir.

– Um cordeirinho?

O olhar da Rainha da Alta Corte passou por ele com a atenção de um beija-flor, parando e dispersando-se em seguida. Ela voltou os olhos para o tabuleiro a sua frente. O jogo parecia ser algo semelhante ao xadrez, mas muito maior e com seis jogos de peças lapidadas em pedras preciosas.

– Todas as suas partes úmidas ainda estão dentro dele.
– Bananach abriu os braços e deu uma pancada na cabeça de Seth. – Você se lembra de quando eles nos traziam sacrifícios?

Sorcha pegou uma peça verde translúcida que tinha em sua mão, uma arma que parecia uma foice.

– Você não deveria tê-lo trazido aqui. Você nem deveria estar aqui.

Bananach virou a cabeça de forma perturbadoramente semelhante à dos pássaros. Ela parecia cantar quando perguntou:

– Devo ficar com ele, então? Devo carregá-lo de volta pelo véu, levá-lo ao campo de batalha? Devo deixá-lo na soleira dos reis certos e dizer a eles que o trouxe até a porta vinda de seus domínios? Devo, minha irmã, levar o cordeirinho embora?

Seth parou quando algo indecifrável brilhou nos olhos de Sorcha. Ele tinha acabado de chegar, portanto não conseguia imaginar para onde Bananach iria levá-lo ou o que ela podia dizer para criar problemas. Os únicos regentes que me conhecem são Ash, Don, ou Niall, e eu poderia explicar – o pensamento parou quando a clareza o atingiu: ela não ia deixá-lo vivo à porta de ninguém. Se Sorcha não permitisse que ficasse, ele estaria prestes a morrer.

Ele olhou ao redor, como se uma arma de repente pudesse estar ali, ao seu alcance. Não havia nada. Conhecimentos da sabedoria popular passaram caoticamente por sua mente. *Pilriteiro e arruda, cardo e rosa...* Ele sabia que existiam ervas e plantas que ofereciam proteção. Ele mantinha várias delas no trem e frequentemente consigo. Começou a vasculhar os bolsos. *Palavras... votos...* O que oferecia para ficar vivo? Bananach tinha prometido levá-lo a salvo *até* Sorcha, mas nada além disso.

Sorcha segurou a peça no ar antes de colocá-la em um quadrado adjacente ao que estava antes que ela a tivesse erguido.

– Certo. Ele pode ficar.

A criatura-corvo pressionou uma das mãos cheia de garras sobre o peito de Seth. Seus dedos estavam levemente curvados, como se ela quisesse furá-lo.

– Seja um bom menino. Me deixe orgulhosa. Realize nossos sonhos.

Depois ela se virou e saiu.

Durante alguns instantes, Seth ficou parado em pé e esperou que Sorcha dissesse algo. Já tinha ouvido o bastante sobre ela – não em declarações diretas, mas em comentários casuais que ouvia que a descreviam como impecavelmente justa e tensa – e pensou ser melhor esperar que ela falasse primeiro.

Ela não articulou uma só palavra.

Boomer se mexeu, escorregando pelo braço de Seth e descendo, até se aconchegar aos pés dele.

A Rainha da Alta Corte continuava sentada em silêncio.

E agora?

Esperar que ela saísse era improvável. Ele olhou para a porta por onde Bananach havia saído e de volta para a Rainha. Agora ela não olhava para o tabuleiro; seu olhar vagava no nada, como se pudesse ver coisas no vazio.

Talvez ela veja.

Após algum tempo de silêncio, ele resolveu tentar falar:

– Então, você é Sorcha, certo?

O olhar que ela lhe lançou não era cruel, mas também não era nada convidativo.

– Sim, e você é?

– Seth.

– O consorte mortal da nova rainha. – E pegou outra peça displicentemente. – Claro que é você. Poucos mortais saberiam meu nome, mas sua rainha é...

– Ela não é minha rainha – interrompeu ele. De alguma maneira, esclarecer aquilo parecia importante naquele momento. – Ela é minha namorada. Eu não sou servo de ninguém.

– Sei. – Ela baixou a escultura violeta no tabuleiro e arrumou a volumosa saia que usava. – Então, Seth, que não é servo de ninguém, o que o traz até minha presença?

– Eu quero ser uma criatura mágica. – Ele olhou para ela sem hesitar.

Sorcha afastou o tabuleiro. Uma centelha de algo que poderia ser proveitoso brilhou a sua frente:

– Esse é um pedido ousado... e não deve ser respondido sem ponderação.

Ela pode dar um jeito em tudo. Ela tem esse poder.

Uma tapeçaria elaborada se deslocou para o lado e outro belo e frio ser encantado surgiu por detrás dela. Poderia ser uma das peças do seu tabuleiro: perfeitamente tranquilo e inumano. Ao olhar para ele, Seth percebeu que esta era a mesma criatura que tinha assistido Niall brigar com Bananach no Ninho do Corvo.

– Devlin – murmurou ela –, acredito que meu novo mortal precisa de um lugar para descansar, e de um lembrete dos perigos da impertinência. Você faria isso enquanto penso sobre a situação?

– Será uma honra. – A criatura fez uma leve referência e então calmamente esticou a mão e agarrou o pescoço de Seth.

Devlin levantou Seth pela garganta e apertou, fazendo pressão sobre sua traqueia.

Seth não conseguia respirar. Ele se contorceu, chutando Devlin, mas tudo escureceu quando ficou inconsciente.

Capítulo 21

– Você está bem? – Carla perguntou suavemente a Aislinn enquanto esperavam que Rianne saísse do banheiro. Ela levou um tempo para aplicar a maquiagem que a mãe a proibira de usar na escola. – Está doente?

– Não.

– Quer conversar? Você parece... distante. – Havia hesitação nas palavras, mas ainda assim foram ditas. Carla se tornara maternal em relação a Aislinn e Rianne.

– Seth e eu – Aislinn começou, mas um soluço de choro ameaçou vir à tona com o mero pensamento de terminar aquela frase. Ela interrompeu as palavras antes que as lágrimas que acompanhariam o fim dessa admissão pudessem rolar. Dizer isso em voz alta neste mundo tornava tudo real demais. – Ele não está... Nós meio que brigamos.

Carla a abraçou.

– Vai ficar tudo bem. Ele te ama. Esperou uma eternidade que você se resolvesse.

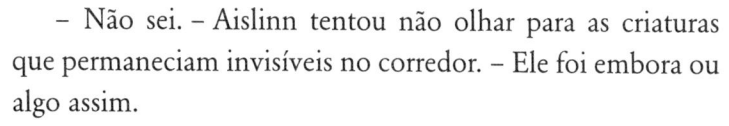

– Não sei. – Aislinn tentou não olhar para as criaturas que permaneciam invisíveis no corredor. – Ele foi embora ou algo assim.

– Seth?

Aislinn assentiu. Era tudo o que conseguia fazer. Uma parte dela desejava conseguir conversar com Carla, com Rianne, com alguém, mas a pessoa com quem costumava falar estava desaparecida – e contar tudo a Carla significava aceitar a verdade ou admitir verdades com que Aislinn não podia lidar. Mortais realmente não pertenciam ao mundo dos seres encantados.

– Ele foi embora. – Ela olhou para Carla e para as criaturas atrás dela e sussurrou: – E está doendo.

Sua amiga fez um som reconfortante, e suas criaturas acariciaram-lhe o cabelo e o rosto. Houve um tempo em que isso a teria apavorado, mas agora seus toques a consolavam. As criaturas eram dela. Eram a sua motivação, seu foco e sua responsabilidade. *Eu preciso delas.* E elas precisavam de Aislinn; nunca a deixariam. Sua corte precisava dela. Essa verdade a consolava enquanto acompanhava as atividades escolares.

As criaturas não costumavam ficar na escola. O metal e o excesso de símbolos religiosos deixavam-nas desconfortáveis. Ainda assim, ao longo de todo o dia, suas criaturas a cercaram. Siobhan sentou-se ao seu lado em uma carteira vazia durante todo o período das aulas. Eliza cantou uma canção de ninar durante o almoço. A suave cadência de suas palavras combinava com afetuosas carícias de mãos mágicas enquanto sua guarda e outras várias criaturas vinham até ela sem nenhum motivo senão mostrar que se importavam. Esta é minha família. Sua corte era mais do que um grupo de estranhos ou seres estranhos. O amor deles não fazia com que toda a dor desaparecesse, mas ajudava. Eles ajudavam. Essa sensação de ser paparicada por sua corte era um bálsamo para seu coração ferido – e isso era tudo que ajudava.

Depois da escola, Aislinn não correu para ver Keenan, mas os passos com que subia as escadas do loft eram apressados. Estar lá, cercada por seu rei e sua corte, dava-lhe uma sensação de segurança que lhe faltava quando saía do edifício.

Ela ainda ia à escola, e ainda passava algumas noites em casa com Vovó, mas, nos dezoito dias desde que Seth desaparecera, as tentativas de retomar sua antiga vida haviam cessado. Ela não viu nem ligou para as amigas. Não foi a nenhum lugar sozinha. Sentia-se mais segura com Keenan. Juntos, eram mais fortes. Juntos, no loft dele, estavam mais seguros.

Após os primeiros dias, ele aprendera que era melhor não fazer nenhuma pergunta constrangedora sobre como ela estava ou como se sentia ou – pior de tudo – se Seth já tinha ligado. Em vez disso, encarregava Aislinn de pequenas tarefas para mantê-la distraída. Entre os deveres de casa, as questões da corte e o novo treinamento em autodefesa, sentia-se exausta o bastante para conseguir dormir pelo menos algumas horas todas as noites.

Às vezes, Keenan mencionava de passagem que não fizera nenhum progresso na busca por Seth. *Mas faremos*, prometeu ele. Tudo acontecia devagar porque eles estavam sendo cuidadosos em suas investigações. Permitir que a ausência de Seth se tornasse pública poderia expô-lo ao perigo, explicava Keenan. *Se ele nos deixou, está vulnerável.* Isso tornava as coisas mais lentas do que ela desejava, mas pôr Seth em perigo – será que ele já está em perigo? – não era uma opção que agradava Aislinn de forma alguma. Se ele escolhera deixá-la ou não, não importava. Ela ainda o amava.

Tudo o que sabiam até então era que Seth fora ao Ninho do Corvo e passara horas com Damali, uma cantora de dreadlocks com quem saíra durante um tempo. Os guardas não o haviam visto sair; um conflito com vários Ly Ergs que capturaram uma das mais jovens das Garotas do Verão desviara sua atenção. Quando voltaram ao Ninho do Corvo, Seth já havia saído, mas Skelley conversara com ele depois. *Ele estava a salvo em casa*, repetira Skelley. *Não sei como ele saiu. Ele nunca fez isso antes.* Seth saíra sorrateiramente, levara Boomer consigo, parecia empolgado ao telefone. A evidência não acrescentava muito. *Será que ele foi por vontade própria?* A única razão para acreditar que não era o fato de isso parecer pouco característico dele.

Mas será que é?

Seth não era um cara chegado a relacionamentos. Nunca havia tido um antes; estava cada vez mais tenso com a ligação entre ela e Keenan; e parecia bem ao ligar. Sua voz não estava totalmente normal, mas dizer adeus a alguém por mensagem de voz era bizarro. Talvez ele tivesse ido visitar sua família. Passara horas pensando nisso, enviando criaturas a diversos lugares, ordenando que verificassem compras de passagens em estações de ônibus e de trem. Nada disso a fez se sentir melhor – ou trouxe respostas.

Ver Keenan era o que amenizava a bola de tensão que Aislinn se sentia. Contudo, ao entrar pela porta do loft naquele dia, ele a saudou com uma frase que ela não sabia ao certo se queria ouvir:

– Niall quer falar com você.

— Niall? — Ela sentiu medo e esperança com a ideia de conversarem. Tentara entrar em contato com ele no dia seguinte ao sumiço de Seth, mas ele se recusara a vê-la.

As emoções em geral transparentes de Keenan estavam guardadas tão profundamente que ela não conseguia nem imaginar o que ele sentia.

— Depois que você se encontrar com ele, podemos revisar as anotações de Tavish e jantar.

Ela não conseguia respirar com o aperto em seu peito.

— Niall está aqui?

A expressão no rosto de Keenan foi de um breve acesso de fúria.

— No nosso escritório. Esperando sozinho por você.

Aislinn não o corrigiu como normalmente faria; o escritório agora era dela também. Esse era seu lar. Tinha que ser. *Imortal a não ser que eu seja assassinada.* Não pensara sobre o finito e o infinito até se tornar uma criatura mágica, mas, desde a transformação, a ideia de reduzir a eternidade a apenas um segundo a apavorava. As ameaças recentes vindas de Bananach, Donia e Niall fizeram a possibilidade de tudo acabar real demais. Havia aqueles que podiam dar um fim a tudo — e um deles a esperava do outro lado da porta.

Saber que Keenan estava apenas a um segundo de distância ajudava, mas a trepidação que ela sentira ao ver Niall mesmo assim foi horrível. Na primeira onda de mudanças, ela ainda sentira terror, dúvidas a respeito de si mesma, temores — todas as coisas que escondera ao longo dos anos em que via as criaturas mágicas mas precisava manter sua Visão em segredo. O temor por sua própria segurança desaparecera. E agora havia voltado, mais forte do que jamais fora.

— Você quer que eu vá junto? — A oferta de Keenan era cheia de certeza.

— Se ele disse que "não"... se ele tiver alguma informação e não me contar por que... — Ela lançou um olhar suplicante a Keenan. — Preciso de respostas.

Keenan assentiu.

— Estarei aqui se você precisar de mim.

— Eu sei. — Aislinn abriu a porta para se encontrar com o Rei Sombrio.

Niall estava sentado no sofá, parecendo tão confortável quanto quando morava lá. Era familiar o bastante para aliviar a tensão que Aislinn sentia – mas a expressão dele de desprezo não.

— Onde está ele?

— O quê? — Aislinn sentia seus joelhos se enfraquecerem.

— Onde. Está. Seth. — Niall olhava para ela. — Ele não tem estado em casa; não retorna minhas ligações. Ninguém no Ninho do Corvo o viu.

— Ele está... — Toda a calma que tinha lutado para sentir escapou.

— Ele está sob a minha proteção, Aislinn.

As figuras sombrias de Niall apareceram e se empoleiraram atrás dele em posturas de julgamento. Um macho e uma fêmea se sentaram, cada um de um lado de Niall; seus corpos etéreos se inclinaram para a frente cuidadosamente. — Você não pode impedir que ele me veja só porque não gosta...

— Eu não sei onde ele está – interrompeu ela. – Ele foi embora.

As figuras sombrias mudaram de posição, agitadas, quando Niall perguntou:

— Desde quando?

— Há dezoito dias — admitiu ela.

O semblante dele era de censura. Ele a encarou por vários segundos, sem falar nem se mexer. Em seguida, Niall se levantou e saiu do aposento.

Ela correu atrás dele.

— Niall! Espere! O que você sabe? Niall!

O Rei Sombrio lançou um olhar hostil a Keenan, mas não parou. Abriu a porta e foi embora.

Aislinn tinha a intenção de segui-lo, mas Keenan a deteve quando ela tentou passar por ele, antes que pudesse esticar a mão para segurar Niall.

— Ele sabe de alguma coisa. Me solte. — Ela se desvencilhou de Keenan. — Ele sabe de alguma coisa.

Keenan não tentou tocá-la novamente nem fechar a porta.

— Conheço Niall há nove séculos, Ash. Se ele foi embora, não é sensato segui-lo. E ele não é da nossa corte agora. Não é digno de confiança.

Ela olhou fixamente para o corredor vazio além do loft.

— Ele sabe de alguma coisa.

— Talvez. Talvez ele simplesmente esteja furioso. Talvez ele tenha ido verificar uma suspeita.

— Quero Seth em casa.

— Eu sei.

Aislinn fechou a porta e se apoiou nela.

— Niall não sabia que ele tinha ido embora. Não foi só a mim que ele abandonou.

— Niall vai procurar por ele também.

— E se ele estiver machucado? — perguntou Aislinn, dando voz ao medo que tentara esconder até de si mesma. Era mais fácil acreditar que ele a abandonara do que aceitar a possibilidade de que estivesse ferido e em um lugar impossível de encontrar.

– Ele levou a serpente. A porta dele estava trancada por fora.

Eles permaneceram em silêncio até que Keenan fez um gesto na direção do escritório.

– Você quer revisar as anotações que Tavish juntou para nós? Ou quer bater em alguma coisa primeiro?

– Bater em alguma coisa.

Keenan sorriu, e foram para uma das salas de exercícios para bater nos pesados sacos e *speedballs* que estavam pendurados lá.

Mais tarde, depois de ela ter batido no saco de areia até os músculos de seu abdômen doerem a ponto de ela sentir que passaria mal se continuasse, Aislinn tomou uma ducha rápida na suíte de seu quarto. Até recentemente, não sentia como se aquele quarto fosse realmente dela. Era um lugar para dormir e guardar algumas coisas, nada mais, nada menos. Isso havia mudado depois que Seth partira. Ela se trancara em seu quarto várias vezes só para se esconder do mundo – apenas para sair de lá e perambular por toda a extensão do loft, onde estavam as criaturas mágicas. Ela precisava deles, precisava ficar perto deles.

Isso não significava que não tenha ficado chocada ao ver Siobhan sentada de pernas cruzadas no meio de sua cama de madeira de lei. As cortinas em teia de aranha penduradas como paredes ao redor da cama estavam puxadas para trás, presas por espinhos de rosas que se projetavam das hastes de sustentação da cama. Cercada pelo cenário de contos de fada, Siobhan parecia uma princesa de um daqueles desenhos animados que Vovó nunca aprovara a que Aislinn assistisse. O cabelo da Garota do Verão era longo o bastante para que seus cachos tocassem o edredom que cobria a cama. As videiras que se torciam como tatuagens vivas por todo seu corpo farfalharam enquanto as folhas se moviam na direção de Aislinn.

Ela é bonita demais para ser humana. Artificial – Aislinn afastou os antigos preconceitos, mas não antes que o restante do pensamento se completasse – *da mesma forma que eu sou agora. Inumana.*

– Estamos tristes que ele tenha ido embora. – A voz de Siobhan era sussurrada. – Nós tentamos fazer com que ele ficasse.

Aislinn parou.

– Vocês o quê?

– Nós dançamos, e até tiramos o amuleto dele. – Siobhan fez um beicinho, parecendo mais nova ao fazê-lo. – Mas Niall chegou e o tirou de nós. Mas nós tentamos. Tentamos mantê-lo aqui conosco.

Gritar com Siobhan não ajudaria em nada. Apesar da postura de ingenuidade, Siobhan era esperta. Alguns dias, chegava a ser enervante. Na maioria das vezes, Aislinn pensava que a Garota do Verão era leal à corte deles – apenas não leal o bastante para que confiar nela fosse uma aposta segura.

Aislinn apertou o cinto do robe e se sentou, não em sua cama, mas no banco de frente para a penteadeira.

– Niall levou Seth embora do parque. Ele levou o amuleto?

Siobhan sorriu lentamente.

— Foi ele que deu o amuleto a Seth, portanto ele não o deixaria comigo, não é?

— Porque o amuleto tornaria Seth... — Aislinn ergueu uma bonita escova verde-oliva, mas não fez nada com ela.

— Resistente ao nosso encanto, minha Rainha.

Siobhan se aproximou, pegou a escova e começou a pentear o cabelo de Aislinn.

— O amuleto o manteve a salvo de qualquer ilusão que uma criatura pudesse criar para ele.

— Certo. E Niall o deu a ele, mas você o pegou. — Aislinn fechou os olhos enquanto Siobhan metodicamente desfazia os nós em seu cabelo.

— Nós pegamos — confirmou Siobhan.

— Você pegou? — Aislinn arregalou os olhos de novo e mirou o reflexo de Siobhan no espelho.

A criatura interrompeu suas escovadas e admitiu:

— Não. Eu não chatearia Niall dessa forma. Se você me pedisse para fazer isso, eu passaria por cima dele, mas a menos que eu deva... Temos dançado juntos por séculos. Foi ele quem me ensinou o que significava não ser mortal. Quando o meu rei prestava atenção na próxima mortal... — Ela balançou a cabeça. — Não, eu não chatearia Niall a não ser que meus regentes me pedissem.

— Eu não sabia que ele tinha um amuleto — sussurrou Aislinn. — Ele não confiava em mim a esse ponto?

— Não sei, mas sinto muito que você esteja triste. — Siobhan voltou a escovar.

Os olhos de Aislinn se encheram de lágrimas.

— Sinto a falta dele.

– Eu sei. – Siobhan balançou a cabeça. – Quando Keenan parou de prestar atenção em mim... Nós todas tentamos substituir Keenan. Às vezes pensava que tinha conseguido. – Ela olhou para baixo por um segundo. – Até que ele foi embora também.

– Niall. Você e ele eram algo mais do que...

– Ah, sim. – A expressão de Siobhan não deixava dúvida. – A eternidade é um tempo longo demais, minha Rainha. Nosso rei se distraía frequentemente, mas, até nos encontrarmos, Niall tinha um propósito na nossa corte. Ele escondia seu lado sombrio com acessos estonteantes de afeição. Eu fiquei com a melhor parte.

Ela foi até o guarda-roupa, abriu-o e tirou um vestido.

– Você tem que se vestir para o jantar. Para o rei.

Aislinn se levantou e foi até o guarda-roupa. Correu a mão pelo lado de fora. A cena das festas de seres encantados entalhada na madeira não a fazia parar mais. A opulência do quarto também não. Keenan encontrara essas coisas em uma tentativa de fazê-la feliz; decorara o quarto prodigamente, mas ela não podia negar que gostava do lugar – ou dos vestidos no guarda-roupa.

– Não quero me arrumar – disse ela.

O rosto perfeito de princesa de Siobhan era a visão da decepção. Ela cruzou os braços sobre o peito.

– Depressão. Enfraquece-nos enquanto Bananach rodeia nossa fronteiras. Distrai nosso rei com seu egoísmo. Impede que ele encontre a felicidade com você ou com a Rainha do Inverno.

– Isso não é...

– Ele fica longe de Donia para ficar ao seu lado quando você precisa dele, e ainda assim você se recusa a vê-lo como deveria – como seu verdadeiro rei e companheiro. Ele está disposto a sacrificar sua nova chance com ela na esperança de que você supere Seth. E você continua chorando e se escondendo, e ele fica preocupado e lamentoso. Vocês dois tristes é algo inaceitável. Nossa corte precisa de risadas e frivolidade. Essa melancolia e negação do prazer enfraquecem a essência do que vocês são e, consequentemente, nos torna mais fracos. – Siobhan fechou o guarda-roupa com uma batida e, no segundo seguinte, lançou um olhar triste para Aislinn. – Se o seu mortal não está aqui para rir e compartilhar nossos prazeres, se ao nosso rei é negada a alegria de amar a outra rainha, se vocês dois estão tão enlutados, nós ficamos cada vez mais fracos e tristes. Suas risadas e alegria são canalizadas em nós, assim como a depressão em meio ao desespero. Vá para o jantar com nosso rei. Deixe que ele a ajude a sorrir.

– Mas eu não o amo. – Aislinn sabia que as palavras soariam fracas, mesmo ao dizê-las.

– Você ama sua corte?

Aislinn olhou para ela, a criatura que tivera a coragem de dizer a ela o que ela não queria ouvir de forma alguma.

– Amo.

– Então seja nossa rainha, Aislinn. Se o seu mortal voltar para casa, podemos lidar com isso, mas, no momento, a corte precisa de você. Seu rei precisa de você. Nós precisamos de você. Descubra prazer no mundo... ou envie nosso rei ao Inverno para que ele tenha algum prazer. Você o mantém ao seu lado mas não dá a ele motivo algum para sorrir. Sua dor está machucando a todos nós. Aceite o que você pode obter do prazer que ele lhe ofereceria.

– Não sei como – disse Aislinn. Ela não queria superar, mas admitia, para si mesma, ao menos, que estimava o consolo de Keenan. Ela olhou para Siobhan, bem consciente de que sua confusão estava estampada em seu semblante. – Não sei o que fazer.

A voz de Siobhan ganhou um tom gentil ao dizer:

– Escolha ser feliz. É o que todos nós fizemos.

Capítulo 22

Durante os quatro dias seguintes, Seth esperou na cidade escondida de Sorcha. Após o encontro inicial com a Rainha da Alta Corte, Devlin o alojara em um conjunto espaçoso de aposentos, equipado com um terrário elaborado em que Boomer estava alegremente abrigado. Não era ruim – exceto por um detalhe crítico. *Eu deixei Aislinn há cinco noites.* Agora ele desejava ter retornado as ligações e as mensagens de texto dela no dia em que partira. Seu telefone não funcionava aqui. Não tinha sinal algum.

Era realmente do que ele sentia falta: contato com Aislinn. Todo o restante parecia se materializar antes que pudesse desejar. Refeições chegavam ao seu quarto, e ele quebrou a injunção de não comer nada mágico. Fizera sua escolha: não deixaria o mundo encantado. Esse era o caminho em que deveria estar. Esse primeiro momento, quando ele comeu uma refeição que era provavelmente preparada e servida por criaturas mágicas, pareceu importante, como a aceitação de uma mudança, como o compromisso físico com um novo caminho. Desejou que Aislinn estivesse ao seu lado quando comeu a refeição estranha de frutas desconhecidas e massas tão finas quanto papel, mas a verdade é que Seth desejava que ela estivesse com ele a cada momento de todos os dias.

Passara a maior parte do tempo em seus aposentos, mas passeou um pouco. Depois do primeiro dia, percebeu que sempre acabava em seu quarto quando pensava nele, então experimentou. Tinha apenas que pensar nisso e seguir por três esquinas, e não importava o quão longe ele tivesse andado, estava no corredor que levava à sua porta.

Algumas criaturas o observavam; uns poucos mortais sorriram para ele.

Dentro de seus aposentos, havia suprimentos de arte à vontade, mas ele não conseguia se concentrar. Ficar à toa se perguntando o que a Rainha da Alta Corte decidiria não era o ideal para a criação. Ele meditara. Rascunhara um pouco. Lera em intervalos regulares – livros sobre leis e discursos, tratados em *Trabalhos no Mundo Encantado*, vários estudos densos no *Na companhia dos subterrâneos*. Andara sem rumo. Procurara por novos conhecimentos nos livros que encontrara. Estava em um edifício com salas que não tinham nada além de livros: tudo com que podia sonhar estava à mão.

Tudo menos Ash.

Se não fosse pela falta que sentia dela, desconfiava que seria feliz no lugar em que Sorcha o alojara. Estava preparado para um artista. Uma parede era toda de vidro, então a luz que entrava no quarto era maravilhosa. Para além dessa parede de vidro, havia um imenso jardim. Espalhados pelo quarto, ele podia ver cavaletes, pinturas, tintas, telas, papel e, em um lado do quarto, havia algumas opções de suprimentos e ferramentas para seus trabalhos em metal. *Tudo menos inspiração.* Desenhar o jardim de dentro de uma cela não era tentador.

A inquietação contra a qual lutara nos últimos quatro dias o levou à imensa janela novamente. Desta vez, sob uma inspeção minuciosa, Seth percebeu que na parte interna da janela havia um tipo de porta. Ele apertou a sombra de uma meia-lua no vidro e a janela se abriu para o lado de fora, permitindo que ele passasse para o jardim. Quando entrou ali e olhou as flores e árvores, viu o oceano, um vasto deserto, planícies geladas, terras verdejantes, montanhas... de dentro de seu quarto, conseguia ver somente o jardim, mas, quando seus pés tocaram o chão exterior ao seu quarto, algo irreal se infiltrou em sua visão.

Ou real.

Enquanto ele se concentrava no oceano, podia sentir o gosto salgado no ar. Anos atrás, vivera próximo ao mar. *Linda amava o mar.* Seu pai não era muito chegado à água, mas Seth e sua mãe adoravam. Ela achava a maternidade muito mais fácil quando se sentia livre. A brisa do mar tinha esse efeito sobre ela. Seth podia sentir o gosto no ar, esse sabor salgado familiar. Parecia real demais para ser uma ilusão.

Todo o universo está nas mãos de Sorcha.

Seth podia entender por que ela não fora viver no centro de Huntsdale ou em qualquer outra cidade quando tinha a utopia escondida neste lugar. Donia tinha um pequeno canto de Inverno durante o ano inteiro; Keenan e Aislinn tinham seu parque; mas Sorcha parecia ter o mundo todo atrás de sua barreira. Seth quase não podia entender por que alguém partiria daqui por livre e espontânea vontade. Era perfeito.

Ele parou. Precisava se manter concentrado para que, quando ela permitisse que ele falasse, tentasse convencê-la de que pertencia ao Mundo Encantado. Donia ouvira quando ele falara; ela lhe concedera a Visão. Niall ouvira quando ele falara; ele lhe oferecera fraternidade. Seres encantados pareciam responder favoravelmente a sinceridade e coragem. Adoração cega, por outro lado, não era persuasiva – não que ele tivesse qualquer coisa lógica para oferecer como argumento. Não queria ser um mortal finito em um mundo de criaturas eternas. Ele esperava que ela se sensibilizasse quando finalmente resolvesse ouvir o seu pedido – e que o deixasse falar logo com ela. Não sabia ao certo quanto tempo teria de aguardar ou se ele poderia ir embora caso se cansasse de esperar.

Sou um prisioneiro?

Ele não tinha respostas, nem ninguém a quem perguntar. A corte de Sorcha não era como a do Verão, com falatório e risadas constantes. Era... calma, e não muito acolhedora.

A exceção era uma criatura cujo corpo parecia feito do céu noturno. Todos os dias ela lhe oferecia os suprimentos de estúdio que faltavam.

– Você poderia vir até o meu estúdio. Poderia criar – disse ela.

"É muita gentileza da sua parte" ou "Eu adoraria", diria ele, evitando cuidadosamente qualquer forma de "obrigado" nessas ocasiões. Aprendera o bastante sobre as regras deles para saber que não deveria usar palavras vazias.

– É proibido conversar fora do umbral – repetia ela todos os dias. E então saía sem parar. Saber que ela era uma artista fez com que ela parecesse quase à vontade, quase familiar – exceto pelas centelhas de uma distante e radiante luz das estrelas que brilhavam quando ela se movia. Ela lançava sombras brancas na parede. Não fazia sentido, é claro, mas Seth desistira de esperar que criaturas mágicas aderissem às regras da lógica ou da física dos mortais.

Hoje, quando trocaram seus comentários diários novamente, ele decidiu segui-la, mas dera apenas alguns passos quando deparou com Devlin. O frio ser encantado não estivera por perto desde a noite em que estrangulara Seth. Agora postava-se como uma barreira física no corredor.

– Olivia transita por lugares proibidos a você.

Seth observou a criatura de luz das estrelas dobrar a esquina e desaparecer.

– Você vai me estrangular de novo?

Devlin não sorriu. A postura e os movimentos dele indicavam um rígido treinamento militar, uma coluna ereta e cada músculo pronto para a ação.

– Se minha rainha solicitar, ou se for em nome dos interesses de minha corte, ou...

– Seguir Olivia está nesta lista?

– Se você seguir Olivia até o céu, morrerá congelado ou sufocado. Seria desagradável de qualquer jeito. – Devlin manteve a postura militar ereta. – Mortais não estão preparados para caminhadas no céu.

Caminhadas no céu? Sufocar? Congelar?

Seth desviou os olhos do corredor, de onde Olivia já desaparecera havia muito tempo.

– Literalmente até o céu?

– Ela é diferente de você. É uma característica de nascença rara de sua hereditariedade mista. – Devlin relaxou por um momento; a expressão dele era de admiração. – Ela tece luz das estrelas. Tapeçarias de filamentos tão transitórios que derretem a cada dia. O céu não é um lugar para mortais frágeis. Seu corpo precisa respirar e se manter aquecido. Nenhuma das duas coisas é possível lá.

– Ah.

– Ela teceria um retrato seu, mas a consequência não agradaria a maioria dos mortais.

– Poderia me matar – confirmou Seth.

– Sim, os retratos dela às vezes duram mais com a respiração mortal. Respiração em troca de arte. Equilíbrio. – A voz de Devlin tinha um fervor que Seth reconhecia: talvez fosse loucura, mas por Arte.

De alguma forma aquele momento revelador de paixão fez com que Seth se sentisse mais tranquilo.

– Sorcha solicitou que você a recebesse – disse Devlin.

Seth arqueou uma sobrancelha.

– Que eu a recebesse?

A criatura taciturna parou. Olhou fixamente para o lugar de Olivia, que sumira havia vários momentos.

– Talvez fosse melhor se você tivesse seguido Olivia. Minha rainha, assim como a sua rainha e como Niall, é solicitada a considerar o bem-estar de sua corte em primeiro lugar. Você é uma aberração em uma situação insustentável.

Seth deu uma olhada em Boomer dentro de seu imenso terrário, assegurando-se novamente de que a jiboia estava presa, e em seguida fechou a porta de seu quarto.

– Estou em uma situação insustentável há meses. O que faço aqui é tentar consertar isso.

– Negociar com criaturas mágicas não é um plano inteligente – disse Devlin.

– Arte não é a única coisa pela qual vale a pena ser consumido.

– Ouvi falar. – Devlin parou e lançou um olhar claramente avaliador. – Niall se importa com você, portanto espero que você seja tão inteligente quanto acha que é, Seth Morgan. Minhas irmãs não são nem doces nem gentis.

– Não tenho nenhuma intenção de lutar contra elas.

– Eu não estava falando de uma luta. Elas notarem a presença de um mortal raramente significou boa coisa para essa criatura, e você está atraindo muito a atenção delas. – Devlin falou em uma voz extremamente baixa. – Venha.

O peso dos olhares das criaturas pareceu diferente enquanto Seth seguia Devlin pelos corredores. Era inquietante vê-los pararem no meio de suas frases, passos e respiração quando Seth passava. Como caminhar com Bananach, seguir Devlin envolvia uma série de voltas e desvios pelo edifício. Subiram e desceram escadarias, entraram e saíram de lugares que pareciam os mesmos. Finalmente Devlin parou no meio de um aposento como qualquer outro do qual Seth tinha certeza de que haviam acabado de sair. *Tem uma entrada estranha.* Seth olhou para trás, para a porta, e o lugar estava, de repente, repleto além de sua capacidade de criaturas.

Todas olhando.

– Vire-se e olhe para mim, Seth Morgan – disse Sorcha.

Quando Seth se virou, as outras criaturas desapareceram; o *aposento* desapareceu; e ele estava sozinho em um vasto jardim apenas com ela. Em um dos lados, flores se misturavam umas às outras até que se formasse um caos. Enormes orquídeas azuis pareciam estrangular margaridas que tentavam forçar passagem entre flores que desabrochavam. No outro lado do caminho, arranjos organizados de rosas e aves-do-paraíso cresciam em intervalos equidistantes de cactos que floresciam e cerejeiras que desabrochavam.

Seth olhou para trás. As criaturas, o salão, o edifício, tudo desaparecera. Havia jardim e floresta e oceano até onde sua vista alcançava. A cidade escondida de Sorcha não era uma simples área atrás de uma barreira. Um mundo inteiro existia ali.

— Somos só nós dois — disse a Rainha da Alta Corte.

— Eles desapareceram.

Ela lançou um olhar paciente para Seth.

— Não. O mundo foi reorganizado. É como funciona aqui. O que eu desejo é o que acontece. Praticamente tudo aqui é controlado por meus pensamentos e necessidades.

Seth quis falar, fazer perguntas, mas não conseguiu. Mesmo com o amuleto firmemente preso ao redor de seu pescoço, sentia-se preso em um feitiço mais forte do que jamais imaginara. Sorcha, a Rainha da Alta Corte, estava falando com ele em um jardim fantástico... no meio de um hotel.

A Rainha da Alta Corte olhou para ele e sorriu.

O telefone dele tocou. Ele o pegou. Mensagens rolaram pela tela. Enquanto ainda piscava com as mensagens de texto, o indicador de mensagens de voz começou a aparecer também. Ele olhou para o telefone, para uma mensagem no centro da tela — "kd vc" — e então olhou à sua volta.

— Não é como lá. Não há regras mortais ou funções superficiais a não ser que eu as ache úteis. As coisas aqui seguem somente a minha vontade — acrescentou.

Seth sabia exatamente onde estava. Baixou o braço, segurando firme o telefone ao fazê-lo, e sustentou o olhar da Rainha da Alta Corte.

— Estamos no Mundo Encantado. Não só porque você é uma criatura mágica, mas... é aqui. Estou em um outro mundo. Não é como a casa de Don ou o parque...

Sorcha não sorriu, não de verdade, mas achava aquilo divertido.

— Estou no Mundo Encantado — repetiu ele.

— Sim, você está. — Ela ergueu a bainha de sua saia e deu três passos em direção a ele. Ao fazê-lo, Seth pôde ver que estava descalça. Minúsculos fios prateados saíam do espaço entre seus dedos e subiam por cima de seus pés. Não era ilusão de que fosse prata. Não eram tatuagens, como na Corte Sombria, ou videiras vivas, como nas Garotas do Verão. Prata tão fina quanto um fio estava dentro de sua pele, fazendo e não fazendo parte dela.

Ele olhou fixamente para aquelas linhas prateadas. Se olhasse mais de perto, poderia ver um padrão prateado por toda a sua pele; contornos muito fracos de veias apareciam sobre e ao longo da pele dela.

— Você está no Mundo Encantado — Sorcha deu mais um passo — e ficará aqui a menos que eu determine outra coisa. No reino dos mortais, há várias cortes. Houve um tempo em que eram só duas. Uma partiu para encontrar as coisas depravadas que procurava. Outras criaturas seguiram... umas poucas eram fortes o bastante para criar as próprias cortes. Algumas preferiram seguir solitárias. Aqui, apenas eu existo. Apenas a minha vontade. Apenas a minha voz. — Ela deixou cair a bainha e a saia cobriu seus pés igualmente prateados. — Você não ligará para ninguém. Não daqui ou sem a minha permissão.

Seth parou. O telefone dele se transformara em um punhado de borboletas que saíram voando da palma de sua mão.

— Não haverá comunicação entre minha corte e a deles. Prefiro que você se comporte adequadamente. — Sorcha olhou para a mão dele e o celular se materializou novamente. – As decisões tomadas aqui são somente minhas. Não existe um corregente. Não tenho nem um predecessor nem um sucessor. A felicidade da sua uma-vez-mortal rainha não importa aqui. Nunca.

– Mas Ash...

– Se você ficar aqui, se sujeitará à minha vontade. Você me procurou, veio até minha presença, entrou em um mundo com que inúmeros mortais sonharam e pelo qual morreram. Nada vem de graça no Mundo Encantado. – Sorcha estava perplexa com as preocupações dele. Sua face era uma máscara prateada, não mais flexível do que uma fantasia. Ela estendeu a mão com a palma para cima.

Ele entregou o telefone a ela.

– Por que eu deveria ouvir o seu pedido, Seth Morgan? O que o torna especial?

Seth olhou para ela. Era a perfeição, e ele... não era. O que me torna especial? Ele tentara descobrir isso a vida toda. O que torna qualquer um especial?

– Eu não sei – admitiu ele.

– Por que você quer ser transformado?

– Para ficar com Aislinn. – Ele parou de falar, tentando encontrar as palavras certas. – Ela é tudo para mim, a escolhida. Às vezes você simplesmente sabe. Ninguém, nada vai significar nem a metade do que ela significa neste momento. E amanhã ela significará ainda mais.

– Então você me pede a eternidade porque ama uma garota?

– Não – corrigiu Seth. – Peço para me tornar uma criatura mágica porque amo uma rainha encantada, e porque ela merece ter alguém que a ame por quem ela é, não pelo que é. Ela precisa de mim. Há pessoas, boas pessoas, a quem amo e estou em dívida com eles porque sou mortal. Sou frágil. Sou finito. – Ele se ouviu dizendo coisas em voz alta que não estava certo se algum dia fora capaz de articular para si mesmo, mas aqui, com Sorcha diante dele, ele sabia as palavras certas. – Estou aqui neste mundo. Pessoas com quem me importo, a mulher que amo, amigos nas três cortes... É o lugar a que pertenço. Só preciso que você me dê o que é necessário para ficar com eles e ser forte o bastante para não decepcioná-los.

Sorcha sorriu.

– Você é um mortal curioso. Eu poderia gostar de você.

Ele sabia que não deveria agradecer, então apenas disse:

– Você é gentil.

– Não, não sou. – Por um breve momento, pareceu que ela ia rir. – Mas estou intrigada com você... Se você for transformado, passará um mês a cada ano aqui comigo.

– Você está dizendo que sim? – Ele a olhou boquiaberto. Sentiu as pernas fraquejarem.

Ela deu de ombros.

– Você me agrada... e tem potencial para beneficiar o Mundo Encantado, Seth Morgan. Este não é um presente dado levianamente. Você está se ligando a mim pelo tempo que viver.

– Eu já estou ligado de outras maneiras a dois outros governantes mágicos, e apaixonado por uma terceira. – Ele tentou repelir o medo que crepitava dentro dele. Ele queria isso, mas ainda assim era assustador. Estavam falando de eternidade. Ele fechou os olhos e tentou se concentrar em respirar, em espaços calmos em sua mente. Isso afastou o auge do pânico.

Em seguida, ele disse:

– Então, o que preciso fazer? Como funciona?

– É uma coisa simples. Um beijo e você estará transformado.

– Um beijo? – Seth a olhou; havia duas outras rainhas encantadas que poderiam pedir um beijo sem deixá-lo constrangido. Beijar Aislinn era algo de que Seth nunca se cansava, e Donia... ele não pensava nela dessa forma, mas gostava dela. E, ainda por cima, irritaria Keenan se beijasse Donia. Ele sorriu com esse pensamento.

A Rainha da Alta Corte, contudo, não apresentava nenhum apelo sexual ou romântico. Ela lembrou a Seth as estátuas nos capítulos de antiguidades de livros de arte, austera e inflexível. Mesmo antes que Aislinn se tornasse a Rainha do Verão, ela era apaixonante; Donia podia ser o inverno encarnado, mas o frio não impedia seu temperamento.

– Há algum outro jeito? – perguntou ele.

Um beijo parecia um pedido estranho, e enquanto criaturas mágicas eram espertas, também não mentiam. Seth sabia que questionar não só era esperado, mas enaltecido.

A expressão da Rainha da Alta Corte não mudou, nem mesmo uma centelha de emoção cruzou sua face, mas, quando falou, sua voz deixou transparecer divertimento.

– Você esperava um desafio? Uma tarefa aparentemente impossível que pudesse contar para a sua rainha depois? Você gostaria de dizer a ela que encontrou e matou um dragão por amor a ela?

– Um dragão? – Seth pesou as palavras cuidadosamente. – Não, não tanto. Eu só não acho que Ash encararia com tranquilidade eu beijar você, e criaturas nem sempre são muito abertas quanto às idas e vindas das coisas.

– Não somos, não é? – Sorcha se sentou em uma cadeira que era quase tão elegante quanto ela. Forjada em prata, era uma conjunto de linhas graciosas sem início nem fim visíveis, como um trançado de nó celta materializado. Ela também não existia no momento anterior ao que ela se sentou.

– Então, tem outro jeito? – insistiu ele.

Sorcha sorriu para ele, o sorriso de um gato do País das Maravilhas, e por um instante ele esperou que o restante dela sumisse. Em vez disso, ela abanou um leque que tirara de sua manga, um gesto recatado em desarmonia com seu agora óbvio divertimento.

– Não que eu esteja inclinada a seguir. Um beijo em sua nova monarca. Parece justo pedir o que você não quer dar.

– Não sei se "justo" seria a palavra certa.

O leque parou quando ela perguntou:

– Você está discutindo comigo?

– Não. – Seth tinha certeza de que Sorcha estava intrigada, então não recuou. – Argumentando, na verdade. Discutir envolveria raiva ou medo.

Sorcha cruzou os pés, rearrumando as saias antiquadas e expondo os fios prateados que se moviam furtivamente por seus tornozelos.

– Você me diverte.

– Por que um beijo?

Uma centelha de algo perigoso apareceu na voz da Rainha da Alta Corte ao perguntar:

– Você acha que ela se importaria tanto assim? Sua Rainha do Verão?

– Isso não a deixaria contente.

– E isso é razão suficiente para você não querer fazê-lo?

– É. – Ele brincou com o piercing no lábio, desejando por um instante que não tivesse lhe dito exatamente as palavras que ela queria ouvir, mas cada vez mais certo de que Sorcha gostara da ideia de causar desprazer à Aislinn.

Essa coisa de não-mentir-para-as-criaturas é um péssimo plano. Ele não estava particularmente afeito a se ater a um código moral naquele momento. *Ela mentiria para mim se pudesse.*

Sorcha respondeu com uma voz sussurrada:

– As coisas simples são, talvez, as mais difíceis.

Então ergueu a mão em um convite que de súbito ele quis recusar. Apesar de estar cercado por criaturas mágicas nos últimos meses, os dedos artificialmente alongados e muito finos dela o assustavam. *Ela poderia me esmagar com essa mão delicada.*

– Isso vai me fazer igual a você? Serei uma criatura mágica depois?

– Será, a não ser durante um mês de verdadeira lealdade passado em meu reino a cada ano. – Sorcha movera apenas aquela mão magra e, até mesmo ela, não acenava. – Durante este mês, você será um mortal.

Ele não conseguia mover os pés, mas sua mente dizia que ele devia. Retroceder ou prosseguir, essas eram as escolhas.

– Um beijo pela eternidade com Ash.

Nesse ponto, a calma de Sorcha se desfez.

– Ah, não, eu não garanto isso. Um beijo em troca da longevidade dos seres encantados. Você estará submetido às leis dos seres encantados: não conseguirá mentir; sua palavra será uma promessa. Poderá lançar encantos básicos. Você será um de nós em quase tudo, mas ferro frio e metal não serão tóxicos para você porque você reterá um pouco de sua mortalidade. Como sua rainha, as criaturas da Corte do Verão formam um grupo instável: voláteis, perdidos em suas emoções. Não posso prometer a você uma eternidade com ela.

Em seguida, ela meneou os dedos, chamando-o.

– Agora venha. Se você aceitar o acordo que busca...

Seth deu um passo em direção a ela.

– E eu ainda serei eu? Quando estiver lá fora e aqui? Não serei seu servo quando estiver lá fora?

– Correto – confirmou ela. – Analise minhas palavras, Seth Morgan, e escolha agora. Esta oferta não durará se você se afastar de mim hoje.

Estou esquecendo alguma coisa? Ele lera o bastante sobre contratos encantados para saber que sempre pareciam melhores do que eram. Mortais barganhavam e perdiam por serem ambíguos quando lidavam com as criaturas mágicas. Vinha prestando atenção nas transações políticas de Aislinn; pegara livros de Donia emprestados; conversara com Niall. A chave para tudo era precisão.

Um mês por ano, um beijo e eternidade com Ash.

Ele não conseguia ver nada de ruim naquela negociação. Exceto...

– Todos os meses que lhe devo são seguidos?

Quando Sorcha sorriu desta vez, foi, na verdade, de tirar o fôlego. Aqui estava, então, a rainha encantada que ele esperava ver. Aquele brilho de emoção suavizou a perfeição de criatura mágica, e ele viu em Sorcha a mesma perversa e adorável tentação que Aislinn e Donia exalavam.

– Não. Um mês de lealdade em minha presença, e então você deixa o Mundo Encantado e retorna para o reino mortal para passar onze meses lá. – Ela se envolveu por um encanto até que parecesse como cada sonho que ele já tivera: perfeita e intocável, e, de alguma forma, merecedora de adoração por isso. – Você pode, é claro, me pedir para ficar os outros onze meses aqui também.

Seth levantou a mão e apertou com força o amuleto que Niall lhe dera, até pensar que aquela pedra totalmente polida pudesse cortar sua pele. Tinha pouca, senão nenhuma, serventia naquele momento.

– Não espere por isso.

– Você escolhe aceitar minha oferta, Seth Morgan?

Ele balançou a cabeça, como se quisesse tirar as teias de aranha que pareciam se formar em volta dele enquanto ela falava.

– Eu aceito.

– A escolha é sua. Venha até mim se é isso que escolhe. Você escolhe aceitar isso, Seth Morgan?

Ele se aproximou, deixando-se levar pelos fios que não podia ver. Fibras intangíveis se enrolaram nele; elas conduziriam Seth a Sorcha, assegurariam a ele um lugar em um mundo de pureza, protegeriam-no da mácula da mortalidade quando estivesse fora do Mundo Encantado.

E ela é o Mundo Encantado. Ela é tudo.

– Eu escolho isso – disse ele uma segunda vez.

– Servir a uma rainha encantada é ceder cada respiração aos seus serviços. Sem hesitar, você oferece sua lealdade e sua presença aqui no Mundo Encantado durante um mês a cada ano enquanto você respirar?

Ele estava ajoelhado na terra em frente a ela, tocando a mão perfeita. Nos olhos dela, lascas de luz da lua chamavam. Ele seria destruído por elas se cometesse algum engano. Ele soltou o amuleto que vinha segurando para esticar a mão para ela.

Minha rainha.

– Você me dará seu último suspiro se eu lhe pedir? Você escolhe aceitar o que te ofereço, Seth?

Ele sentiu um calafrio.

– Darei. Sim, é o que eu escolho.
– Então me dê meu beijo, mortal.

Sorcha aguardou. O mortal da Rainha do Verão ajoelhara aos seus pés, segurando sua mão, incapaz de se livrar dos resíduos do seu feitiço, apesar do encanto dela, apesar de toda a gentileza de Sorcha. Ela manteve seu encanto sob controle, mas esse mortal estava destinado a ser dela. Ela soubera disso desde a primeira vez em que o vira diante dela, corajosamente pedindo o dom da imortalidade. Via isso agora quando vislumbrava o futuro. Seth Morgan pertencia a ela, à corte dela, ao Mundo Encantado. Ele era importante – e precisava não apenas ser uma criatura encantada, mas forte como poucos deles eram.

Quando ele titubeou, ela ponderou a sabedoria de como escolhera fazer daquela forma. Era a si mesma que estava dando. Ele não precisava saber disso ou saber o quão raro era. Não era só porque podia engendrar uma transferência que significava que o fizesse com frequência. Mortais não se tornavam criaturas mágicas simplesmente, não sem estarem ligados ao ser encantado que partilhara uma essência com eles. Havia duas maneiras de fazer tal coisa – como um amante ou como um escravo. Se ele veio até ela pelo mais puro egoísmo, ela oferecia apenas um uso egoísta a ele. Se ele oferecesse mais generosidade do que ganho pessoal, ela retribuiria aquela generosidade.

– Um beijo para finalizar nossa negociação, para desfazer sua mortalidade... – Sorcha não deixou que suas expectativas transparecessem em sua voz. Ela queria que ele fosse merecedor do que ela lhe oferecia; acreditava que ele fosse. Ele ainda podia desistir; podia decepcioná-la naquele momento.

– Você não é ela – sussurrou ele. – Eu deveria beijar apenas ela.

– Seja forte, Seth. – Ela manteve o encanto. – Se você quiser isso, deve me beijar.

– Beijar você. – As palavras dele não traziam ofensa nem estavam confusas, mas foram lentamente pronunciadas.

Sorcha não conseguia alcançá-lo. Não conseguia abalar a força de vontade dele. A decisão era de Seth; sempre era deles.

– Sele o acordo, ou rejeite a oferta.

Os olhos dele não tinham foco; seu coração estava acelerado. Então ele arqueou sua sobrancelha decorada com metal, e ela viu uma centelha de algo inesperado.

– Sim, minha rainha. – Ele levantou o olhar enquanto virava a mão dela com a palma para cima. Então gentilmente beijou a palma da mão dela. – Seu beijo.

Por um momento, ela não teve reação alguma. Ele era ousado. Mortais fortes o bastante para resistir à tentação da Rainha Imutável eram um tesouro raro. Bananach estava certa; suas próprias visões do que poderia acontecer estavam certas: este mortal era diferente.

Guerras são travadas por coisas menos importantes.

Ela o ajudou a ficar de pé, segurando a mão dele nas suas enquanto o corpo de Seth começava a cambalear sob o choque da transformação.

– Nosso acordo está selado.

Ele se soltou.

– Que bom.

Ela tinha a intenção de embriagá-lo com um beijo, fazer com que se perdesse em um toque narcótico que pudesse diminuir a dor. Ele não tem que sofrer por ser inteligente. Não é injusto oferecer gentileza ao meu servo. Quando Keenan transformava suas garotas mortais, elas tinham quase um ano inteiro para se ajustar. Seth tinha apenas um mês – e dentro do Mundo Encantado. A primeira onda de mudança seria dura.

Ela não permitia que seus servos sofressem crueldades desnecessárias. Isso não tinha lógica alguma.

– Dê-me o amuleto.

Ela era sua rainha agora: Seth obedeceu.

Em seguida, a Rainha da Alta Corte invocou um encanto para que ela ficasse idêntica à da outra rainha dele.

– Seth? Venha aqui.

– Ash? – Ele encarou Sorcha, confuso.

Ela estendeu as mãos para ele.

– Deixe-me ajudá-lo.

– Tem alguma coisa errada comigo, Ash. Estou doente – murmurou Seth, cambaleando ao tentar olhar em volta. – De onde você veio? Senti sua falta.

– Estive aqui o tempo todo – disse Sorcha.

Poucas verdades eram mais completas do que esta revelação.

– Preciso me sentar. – Ele esticou a mão até uma parede que não estava lá.

Sorcha acariciou o rosto dele.

– Mortais não têm que andar por este mundo. Às vezes eles atraem atenções indevidas...

– Estou apenas tentando manter a sua atenção. – Ele inclinou a cabeça contra a dela brevemente e depois se afastou com um olhar confuso. – Você não é tão alta.

– Shhh. – Em seguida ela o beijou enquanto sua mortalidade era expulsa por uma nova energia encantada que fluía por seu corpo. Ela deixou que sua respiração reconfortante entrasse nele. Não evitaria toda a dor, mas ajudaria. Sorcha podia reconstruir tudo no Mundo Encantado, mas não podia mudar tudo. Dor, prazer, doença, desejo, essas eram coisas que nem mesmo a Rainha da Alta Corte conseguia manipular.

Sorcha flagrou-se esperando que a Rainha do Verão valesse toda a paixão e o sacrifício deste não mais mortal.

Porque ele é meu servo agora.

E como qualquer boa rainha, Sorcha fez o que era melhor para seus servos, não importava se tivessem pedido isso ou não.

Capítulo 23

Donia esperava na fonte em Willow. A essa hora da madrugada, o mortal saxofonista já partira havia muito tempo e os vários grupos de crianças que brincavam na água estavam enfiadas em suas camas. Matrice, uma Criatura do Pilriteiro, empoleirava-se em uma árvore ali perto. O ser de asas brancas era uma das únicas criaturas na região. Suas asas esfarrapadas agitavam-se como teias de aranhas rompidas enquanto observava o céu sentada na ponta de um galho. No chão, do outro lado do pátio, Sasha estava atentamente agachada. Mais ao longe, várias *glaistigs* cobriam o perímetro.

Donia queria respostas, e, das quatro criaturas a quem poderia perguntar, somente uma parecia disposta a ajudar. Sorcha era inquestionável; Keenan, silencioso; Bananach, louca. Só restava Niall. Após o repentino desaparecimento de Seth e dos rumores vindos do Mundo Encantado, Donia tinha poucas razões para duvidar de que era lá que Seth estava, um lugar de onde mortais – e poucas criaturas mágicas – não retornavam.

A Rainha da Alta Corte era inflexível e cruel de modos que às vezes faziam a Corte Sombria parecer dócil. *Ou talvez eu esteja influenciada por meus próprios medos...* A crescente força do Verão a deixava melancólica. O Inverno não deveria ter saído no crescente calor da estação, mas convidar Niall para vir a sua casa pareceria trair Keenan. Mesmo agora que a chance de um relacionamento de verdade – mesmo que curto – se fora, ela não suportava o pensamento de magoá-lo.

Niall chegou sozinho e se movendo com a graça fluida das sombras se estendendo pela terra. Seu avanço indicava a mesma arrogância de seu predecessor; em sua mão, um cigarro aceso, um hábito que adotara junto à responsabilidade pela corte. Violência e tentação, ele era a personificação da corte que um dia rejeitara. Os indícios disso já estavam lá quando ele ainda era membro da Corte do Verão – era parte do motivo pelo qual Keenan o mantivera por perto, na opinião dela –, mas o conforto que ele sentia com as próprias sombras era algo novo.

Niall não disse nada ao se sentar do lado dela no banco.

– Por que Seth está no Mundo Encantado? – perguntou Donia como uma forma de saudá-lo.

– Porque é um tolo – respondeu Niall com a cara fechada. – Ele queria se tornar uma criatura. Bananach o levou até Sorcha.

– Você acha que Sorcha vai ficar com ele? Ou transformá-lo, ou...

Niall a interrompeu só com um olhar.

– Acho que Sorcha tem o hábito de roubar mortais dotados de Visão, e Seth provavelmente está em apuros.

– E Keenan? – Ela não titubeou, mesmo que doesse ter de perguntar por ele tão rápido. Suas esperanças tinham sido alimentadas, ouvira-o dizendo que a amava, e poucos dias depois, ele lhe dissera adeus. O Solstício estava se aproximando, mas ela não estaria nos braços dele.

Niall apagou o cigarro na sola da bota antes de lhe responder.

— Seth sumiu e a Corte do Verão não consegue encontrá-lo. É impossível que Keenan nem ao menos suspeite onde ele esteja... especialmente se Ash, como eu imagino que tenha acontecido, tiver contado a ele sobre o desejo que Seth tinha de se transformar.

Distraidamente, Donia deixou flocos de neve se acumularem na palma da mão e fez uma pequena réplica do solitário gênio da água que descansava na fonte. Niall continuava sentado em silêncio na escuridão ao seu lado, esperando que ela continuasse a discussão. Ele não era de forçar as coisas, mesmo agora que era o chefe de uma corte tão temida pelas criaturas quanto a dela.

As coisas tinham começado a se agitar quando Beira morreu. Elas mudaram à medida que Keenan foi ficando mais forte. Saíram dos eixos quando Irial deixou o trono. Tudo se tornara incerto. Não era a primeira vez que ela imaginava onde Seth estaria e Donia se perguntava se contar a Aislinn seria melhor ou pior para impedir os conflitos. Se Aislinn soubesse, ela iria atrás de Seth, e, em um conflito, a Corte do Verão seria derrotada. Se ela soubesse onde ele estava, Aislinn ficaria furiosa com Keenan por ter escondido a verdade — o que enfraqueceria ainda mais a Corte do Verão. Ainda assim, não contar parecia cruel e, inevitavelmente, criaria outro foco de tensão entre as cortes do Verão e do Inverno. Aislinn não perdoaria Donia ou Niall, ou qualquer um que soubesse onde seu amado estava e não lhe contasse.

E se ele fosse morto no Mundo Encantado... as consequências de Aislinn descobrir que todos sabiam e mantiveram silêncio seriam desastrosas.
– Devemos lhe contar? – Donia perguntou.
Niall não precisava de esclarecimentos:
– Não tenho certeza. Ela se aproximou muito de... – Ele parou e lhe lançou um olhar carinhoso.
– Eu sei.
Niall acendeu outro cigarro. A ponta brilhou em um vermelho morno na noite quase sem luz:
– Se contarmos, as coisas vão se complicar. Ash vai querer ir atrás dele. Bananach me disse que as coisas já estão inclinadas à violência.

Donia tentou separar a própria vontade de ver Seth voltar para Aislinn da consciência de que uma guerra seria o resultado de revelar os fatos. As consequências de um conflito com Sorcha eram incomensuráveis. E também não seriam nada boas, se Aislinn descobrisse que a Corte do Inverno e a Corte Sombria sabiam e nada fizeram.

Ou se descobrisse que Keenan sabe.

Niall suspirou.
– Não sei. Eu vou ver Sorcha. Ver como ele se saiu, resgatá-lo se necessário. Provavelmente já está mais do que na hora de fazer uma visita ao Mundo Encantado de qualquer jeito.

Donia esmagou a escultura de gelo que estava fazendo e deixou os flocos caírem no chão, onde derreteram imediatamente:
– Não somos súditos dela.
– Sorcha não é como nós, Donia. Ela não pode mudar, como nós. Ela é a essência do Mundo Encantado. – Ele esti-

cou as pernas para a frente e depois cruzou os pés. – Se as histórias forem verdadeiras, ela é a primeira de nós. Se ela viesse para cá, todos seríamos seus súditos. E se fôssemos para lá, também. Mostrar respeito é o mínimo que podemos fazer.

– Eu li os livros dela, Niall. Não estou certa de que todos seríamos seus súditos se fôssemos lá. Sua Corte era rival à dela.

– Há muitos séculos, Don. – As donzelas sombrias de Niall dançavam ao seu lado em deleite, camuflando a docilidade de suas palavras. Elas se contorceram na fumaça azulada do cigarro de Niall. – Agora, sua corte é mais forte. A minha não seria capaz de se opor à dela.

– Não sei. De alguma forma, eu suspeito que você se sairia melhor do que admite.

O lábio de Niall se curvou em um sorriso, e, apesar de sua história de conflito – ele trabalhando com Keenan e ela contra eles –, Donia sentiu a tensão se arrefecer dentro dela. Ele parecia feliz. Durante muitos séculos, antes mesmo de ela pensar em existir, ele sofrera abusos de Keenan, de Irial, dos Hounds de Gabriel. Era tranquilizador vê-lo com o coração leve, para variar.

– Você é gentil – disse ele. – Se Sorcha passasse muito tempo aqui, não importaria o que sabemos agora. Ela recria o mundo tão facilmente quanto respiramos. Uma vez, há uma eternidade, eu costumava ficar perto dela quando Miach era meu rei, mas, depois que Keenan nasceu – Niall deu de ombros, como se não fosse uma perda, apesar de seu tom quase reverente indicar o quanto a presença de Sorcha, um dia, tinha significado para ele –, o dever chamou. A corte de Miach precisava de mim. Tavish e eu tentamos manter a ordem como podíamos até que Keenan tivesse idade suficiente para escapar da casa de Beira. Ela o deixava visitar a corte do pai, mas... uma corte precisa ser governada. Fazíamos o que podíamos.

Donia estava em silêncio, pensando nos anos que Keenan passara na casa de Beira, na corte sem um rei de verdade, em Niall tentando governar uma corte que não era sua. Nenhum dos dois precisava falar desses assuntos agora. Ela redirecionou a conversa:

— Há quanto tempo você acha que Seth já está lá?

— Para ele, poucos dias, não o suficiente para Seth se desesperar. Mas aqui fora já faz semanas. Eu organizei o que precisamos para vê-lo. Não permitirei que ele seja machucado se eu puder protegê-lo.

Donia concordou e disse:

— Bananach veio me ver. — Até agora, ela não tinha certeza se contaria a ele, mas confiar no instinto era algo fundamental quando se reinava. O dela lhe dizia que Niall não fazia parte das maquinações de Bananach.

— E?

— Ela me mostrou o futuro. — Donia cruzou os braços. — Eu achei que tínhamos uma chance, mas então isso aconteceu. Ela me mostrou... Eu não sou tão diferente de Beira.

— É só um futuro possível. — Ele a lembrou.

— Se a guerra está a caminho, eu não quero ser a responsável — sussurrou ela. Ser Rainha do Inverno não significava que todas suas dúvidas e preocupações tinham desaparecido. Se muito, significava que suas dúvidas e preocupações poderiam ser catastróficas.

Eu não sou Beira. Não serei culpada pelo retorno da feiura.

Agora, a voz de Niall era feia.

— Por que você acha que eu me seguro contra ele? Eu tenho o poder de acabar com Keenan. Você também tem. Mas ainda assim não o fazemos. Eu não quero a paz, mas agora não é o melhor momento para uma guerra em minha corte. Se fosse...

Donia se retraiu com a crueldade na voz de Niall.

— Então por que você deixa Bananach agir livremente?

— Eu não deixo. Eu tento contê-la, o máximo que posso, para prevenir a guerra aberta. Por que você acha que Irial me impôs... Eu estou tentando fazer o mesmo que você: achar um equilíbrio que não enfraqueça a minha corte. Ao contrário de você, quero atacá-lo. Eu não perdoo tão facilmente, mesmo que a guerra não seja o melhor para nossas cortes.

— Então não contaremos a Ash que ele suspeita, ou possivelmente sabe, onde Seth está. — Donia odiava isso, mas a discórdia que resultaria de Aislinn saber que Keenan a enganara colocaria todos numa posição ainda mais insustentável. E a raiva que Keenan sentiria de Donia e Niall seria ainda mais perigosa para a já frágil paz.

Niall concordou.

— E você o esquece.

— Estou tentando — sussurrou ela. Articular essas palavras doía muito. Chegar tão perto do amor que sempre sonhou para perdê-lo era pior do que nunca ter sabido que estava ao seu alcance. — Com o tempo, Ash vai aceitá-lo. Com o tempo e algumas escolhas inteligentes, talvez a gente ainda consiga evitar a guerra.

— Houve uma época em que isso era tudo o que eu planejava e esperava: Keenan ao lado de sua rainha desaparecida, feliz e forte. Era tudo o que importava. — Niall parecia frustrado. Suas donzelas sombrias acariciavam suavemente seus ombros para consolá-lo.

– Eu também. – Donia pensou, mas não disse, que isso ainda era o que ela queria, sem a parte de "junto a Aislinn", mas a felicidade dele, sim. Mesmo agora. Apesar de tudo, era o que ela queria. E desejava que a felicidade dele não significasse o sofrimento dela.

Eles ficaram sentados em um silêncio cordial durante alguns minutos, até que Donia olhou para ele e disse:

– Eu preferia que Bananach fosse impedida, mas, se houver uma guerra, o Inverno vai se agarrar ao passado.

Niall foi mortalmente lento ao se virar para olhar para ela.

– O que significa...

– Significa que minha corte se aliará à Corte Sombria. – Ela se levantou, deixou que a neve que estava em seu colo caísse no chão e esperou que ele se juntasse a ela. – Quer seja contra a corte dele ou a Alta Corte. Eu quero a paz. Eu quero... um monte de coisas, mas, no fim, preciso fazer o que for melhor para a minha corte.

– Se eu tivesse alguma maneira de permitir que a guerra reinasse tempo suficiente para fazer Keenan sofrer – Niall sorriu, parecendo tão mortífero naquele momento que era difícil lembrar que ele nem sempre tinha sido o Rei Sombrio –, eu ficaria fortemente tentado, mas lutar contra Sorcha... nenhum de nós quer isso, Donia.

– Eu prefiro lutar contra Sorcha a lutar contra Keenan. – Ela pousou a mão no ombro de Niall. – Seth é inocente. Você deixaria que ela o machucasse? Se você precisasse ficar lado a lado com Keenan para proteger Seth, você ficaria?

– Sim, apesar de preferir lutar contra ele.

– Mas, por Seth?

– Ele é como um irmão para mim – disse Niall simplesmente. – Sorcha não vai ficar com ele contra sua vontade.

Donia se sentiu ficando levemente tonta. Tanto tempo no calor a estava consumindo:

– Você precisa ir até o Mundo Encantado.

– E se a nossa luta não for contra Sorcha? Você se oporia a Keenan? – perguntou ele.

– Não ficaria feliz com isso, mas, se necessário, sim. – Ela sustentou o olhar dele. – Não interessa o que a gente faça, ter Seth no Mundo Encantado complica tudo.

– E foi por isso mesmo que Bananach o levou para lá – murmurou Niall. Então, pegou o braço dela e a acompanhou pelo pátio com uma intimidade que parecia familiar. Não era hora de se ater ao passado, nas perdas que, com o tempo, ela aceitaria. Era hora de se preparar para o futuro, por mais fatal que fosse.

CAPÍTULO 24

Aislinn estava nervosa, parada do lado de fora da formal sala de jantar. Ultimamente, ela jantava com Keenan todas as noites. Em algumas, outros seres encantados se juntavam a eles; em outras, as Garotas do Verão ficavam lá. Mas nesta noite seriam só os dois.

Escolha ser feliz, Siobhan dissera, e Aislinn ficava repetindo as palavras como um mantra desde aquela noite. Durante semanas ela vinha tentando isso: não desistir, mas tentar não sofrer. Não estava funcionando.

Ela respirou fundo e abriu a porta.

Keenan estava esperando – o que não era de se estranhar. Ela sabia que ele estaria lá. O estranho eram as mudanças no aposento. Velas acesas por toda a sala. Havia pequenas velas nos castiçais presos à parede e aos pilares em altos suportes de prata e de bronze.

Aislinn cruzou a sala até a mesa e se serviu de uma taça de vinho do verão. O decantador era antigo, algo que nunca vira antes.

Keenan não disse nada enquanto ela provava o vinho.

Ela olhava, não para ele, mas para a chama das velas tremeluzindo na escuridão que tomava a sala. Não queria que houvesse discórdia entre eles, especialmente porque ele era seu porto seguro ultimamente, mas Aislinn precisava saber o quanto ele estava escondendo dela. Fez a pergunta que tanto a incomodava desde o discurso de Siobhan:

– Você sabia que Seth tinha um amuleto para protegê-lo contra os encantos?

– Eu já tinha visto.

– Você já tinha visto. – Ela deixou as palavras saírem, deixou o silêncio aumentar, deu a ele a chance de falar algo que apagasse a sua dor por não ter dito nada sobre isso antes.

Ele não se desculpou. Em vez disso, falou:

– Acredito que Niall tenha dado a ele.

As mãos dela apertaram a madeira da cadeira até que esta começou a se partir com a pressão.

– E você não falou nada porque...

– Eu não queria fazer nada que pudesse afastá-la ainda mais de mim. Você sabe disso, Aislinn. Eu queria você como a minha verdadeira rainha. Você também sentiu isso. – Keenan se levantou e ficou ao seu lado. Ele soltou as mãos dela da cadeira. – Você me perdoa? E a ele? ... E a si mesma?

Lágrimas rolavam pela face de Aislinn de novo.

– Eu realmente não quero falar sobre nada disso.

E Keenan não disse nada sobre ter sido ela quem tocara no assunto, ou sobre o fato de que não tocar no assunto não seria uma solução, ou sobre qualquer uma das outras coisas que ele poderia ter dito. Em vez disso, ele falou:

– Tudo o que quero agora é ajudá-la a sorrir.

— Eu sei. — Aislinn pegou um guardanapo da mesa e ficou olhando para o desenho do sol que se transformava em videiras.

— Vai ficar mais fácil — continuou Keenan. Ele estava assim desde que Seth tinha partido, constantemente fazendo com que se sentisse segura.

Ela assentiu.

— Eu sei, mas por enquanto ainda é horrível. Eu me sinto como se tivesse perdido tudo. Da mesma forma como era para você quando uma das Garotas do Verão se recusava a fazer o teste... e quando uma das Garotas do Inverno se arriscava ao frio. De qualquer forma, todas as vezes em que elas chegavam a esse ponto, você perdia.

A expressão de Keenan era prudente naquele momento.

— Até aparecer você.

Um silêncio incômodo se instalou entre eles, até que Keenan suspirou.

— Esta conversa não está te fazendo nem um pouquinho mais feliz, Aislinn.

— Não é da... parte romântica que eu sinto falta... quer dizer, eu sinto. — Ela parou, tentando bolar um jeito de explicar aquilo para uma criatura mágica que durante anos e anos parecia não ter tido amigos de verdade. — Seth era meu melhor amigo antes de qualquer outra coisa. Ele era o único com quem eu podia conversar quando você e Donia eram... quando você me escolheu.

Keenan esperou.

— Melhores amigos não somem sem falar nada — disse Aislinn. Agora que as palavras estavam lá, começaram a sair e ela não conseguia mais parar. — Não é de um namorado que preciso. Não preciso de um parceiro ou companheiro ou nada disso. Preciso dos meus amigos. Leslie se foi. E não posso falar com meus outros amigos sobre nada do que acontece na minha vida. Donia me apunhalou... não que fôssemos muito chegadas, mas pensei que nos tornaríamos amigas. E agora meu melhor amigo me abandonou.

– E você se sente sozinha. – Keenan se aproximou, mas não invadiu seu espaço. – Então me permita ser seu amigo. Foi o que você me ofereceu quando virou minha rainha. A proximidade do verão acrescentou algo mais a isso, mas... Eu preciso que você seja feliz, Aislinn.

Ela assentiu e disse algo que gostaria de não ter dito:

– Já faz semanas e nenhuma palavra. Eu não acho que ele vá voltar, mas não consigo desistir.

– Me deixe ser seu *amigo*, Aislinn. É só o que estou sugerindo hoje. Se o resto acontecer depois ou não, lidaremos com isso mais tarde. Sem pressão. Só me dê uma chance. – Ele abriu os braços para abraçá-la. – Por enquanto, me permita estar aqui para você. Precisamos tentar seguir adiante em vez de ficar chorando e esperando.

Ela deixou que ele a abraçasse. Seu suspiro era uma mistura de prazer e de remorso enquanto ele acariciava seu cabelo, deixando que a luz do sol escorresse pelos fios até que ela ficasse calma, tranquila, como raramente ficava nesses últimos dias.

– Vai dar tudo certo. De um jeito ou de outro, as coisas vão ficar bem no final – prometeu ele.

Ela não tinha certeza se ele estava falando a verdade ou se era uma opinião, mas por enquanto ela se permitiu acreditar nele.

Felicidade é uma escolha.

Capítulo 25

Outro mês se passou sem qualquer notícia. O Verão estava no seu auge. A formatura aconteceu, mas Aislinn só se deu conta disso porque, uma tarde, o diploma chegou na sua casa.

– Desculpa ter perdido a formatura – Aislinn disse a Vovó. – Se você queria...

– Tudo bem, querida. – Vovó deu tapinhas no sofá.

Aislinn foi se sentar ao lado dela. A cada passo que dava, sentia que o ar era denso demais.

– Estou tentando. Ultimamente parece que o sol me sufoca. E Seth... Eu ainda não sei.

– Vai ficar mais fácil. Ser uma criatura também. Eu não posso dizer que entendo, mas – Vovó pegou na mão de Aislinn – você é mais forte do que pensa. Não se esqueça disso.

Aislinn tinha suas dúvidas. Ela parecia estar rastejando para fora de sua pele. A terra não estava simplesmente se alongando, depois de anos sob o peso opressivo do inverno de Beira; estava buscando escapes para décadas de energia acumulada e ela era o conduíte. Cada amanhecer a levava mais perto da outra metade desse calor – seu rei, seu amigo, seu não amante. Ela sabia que aquilo não era uma coisa lógica, o jeito como ela seguia seus movimentos. Nem era algo romântico. Era simples necessidade. Isso a constrangia. Luxúria deveria estar ligada a amor; com Seth tinha sido assim. Com ele, ela tinha amizade, amor, confiança. Com Keenan, ela tinha amizade e um tipo de confiança, mas não amor de verdade. Faltava algo.

Vovó estava sentada em silêncio ao seu lado. O único barulho era o tique-taque do cuco na parede. Aquilo deveria acalmá-la, mas Aislinn ainda queria fugir. Onde quer que fosse, uma pressão que vinha de dentro não a deixava escapar.

Exceto com Keenan.

Então, Vovó quebrou o silêncio.

– Se Seth não consegue lidar com o que você é, pior para ele.

– Eu é que estou na pior, Vovó – sussurrou Aislinn. – Tudo parece errado sem ele.

– E?

– Ele já se foi há dois meses, e Keenan...

– É um enganador, Ash. – Vovó mantinha um tom de censura em sua voz.

– Às vezes. Nem sempre.

– Ele é um calculista desprezível, mas estará na sua vida para sempre – suspirou Vovó. – Só tome cuidado com o quanto você se abre para ele. E com que velocidade. Não deixe que essa coisa do verão ou que sua dor a tornem tola. Sexo não é o mesmo que amor.

– Eu não... – Aislinn desviou o olhar. – A gente não fez. Eu só... com Seth.

— Você não seria a primeira a se entregar por solidão ou tristeza, querida. Mas esteja pronta para as consequências. — E, ao dizer isso, Vovó se levantou. — Vamos pegar algo para você comer. Eu não consigo dar um jeito em tudo, mas ainda tenho aquela comidinha de vovó.

— E conselhos também.

Vovó sorriu e se dirigiu para a cozinha.

— Bolo ou sorvete?

— Os dois.

Mais tarde naquela noite, quando Aislinn estava aconchegada ao lado de Keenan assistindo a um filme, pensou no que Vovó tinha lhe dito. Ele não era um calculista desprezível, não sempre, não com ela. Ele não media esforços para conseguir o que acreditava ser o melhor para sua corte, mas também era atencioso e gentil. Ela já tinha reparado nele com as Garotas do Verão. Ele se preocupava com elas, com os homens-árvore, não só como súditos, mas como indivíduos. Ele era impulsivo e frívolo, a essência do verão.

Ele é uma boa pessoa, também. Talvez nem sempre, mas para um rei encantado ele era notoriamente bom. Para alguém que desde que nasceu lutou somente para estar onde deveria, ele era extraordinariamente carinhoso. *E ele está aqui para mim.*

Ela apoiou a cabeça nele e tentou acompanhar o filme. Eles estavam fazendo muito isso ultimamente, apenas ficar juntos no fim da noite. Ela não conseguia dormir, e, a não ser que estivesse na casa de Vovó, Keenan ficava acordado quando ela estava. Ela imaginou se ele estaria acordado, também, quando estava na Vovó. Ela não perguntou. Simplesmente começou a passar mais noites no loft.

Vovó não comentou. Ela podia ver a energia que fluía em Aislinn com a aproximação do Solstício, e o desespero com o desaparecimento de Seth se tornou pesado demais. *Você precisa ficar onde se sinta em paz, querida,* dissera Vovó, *e neste momento não é aqui comigo. Vá para a sua corte.*

Estar com Keenan era uma mistura estranha de conforto e anseio. Ele era leal à sua palavra e mantinha distância, extremamente solícito, mas sem pressioná-la. A única hora em que ficava mais carinhoso era durante os filmes, tarde da noite. Já tinham assistido a uma dúzia deles a essa altura.

Esta noite, o filme não era engraçado ou cheio de cenas de ação, mas um romance: um filme independente sobre músicos de rua que se apaixonavam, mas pertenciam a lugares diferentes. A música e a mensagem eram perfeitas, penetrantes e de partir o coração. A combinação tocou-a, lembrou-a de não cruzar barreiras que trariam consequências irremediáveis. *Desejo não é motivo suficiente.*

Mas enquanto Keenan fazia carinho em seu cabelo distraidamente ao assistirem a *Apenas uma vez*, não parecia que luxúria era tudo o que se passava entre eles.

Em algum momento durante o filme ela devia ter cochilado, porque, quando percebeu, a tela estava preta. Ela tinha trocado de posição e estava com a cabeça apoiada sobre um travesseiro no colo dele, mas Keenan ainda passava a mão no cabelo dela, como fazia enquanto assistiam ao filme.

– Desculpa. – Ela piscou e olhou para ele.

– Você precisava dormir. É quase um elogio o fato de você confiar em mim o suficiente para descansar aqui.

Ela corou e se sentiu tola por isso. Não era a primeira vez que acordava entre amigos. Já tinha dormido na casa da Carla e de Rianne, e até na de Leslie antes das coisas mudarem tanto. Acordar ao lado do Keenan – certo, deitada no colo dele – não era grande coisa. Ela olhou para fora. Estava amanhecendo. Ele dera-lhe colo por horas. Antes que ela pudesse dizer qualquer coisa, Keenan se levantou.

– Vá se trocar. – Ele pegou as suas mãos e a ajudou a se levantar.

– Para?

– Tomar café da manhã fora. Me encontre lá em baixo.

E saiu antes que ela pudesse perguntar qualquer coisa ou encontrasse palavras para dizer que apreciava ele querer ajudá-la a se sentir segura o suficiente para descansar. Ficar longe dele durante algumas horas do dia fazia com que ela se sentisse estranha. Por um lado, ela era grata por ele manter sua palavra e não pressioná-la, mas, por outro, ela se sentia culpada. Certa vez, ele prometera que os desejos dela seriam também os dele. Tirando esses momentos em que lhe dizia que o que ele queria era diferente, ele se manteve fiel. Não pela primeira vez, imaginava se poderia amá-lo caso seu coração já não pertencesse a Seth.

Ela estava tão cansada de imaginar, de ter dúvidas, de se preocupar. Ter uma boa noite de sono ajudou, mas se preocupar com as mesmas coisas durante meses, não. Deixando esses pensamentos de lado, foi para o quarto se arrumar.

Lá embaixo, Keenan a esperava ao lado do Thunderbird. Eles geralmente não saíam de carro, portanto, ela ficou um pouco surpresa.

Ele parecia nervoso.

– Não pergunte nada por enquanto.

– Tudo bem.

Ela entrou no carro e viu o céu clarear enquanto ele dirigia para fora da cidade, na direção das fazendas que ela raramente visitava, só em passeios da escola ou em excursões para fotografar, quando Vovó podia ser convencida de que ela seguiria as regras das criaturas mágicas. Naquela época, viagens para as perigosas áreas naturais e sem metais eram extremamente raras. Agora, era seguro. As inúmeras criaturas nos campos e entre as árvores não eram ameaça para ela.

Keenan estacionou em um terreno coberto de cascalhos. Uma placa de madeira gasta, pintada à mão e desbotada dizia: POMAR DE PEG E JOHN. Do outro lado do vasto e parcialmente vazio estacionamento, inúmeras macieiras cresciam enfileiradas. Ao olhar, tudo o que Aislinn conseguia ver eram galhos e folhas e maçãs.

Ela nunca vira tantas árvores sadias. Mesmo a certa distância, ela podia ver as maçãs amadurecendo, penduradas nos galhos fortes.

Quando ela saiu do carro, ele já estava à sua porta.

– É aqui. O pomar onde... – Ela não tinha certeza de que queria acabar a frase.

Keenan não hesitou em falar as palavras, de pôr o peso para fora, diante dela.

– Eu trouxe apenas uma pessoa aqui, mas – e segurou a mão dela – você é a única que sabe da importância que este lugar tem para mim. Achei que podíamos tomar café da manhã aqui.

– Podemos caminhar um pouco antes? Para que eu possa ver. – Ela ficou envergonhada. Não era algo casual o que ele lhe oferecia; não que alguma coisa entre eles já tenha sido casual. Esse era seu lugar secreto, porém; trazê-la aqui era um presente.

Ele soltou a mão dela e tirou um *cooler* do carro. Depois de pegar a mão de Aislinn novamente, ele a guiou pelo terreno inclinado. O barulho de cascalho sob seus pés parecia mais alto naquele lugar silencioso.

No fim do terreno ficava um caminho gramado. Uma menina de cabelos escuros usando óculos de sol estava sentada em uma cadeira, atrás de uma mesa coberta de cestas. Uma velha caixa registradora estava sobre a mesa. Ela olhou para Keenan, desconfiada.

– Você geralmente não volta tão cedo.

– Minha amiga precisava ir a um lugar especial – disse ele.

A menina revirou os olhos, mas apontou para as cestas.

– Vai em frente.

Keenan deu um sorriso ofuscante, mas seu olhar de indiferença não se alterou. Aislinn sentiu empatia pelo instinto de desconfiança da garota. Um rostinho bonito não significava que a pessoa era inofensiva, e Keenan, apesar de sua gentileza, podia ser inescrupuloso.

Largando a mão de Keenan, Aislinn pegou uma das cestas da mesa.

– Venha. – Ele a levou para debaixo de galhos repletos de frutos, longe do mundo. *Tudo o que preciso é de uma capa vermelha.* Ela sentiu um pânico infantil crescer: se aventurar pelas florestas onde as criaturas se ocultavam nunca era seguro. Vovó tinha lhe ensinado isso. Chapeuzinho Vermelho se metera em apuros porque saíra da segurança da trilha de ferro. *Ele é meu amigo.* Aislinn deixou de lado a pitada de insegurança e olhou para as maçãs penduradas sobre sua cabeça.

Como se fosse algo costumeiro, pegou a mão dele novamente.

Ele não disse nada. Nem ela. Eles caminharam de mãos dadas, vagando entre as árvores que ele cultivara quando o Inverno ainda dominava a terra.

Finalmente, pararam em uma clareira. Ele largou o *cooler* e a mão dela.

— Aqui.

— Está bem.

Ela sentou-se na grama embaixo de uma árvore e o olhou. Ele se sentou do lado dela, tão perto que parecia estranho não tocá-lo. Aislinn sentiu um calafrio, mesmo não estando frio. A perda do contato com a mão dele significava que a troca de calor entre eles tinha parado.

— Este foi meu recanto durante anos, quando eu precisava de um lugar só meu. — Ele parecia perdido; nuvens refletiam em seus olhos. — Eu me lembro de quando elas ainda eram mudas. Os mortais estavam tão determinados em fazer com que crescessem...

— Então você os ajudou.

Ele assentiu.

— Às vezes as coisas só precisam de um pouco de atenção e tempo para que vinguem. — Quando ela não falou nada, ele completou. — Eu estava pensando sobre ontem à noite. Sobre as coisas. Sobre o que você disse antes... quando te beijei.

Ela ficou tensa.

— Você disse que queria honestidade total. Se somos amigos verdadeiros, é assim que deve ser. — Ele correu os dedos pela grama entre eles. Pequenas violetas selvagens nasceram. — Então, aqui estamos. Me pergunte qualquer coisa.

— Qualquer coisa? — Ela puxou a grama do seu lado, gostando da resistência dela. O solo estava saudável; as plantas estavam fortes. Ela podia sentir sob eles a teia das raízes das árvores.

E pensou sobre isso, sobre o que ele estava oferecendo. Não havia muitas coisas para perguntar, exceto... – Me fale sobre Moira. Você e Vovó são os únicos a quem eu posso perguntar.

– Ela era linda. E não gostava de mim. Muitas das outras... quase todas elas – ele deu um sorrisinho irônico –, com algumas exceções, eram manipuláveis. Ansiavam por se apaixonar. Ela não. – Ele deu de ombros. – Eu me preocupava com cada uma delas. Ainda me preocupo.

– E?

– Eu tinha que me tornar o que elas queriam para ajudá-las a me amar. Às vezes isso significava adotar a moda do dia, as novas danças, os poetas, os origamis... descobrir do que gostavam e aprender aquilo.

– Por que não ser você mesmo?

– Às vezes eu tentei. Com Don. – Ele parou. – Ela era diferente, mas estávamos falando de sua mãe. Moira era inteligente. Eu sei agora que ela tinha conhecimento do que eu era, mas, na época, eu não sabia.

– Você... quer dizer... Eu sei que você seduziu... aliás... é... – Ela ficou mais vermelha que as maçãs acima deles. Perguntar a um amigo, ao seu rei, seu talvez-algo-mais-que-amigo se ele tinha dormido com sua mãe era estranho demais em qualquer circunstância.

– Não, eu nunca dormi com nenhuma das Garotas do Verão enquanto elas ainda eram mortais. – Ele olhou ao longe, obviamente tão desconfortável com o assunto quanto ela. – Eu nunca dormi com uma mortal. Beijei algumas delas, mas não ela, não Moira. Ela me tratava com desprezo, quase desde o início. Nenhum encanto, nem presentes, nem palavras, nada do que tentei funcionou com ela.

– Nossa.

— Ela era parecida com você, Aislinn. Forte. Inteligente. E tinha medo de mim. — Ele se contraiu com a lembrança. — Eu não entendia, mas ela me olhava como se eu fosse um monstro. Então, quando ela foi embora, eu não pude segui-la. Eu sabia que ela voltaria quando se tornasse uma Garota do Verão. Eu sabia que ela não aceitaria o teste, então, eu a deixei partir.

— E aí? Ficou esperando?

— Eu não poderia "des-escolher" alguém que já tinha escolhido. — Ele parecia triste. — Sabia que ela era especial. Assim como você. Assim que percebi que você era a escolhida, imaginei se ela não teria sido minha rainha se...

— Eu também pensei. — Ela percebeu que estavam quase sussurrando, mesmo que as criaturas que tinha visto no pomar não estivessem por perto. — Ou se sou assim porque ela estava se transformando quando me teve.

— Se eu tivesse feito as coisas de outra maneira, a trazido de volta, por exemplo, quantas coisas seriam diferentes agora? Se eu soubesse que ela estava grávida, você teria sido criada pela corte. Você não resistiria se tivesse crescido conosco. Você não seria tão envolvida com os mortais.

Ela sabia exatamente em qual tipo de envolvimento com mortais ele estava pensando, mas não imaginava, nem por um só momento, que sua vida teria sido melhor sem sua existência mortal. Amar Seth era a coisa mais perfeita que tinha conhecido, e o amor dele seria o único amor de verdade que ela conheceria. Não era algo para se desprezar, mesmo agora com seu coração em pedaços. Mas claro que dizer isso à criatura mágica a quem estaria eternamente ligada não era algo de que nenhum dos dois precisasse.

— Ainda bem que você não sabia.

– Naquele ano, enquanto Moira esteve fora, grávida de você, passei todo o meu tempo livre tentando convencer Donia a me perdoar. – Ele parecia melancólico. – Algumas noites ela se dignava a se sentar comigo. Fomos a algumas festas juntos... e...

– Fica mais fácil?

Ele olhou para ela.

– O que fica mais fácil?

– Perder alguém que se ama.

– Não. – Ele desviou o olhar. – Eu pensava que em algum momento sua rejeição não iria mais me afetar, mas era quando ela não me rejeitava que doía mais. Eu achei que fôssemos ter alguns anos juntos, mas agora... Ele se foi, Ash, e eu não posso ficar perto de você. Você é minha rainha. Eu não consigo não ser atraído para você. Se eu pudesse te libertar, de alguma maneira, e tornar Donia minha rainha, eu o faria, mas não posso. E se tiver alguma chance de que eu e você possamos virar algo mais, eu estarei aqui para você.

– E Donia é...

– Um assunto que não quero discutir agora. Pode ser? – Ele ficou olhando nos olhos dela e disse: – Eu preciso de tempo para poder falar sobre ela.

– Então vamos tentar ser felizes com o que temos – acrescentou ela.

Não era amor o que ela sentia, não como ela sentia por Seth, mas havia amizade. Havia desejo. Ela podia se convencer de que isso era suficiente. Se era para ser o seu futuro, ela poderia lidar com ele. Amar alguém significava sofrer, escolher se apaixonar por um amigo era mais seguro. Talvez fosse meio frio demais, manter seu coração em segurança, mas não era só egoísmo: isso tornaria a corte deles mais forte. Fazia sentido.

Ela não queria se apaixonar por mais ninguém – não que quisesse falar isso para ele. *Como contar a alguém que, ainda que vocês passem séculos juntos, você não quer amá-lo? Keenan não merecia isso.*

Ficaram lá sentados, conversando sobre cortes e criaturas e histórias de vida – só conversando.

Finalmente, ele fez uma pausa:

– Fique aqui – disse e desapareceu.

Ela se recostou na árvore, feliz, para variar, em paz com o mundo.

Quando ele voltou, trazia várias maçãs que tinha colhido.

– Elas estavam quase maduras outro dia. Sabia que estariam perfeitas hoje. – Keenan se ajoelhou na grama ao lado dela e mostrou uma maçã, não para dar a ela, mas para que mordesse. – Prove.

Ela hesitou por um momento. Depois provou: doce e suculenta. Ele tinha feito isso acontecer, dado força para essas árvores quando o mundo ainda estava preso no gelo. Umas gotas de suco escorreram por seu queixo quando mordeu a maçã e ela riu.

– Perfeita.

Ele passou o dedo pela pele dela e levou o líquido até a sua boca.

– Poderia ser.

Não é. Não era real. Não era suficiente. *Ele não é Seth.*

Aislinn se afastou, tentando não ver a dor no olhar de Keenan.

Capítulo 26

Niall estava com a cara muito fechada enquanto esperava na sala de visitas de Sorcha. Sombras irradiavam dele, fios de escuridão saídos de uma estrela negra. Ele não se mexia, mas a tentação de atacar algo ficava óbvia pela contração de suas mãos.

– Você cometeu um erro, Sorcha.

Devagar, muito mais devagar do que tinha se aproximado de qualquer outra criatura mágica que não fosse Bananach, Sorcha cruzou o salão e ficou diante dele. Ela não parou até que a bainha de sua saia estivesse sobre as botas de Niall.

– Eu não cometo erros. Eu faço boas escolhas. Eu escolhi ficar com ele.

– Ele não é seu para que você se aproprie dele – disse Niall. As donzelas do abismo giraram e desapareceram em línguas de chamas negras quando Niall agarrou o braço dela. – As outras cortes podem permitir que você fique com os que têm a Visão sem nenhuma consequência, mas por esse eu vou brigar. Não vou deixar você ficar com nenhum dos semimágicos ou dos mortais dotados de Visão a quem devo proteger.

– Você vem até o Mundo Encantado me dizer como serão as coisas, Niall. Você realmente acha isso aconselhável? – À sua volta, a sala desapareceu até se tornar um plano aberto onde estavam apenas os dois. – Aqui, só o meu desejo importa.

– Talvez você queira se lembrar de que, no passado, outra corte tinha igual domínio sobre o Mundo Encantado. – Ele encarava o espaço ao lado dela. Suas sobrancelhas se estreitaram enquanto se concentrava, mas funcionou. O Rei Sombrio sorriu quando um sólido espelho de obsidiana, as sombras materializadas, se ergueu da terra seca aos pés deles. Não era grande coisa, mas estava ali.

A tentadora cadência na voz de Niall revelou satisfação enquanto a advertia:

– Eu posso ser novo nesta corte, mas observei você durante muito tempo. Eu sei de muitos segredos seus que nunca contei a ninguém.

– Você está me ameaçando?

– Se for preciso. – E deu de ombros. – Eu posso trazer a minha corte para cá. Posso levá-lo comigo. Sou o Rei Sombrio e isso me dá o direito de reinar igualmente no Mundo Encantado.

– Isso seria uma tolice. Eu – ela tomou fôlego e o mundo a sua volta mudou – te esmagaria se você se voltasse contra mim. Você ainda é um bebê.

– Por algumas pessoas, vale a pena lutar.

– Estamos parcialmente de acordo neste ponto: Seth vale muito. Lutar contra mim não é a melhor opção. – Ela fez um gesto ao redor deles. Eles estavam em um templo austero. O espelho de obsidiana de Niall estava flanqueado por pilares ornamentados. No espaço atrás dela, ergueu-se um altar com um amontoado de corpos. Ela não precisava olhar para saber que estava lá. – É isso que você oferece a Bananach? Sua submissão temerária? Você vem aqui e se comporta de forma insolente. Por que você acha que ela o trouxe para mim? Ele foi um sacrifício para começar sua guerra.

– Seth não é um sacrifício para dar início ou evitar a guerra. Ele não é descartável.

– Eu sei – sussurrou Sorcha, não por medo, mas porque compartilhar segredos não era algo que costumava fazer. – Vou mantê-lo a salvo, como você perceberia se raciocinasse com clareza. Se Bananach, ou qualquer outro, tentasse atacá-lo, atacariam a mim.

Niall parou ao ouvir esta declaração. A raiva desapareceu de seu rosto.

– Ash... Aislinn... não sabe onde ele está. Ainda. Se ela souber que ele está aqui, virá ao seu encontro.

– O rei dela não contaria. – Sorcha sabia que Keenan, que todos os reis que raciocinavam com clareza, conheceriam precisamente o paradeiro de Seth. – Não é minha responsabilidade, nem me interessa, contar a ela. Nem a você interessa, se não já o teria feito.

Sorcha estendeu a mão.

Niall, ainda um cavalheiro, pegou a mão dela e a conduziu para o braço que estava dobrado.

– Sorcha, que jogo é esse?

– O mesmo que venho jogando a vida inteira, Gancanagh.

Por alguns instantes, Niall ficou em silêncio. Quando finalmente falou, se virou para ela e disse:

– Eu quero ver Seth. Preciso ouvir dele que tudo está bem.

— Como quiser. Ele tem descansado nesses últimos dias. Quando eu achar que ele está pronto, você poderá vê-lo, mas não agora. Agora ele está sob meus cuidados.

— O que você fez?

— O que precisava ser feito, Niall. É o que sempre faço – disse ela.

As cortes deles podiam opor-se, mas isso não fazia deles inimigos. Era uma questão de equilíbrio. Tudo era. Ocasionalmente ela poderia até influenciar as escalas para assegurar que o Rei Sombrio estivesse nutrido o suficiente para ficar saudável – nunca saudável demais, claro, mas forte o suficiente para cumprir seu papel. Era o que o Mundo Encantado precisava, e mesmo não sendo sua monarca enquanto ainda estavam no reino mortal, ela ainda era a Rainha Permanente.

— O juramento dele foi feito voluntariamente?

Havia tanta esperança na voz de Niall que ela quase desejou ser capaz de mentir para ele. Mas não podia.

— Foi. Eu não o influencio ou manipulo, não como você.

— Eu nunca tentei te influenciar, mesmo quando achava que você era a resposta que eu procurava.

— O que é ainda mais digno de piedade – murmurou ela enquanto o deixou encontrar sozinho o caminho para seu quarto. Ele era um rei valioso, aquele que poderia levar a Corte Sombria ao seu lugar de direito. Mas não era uma ameaça a sua corte, não hoje, não ainda. Com o tempo, ele seria, mas Niall não estava lá como o Rei Sombrio. Ele estava lá como amigo de Seth, o que significava que não ofenderia a sua corte ou abusaria de sua boa vontade em recebê-lo.

Quando Seth acordou e viu sua rainha em seu quarto, a primeira reação foi de gratidão: ela o salvara da mortalidade, dera a ele um presente inestimável. Nada do que fizesse poderia pagar este favor. Ela estava se alongando enquanto contemplava o jardim através da janela. Pareciam movimentos de alguém que tinha dormido em uma posição desconfortável. *O que não fazia sentido.* A Rainha da Alta Corte não tinha motivos para ficar ao seu lado em uma posição desconfortável, mas Seth ainda olhava para a cadeira verde desbotada ao lado da janela.

Sorcha não se virou para olhá-lo. Em vez disso, abriu as janelas e esticou a mão para arrancar alguns botões de flores que estavam do lado de fora.

– Você esteve inconsciente por seis dias – disse ela, saudando-o. – Seu corpo precisou aceitar as transformações. Esse era o jeito mais fácil para você.

Ele se esticou. E se sentiu tão mal quanto da última vez em que acordara no hospital, quando a antiga Rainha do Inverno quase o matara. Estava dolorido, fraco e surpreso por ter dormido – ou ter ficado inconsciente – durante a pior parte.

– Mas não sou mais um simples mortal agora?

Sorcha sorriu.

– Você nunca foi um mero mortal, Seth. Você era uma aberração.

Ele ergueu uma das sobrancelhas, o que o deixou incrivelmente consciente de uma dor de cabeça enlouquecedora que piorava a cada momento.

– Eu era um mortal.

– Era, mas você é importante de um jeito que não consegue perceber.

– Que jeito?

Ela se aproximou e mostrou a ele uma toalhinha úmida que estava em uma bacia ao lado da cama. Primeiro, pareceu que ela ia esfregá-la em seu rosto, mas entregou-lhe a toalha.

– O frio vai fazer bem a sua cabeça.

Ele pousou a toalha sobre os olhos. Tinha um cheiro mentolado.

– Vou me sentir tão mal durante todo o mês em que for mortal?

– Não. – A voz dela era suave. – Mas seu corpo está tentando entender a energia extra armazenada dentro de você. Seus sentidos vão mudar agora que você é uma criatura mágica. Seus poderes serão assustadores. O conhecimento que a maioria das criaturas tem ao nascer está sendo tecido em seu inconsciente. Se você ficasse aqui, não se sentiria assim. O processo se daria mais devagar.

– Tecido?

– Com alguns fios da luz das estrelas de Olivia. Torna o processo mais rápido, mas dói um pouco.

Ele levantou a ponta do pano que cobria seus olhos e lançou um olhar para ela.

– Um pouco?

Ela tinha voltado para a janela e estava despetalando as flores que colhera.

– E a essência mágica que você recebeu é mais forte do que a que a maioria recebe. Isso também torna o processo mais desafiador... Eu fiz o que podia para aliviar sua dor.

O tom em sua voz era bem diferente do da primeira vez em que se falaram. Seu rosto ainda era duro, mas ela estava vulnerável. *Frágil.*

Seth se sentou e encarou sua nova rainha.

– Você me deu tudo. Por sua causa eu posso ficar com Ash. Ficar ao lado de Niall. Eu posso sobreviver no mundo deles.

A Rainha da Alta Corte assentiu e seu olhar de preocupação retrocedeu.

– Poucas criaturas serão fortes o bastante para ameaçar você – disse ela. – Eu me assegurei disso.

– Por quê?

– Porque eu quis.

– Certo... então aquele mês aqui... – Seth odiava ter que mencionar isto, mas naquele momento tudo o que ele queria era ver Aislinn. – Os seis dias inconscientes e os meus primeiros dias aqui contam também?

– Contam. – Ela jogou água fervente sobre as flores que tinha colhido.

– Então doze dos meus trinta dias aqui já se foram? – Ele saiu da cama e se surpreendeu com a velocidade com que ela jogou um roupão para ele.

– Sim. – Ela despejou o chá de flores em uma xícara e a entregou para ele. – Beba isso.

Seth nem hesitou. Ele não podia. Sua rainha lhe dera uma ordem: ele obedeceria. E engoliu o líquido desprezível fazendo uma careta.

– Aquilo... Eu... Eu não pude recusar.

Ela sorriu.

– Você é meu, Seth Morgan. Você me daria seu coração se eu mandasse.

Ela me possui.

Ele tinha visto Niall, Donia, Keenan e Aislinn com suas criaturas. Não era assim. Ele não tinha pensado que seria assim quando jurou lealdade. *Será que é diferente porque aqui é o Mundo Encantado? É ela? Sou eu?* Ele fechou a cara para ela.

— Eu não sabia.

Ela voltou para perto da janela e novamente voltou a manter certa distância dele.

— Se eu quiser, sou a dona da sua vontade, do seu corpo, da sua alma. Você teria mudado sua resposta?

— Não — admitiu ele.

— Bom. — Ela assentiu e saiu do quarto para o jardim. — Traga outra xícara de chá.

Ela não pediu que ele a seguisse, mas ele sabia que devia. Era o esperado.

Descalço, vestindo apenas uma calça de pijama e um robe, carregando a xícara do asqueroso chá, ele seguiu Sorcha até o jardim sem hesitar. Ela era sua rainha: só o desejo dela importava.

Ele tinha que caminhar mais rápido do que gostaria para acompanhá-la.

— Então eu sou o quê? Seu animal de estimação? Seu servo?

O olhar de Sorcha era distraído.

— Eu não tenho animais de estimação. O Mundo Encantado não é tão distorcido quanto parece quando visto de lá — ela fez um gesto vago apontando para as longínquas muralhas —, somos civilizados em minha corte.

— Você me possui. Não sei como isso pode ser civilizado. — Ele deu um gole no chá nauseante. — Não é assim com os outros regentes.

— Não? — Ela fez careta sarcástica expressando confusão e deu de ombros. — Eu sou diferente. *Nós* somos diferentes.

— Mas serei uma criatura mágica quando estiver lá fora? — Ele precisava que ela confirmasse isso. A estranheza do fato de ela poder roubar a vontade dele o deixara inquieto.

– Uma criatura poderosa. Poucas criaturas mágicas poderão confrontá-lo. Você é *diferente*, mas, sim, definitivamente é um ser encantado.

Ela olhou para o outro lado, na direção de um banco de praça que parecia esculpido em marfim. O banco estava cercado por minúsculos insetos voadores que brilhavam como vaga-lumes. Eles se moviam rapidamente em um arco confuso e desapareciam.

– Está bem. Aqui dentro eu sou um mortal. Então o que devo fazer? Devo simplesmente mentir sobre isso? – Seth esperava que agora que era uma criatura mágica não precisasse analisar as palavras de forma tão estranha. Conversar com muitas criaturas era enlouquecedor. Sorcha não era exceção.

Ela lançou outro olhar tolerante para ele, como se Seth estivesse dificultando as coisas.

– Você vai fazer o que os outros mortais sempre fizeram para nós: criar.

– Criar?

– Arte. Música. Versos. – Distraidamente, ela passou a mão sobre o banco. Os desenhos no mármore se realinharam sob seu toque. – Tudo o que você precisa está bem aqui. Todos os instrumentos, todas as paletas. Ache inspiração e crie algo impressionante para mim.

– Então o preço que pago pela imortalidade é passar semanas aqui fazendo o que eu adoro fazer?

– Exatamente. – Ela lançou-lhe um olhar calculista, o mesmo que já tinha visto estampado no rosto de outras rainhas. – Só não me desaponte. Eu terei sua paixão em sua criação, ou você não sairá daqui.

– Não. – O temperamento de Seth se acentuou e ele deu um passo na direção dela. – Um mês ao ano. Esse é o trato.

– Um mês de servidão fiel no Mundo Encantado era o trato. Se você quiser realmente me servir, você me dará arte de verdade. Não será só para passar o tempo. Arte verdadeira. Paixão verdadeira. – E então o tom de sua voz ficou mais gentil. – Descanse por hoje, Seth. Amanhã eu voltarei.

Havia algo oculto na voz dela, mas, antes que ele pudesse fazer qualquer pergunta, a muralha cinza de pedra em frente ao caminho no jardim se abriu. Devlin saiu de dentro dela.

Sorcha deu a Seth um sorriso triste que o confundiu.

– Um mortal não deveria ter a autonomia e a influência que você tem. Três das quatro cortes foram tocadas por você. O Equilíbrio precisa ser restabelecido. Você está fora da ordem natural das coisas e isso deve ser anulado de alguma maneira. É pelo bem de todos.

Seth conteve um estremecimento ao olhar da Rainha da Alta Corte para o ser encantado que a aguardava. Ele acreditava que os piores seres encantados pertenciam a Niall ultimamente, mas ao ver a plácida expressão no rosto de Devlin não teve tanta certeza assim.

Os monstros nem sempre têm uma aparência monstruosa.

Devlin gesticulou para que Seth o acompanhasse pela entrada de pedra, para longe de Sorcha, e ele teve que se perguntar até onde o lacaio da rainha iria para "anular" algo que ela declarasse fora da ordem.

Capítulo 27

Sorcha voltou ao quarto de Seth no dia seguinte – e nos três que se seguiram. Ela permanecia lá o dia todo, por incontáveis horas, enquanto ele trabalhava. Eles conversavam sobre a vida e os sonhos, sobre filosofia e arte, sobre as músicas de que ele gostava e as peças a que ela assistira. Eles caminhavam pelo jardim. E, às vezes, ela simplesmente se sentava quieta, refletindo ou lendo enquanto ele rascunhava ou pintava algo. Seth não podia imaginar ficar longe dela. Se não fosse pela saudade que sentia de Aislinn, ele poderia se imaginar ficando no Mundo Encantado. Fora dali, ele não tinha um propósito real, direção ou família. Ele vivia só para Aislinn. No Mundo Encantado, ele vivia para criar Arte. Ele se sentiu pleno pela primeira vez da qual podia se recordar, em paz e certo de tudo. Viera buscando imortalidade, mas o que encontrara era muito mais valioso.

Felicidade. Paz. Lar. Estava tingido pela interminável dor com a ausência de Aislinn e por um novo pesar, o de que precisaria deixar Sorcha no fim do mês. Sua escolha de se tornar um ser encantado lhe dera tudo o que sempre procurara – e outros dons que nunca sonhara possuir.

Pensar em deixar o Mundo Encantado era assustador.

Ele canalizou essas emoções, desejos e medos em sua arte. Em sua maioria, eram pinturas. O quarto estava repleto de telas semiacabadas. Ele tentara trabalhar com os metais que tinham aparecido no quarto também. Terminara algumas coisas aceitáveis, mas nada digno dela – nada que cumprisse a sua meta.

– Seth? – Sorcha estava ao seu lado. – Você poderia parar por hoje?

– Para quê?

Ela sorriu e limpou uma mancha de tinta no rosto dele.

– Você tem uma visita, querido.

Visitas. Ele não podia ir embora, mas se Sorcha permitisse poderia receber visitas. Seu coração estava acelerado.

– Uma visita? Ash? Ela está aqui?

– Não é ela. – Sorcha parecia quase triste ao anunciar isso.

O Rei Sombrio apareceu do nada por trás de Sorcha.

– Vejo que meu conselho foi completamente ignorado – disse ele.

Seth abraçou Niall. A não ser ver Aislinn, nada poderia ser mais prazeroso do que ver o Rei Sombrio. Ele deu um passo atrás e disse:

– Você estava enganado.

Niall riu.

– Mais arrogante ainda... Você tem passado seu tempo na corte errada, irmão.

O semblante de Sorcha, sempre tão tenso, relaxou um pouco.

– Vou deixá-lo com Niall, então. Estarei na sala de jantar depois. – Virou-se para Niall e disse: – Venha até mim quando estiver pronto para falar sobre outros assuntos. Talvez possamos discutir arrependimentos...

Seth não pôde evitar olhá-la enquanto ela partia. Ele podia contar as batidas do coração entre cada movimento dela. Ele contara, de fato: elas nunca se alteravam. O ritmo de seus movimentos era perfeito. Quando sua mão se ergueu para abrir a porta, foi com o mesmo arco de todas as vezes que fazia o gesto. Se ele medisse a distância, Seth sabia que seria exatamente a mesma. Hoje, porém, ela hesitava uma batida a mais em alguns passos. A batida de seus movimentos fora imprecisa.

– Ela está chateada – disse Seth.

– O quê?

Seth explicou a contagem das batidas e acrescentou:

– É como música. A música dela não está soando como de costume. – E olhou para Niall. – Você deixa Sorcha inquieta.

Os olhos de Niall se dirigiram para a porta por onde ela havia saído. Os dançarinos tremeluzentes nos olhos de Niall se lançaram para a frente, como se fossem saltar para correr atrás da Rainha da Alta Corte.

– É uma antipatia natural.

– Talvez ela ficasse feliz com a sua atenção. Se você a agradasse, talvez...

– Não sei se você percebe, mas sua repentina devoção a ela é assustadora. – Niall balançou a cabeça.

Seth mordeu o piercing do lábio, medindo suas palavras antes de dizer:

– Meu melhor amigo governa a corte dos pesadelos. Minha namorada é a materialização de uma estação. Não sei se assustador é a palavra certa. Sorcha me faz sentir em paz. Eu gosto disso.

— Haverá consequências.

— Eu fiz a escolha certa. É isso que eu quero.

Niall balançou a cabeça.

— Vamos torcer para que você continue dizendo isso.

Seth se dirigiu à porta que dava para o jardim e a abriu.

— Venha.

Quando Niall o seguiu, ele continuou a falar.

— Eu encontrei uma paz diferente na corte de Sorcha. Levou anos de meditação para atingir a calma que tinha antes, e parecia que ela podia desaparecer cada vez que eu via a influência de Keenan aumentar... mas em um momento, uma promessa, paz completa. Um mês ao ano com ela e posso ter tudo o que quero. Lá fora, eu serei como você era — com as fraquezas e os poderes das criaturas. Eu poderei ficar com Ash para sempre. Eu poderei estar com você para sempre. Você não vê? É perfeito.

— Exceto pelo mês que você deverá ficar aqui. Venha comigo e pronto. Eu te acolhi sob a proteção da minha corte e... minha corte é a que equilibra a dela. Podemos te levar para casa agora.

— Eu estou em casa, Niall. A não ser pela saudade que sinto de Aislinn. — Seth parou repentinamente. — Como você sabe que eu estou aqui e ela não?

— Seth... — Niall baixou os olhos.

— O quê?

— Keenan não contou a ela. Ele sabe. *Todos* sabem.

— Exceto ela. — Seth engoliu as palavras de raiva e o medo surgiu. Pânico não era a resposta. Ele estava no Mundo Encantado; ele estava em paz; ele teria a eternidade com Aislinn. — Por quê?

– Venha comigo – repetiu Niall. – Podemos ir até ela.

– Keenan está se aproveitando de minha ausência. – Seth falou a verdade que Niall estava evitando. – Mas já? Eu só estou aqui há alguns dias. Trinta dias longe de mim não vão mudar as coisas.

Devlin apareceu no jardim diante deles.

– Tenha cuidado, Niall. Sorcha não ficará contente se você disser o que tem em mente.

E para Seth ele disse:

– Sorcha exige que você não continue este assunto.

E com isso, Seth ficou impossibilitado de dar continuidade àquela conversa.

– Acho que devemos conversar sobre outra coisa.

– É o que você *quer*? Diga uma palavra e... – Niall olhou para Devlin. – Pense, Seth. Se você quiser, pode resistir aos comandos dela. É mais difícil com ela. Mais difícil no Mundo Encantado, mas eu sei que você consegue...

– Ela é minha rainha, Niall. Eu quero o que ela quer. Ela me deu o mundo.

– Você tem alguma ideia do quanto está perturbado? – A expressão no rosto de Niall era a mais verdadeira possível. – Você é meu amigo Seth, você está oco.

– Eu não estou oco. Eu estou – Seth deu de ombros – em paz.

– Acho que eu devo ir, então.

– Seria o melhor. Eu ainda tenho que trabalhar e ela é estranhamente possessiva quanto à minha atenção. Ali está uma porta que você pode usar. – Seth apontou para uma entrada escondida por arbustos espinhosos, uma das aberturas no território de Sorcha para o mundo mortal.

– Fique bem.

– Eu estou bem. Estou feliz aqui. Ela sabe das coisas. Tudo faz mais sentido quando ela explica.

Ele deixou seus pensamentos vagarem para as conversas que vinham tendo tarde da noite nos jardins. Filosofia, religião, tantas coisas se esclareciam quando ele conversava com sua rainha. Então, repleto de arte, paixão e epifanias, ele voltava para o estúdio que ela lhe dera e criava até não poder mais ficar em pé.

– Mais tarde, quando você estiver longe de Sorcha, precisaremos conversar. Venha me ver quando você estiver em casa. Você vai voltar para casa, não vai?

– Vou. Aislinn está do outro lado do véu. – Seth esticou a mão para apertar o braço de Niall. – Mas eu só discutirei o que Sorcha permitir. Mesmo quando eu não estiver aqui, tenho que honrar meus votos com minha rainha.

– Te vejo quando você voltar pra casa, e voltar a ser você mesmo.

Niall se virou e saiu.

Seth caminhou por mais algum tempo e depois retornou para a sua arte. Pouco mais de duas das quatro semanas no Mundo Encantado já tinham transcorrido. Em breve, ele poderia ver Aislinn.

Capítulo 28

Mais de quatro meses tinham se passado desde que Seth fora embora. Aislinn não recebera nenhuma ligação ou mensagem dele, nem novidades por parte de Niall. As rixas entre as Cortes do Verão e do Inverno aconteciam com uma frequência cada vez maior. As criaturas da Corte Sombria atacavam as do Verão, cada vez mais vulneráveis devido à incapacidade de Aislinn de seguir adiante. Escolher ser feliz era algo bem mais fácil de dizer do que de fazer. Ela e Keenan estavam em uma especial fase de inércia e a corte deles sofria as consequências. Eles se sentavam lado a lado no escritório enquanto guardas faziam relatórios de Huntsdale e arredores. Não era uma novidade, mas o tom se agravava novamente.

– Os Ly Ergs ficam mais ousados a cada dia – uma *glaistig* informou.

Ela não parecia tão desapontada com isso quanto a maioria das criaturas do Verão ficaria, mas as *glaistigs* eram mercenárias. As criaturas com cascos perambulavam por todas as cortes, contratadas para as horas problemáticas e vivendo como solitárias em outros aspectos.

Keenan assentiu.

Aislinn sentiu que seu rosto adquiria a expressão que usava na corte, uma máscara para esconder suas preocupações.

Ao lado dela, Keenan apertou sua mão. Luz do sol irradiou dele para ela. *Confortante, mas não o suficiente.* Ele a deixou permanecer quieta enquanto os guardas faziam os relatórios, como se ela fosse frágil. *Eu sou frágil.* Às vezes ela se sentia assim, nada além de um vidro soprado que se espatifaria caso ela se movesse para o lado errado.

Então Quinn falou:

– Quando Bananach estava perambulando por aí, os guardas olharam o ninho dela. Não há evidências de que ele tenha estado lá.

– O quê? – A pouca calma que Aislinn tinha desapareceu. Ouvir o nome de Seth ligado ao de Bananach de forma tão casual causou-lhe um frio na espinha.

Keenan segurou mais firme a sua mão; ele era uma âncora acorrentando-lhe a algum semblante de estabilidade:

– Quinn...

– Nenhuma evidência? – Aislinn tentou manter a voz firme, mas falhou. – O que isso quer dizer?

A postura de Quinn não mudou. Ele continuou focado nela, apesar dos outros guardas se virarem ansiosamente.

– Ela é o corvo carniceiro, minha Rainha. Se o tivesse matado, haveria alguma evidência em seu ninho. Nem sangue, ou ossos que pertençam a ele...

– Basta! – Keenan rosnou. Ele manteve a mão dela na dele e a puxou mais para perto.

Aislinn sentiu como se tivesse visto um fraco nevoeiro se formando no aposento.

– Não, eu quero saber. – Ela virou o rosto e viu Keenan olhando-a. – Eu *preciso* saber.

– Eu posso lidar com isso, Ash – disse ele em voz baixa, buscando privacidade. – Você não precisa ouvir se houver... coisas desagradáveis.

– Eu preciso – repetiu ela.

Keenan ainda encarou Aislinn por alguns instantes antes de dizer:

– Continue.

Quinn pigarreou.

– Havia coisas estranhas. Uma camiseta da sua – parou enquanto media as palavras e olhava para Keenan –, dela, nossa rainha. Um pouco da pele descamada da serpente de estimação. Um livro de Seth.

– Por que ela teria essas coisas? – Aislinn começara a aceitar que ele simplesmente a tinha abandonado. Agora, com as coisas de Seth no ninho de Bananach, ela se perguntou se não estava completamente enganada.

Keenan olhou para os guardas, para Quinn. O Rei do Verão estava enfurecido.

– Podem ir.

Os guardas desapareceram em meio a punições murmuradas para Quinn. Depois de virar as costas para as criaturas que partiam, Keenan empurrou a mesa de centro e se ajoelhou em frente a ela.

– Deixe que eu conduza esses assuntos. Por favor.

Aislinn descansou sua cabeça no ombro dele.

– Eu preciso saber por que nossas coisas estavam lá. Ele não iria até ela como um amigo.

– Talvez fosse. Ele *é* amigo de Niall. Bananach faz parte daquela corte. – Keenan acariciou o cabelo dela. – Seth já tinha aceitado a proteção da Corte Sombria. Ele estava zangado comigo. Já tínhamos discutido antes, Aislinn. Ele me disse que usaria a pouca influência que tinha para me afetar se eu... Se eu te manipulasse.

– *Seth*? – Ela se inclinou para trás e encarou o rei. – Seth te ameaçou? Quando? Por que você não me contou?

Keenan deu de ombros:

– Não parecia a escolha certa para o momento. Você e eu tínhamos conversado. Eu pretendia... Donia tinha me perdoado. Achei que não seria prudente lhe contar, e depois ele partiu, e não vi motivo para te magoar ainda mais.

– Você devia ter dito alguma coisa. Você concordou em não esconder nada de mim. – A pele dela estava fumegante da luz solar que se agitava furiosamente dentro dela. Se ele fosse qualquer um que não o Rei do Verão, não poderia tocar em Aislinn naquele momento.

– Mas eu estou contando – disse ele. – Quinn deveria ter...

– Não. – Ela se afastou. – Quinn estava certo em me contar. Eu sou a Rainha do Verão, não uma amante sem voz. Já conversamos sobre isso.

– Você está chateada.

– Guerra tem coisas minhas. Coisas de *Seth*. Você me conta que Seth te ameaçou. Sim, estou chateada.

– Era exatamente isso que eu não queria. Eu preciso que você fique feliz, Aislinn.

Ela se recostou nas almofadas do sofá, mantendo certa distância entre eles.

– E eu preciso de respostas.

A Corte do Verão tinha procurado por todos os cantos. Ela não tinha nenhuma evidência de onde ele poderia ter ido – até agora.

– Mas não faz sentido – disse ela. – Eu estive com ela. Seth não... Ela não é alguém que Seth procuraria por opção.

– Tem certeza? O amigo mais próximo de Seth é o Rei Sombrio. Há aspectos de seu mortal que você não está enxergando. Como ele era antes de você? – Keenan a encarou. – Seth não é um inocente e a Corte Sombria é cheia de tentações que já atraíram muitos mortais para seus domínios, Ash.

– Aislinn. Não Ash. Não me chame assim.

O coração dela doía. Ela odiava aquela sensação, o quão errado era ouvir Keenan a chamando por um nome mortal. *Eu não sou mortal. Não sou mais aquela pessoa.* Ela era uma Rainha Encantada cuja corte precisava de um monarca poderoso. Outras cortes eram como inimigas, ameaçando-a de maneiras que ela não entendia. Donia estava distante; Niall, ressentido; ambos estavam escondendo coisas. As duas cortes com quem a Corte do Verão mantinha contato estavam inacessíveis. E além de toda essa tensão, existia a sombra da proclamação de Bananach de que a guerra se aproximava.

– Se você quiser que eu descubra algo mais, eu posso pedir uma audiência com Niall – sugeriu Keenan. – A não ser que você queira convidar Guerra para vir a nossa casa...

– Não. – Aislinn ainda podia sentir o cheiro das cinzas pelo ar, de quando Bananach exibira suas ilusões no parque. – Estamos em um momento tão delicado, eu não quero Bananach aqui. Estou tentando achar uma maneira de ser a rainha que nossas criaturas merecem, e trazê-la ao nosso santuário não é a melhor forma. Mas não posso ficar aqui sentada sem fazer nada. Ela deve saber de alguma coisa.

– Então, o que você quer, Aislinn? – Keenan estava cauteloso. – Você realmente quer se expor ao perigo dessa forma? Isso vai ajudar? Ele não estava feliz. Se ele foi com ela, e ficou preso na sua rede de tentações...

– Podemos ir até Bananach? – Aislinn achou que já tivesse secado todas as lágrimas, mas sentiu uma pontada nos olhos enquanto segurava o choro. – Se ela o machucou...

– Não sabemos se ele esteve lá socialmente ou se foi outra coisa. Deixe-me...

– Se ela o tiver machucado – Aislinn continuou –, eu não vou ignorar isso. Se ela me machucasse ou a Donia, você não ignoraria.

Keenan suspirou.

– Eu não posso pôr nossa corte em risco por um único mortal, Aislinn.

– É minha corte também – recordou-lhe.

– Mesmo que ela o tenha levado, você não pode atacar *Guerra*.

– Você já tentou?

– Não.

– Então não me diga o que não posso fazer – disse ela.

Se Bananach tivesse levado Seth e o assassinado, Aislinn encontraria um jeito de executar sua vingança. Ela tinha a eternidade.

– Você arriscaria a nossa corte por isso? – perguntou ele.

– Claro. Por alguém que amo? Sem dúvida.

Keenan respirou, mas não continuou a fazer objeções.

– Vamos para a cova do leão, minha Rainha.

* * *

Acompanhados por todo um pelotão de guardas, o Rei e a Rainha do Verão abriram caminho até Bananach. Após a queda de Aislinn, durante a visita a Donia e da maneira como ambos ficaram debilitados no último confronto com Niall, Aislinn se perguntou se não precisavam de mais que um pelotão. Entrar na Corte Sombria, a corte dos pesadelos – a casa dos Cães de Gabriel, do corvo carniceiro –, não importava como se colocasse as palavras, parecia sempre um plano pouco inteligente.

Mas Bananach provavelmente tem respostas.

Aislinn não perguntou como Keenan sabia onde encontrar Bananach; ela estava muito assustada para pensar além da possibilidade de estarem entrando na corte de uma criatura que era decidamente hostil com a corte deles – e de estar na presença da própria essência da guerra e derramamento de sangue.

Keenan a conduziu por Huntsdale até uma ruína condenada com janelas lacradas. Este não era um loft arejado e claro como a casa deles ou uma mansão antiga como a de Donia. Mesmo o ar do lado de fora do prédio parecia sujo. Fez ela se encolher, como se estivesse nua em frente a uma plateia de desconhecidos lascivos.

Medo. Medo puro e primitivo. Eles estavam no lugar certo.

Enquanto caminhavam em direção à porta, Keenan fechou a cara. Ele não parou ou bateu. Abriu a porta e avançou para dentro do prédio. Parecia pronto para atacar alguém.

Raiva.

– Keenan! – Ela agarrou o braço dele. – Temos que falar com eles, lembra? Sobre...

– Garota-Ash, você finalmente apareceu.

Aislinn olhou para cima. Bananach se empoleirava numa viga como um predador apavorante. Suas penas estavam se expandindo enquanto ela continuava lá, se transformando em duas asas colossais, que teriam dois corpos de comprimento se completamente abertas. Com um estalido, ela agitou as asas, esticando-as.

– Você é boa para mim – gralhou Bananach. E pousou no chão diante deles. – Venham. O Rei Sombrio ficará irritado se eu guardá-los para mim.

Aislinn começou:

– Estamos aqui para ver você. Eu preciso saber...

A mão de Bananach tapou a boca de Aislinn antes que ela pudesse continuar.

– Shhh. Não deve estragar minha diversão. Não fale mais nada se você quer um discurso meu.

Aislinn assentiu e Bananach retirou a mão, deixando sulcos em sua bochecha.

Eles seguiram Bananach para dentro de um abismo de concreto destruído. Um cheiro enjoativo, como o de açúcar queimado e corpos almiscarados, pairava no ar. O chão debaixo de seus pés era grudento, e cada passo era acompanhado de um som de patinado. Aislinn sentiu um desejo intenso de fugir. Ela manteve os braços junto ao corpo para não tocar em nada ou ninguém. As criaturas não eram deformadas, mas muitas pareciam ter sido doentiamente concebidas. Outras eram mais parecidas com o que ela estava acostumada, mas ainda assim eram assustadoras.

Ly Ergs, criaturas de palmas da mão vermelhas, deram sorrisinhos maliciosos e muito amplos naquela atmosfera fúnebre. Vilas direcionaram seus olhares acinzentados para Aislinn e Keenan. Jenny Greenteeth e seu bando de criaturas apavorantes falavam baixo, como fofoqueiras de portão. Espalhando uma nuvem de temor, os Cães de Gabriel se moviam como sentinelas entre a multidão.

Aislinn olhou para seus guardas. Eles se saíam bem em confrontos individuais, mas uma verdadeira batalha seria devastadora. A Corte do Verão não estava, de fato, pronta para a luta. A Corte Sombria era feita de violência, dentre outras coisas. Esse era o domínio deles.

– Você gosta disso? – sussurrou Bananach. – De como eles querem te comer viva? Você levou a mortal do último rei. Você faz com que o novo rei lamente por seus dois mortais.

– Os mortais *dele*? Seth é meu – Aislinn começou.

Mas Bananach grasnou. Suas asas feitas de sombra se expandiram por detrás dela e ela arrastou suas garras pelo braço de Aislinn em um falso carinho.

– Coitada da pequena Garota-Ash. Eu me pergunto se ele sofre falsamente. Fingindo culpar você por levar o garoto?

A sua frente, Aislinn viu um quadro vivo. Diferente daquele do parque, em que a imagem parecia real, aqui era claramente uma ilusão pairando. Um campo de batalha. O terreno estava devastado. Criaturas fraturadas e ensanguentadas. Sombras de mortos se moviam no meio da fumaça de piras funerárias. Mortais se perdiam no caos – tomados pelo horror e enlouquecidos, mortos e vazios.

No centro da carnificina, uma mesa de ossos desbotados pelo sol. Caveiras empilhadas serviam como pernas; costelas, braços e colunas trançados com tendões se transformaram no tampo. Bananach estava sentada à cabeceira da mesa – e Seth estirado diante dela.

A sombria Bananach da imagem capturou o olhar de Aislinn e disse:

– Se eu fosse rainha, comeria as entranhas dele na minha mesa só para fazer você sofrer. – E então enfiou suas garras no estômago de Seth.

Ele gritou.

Não é real. Não é nem um pouco real. Mas as palavras do seu primeiro encontro com a criatura guerreira fizeram com que o medo de Aislinn crescesse. *Será que isso é um "e se"? É isso que acontecerá se eu fizer a escolha errada?*

Keenan a puxou para junto dele.

– Não é real, Aislinn. Olhe para o outro lado. Olhe para o outro lado agora. – A imagem se estilhaçou quando uma das Vilas rodopiou pela sala. Seus sapatos delicados, presos a seus pés por correntes de prata, faziam um desagradável ruído enquanto ela se movia pelo piso acimentado.

– É uma ilusão, Aislinn – disse Keenan. – Seth não está aqui.

– Tem certeza, reizinho? Você pode ter certeza de alguma coisa? – Bananach esticou o braço e pousou a mão onde estavam as agora cicatrizadas feridas das perfurações de Aislinn. – Conflitos. Belos conflitos que trarão minha violência...

Aislinn teve que relembrar a si mesma que não era mais uma mortal para ser desencorajada tão facilmente. Ela pôs a mão sobre as garras da criatura-corvo e disse:

– Você está com Seth? Você o pegou?

– Que ótima pergunta – disse Niall.

O Rei Sombrio tinha aparecido por trás deles. Ele parou ao lado de Bananach e disse:

– E então?

– Eles estavam em meu ninho; estão em sua presença. O mortal não está aqui. Mas *você* sabe disso... – Ela se apoiou no ombro dele e deixou que suas asas se curvassem para a frente, envolvendo-o. As asas ainda não eram bem definidas, não completamente tangíveis, mas também não eram mais ilusórias.

— Não. — Niall se encaminhou para um trono sobre uma plataforma. Diferentemente das Cortes do Verão e do Inverno, a Corte Sombria tinha um púlpito. A Corte Sombria era uma mistura bizarra de costumes antiquados e perversidades perturbadoras.

Aislinn deu alguns passos à frente. Keenan ficou ao seu lado. Alguns dos seus guardas os seguiram; outros se distribuíram pelo aposento — não que fossem realmente efetivos contra essa multidão. Bananach não era a única ameaça: espalhados pela sala estavam Ly Ergs, algumas *glaistigs*, os Hounds e Pulac, a gata. Aislinn deu de ombros ao avistar a criatura felina. Como a grande esfinge do deserto, ela geralmente só observava.

Por que ela está acompanhando a Corte Sombria?

Aislinn e Keenan trocaram um olhar enquanto observavam as criaturas que estavam sentadas próximas a Niall. Os sussurros de guerra vindos de Bananach pareciam muito mais assustadores quando se estava em uma cova repleta de promessas de medo e violência.

Niall descansava em seu trono e os observava com uma mistura de diversão e escárnio.

— Por que vocês estão aqui?

— Eu preciso saber o que houve com Seth. Onde ele está. Por que ele partiu. — Aislinn não tinha certeza do que deveria fazer. *As rainhas deveriam se curvar quando vêm à presença de outro rei em busca de favores?* Ela o faria, se necessário. Ela imploraria se isso significasse achar Seth. — Eu pensei que Bananach pudesse responder a algumas perguntas.

Criaturas riram estridentemente disso.

— Minha Bananach? — Niall deu um sorrisinho. — Querida, você acha que pode responder a algumas das perguntas da Corte do Verão?

A criatura-corvo apareceu subitamente ao lado do Rei Sombrio; ela agarrou seu pescoço como se fosse estrangulá-lo. Niall não reagiu:

— Eles têm perguntas.

— Hmmm? — Ela tinha arrancado sangue dele, e observava o líquido escorrer por seu pescoço.

— Perguntas — repetiu Niall.

A sala se aquietou enquanto Bananach se virou e disse:

— Minha guerra se aproxima. Guerras necessitam de cordeiros e cinzas.

Suas asas se solidificaram sob o olhar de todos.

— A não ser que você estrague tudo, estamos onde devemos estar. — Bananach beijou Niall e sussurrou: — Vamos sangrar, meu Rei. Se tivermos sorte, você pode até morrer de uma forma horrível.

Em seguida levantou voo. Aislinn pegou na mão de Keenan quando Bananach os sobrevoou como um vulto.

Quando Bananach partiu, Niall fez um gesto de dispensa.

— Você recebeu as únicas respostas que encontrará aqui. Agora vão.

Havia mais respostas a serem dadas. Aislinn tinha certeza disso. Niall sabia de algo mais. Ele se preocupava demais com Seth para ser indiferente, isso se ele já não soubesse o que ela queria saber. *Ele não estaria tão calmo se Seth estivesse morto.*

Sua determinação explodiu:

— Me conte o que você sabe — implorou ela. — Por favor.

O olhar que lançou a ela tinha o mesmo desdém de quando discutiram no Ninho do Corvo. O silêncio que acompanhara os sons enlouquecedores de Bananach persistia. Quando o Rei Sombrio quebrou o silêncio, disse:

— Sei que você é o motivo da partida de Seth, e não sei se você merece o retorno dele.

— Mas ele está bem?

— Ele está vivo e fisicamente intacto — confirmou Niall.

— Mas... — Aislinn se sentiu ao mesmo tempo melhor e pior. *Seth está a salvo.* Então, era apenas uma única dor, aquela que vinha pesando sobre ela. *Seth me deixou e não está aqui por escolha própria.* — Você sabe onde ele está. Você sempre soube...

O aposento estava repleto de criaturas que a observavam enquanto ela lutava para não desabar de dor, ou talvez de raiva. Eles lambiam os lábios, como se pudessem sentir o gosto dos sentimentos dela. Vulgares e odiosos, esses eram os seres que ela temia. Não se pareciam em nada com sua corte.

Ao lado dela, Keenan ficou tenso. Ele estendeu a mão. Ela aceitou.

— Você poderia dizer a ele...

— Não sou seu garoto de recados. — O escárnio na voz de Niall era densamente sufocante. Suas criaturas riram e sussurraram.

Ela começou a caminhar na direção do Rei Sombrio, mas Keenan a deteve.

— Não. Chegue mais perto, Aislinn. — Niall sinalizou. — Se ajoelhe diante de mim e peça misericórdia à Corte Sombria.

— Aislinn — chamou Keenan, mas ela já estava andando na direção do Rei Sombrio.

Quando o alcançou, caiu de joelhos a seus pés.

– Você me conta onde ele está?

Niall se inclinou para a frente e sussurrou de forma que todos pudessem ouvir:

– Só se *ele* me pedir.

E a isso, Aislinn não respondeu. Ela já tinha se ajoelhado no chão sujo e abaixado os olhos para as botas do Rei Sombrio. Se Seth não queria ficar nesse mundo, que direito ela tinha de obrigá-lo? Amar alguém é deixar que essa pessoa seja quem é, não aprisioná-la.

Talvez ele não tenha me dito adeus porque sabia que eu tentaria convencê-lo a ficar. Sua última mensagem dizia que ele ligaria, não que voltaria para ela.

Ela ficou lá, abaixada, até que Keenan a conduzisse para fora daquele lugar.

Capítulo 29

Sorcha preferia ficar com seu mortal no jardim. No entanto, Devlin insistira em conversar. Eles caminharam pelos corredores, não lado a lado, mas com ele a menos de um passo atrás. Era apenas a distância suficiente para que ela notasse. Em uma olhada distraída, outras criaturas não perceberiam. O farfalhar de suas saias e a medida dos passos dela eram tão previsíveis que Devlin conseguia harmonizar seu movimento com precisão para acompanhá-la. Depois de eras juntos, ele conseguia antever todos os movimentos da Rainha Imutável. *E eu detesto isso.* Mas ela nunca verbalizaria aquilo em seu mundo.

Seu irmão existia havia quase tanto tempo quanto ela e Bananach. Ele era o elo entre suas irmãs, um conselheiro para Ordem, um amigo para Guerra. Das três, ele considerava sua posição a menos atraente, mas Sorcha trocaria de destino com ele de bom grado. Devlin tinha uma liberdade de escolha que lhe faltava. Bananach tinha liberdade, mas faltava o domínio da sanidade.

– Perdoe meu questionamento, mas o que pode acontecer de bom se o deixarmos sair daqui? Mantenha Seth aqui ou o mate. Ele é apenas um mortal. A ida dele até lá só complicará as coisas. Isso nos causará problemas com as outras cortes.

– Seth é meu agora, Devlin. Ele é da minha corte, o meu súdito, *meu*.

– Eu poderia remediar isso. Ele trouxe riscos perigosos. Seu carinho por ele é... descuidado, minha rainha. – O tom de Devlin não se alterou, mas isso não significava nada. Sua devoção à ordem era muitas vezes sangrenta: assassinato era apenas mais um tipo de ordem.

– Ele é meu – repetiu ela.

– Ele também seria seu na terra. Deixe que o salão leve Seth. Sua afeição está fazendo com que aja estranhamente. – Devlin encontrou os olhos dela. – Ele a incita a esquecer suas tarefas. Você gasta todo o seu tempo com ele... e depois ele irá para o reino deles, que você não frequenta. Se ele não voltar para você ou se Guerra o matar, temo que você se torne irracional. Há soluções. Você ainda pode controlar essa situação. Mate Seth ou o mantenha aqui, onde está seguro.

– E se for isso que Bananach quer? – Sorcha parou para observar Olivia. O céu noturno e estrelado que ela estava pintando retratava pontinhos de luz perfeitamente desenhados e equidistantes com lampejos esporádicos de aleatoriedade. O toque de caos na ordem que a arte exige. Esse era o motivo pelo qual as verdadeiras criaturas da Alta Corte não podiam criar arte.

Devlin permaneceu em silêncio enquanto observavam Olivia amarrar estrelas em teias celestiais, tecendo um quadro para ancorar pedaços da eternidade por alguns breves momentos. Se a inveja não fosse tão desordenada, Sorcha suspeitava de que a sentiria em momentos como esse. Devlin, por sua vez, estava maravilhado. Paixões que consomem o fascinavam, e Olivia estava consumida por sua arte. Ela tinha uma pequena conexão com o mundo no momento, movendo-se com fluidez nele, como uma brisa. Ela falava, mas nunca enquanto trabalhava, e raramente enquanto pensava sobre o trabalho.

Sorcha recuou para o salão.

Quando Devlin a seguiu, ela lhe disse:

– Eu quero que Seth tenha sua liberdade, mas que seja mantido em segurança por lá. Quero que seja vigiado quando não estiver comigo. Preciso disso, Dev. Nunca pedi algo assim em toda a eternidade.

– O que você vê?

Sorcha não gostava de falar sobre os arcos que via nos fios da vida. Eles raramente eram previsíveis, só temporariamente verdadeiros, e sempre fluidos. A cada escolha feita, todo o padrão mudava e se aperfeiçoava. Como a visão distante de Bananach, Sorcha via os "e se" e os "talvez". Bananach olhava apenas para aqueles que a ajudariam a alcançar seus objetivos mais longínquos. A visão de Sorcha era mais ampla.

– Eu vejo o fio dele entrelaçado ao meu – sussurrou ela. – E não tem fim, ou nós ou laços... e se desloca até mesmo enquanto eu falo. Pisca para dentro e para fora da eternidade. Ele sufoca o meu; preenche o meu onde parece que morri. Seth é importante.

– Assassiná-lo antes que essa emoção tivesse obscurecido sua lógica teria simplificado as coisas.

– Ou as destruído.

Devlin franziu a testa.

– Você está escondendo alguma coisa de mim.

Quando Sorcha abriu a boca para responder, Devlin levantou a mão.

– Eu sei. Você é a Rainha da Alta Corte. É seu direito. Tudo é seu direito. – Por um estranho momento, ele pareceu quase carinhoso enquanto a olhava, mas em seguida falou: – Eu vou mantê-lo a salvo por lá, mas você deve enterrar essa emoção. Não é natural.

O ser encantado que fora seu conselheiro por mais tempo do que qualquer um deles conseguia se lembrar parecia ter apenas as necessidades da corte em mente.

Como eu deveria ter.

Mas quando voltou ao assunto, imaginou se Seth gostaria do jardim privado dela e que arte ele criaria para ela antes de partir.

Todos os dias, Sorcha ia ao alojamento de Seth e o ouvia falar, e, quando ele não estava trabalhando, ela passava horas mostrando-lhe o máximo do efeito impressionante da composição do Mundo Encantado durante o pouco tempo que tinham. Ele sentiria saudades dela ao partir. Bem como quando soube que Linda estava indo embora: sentiu uma dormência ao pensar que passaria meses sem sua companhia. Era uma verdade piegas, mas ele desconfiava de que confessaria isso a ela mesmo assim.

Hoje, ao entrar, a Rainha da Alta Corte estava com um ar pensativo; seus olhos de luar brilhavam com uma luz fria completamente diferente dos de Aislinn, iluminados pelo sol.

Em breve verei a luz do sol novamente. Ele sorriu ao pensar em estar com Aislinn, em contar-lhe o que tinha visto, em revelar que ele tinha encontrado uma maneira de ficarem juntos por toda a eternidade. Queria trazê-la para o Mundo Encantado com ele. *Talvez Sorcha concordasse em deixar Ash ficar comigo esse mês. Ou visitar.* Ele não tinha certeza se estava pronto para perguntar, não até que falasse com Aislinn; mas, mesmo que não pudesse resolver isso, um mês a cada ano era um preço pequeno. Ele ganhara a eternidade com Aislinn em troca de poucos meses.

Sorcha não falou. Simplesmente andou até a janela e a abriu, deixando entrarem a luz da lua e o forte cheiro de jasmim. Era dia, mas no Mundo Encantado o céu mudava ao capricho de Sorcha: aparentemente, ela achava que deveria ser noite naquele momento.

– Bom dia – murmurou Seth.

Ficara acordado trabalhando em outra pintura. Não estava certa, mas algo estaria. Isso o impulsionava, a pressão de capturar algo perfeito, algo ideal, e dar a ela – um presente para uma rainha para pagar o preço de retornar para a outra. O que ele sentia por Sorcha era estranhamente parecido com o que sentia por Linda. Queria a aprovação dela. Ele queria que ela o olhasse com orgulho.

Mas naquele momento Sorcha estendeu a mão, e ele ofereceu-lhe o braço, como esperado.

– Educação, Seth. As mulheres sempre apreciam um homem que as trata com boas maneiras. – O pai de Seth estava em frente ao espelho aprumando o colarinho branco de sua vestimenta azul na época. O uniforme militar pare-

cia transformar seu pai em outra pessoa, com uma coluna mais ereta e movimentos mais precisos. Também transformava Linda em outra pessoa. A mãe de Seth estava sentada ao lado dele, acariciando seus cabelos e admirando distraidamente o marido.

– Educação – repetiu Seth de maneira obediente enquanto se aconchegava no abraço dela. Ele podia estar na quarta série agora, mas não recusaria um dos raros momentos carinhosos de sua mãe. Não havia dúvida de que ela o amava, mas geralmente não era afetuosa.

– Faça pequenas coisas para que ela saiba que não há nada e ninguém no universo mais importante do que ela quando a olhar – disse seu pai ao se virar do espelho. Ele estendeu a mão para Linda, que sorriu e se levantou. Ela ainda estava de roupão, mas seu cabelo e maquiagem já estavam prontos para o passeio da noite.

Enquanto o filho assistia, seu pai beijou a sua mão como se ela fosse uma rainha.

As lições de vida de seu pai não eram sempre claras de imediato, mas tinham um valor inestimável. Seth enterrou uma onda de saudades de sua família.

Ao seu lado, Sorcha estava em silêncio. Ela o levou para o outro salão e se aproximou de uma das numerosas tapeçarias que pendiam das paredes. Fios desbotados deixavam a paleta mais suave do que deveria ter sido uma vez, mas a idade não diminuía a beleza da cena. A própria rainha fora representada nele, rodeada de súditos em várias posições de atenção. Casais dançavam no que parecia ser uma maneira formal. Músicos tocavam. Mas era evidente que todos olhavam para Sorcha, sentada regiamente, observando o quadro. A Sorcha de verdade – que parecia muito com sua pintura – empurrou o tecido pesado para o lado. Atrás dele havia mais uma porta.

– É como uma toca de coelho por aqui. Você percebe que isso – Seth empurrou a porta aberta de madeira envelhecida – não parece nem um pouco pertencer ao hotel?

Uma risada como o repique de sinos de cristal escapou de seus lábios.

– O hotel é que faz parte do Mundo Encantado agora. Não entra tanto em acordo com as regras do reino mortal. Está em conformidade com as minhas regras. Todo o reino mortal estaria também, se eu decidisse ficar lá por algum tempo.

Do outro lado da porta havia outro jardim murado. Um caminho levava até o centro, como se os convidasse para mais outro mundo. Os muros do jardim pareciam feitos de pedras encaixadas com uma compreensão espacial no lugar de argamassa. Trepadeiras que floresciam arrastavam-se nas paredes em ruínas; suas flores irrompiam de fendas em padrões erráticos.

– É um pouco caótico para você, não é?

Sorcha balançou a cabeça.

– Na verdade, não. Este é o meu jardim privado, onde medito. Ninguém vem aqui além de mim ou de meu irmão... e agora, você.

E enquanto caminhavam, as pedras em seu caminho se realinharam, as flores assumiram um padrão previsível. Foi surreal, mesmo depois de tudo o que ele tinha visto.

– Não estamos mais no Kansas, não é?

– Kansas? – Sua testa franziu. – Nós não estávamos no Kansas, para começar. Aquele estado é...

— As coisas são estranhas aqui – emendou ele enquanto a guiava em torno de uma laje irregular.

— Na verdade, as coisas aqui fazem sentido. – Sorcha arrastou os dedos sobre as flores de aparência simples do jasmim que florescia à noite. – As aparências são decepcionantes.

— A pintura está quase pronta. – Ele estava ansioso para que ela gostasse.

Faltam apenas alguns dias.

— Estou ansiosa para a revelação. – Seu tom era leve, mas divertimento se escondia nele. – Revelações são interessantes. É um momento de clareza...

— Sorcha? – Ele encontrou os olhos dela. – O que foi?

— Preciso explicar a "pegadinha" no acordo que você fez.

Os nervos de Seth ainda não estavam muito abalados, mas suspeitou que estavam prestes a ficar.

— Eu esperava ter acertado.

Ela apertou o braço dele.

— Tenho feito contratos antes mesmo dos registros mortais sequer existirem. Você sabia dos perigos e ainda se manteve firme.

— Então eu fui um idiota?

— Não, você foi o que, muitas vezes, mortais são: cego pela paixão. – Ela soltou seu braço e inclinou o rosto para mais perto do jasmim. Fez um som tiritante quando se estendeu para ela. Luz da lua, vinda de dentro dela, iluminava sua pele.

— O que é? – Seu coração trovejava enquanto revisava as palavras em sua mente. Ele advertira Aislinn sobre fazer um acordo com um rei encantado, mas depois fizera o mesmo. Medo cresceu em seu peito enquanto esperava, e se evaporou quando Sorcha virou o rosto para olhá-lo.

Encanto para me acalmar.

Ele sabia disso, quando sua calma retornou como uma brisa fresca sobre uma pele muito quente. Sorcha sorriu e olhou de volta para o jasmim.

E ele esperou, observando-a – *minha rainha perfeita* – desfrutar da simplicidade de seus jardins.

– Não faça isso. Não influencie meus sentimentos.

A brisa de calma sumiu.

Ela se endireitou e recuou para o caminho de jardim.

– Um mês no Mundo Encantado comigo foi o que você negociou.

– Foi. – Ele ofereceu-lhe o braço novamente.

Ela aceitou-o e retomou a caminhada.

– O tempo passa diferente aqui do que no reino mortal.

– Qual é a diferença?

O ritmo de seus passos não se alterou enquanto ela disse:

– Um dia aqui são seis dias lá.

– Então estive sumido por mais de cinco meses? – Ele disse as palavras devagar, tentando entender o que Sorcha estava revelando: ele tinha sido afastado de Aislinn por quase meio ano, enquanto Keenan ficou ao seu lado. Eles ficaram sozinhos e juntos, e ela já estava meio encantada por Keenan, por mais tempo do que ele e Aislinn tinham oficialmente namorado.

– Sim.

– Entendo.

– Entende mesmo? – Sorcha parou, interrompendo novamente a caminhada deles. – Ela vai sentir sua ausência por muito mais tempo do que você sentirá quando estiver longe.

– Eu entendo isso. – Seth mexeu em seu piercing no lábio, pensando por um momento. Outra onda de medo se levantou dentro dele. Será que Ash achava que ele a deixara para sempre? Estaria preocupada? Estaria com raiva? *Eu a perdi?* Ele não desistiria agora, não quando tinha chegado tão perto de conseguir tudo.

Sorcha lançou um olhar duvidoso em sua direção.

– Você poderia ficar aqui. Posso mantê-lo seguro. Você está feliz aqui...

– Eu poderia ficar pela possibilidade de que as coisas lá estejam erradas? – Ele sorriu para ela. – Eu não cheguei aonde cheguei com ela ou com você, desistindo do que eu quero. A sorte favorece os corajosos, certo?

– Keenan sabe que você está aqui. Niall lhe disse isso.

Seth não estava tão calmo quanto gostaria; havia um prazer perverso no fato de que a traição de Keenan seria revelada. Não amenizava inteiramente a dor da ideia de que Aislinn poderia ter se apaixonado por Keenan.

– Ele terá que responder por isso quando Ash descobrir, não é?

A ideia dela com Keenan o deixava enjoado. *Mas nós temos a eternidade. Ele teve sua única chance.*

– Se você a tiver perdido, pode voltar para casa. Você sempre terá um lar comigo. – Sorcha não insistiu no assunto, mas ele a conhecia bem o suficiente para saber que o que estava oferecendo não era nada casual para ela. Não era algo que ele jamais pensou que teria e, naquele momento, era um grande consolo. A única outra pessoa com quem pensava que podia contar estava, provavelmente, se afastando. Arriscar perder o amor de Aislinn era um preço que não teria escolhido voluntariamente, mas também não sabia que ganharia tanto. O Mundo Encantado fora algo inesperado.

— Vou sentir sua falta — disse ele. Ele não estava particularmente inclinado a esconder suas emoções, não dela. — Mesmo que eu não volte correndo para você, eu vou sentir sua falta.

Com os mesmos gestos casuais que usava na maioria de seus movimentos, Sorcha soltou o braço de Seth e fingiu examinar uma videira carregada de flores.

— Isso é de se esperar.

— E, você, minha Rainha, sentirá minha falta.

As flores prendiam sua atenção, e ela levantou um ombro em um gesto desdenhoso.

— Posso precisar ver como você se ajustará àquele mundo como uma criatura.

— Seria, provavelmente, sábio. — Ele queria trazer-lhe presentes, encontrar palavras perfeitas, algo para que ela soubesse que ele valorizava sua afeição, que sentir saudade dela não era algo insignificante. Ele se aproximou. — Sorcha? Minha Rainha? Eu ficaria com você se não amasse Ash... mas eu não estaria aqui se não a amasse.

— Eu sei. — Ela afastou o cabelo do rosto dele.

Sorcha sentiu quando Devlin entrou no jardim. Seu irmão não estava perto, mas ela podia sentir os passos dele no solo. Este não era qualquer jardim no Mundo Encantado: era sua casa particular, bem protegida. Poucos poderiam sequer entrar, apenas um poderia fazê-lo à vontade.

— Eu devo voltar — murmurou ela.

— Tudo bem. — Ele se afastou, parecendo magoado por razões que ela não entendia.

— Você está chateado comigo? — Estranho que se importasse com a opinião desta criança mortal. No entanto, se importava.

– Não. – Ele lançou um olhar curioso para Sorcha, e então, tão calmo quanto uma de suas criaturas, falou:

– Posso lhe fazer uma pergunta?

– Para variar?

Ele sorriu.

– Não. Eu apenas quero uma resposta que só você pode dar.

– Pergunte. – Ela olhou para o início do caminho querendo garantir que seu irmão não se aproximava. De repente, ela não queria que ele ouvisse esta conversa com Seth.

– Esta bondade que me demonstra... O que é isso?

Ela fez uma pausa. Era uma pergunta justa. A resposta era algo que ele poderia ponderar enquanto estivesse no reino mortal. Talvez até mesmo o convencesse a voltar mais cedo.

– Tem certeza de que essa é a pergunta que quer respondida? Há outras coisas que você...

– Eu tenho certeza – murmurou ele.

– Eu sou a Rainha da Alta Corte. Não tenho cônjuge – ela ergueu a mão quando ele abriu a boca para dizer alguma coisa, e então continuou – ou criança.

– Criança?

– As crianças são um presente raro no Mundo Encantado. Vivemos muito tempo para ter muitos filhos. Para se ter um – Sorcha balançou a cabeça. – Beira foi uma tola. Ela teve um filho, mas deixou que o medo de que o menino fosse como o pai a dominasse. Ela manteve sua afeição longe dele, exceto em estranhas manifestações repentinas de bondade que ele percebeu. Se tivesse agido diferente, Keenan não seria um Rei do Verão, mas...

– Seu herdeiro.

Sorcha assentiu.

– Ele nasceu do sol e do gelo. Mas os medos de Beira o fizeram não ser dela.

– E você?

– Eu não tenho herdeiro, nem cônjuge, nem pais. Se eu tivesse um filho, porém, eu o visitaria se ele quisesse minha... intromissão. – Ela não tinha falado isso para ninguém. Era irracional, este desejo de ter uma família de verdade. Ela tinha Devlin. Ela tinha sua corte.

E uma irmã muito perturbada.

Não era suficiente. Ela queria uma família. A eternidade sem nenhuma conexão verdadeira fazia sentido; isso a ajudava a manter seu foco. A Rainha Imutável não tinha motivos para querer mudar, mas ela queria.

– Eu quero um filho.

– Sinto-me... honrado. – Seth não parecia horrorizado com suas palavras. Ele ficou em silêncio por um momento e baixou a voz para dizer: – Eu tenho a mãe que me deu à luz como mortal, portanto estava presa a mim por causa disso, e, já que você me deu um segundo nascimento, eu acho que isso significa que você está presa a mim também.

Ela sentiu calor em seus olhos, ternura piegas que a fazia derramar lágrimas.

– Ser refeito significa dar uma parte de si mesmo a alguém. Ser refeito com força suficiente para suportar os perigos daquele mundo e do meu afeto significava ter uma criatura forte o bastante para te dar esse dom. Eu queria que você fosse forte.

Admitir o que ela tinha feito não era sua intenção ou, ao menos, foi o que disse a si mesma quando fez a escolha.

No entanto, ele estava acompanhando as insinuações.

— Alguma fada perdeu a imortalidade por isso?
— Não.
— Qual foi o preço? A troca?
— Um pouco de emoção mortal e um pouco de vulnerabilidade. — Sorcha manteve sua voz baixa também. Devlin podia ser confiável, mas isso não significava que respeitasse totalmente sua privacidade. Seu irmão era tão protetor quanto Bananach era destrutiva.
— Você fez isso? — sussurrou ele.
Ela assentiu discretamente.
Ele tinha algo parecido com admiração em seus olhos quando olhou para ela.
— Você iria me visitar?
— Eu iria ver como você está.
— Certo. — Ele a abraçou, rapidamente, mas ainda assim foi um abraço: um repentino e impulsivo abraço.
Era uma espécie de paraíso que ela nunca tinha experimentado.
Em seguida, Seth acrescentou:
— Me diga a quem estou autorizado a contar sobre isso ou me dê limites.
— Niall. Irial. Eles podem saber se você quiser. Desconfio que Niall já saiba.
— Aislinn?
Ela sabia que essa pergunta viria se Seth descobrisse a verdade, mas não sabia que viria tão cedo. Tomando cuidado com suas palavras, Sorcha disse:
— Se você acreditar que não contar a ela colocará seu relacionamento em risco irreparável, ou se você estiver tão ferido que precise de mim. Além disso...

– Mas Irial e Niall?

Sorcha tinha certeza de que ela não estava fazendo essa coisa maternal direito. Ainda. No entanto, ela estava começando com uma criança que estava longe de ser um bebê. Ela confiava em seus instintos, e não em lógica ou pensamentos bem ponderados.

– Irial foi apaixonado por Niall durante séculos. Niall cuida de você e vai mantê-lo mais seguro naquele mundo, por isso não vou esconder isso dele. Se ele souber, permitirei que Irial saiba também. Eles tiveram problemas suficientes e não acrescentarei um novo. Eu quero que fiquem em paz um com o outro. É por isso que a garota mortal que eles amam não está aqui com os outros mortais dotados de Visão.

– Você é muito mais gentil do que admite.

– A mácula mortal – começou ela, mas se interrompeu naquela tentativa de mentir. – Eu realmente deveria ver o que Devlin veio me dizer.

Seu filho se inclinou e beijou sua bochecha.

– Você *acabou* de se tornar maculada, e Leslie está livre há meses.

– Isso foi um presente para... alguém que uma vez foi meu – Sorcha se interrompeu. Suas bochechas estavam realmente queimando. Ela estava corando por conta própria, totalmente no controle de si mesma, sem criaturas da Corte Sombria por perto. Ela gostou disso.

– Mães não costumam dizer essas coisas aos seus filhos – brincou Seth –, então prefiro não ouvir.

Era completamente cativante.

– Niall ajudará a mantê-lo a salvo naquele outro lugar em que vai viver – acrescentou ela apressadamente. – Eu poderia...

– Você deve vir me ver mesmo assim. Vou sentir saudades. – Seth estendeu o braço para acompanhá-la de volta ao final do caminho onde Devlin estava agora.

– Eu irei então. – Ela pôs a mão na dobra do braço dele, e juntos avançaram.

CAPÍTULO 30

O mês seguinte passou, e Aislinn não mencionou o ocorrido na Corte Sombria. Todas as vezes que Keenan tentava discutir o que acontecera, ela mudava de assunto. Ouvir que Seth tinha escolhido deixá-la era como abrir uma ferida cicatrizada. Ela não queria mexer nesses sentimentos, portanto se dedicou exclusivamente à corte. Agia como se não tivesse preocupações. Dançava pelas ruas com Tracey. Por toda a cidade, ajudava plantas a se fortalecerem. A terra e as criaturas floresciam sob seus cuidados. Após algumas semanas nesse estado de rainha atenciosa, até as mais precavidas criaturas acreditavam que ela estava bem.

Exceto Keenan.

Mas esta era a noite da festa mensal, e depois desta noite, ele saberia se ela ficaria bem. Era o Equinócio de Outono, e ela estava de luto pela perda de Seth há mais tempo do que eles realmente estiveram juntos. Ela não podia passar a vida inteira assim. Ele tinha feito uma escolha; ele tinha abandonado o mundo dela, tinha escolhido não ser um mortal que amava um ser encantado. Ele tinha virado as costas para quem ela era, e para o que eles tinham.

Escolha ser feliz. Ela tinha passado quase seis meses de luto. *Deixe Seth partir.*

Aislinn cruzou a rua para o parque deles. Em algum lugar dentro dela, pensou que era estranho ser dona de um parque, mas junto deste pensamento estava a consciência de que os seres encantados vinham acumulando territórios muito antes dos mortais caminharem pela terra. Hoje à noite, a estranheza do que ela era desapareceria para dar lugar à verdade à qual se apegava: *eu sou a Rainha do Verão.*

Keenan ficou esperando. Ele era o Rei dela, seu parceiro neste mundo estranho. Sem olhos mortais observando, ele era completamente ele mesmo – a luz do sol solidificada, promessas tangíveis.

Ele se ajoelhou perante ela; cabeça abaixada, como se fosse seu súdito. E essa noite ela não fez objeções. Hoje, ela queria se sentir poderosa e livre – não como se o coração estivesse exposto e sua dor a consumisse. Ela era a Rainha do Verão, e esta era sua corte. Ele era o seu rei.

– Minha Rainha.

– Eu sou – disse ela. – Sua *única* rainha.

Ele continuava abaixado, mas levantou os olhos:

– Se é sua escolha...

Ao redor deles, as criaturas mágicas esperavam, como no último outono, quando ela ainda era mortal. Desta vez, contudo, ela compreendia melhor os riscos, enxergava mais claramente. Manteve-se ali, uma rainha mágica, no seu parque, no fim do verão, com seu rei ajoelhado diante dela. Ela sabia o que estava escolhendo – uma chance de ser inteiramente dele.

Keenan estendeu a mão, um convite que tinha lhe feito em todas as festas. Em cada uma delas, ele a deixava livre para escolher. E todas as vezes, ela segurava a mão dele, mas se continha.

– Você dará início a esta festividade... comigo? – perguntou ele. A pergunta já tinha virado rotina, um ritual que dava início a uma noite de danças e bebedeiras, mas a pausa quase imperceptível não fazia parte do protocolo.

– Não posso prometer que será para sempre. – Ela pegou a mão do seu rei.

Keenan se levantou e colocou a mão dela em seu braço. Ao começarem a se movimentar pelo chão, com o solo quente sob seus pés, ele sussurrou:

– Você já me deu a eternidade, Aislinn. Estou pedindo uma chance agora.

Ela se arrepiou nos braços de seu rei, mas não recuou. Desta vez, ela deu boas-vindas a esse sentimento, quando ele levou seus lábios ao encontro dos dela. Diferentemente da primeira vez – na festividade que mudara tudo – ou das duas outras em que ele lhe tinha roubado um beijo, ela não tinha mais desculpas: não estava bêbada, ou com raiva, ou fora pega desprevenida. Ela se permitiu curtir o toque de seus lábios abertos junto aos dela. Não tinha a ternura que existia com Seth. Não tinha a pressão que Keenan impunha em seus primeiros beijos. Era algo novo e agridoce.

Ela sentiu sua esperança e a alegria dele se espalharem pela corte como uma tempestade. Flores desabrochavam em todos os locais em que eles tocavam a terra. Era disso que sentiam falta: da promessa de felicidade. *Pode ser suficiente. Tem que ser.* Então o mundo girou, ou talvez eles é que estivessem girando. Ela não tinha certeza. As Garotas do Verão rodopiavam, vultos de um verde vibrante com sombras em cobre e pele de mogno enquanto suas videiras floridas deslizavam por seus corpos seminus. E, inesperadamente, Aislinn não gostou da proximidade delas com Keenan.

Eu não tenho esse direito.

Ele se afastou apenas para tomar fôlego e disse:

– Me avise quando soltar.

– Não me deixe cair. – Ela segurou com mais força. – Me salve.

– Você nunca precisou ser salva, Aislinn. – Keenan, seu amigo, seu rei, se agarrava a ela enquanto a Corte do Verão dançava de maneira estonteante ao redor deles, como espirais irradiadas da combinação de suas luzes solares. – E você ainda não precisa.

– Eu me sinto como se precisasse. – Ela sentiu lágrimas escorrerem; enquanto giravam mais rápido, viu violetas surgirem do solo onde as lágrimas caíram. – Eu sinto... Eu sinto como se faltasse um pedaço de mim.

– Você se sentiria assim se... – E as palavras dele desapareceram.

– Se fosse você que me abandonasse?

– Foi egoísta de minha parte perguntar isto. Desculpe...

– Eu me sentiria – sussurrou ela.

Ela fechou os olhos para as lágrimas, ou talvez para a expressão de confusão no rosto dele. Mesmo com seus olhos fechados, ela sabia que estava segura ao se mover em velocidades impossíveis em meio à multidão. Ela estava nos braços de Keenan e ele não a deixaria cair.

Se eu o tivesse conhecido antes de Seth... Mas não tinha, contudo.

Aislinn manteve o rosto encostado ao peito dele e disse:

– Eu quero me sentir mal por você estar longe de Donia. Mas não consigo.

Ele não comentou esse assunto ali.

– Eu só amei de verdade uma ou duas vezes, Aislinn. Eu quero tentar te amar.

– Você não deveria me am... – As palavras congelaram em sua boca.

– Isso seria uma mentira, minha Rainha. – A voz dele era gentil mesmo agora que a reprimia. – Cento e oitenta dias, Aislinn. Seth desapareceu há cento e oitenta dias, e eu vi você fingir que não está magoada todo esse tempo. Não posso tentar fazer você feliz?

– Pela Corte.

– Não – corrigiu ele. – Por mim e por você. Eu sinto falta do seu sorriso. Eu esperei séculos para achar a minha rainha. Não podemos ao menos tentar? Agora que ele...

– ... me deixou. – Ela terminou a frase dele.

Ela olhou nos olhos dele, se permitiu esquecer que havia outras pessoas a sua volta e se endireitou. As criaturas mágicas giravam ao seu redor. Eram só eles no centro de um redemoinho. – Sim. Me faça esquecer tudo o que não seja o agora. A Corte do Verão se trata disso, não de lógica, vício, guerra, calma ou frio. Me aqueça. Me faça não pensar. Me torne qualquer outra coisa que não isto.

Ele não respondeu; simplesmente a beijou novamente. Ainda era como engolir a luz do sol, e ela não resistiu. Sua pele começou a brilhar de uma maneira que criaturas, outras que não as de sua corte, precisariam virar os rostos.

Estava pisando no chão, mas se sentia flutuando. Não sentia nada além da luz do sol clareando tudo o que consumia por dentro. Eles caminhavam pelo parque, flores brotando sob seus pés. Ela sentia o gosto da luz do sol, era mel aquecido derramando nos lábios de Keenan.

Como em todas as outras celebrações, ela estava entorpecida pela dança e pela noite. Mas, dessa vez, quando a manhã chegou, os seus pés não tocavam o chão. Ela estava nos braços de Keenan, levada do parque e da corte para as margens do rio onde tinham estado depois da primeira festa. Não havia piquenique, nenhuma sedução cuidadosamente planejada. Eram só eles ao longo da margem do rio.

Quando aconteciam as festas mensais, eles não eram sensíveis, mas também não eram vulneráveis. Nem mesmo a própria Guerra cruzaria o caminho deles essa noite.

Aislinn continuou nos braços dele quando Keenan se sentou à margem do rio. A água fria molhava seus pés e panturrilhas, como pequenos pulsos elétricos em sua pele. Balanceava a terra quente onde se afundaram conforme a combinação de luz do sol tornava o solo um barro escorregadio. E ela se arrepiou – tanto com o toque do rio quanto com o de Keenan.

O pensamento de que estava deitada no chão num vestido de festa cruzou sua mente, mas ela era a Rainha do Verão – frivolidade, impulsividade e calor. *É o que sou. Com ele agora.*

– Me diga quando parar – Keenan lembrou novamente a Aislinn.

– Não pare – insistiu ela. – Converse comigo. Me diga o que você sente. Conte-me tudo o que você não quer admitir.

Ele deu um sorrisinho meio forçado.

– Não.

– Então me trate como uma rainha mágica de verdade.

– De que forma?

Ela se sentou e se ajoelhou ao lado dele.

Ele ficou onde estava, deitado na margem barrenta, observando-a.

Aislinn pensou no dia em que estava na rua e ele fez a luz do sol cair sobre ela como gotas de chuva. Como tantas outras coisas desde que se tornara Rainha do Verão, ela agora entendia como fazer aquilo, mas ainda não tinha tentado.

– Assim.

Tudo o que era prazeroso sob o sol se escondia nas gotículas de luz que ela emanava para a pele dele. O que ela queria era compartilhar com ele a magia. Era o que havia se tornado e não precisava se preocupar se o machucaria como a um mortal.

Se Seth não fosse humano...

Mas se ele não fosse humano, ela não teria tido a amizade dele ou seu amor. E se ela ainda fosse humana, não o teria perdido. Mas Keenan não era humano, e nem ela.

Não agora. Nunca mais.

Ela procurou os olhos de Keenan e, encarando-o, disse as palavras que ele dirigira a ela:

– Eu quero tentar amá-lo. Me faça te amar, Keenan. Você convenceu a tantas outras. Me convença. Me seduza para que eu não sofra mais.

Ela se debruçou sobre ele, mas Keenan a interrompeu. Ele balançou a cabeça.

– Isto – ele gesticulou apontando os dois – não é amor. É algo diferente.

– E daí...

– Devagar. Ir para a cama... ou para o leito do rio... não vai fazer você me amar. – Keenan se levantou e estendeu a mão para ela. – Você é minha rainha. Eu esperei nove séculos para te encontrar e quase um ano para chegar a este momento. Eu posso esperar um pouco mais para o restante.

– Mas...

Ele se inclinou e a beijou carinhosamente.

– Se você finalmente vai se permitir tentar me amar, nós vamos namorar.

– A gente já não está meio que fazendo isso?

– Não. – Ele pegou as mãos dela e a puxou, abraçando-a. – Estamos tentando, avidamente, não namorar. Deixe eu lhe mostrar nosso mundo. Me deixe levá-la para jantar e sussurrar tentações. Me deixe levar você a parques de diversões ridículos e sinfonias e danças na chuva. Eu quero que você dê gargalhadas e sorria e confie em mim primeiro. Eu quero que seja amor de verdade, quando formos para a cama.

Ela parou. Sexo parecia muito mais fácil do que namorar. Eles eram amigos; e havia uma faísca. Mas sexo não é amor. Keenan queria uma chance de verdade. E isso significava algo mais do que compartilhar o corpo dela.

– Minha solução é mais fácil – disse ela – e rápida.

Ele riu.

– Depois de nove séculos, eu estava disposto a aceitar qualquer coisa que você me propusesse, mas, se vamos tentar ficar juntos, não quero que exista qualquer dúvida. Se você não me amar, mas ainda assim quiser... ficar comigo, eu me contentarei com isso, mas eu quero uma oportunidade de ter tudo.

– E se Seth...

– Voltar? – Ele a trouxe ainda mais perto e a beijou até que o brilho da luz do sol que emanava de ambos os corpos fosse ofuscante. Então ele prometeu: – Isso dependerá de você. Sempre foi assim, não foi?

Capítulo 31

Sorcha não derramou uma lágrima quando veio vê-lo naquela última manhã. Ela olhou para as pinturas que ele tinha feito para ela, e olhou para ele.

– Elas não são boas o suficiente – disse Seth. – Nenhuma delas é, não de verdade.

– Não posso mentir para você – murmurou ela. – Mas elas são o trabalho de uma paixão. Eu seria egoísta se recusasse sua partida.

Ela andou pelo quarto analisando telas que já tinha visto.

– *Elas* não são boas o suficiente, mas esta é. – Ele abriu a mão, e lá, na palma, estava um broche de metal, um pequeno buquê de flores de jasmim feitas em prata. Era muito mais delicado do que todos seus outros trabalhos feitos deste material.

Os olhos de Sorcha se encheram de lágrimas. Ela correu seu dedo pelas pétalas de prata.

– Realmente. Está excelente.

— Eu não queria dar a você o que esperava — e com as mãos trêmulas, prendeu o broche em seu vestido —, então trabalhei nele quando você não estava por perto.

Ela riu, e como não havia ninguém para testemunhar suas bobagens, se inclinou e deu um beijo em sua bochecha. Ela tinha visto tantas mães fazerem isso, mas este simples gesto nunca fizera sentido. Objetivamente, ela compreendia — afeto maternal era um imperativo biológico. Concedia à mãe um sentimento de ternura para com sua prole, mantendo salva aquela pequena e preciosa criaturinha. Era tudo muito racional, mas enquanto pressionou os lábios na bochecha de seu filho, não parecia nada lógico. Não era racional. Era impulsivo. Era algo que queria lhe dizer, mas não conseguia encontrar palavras.

— É perfeito. — Ela olhou para o broche, e ainda tomada pela impulsividade deixou escapar: — Eu não quero que você parta. E se eles te machucarem? E se você precisar de mim? E se...

— Mãe. — Ele lançou um sorriso muito belo e em paz para ela. — Eu serei uma criatura, sob a proteção da Corte Sombria, amado pela Rainha do Verão, fortalecido pelo dom que você me deu. Eu ficarei bem.

— Mas, Bananach... E Inverno... e... — Ela realmente sentiu o coração batendo desconfortavelmente rápido. Ela sabia que sentiria a partida dele, mas este nível de preocupação e tristeza era inesperado. — Você poderia ficar. Eu mando Devlin buscar a sua Rainha do Verão para nós e...

— Não. Não vou pedir que ela abandone sua corte por mim. — Ele a levou para a cadeira que ficava virada para o jardim onde caminhavam. Ela se sentou, e ele se sentou no chão ao seu lado.

– Eu preciso ir. Eu quero ir. Vai ser rápido e logo eu volto... para casa – garantiu a ela.

– Acho que neste exato momento eu odeio a sua outra rainha – disse ela com a cara fechada.

Lágrimas de verdade apareceram nos olhos de Sorcha. Era uma simples reação fisiológica; a razão explicava. As lágrimas continuaram a cair.

– E estou com medo. Se minha irmã te machucar, eu... – E inspirou profundamente. – Você não deve, nunca, confiar em Bananach, Seth. Nunca. Não vá com ela a lugar algum novamente. Prometa-me que vai ficar longe dela. Ela só tem uma coisa em mente: violência.

– Por que ela me trouxe até você?

Sorcha balançou a cabeça.

– Para provocar alguém. Para me obrigar a fazer uma escolha que permitiria a ela colocar a culpa em mim depois. Eu não sei exatamente. Passei uma eternidade tentando adivinhar o próximo passo dela. São sempre maquinações para a próxima guerra. A mim só resta tentar fazer as escolhas certas.

– Você fez a escolha certa desta vez?

– Fiz. – Ela acariciou o rosto dele. – Não interessa o que aconteça daqui para a frente, eu fiz a escolha certa.

– Mesmo se a guerra vier...

– A alternativa era a sua morte. – Ela engoliu um soluço com o pensamento. – Quando você partiu com ela, tinha dois caminhos a sua frente: este ou ser deixado morto em algum lugar para que sua Rainha do Verão o achasse. E, ou a minha corte ou a de Niall seriam responsabilizadas. Talvez a do Inverno. Guerra teria seu desejo concedido.

Era estranho falar sobre tais coisas com alguém que não Devlin, mas seu filho teria voz em sua corte quando estivesse pronto. Ele poderia ser uma criatura plena se ela o quisesse, mas isso o deixaria livre para partir e deixá-la. Seu acordo obrigava-o a ficar ao lado dela. *Se ele fosse uma criatura plena, será que ficaria lá fora?* Mas eles não precisavam discutir isso. Ele nunca seria Rei da Alta Corte: ela era eterna, a Rainha Imutável. Apesar disso, ele seria uma influência, uma voz, um poder. Ele ficaria lado a lado com Devlin. Ela imaginou se o irmão aceitaria aquilo.

Seth não falou nada; simplesmente esperou, paciente como um filho de Sorcha deveria ser.

– Se eu o mantiver aqui, a probabilidade de guerra ainda seria muito grande. Mais cedo ou mais tarde, Keenan não poderá mais esconder que sabe onde você está. Aislinn tentaria me convencer de seus desejos. Ela não é forte o suficiente para fazer isso e eu não – Sorcha fez uma pausa, medindo as palavras cuidadosamente – reagiria bem. Se sua amada viesse buscando vingança, eu anularia a ameaça.

– Você a mataria.

– Se conversar não fosse o suficiente, sim. Eu eliminarei qualquer um que ameace os que amo. Se Aislinn se colocasse contra a minha corte, eu teria que impedi-la... mas me arrependeria pelo sofrimento que isso lhe causaria.

Ela imaginou, brevemente, se essa mudança tão humana seria boa para a sua corte ou não. Ela sentia as emoções guiando suas ações; sentiu um carinho pelo filho que estava marcado por perdas e medos. Essa falta de ordem não era típica da Alta Corte. *Isso mudará minha corte?* Não importava. Ela podia ter mudado, mas... o pensamento não tinha efeito. O que acontece quando a Rainha Imutável muda? Sorcha balançou a cabeça. Ficar imaginando coisas não era lógico. O que era, simplesmente era. Ela e sua corte se adaptariam. Isso era lógico.

As palavras que disse a seguir foram tão definitivas que pareceram um juramento:

— Eu não vou deixar Aislinn, ou Bananach, ou qualquer outro levar você de mim. Não vou permitir que eles ameacem minha corte ou meu filho.

E sabia que, enquanto falava, sua corte viria em segundo lugar caso precisasse escolher entre esta e o filho. E bem no fundo imaginou se não era essa a intenção de Bananach, mas isso também não era racional. Após anos de perdas e ganhos, Sorcha sabia que cada escolha ecoava na tessitura do tempo. Suas escolhas mudariam a política de guerra de sua irmã; as ações de Bananach mudavam conforme a maré; era assim havia séculos.

— É aceitável eu dizer que também vou me preocupar? — Ele parecia mais jovem ao perguntar-lhe isso. — Não quero que o dom que você me deu a torne vulnerável. Eu não pensei que... Eu quero que você fique a salvo. Se Bananach é tamanha ameaça, ela deveria ser impedida. Alguns em outras cortes são meus amigos. Se eu puder mantê-la a salvo...

— Os filhos não devem se preocupar com os pais, Seth. Eu estou bem. — Sorcha deu o sorriso protocolar da corte, garantindo-lhe a certeza que podia dar. — Eu luto contra ela desde que existo. O único fato novo é que agora tenho um filho para proteger. Você é uma dádiva. Ela só não tinha percebido isto quando trouxe você a mim.

Ele assentiu, mas a preocupação continuava estampada em seus olhos.

— Venha — disse ela. — Vamos ver o que você precisa levar.

Aislinn estava sentada no escritório, aninhada no abraço de Keenan, com um desconforto que não compreendia. Tavish tinha olhado com aprovação para eles enquanto espantava as Garotas do Verão do aposento. O loft estava calmo, e ela sabia que sua decisão era responsável por isso. Ela arriscou um olhar para ele. Era isso: seu futuro. De um jeito ou de outro, eles estavam presos um ao outro.

— ... depois do almoço?

— O quê? — Ela enrubesceu.

Ele riu.

— Você quer fazer alguma coisa depois do almoço? Uma caminhada? Um filme? Compras?

— O quê?

O olhar que ele lançou era novo, ou talvez o brilho fosse diferente.

— Formal? Casual? Piquenique? Ir a Nova York para uma pizza? — continuou.

Ela franziu a testa.

— Agora você já esta sendo um bobo.

— Por quê? — Ele trocou de posição, de forma a ficar de frente para ela. — Você é uma rainha encantada, Aislinn. O mundo pertence a você. Em poucos segundos podemos estar lá. Eu não sou mortal. E nem você.

Ela parou. As palavras que queria dizer não saíam. Não havia razões para não fazer isso. *Eu não sou mortal.* Ela respirou fundo.

– Você consegue entender isso de namorar? Eu só namorei uma pessoa e...

Ele deu um beijinho rápido em seus lábios.

– Esteja pronta em uma hora.

Ela assentiu, e ele partiu.

Eu consigo fazer isso. O passo da amizade para o amor não é tão grande. Não foi com Seth. Ela afastou o pensamento de sua mente. Ele tinha partido e ela estava seguindo com a vida.

Capítulo 32

Enquanto Seth passava pelo véu de luz da lua, o mundo a sua volta mudou. Não era tão simples quanto passar da paz e perfeição de estar ao lado de sua mãe para o duro e estridente mundo mortal. Com este simples passo, ele estava mudado. O acordo que tinha feito se concluía. Deste lado do véu, ele não era mais mortal: era um ser encantado.

O mundo se transformara sob seus pés. Ele podia sentir o som da vida que se embrenhava e aninhava no solo. As asas de uma pequena garça distante enviaram correntes rodopiantes pelo ar que se juntaram às outras correntes de ar no céu.

Sorcha tomou a mão dele nas suas.

– No início é estranho mesmo. Eu vi os mortais da Corte do Verão mudarem. Deixe a diferença achar seu lugar dentro de você.

Ele não podia falar. Seus sentidos – e não só os cinco que possuía antes – estavam inundados. Enquanto mortal, seu entendimento do mundo se restringia ao básico. Agora, ele conhecia coisas que não vinham de nenhuma fonte sensorial.

Ele podia sentir o que estava em ordem. Ele podia sentir a ordenação de como as coisas eram e de como deveriam ser.

– Eles todos, *nós*, sentimos deste mesmo jeito? – Suas palavras pareciam muito melódicas, como se houvesse um filtro refletindo e suavizando-a.

Ela fez uma pausa, sua mão ainda segurando a dele.

– Não. Não tão plenamente, mas os outros não são meus filhos. Você é o único.

Quando olhou para ela, viu Sorcha através de sua nova visão. Pequenas correntes de luz da lua, como filigranas de prata alongadas entre os dois em uma rede invisível para ele quando estavam no Mundo Encantado. Ele tocou na rede.

– O que é isto?

Ele podia tocar; mesmo ao perceber que não era tangível, sentiu o peso dela em suas mãos, como uma malha de correntes, mais pesada do que parecia.

– Ninguém mais consegue ver isto. – Ela pegou a mão livre dele na dela. – Somos nós. Você é parte de mim, como se tivesse nascido de mim. Você compartilha meu sangue. Isso significa que você verá coisas, saberá de coisas... eu não sabia como lhe dizer isso.

– Verei coisas? – Ele olhou para além dela, para a pequena praia onde estavam.

Ele não achava que isso era enxergar. Ele sentiu coisas: caranguejos movendo-se na areia, gaivotas e andorinhas-do-mar tocando suas patas no chão. Distraidamente, ele caminhou em direção ao mar. Quando a água tocou seus pés, sentiu a vida brotando no mar – animais e criaturas. Selkies se acasalavam em algum lugar ao leste, uma sereia discutia com seu pai.

Seth se concentrou em não sentir aquilo, em não tomar conhecimento.

– Não é ver – disse ele a Sorcha. – Eu sinto o mundo. O tempo todo eu achei que estivesse vivo, mas estava na verdade apenas parcialmente consciente.

– Isto é magia. Em grande parte porque você é meu. Os Hounds criam medo. Gancanaghs criam luxúria. É isso que eles sentem. – Ela conduziu Seth para longe da água e para perto de umas rochas desgastadas. – Você vai sentir tudo isso e um pouco mais. Alguns de nós podem sentir tudo isso, mas algumas coisas serão mais fortes. Niall sente a luxúria e o medo mais claramente. Você vai sentir as certezas, as escolhas lógicas, razão pura.

Seth se sentou ao lado dela no afloramento de pedras e esperou.

– A parte do ver é diferente. – O olhar dela era de preocupação, mas sua voz estava equilibrada. – Eu e minha irmã temos clarividência. Ela escolhe ver ameaças para enganar e criar desordem. Eu escolho focar no inverso. Mas *todas* essas visões são meras possibilidades e conexões. Você deve se lembrar disso.

– Porque eu sou seu. – Ele não tinha pensado em nada além da longevidade e da força quando buscou essa troca. – Tudo é diferente porque sou seu filho.

– Sim, você terá algumas... diferenças, se comparado a outras criaturas mágicas. – Ela apertou a mão dele nas dela. – Mas quando as visões se tornarem excessivas, você poderá dar um tempo e não ser "assim" no Mundo Mágico. Você pode voltar para mim a qualquer momento e aproveitar ser mortal; você deixa de ser um ser encantado, deixa de ser do meu sangue.

– O que mais... Quer dizer, que outras mudanças... – Ele lutava para compreender esse presente adicional, feitiço, para entender a enxurrada de informações do mundo a sua volta. – Eu vejo possibilidades.

Ela segurou a mão dele com força quando ele pensou em se soltar.

– As ameaças a você serão menos claras. É a ameaça aos outros que você verá. Pode ser esporádico. Eu não sei o quanto de mim há em você.

Ele abaixou a cabeça e fechou os olhos, tentando bloquear tudo, menos as palavras de Sorcha. As diferenças sensoriais se tornaram barulhos a distância, mas teias prateadas de conhecimento se estenderam como rodovias que ele poderia seguir com sua mente. Ele poderia saber de coisas, se permitisse a si mesmo – e agora ele não queria saber. Saber, sem ter o poder de mudar as coisas, era o suficiente para fazê-lo se sentir instável. Queria dar fim aos conflitos entre a sereia e seu pai. Ele via as conexões deles. A garota ia partir cheia de ódio. O pai sofreria, pois a morte dela era provável quando partisse.

– Como você lida com isso? – sussurrou ele.

– Eu mudo o que posso, e aceito que não sou onipotente. – Ela ficou de pé diante dele e olhou-o fixamente. – Se eu não soubesse que você poderia lidar com isso, eu não o teria escolhido. Você é alguém que vai matar dragões, que vai fazer feitos dignos de baladas românticas.

Seth percebeu que o dom que recebera de Sorcha era muito maior do que poderia imaginar. Ele tinha um propósito, um propósito verdadeiro, tanto no mundo mortal quanto no Mundo Mágico. No Mundo Mágico, ele criava arte para sua rainha-mãe; no mundo mortal, ele conhecia as coisas que poderiam ser ordenadas. Se ele tivesse as habilidades certas, poderia ser a mão de ordem para ela, ajudando a organizar este mundo.

— Eu não sei lutar, nem sei sobre política, nem *nada*...

— Quem são seus amigos? – argumentou Sorcha.

— Ash, Niall... — Ele sorriu enquanto sua mente clareava. — Niall sabe lutar. Gabriel e Chela são lutadores natos. Donia sabe tudo sobre política. E Niall também. E Ash. E os guardas da Corte do Verão... Eu posso aprender parte do que preciso com cada uma das três cortes.

— Das *quatro* cortes – acrescentou Sorcha. – Mas você não precisa fazer essas coisas. Você não precisa se tornar um herói, Seth. Você poderia ficar no Mundo Mágico, criar arte, caminhar comigo e conversar. Eu trarei poetas, músicos, filósofos e...

— Eu vou. E todos os anos eu voltarei para casa, para você... – e beijou sua bochecha –, mas este é meu mundo também. Eu posso melhorar as coisas para as pessoas que amo. Por você. Por Ash. Por Niall. Eu posso tornar ambos os mundos mais seguros.

Eles se sentaram em silêncio por alguns instantes. Seth pensou na sereia e em seu pai, que discutiam sob a água.

— Se os fios das criaturas da água estivessem emaranhados, como se por uma tempestade, trançados firmes demais para que a filha possa partir. – Ele parou no exato momento em que isso acontecia. A filha sereia estava frustrada, mas ela voltou para casa.

Antes que ele pudesse comentar, Sorcha o puxou, lhe deu um rápido abraço e disse:

— Eu preciso partir. Vá para sua Aislinn. Encontre o seu lugar e se você precisar de mim...

– Eu preciso de você – garantiu.

– Chame e eu estarei aqui.

Ela lhe lançou um olhar, igual ao que costumava ver estampado no rosto de seu pai quando era mais novo – de preocupação e esperança.

– Ou você pode vir até mim. A qualquer momento. Devlin vai cuidar de sua segurança também... e Niall... e...

– Eu sei. – Ele a beijou na face. – Eu lembro todas as instruções que você me passou.

Ela suspirou.

– Não podemos mais atrasar isso, não é?

Com um pequeno gesto, ela dobrou o espaço e criou uma entrada para o parque na frente do loft de Aislinn. Sorcha ficou em silêncio enquanto Seth cruzava o véu até lá.

Ele tinha Visão antes, então ver as criaturas que perambulavam pelo parque não era surpresa. Aobheall estava cintilando em sua fonte; ela parou ao reparar que Seth estava diante dela. Os homens-árvore da guarda o encaravam. As Garotas do Verão pararam no meio da música.

– Bem, isto é algo inesperado? – murmurou Aobheall. A água à volta dela congelou e gotículas penduradas no ar eram pequenos cristais.

Seth continuou parado e mudo enquanto as diferentes percepções o assaltavam. A voz de Aobheall não tinha mudado, mas o desejo de tocá-la tinha sumido. Não havia amuleto em sua mão. A realidade estava diferente. Ele estava diferente. A terra respirava a sua volta e ele sentia isso. O suspiro das árvores era música surgida num aparente silêncio, como se ninguém falasse com ele.

– Você é como nós – Tracey murmurou. – Não é mortal.

Ela caminhou na sua direção com uma expressão triste que era comum a ela, mas não aceitável nessas circunstâncias. Lágrimas inundavam os seus olhos. Ela o abraçou.

– O que você fez?

Pela primeira vez desde que tinha conhecido qualquer uma das Garotas do Verão, Seth não fora afetado pelo seu toque. Ele não sentiu a tentação de abraçá-la por um pouco mais de tempo, nem sentiu medo dela machucá-lo sem querer.

Ele a soltou.

– Eu mudei.

Skelley tomou Tracey em seus braços e a abraçou enquanto ela começava a soluçar. Outras Garotas do Verão choravam silenciosamente.

– Isso é uma coisa *boa*. – Seth se sentiu mais forte, mais vivo e certo de suas escolhas. – É tudo o que eu quero.

– Elas também queriam – disse Skelley. – Por isso choram. Elas se lembram de terem feito esse mesmo tolo sacrifício.

Aobheall não fechou a cara nem chorou. Lançou-lhe um beijo aguado.

– Vá ver sua rainha, Seth, mas, lembre-se, a vida de uma criatura mágica não é tão doce quanto você imaginava. Ela precisou fazer o que era melhor para a corte.

A pressão no peito de Seth, o medo pelo que mais haveria mudado, cresceu. Ele não sentia esse desconforto tão acentuado quando estava no Mundo Mágico com Sorcha. Lá, ele tinha calma. Lá, tinha certezas. Agora, ele se dirigia para a casa de sua amada, esperando que o que tinha construído com ela fosse forte o suficiente para ser salvo.

Ele não falou com os guardas pelos quais passou; não bateu à porta. Abriu-a e entrou no loft. Ela estava lá. As maçãs do rosto estavam mais salientes, como se tivesse perdido peso demais. E se sentava muito mais perto de Keenan do que se sentava antes. Apesar de tudo, ela estava sorrindo, olhando para Keenan, que falava algo.

Tudo parou quando Seth entrou na sala. Keenan não saiu de perto de Aislinn, mas suas palavras e gestos congelaram. O sorriso no rosto de Aislinn desapareceu, substituído por uma expressão de surpresa e incerteza.

– Seth?

– Oi. – Ele não ficava nervoso assim há meses. – Eu voltei.

Havia tantas emoções misturadas no rosto de Aislinn que ele teve medo de se mover, mas então, em segundos, ela cruzou o salão e estava com ele, envolvida por um abraço; e neste momento tudo estava em ordem no mundo. Ela estava chorando e se agarrando a ele.

Keenan se levantou, mas não foi até lá. Ele parecia furioso. Pequenos redemoinhos de vento surgiram à sua volta. Areia arranhava a pele de Seth.

– Você não é mais mortal – disse Keenan.

– Não, não sou – pronunciou Seth.

Aislinn se inclinou para trás e olhou para ele. Ela não se soltava de seus braços, mas deu um passo atrás.

– O que você fez?

– Eu encontrei uma solução. – Ele a puxou e sussurrou em seu ouvido. – Senti saudades.

Keenan não falou mais nada; seus movimentos eram quase mecânicos quando passou por eles e saiu pela porta.

Aislinn ficou tensa quando ele passou e, por um instante, Seth não teve certeza se ela iria atrás de Keenan, ou se ficaria ali com ele.

– Keenan? Espere! – chamou ela.

Mas o Rei do Verão já tinha partido.

Donia sabia que era ele batendo à porta. Seus espiões tinham lhe contado que Seth retornara ao mundo mortal como um ser encantado. A vinda de Keenan era inevitável.

– Você sabia onde ele estava. – Ela precisava ouvir isso. Eles tinham passado tempo demais falando meias-verdades. O tempo para essas tolerâncias tinha acabado. – Você sabia que ele estava no Mundo Mágico.

– Eu sabia – admitiu ele.

Ele ficou ali, na entrada da porta e olhava para ela com os mesmos perfeitos olhos de verão com que ela sempre sonhara durante a maior parte de sua vida e que silenciosamente pediam que ela o perdoasse e dissesse algo para deixá-lo melhor.

Ela não podia.

– Ash vai descobrir.

– Eu estraguei tudo, não foi?

– Com ela?

Donia mantinha distância, sem tocá-lo, sem se aproximar. Era o que ela devia fazer. Ele tinha feito juras de amor, e depois a abandonara para cortejar Aislinn. Não era inesperado, mas ainda assim a magoou. E agora, ele queria conforto.

– Sim.

– E com você? – indagou ele.

Ela desviou o olhar. Às vezes, só amor não era suficiente.

– Eu acho que sim.

– Então, me resta... – Ele se interrompeu. – Eu estraguei tudo, Don. Minha rainha vai... Eu não tenho ideia do que isso vai causar à minha corte. Eu perdi você. Niall me odeia... e Sorcha se importa com Seth, o mortal... o ser encantado que eu... – Ele olhou para ela. A luz do sol que geralmente refletia tão claramente quando estava chateado o tinha deixado. – O que eu vou fazer?

Ele caiu no chão.

– Torcer para que alguns de nós sejamos mais gentis com você do que você tem sido conosco – disse ela, baixinho. E antes que pudesse ceder novamente, virou as costas e saiu do aposento, deixando o Rei do Verão ajoelhado em sua varanda.

Capítulo 33

Quando suas criaturas começaram a chegar ao local, tentando ver Seth e cochichando coisas que ela não queria ouvir, Aislinn o levou para o seu quarto e fechou a porta. Era o único lugar da casa que era só dela, portanto era o único lugar para onde podia levá-lo sem que achasse que estivesse invadindo o espaço *deles*. O loft era a casa deles agora. As coisas tinham mudado. Ela tinha mudado.

Seth se sentou na cama dela e a observou, paciente, como sempre fora. Ele também tinha mudado, não só o que era, mas *quem* era.

As palavras não vinham. Ela as imaginara, falara-as em cenários que criara em sua mente, sussurrando-as no escuro como se ele pudesse ouvi-las. Mas agora elas não vinham. Ela queria dizer que tinha odiado quando ele a tinha abandonado, que ficara arrasada por Niall saber onde ele estava, mas ela não, que tinha pensado que nunca mais se sentiria plena novamente, que nunca tinha amado ninguém além dele, que respirar doía quando ele estava longe. Ela não sabia como pronunciar essas palavras, não agora, mas tinha algo que ela precisava lhe contar.

– Keenan e eu estamos... estávamos... namorando.

Seth cruzou os braços sobre o peito.

– O que isso significa?

– Que eu disse a ele que ele poderia fazer com que eu... o amasse. Que eu estava disposta a lhe dar uma chance... – Ela odiava o jeito com que ele a olhava como se fosse ela que tivesse estragado tudo. Ele a tinha deixado. Ele tinha ficado longe. Ele não tinha nem ligado. E caiu sentada na cama, desanimada. – O que você esperava que eu fizesse?

– Que acreditasse na gente?

– Você *desapareceu* sem dar qualquer explicação, ficou fora durante seis meses... – Ela se endireitou e cruzou as pernas. – Eu pensei que você não fosse voltar. Você me abandonou sem dizer nada... depois de ter se recusado a falar comigo. – Ela não sabia ao certo se era seu temperamento ou tristeza que aflorava dentro dela. – Você simplesmente desapareceu.

– Quanto tempo? – perguntou ele.

– O quê?

– Até que vocês ficassem juntos? Quanto tempo ele esperou, Ash?

Ela nunca tinha realmente sentido raiva dele, nem uma vez, mas naquele momento daria facilmente um tapa em Seth. Após seis meses de preocupação, dor e medo, ela finalmente sentia a raiva que não se permitira sentir antes.

– Você me deixou! – As palavras saíram entrecortadas.

– Eu tive uma chance de me aproximar da criatura que poderia me dar a eternidade ao seu lado. O momento era o pior possível, mas... – Seth parou. – Eu não sabia que ia ficar fora por tanto tempo. Eu sinto muito que tenha sido assim. Eu vi uma oportunidade. E aproveitei.

– Eu esperei. Nós mandamos criaturas atrás de você. Eu tentei falar com Niall... com Bananach. Eu esperei por seis meses. – Ela juntou as mãos para não continuar gesticulando.

Eles nunca tiveram uma briga; nunca houvera motivo para tal coisa.

Ela olhou para as mãos até que tivesse se acalmado.

– Eu achei que você tinha me abandonado. Niall disse...

– O Rei Sombrio, que está irritado com você, disse algo que faria você duvidar de mim, e você acreditou. – Seth arqueou uma das sobrancelhas.

– Tinha uma garota falando ao fundo... na sua caixa postal...

– Bananach. Guerra. Ela me levou a...

– Você foi embora com *Bananach*? O que você tinha na cabeça?

– Eu achei que valeria o risco se isso significasse a eternidade com minha namorada encantada – falou muito docemente. – Eu imaginei que estar com você valia o risco. Ela me levou até Sorcha, e fiz um trato para poder permanecer em seu mundo por completo, para ser forte o suficiente e não precisar de guardas ou babás, para que eu pudesse ficar com você para sempre.

– Em troca de? – Ela estava com medo. Ela era um ser encantado e aparentemente ele também, agora, mas os acordos entre as criaturas não eram conhecidos por serem justos.

– Um mês com Sorcha por ano.

– Você esteve longe durante *seis* meses.

– Eu passei um mês com ela. No Mundo Encantado. – Ele olhou para ela, implorando para que ela concordasse que ele não tinha cometido um engano. – Niall me disse que somente ela poderia me transformar. Ninguém mais queria me ajudar. Eram apenas trinta dias. Eu não sabia que para você seria tanto tempo.

– Então, todo ano... – Aislinn insistiu no assunto.

– Eu tenho que ficar fora o que para mim é um mês e pra você, seis meses.

– Para o resto da sua vida.

Ele assentiu.

Ela tentou entender a partida dele, e o retorno para a eternidade. Ainda não fazia sentido. Ele era dela, mas a que preço? Seu coração batia acelerado ao pensar no que ele tinha sacrificado.

– E enquanto você esteve lá? Foi horrível?

– Não. Foi quase perfeito. A única coisa que faltava para a perfeição era você, que não estava lá. – Ele parecia estar enfeitiçado enquanto falava. – O Mundo Encantado é incrível, e minha única obrigação era criar... era isso. Eu caminhava pelos jardins. Eu pensava, eu criava. Lá é maravilhoso.

– E... Sorcha?

A expressão no rosto dele era de carinho e saudade.

– Ela é a perfeição também. Ela é boa e gentil e sábia e engraçada, apesar de ela não admitir...

– Ah... – O estômago dela se revirava. Ele tinha encontrado a eternidade, mas tinha encontrado uma rainha também. Aislinn queria não sentir ciúmes, mas ela tinha se preocupado durante meses, e ele estava por aí se apaixonando por outra rainha mágica. – Então enquanto você esteve lá você estava com...

– Não. Não é o que você está pensando – disse ele fazendo uma careta em reprovação. – Ela é minha rainha, minha patrona, minha musa. É como ter uma família, Ash. Ela é a mãe que nunca tive... não que Linda não me ame... Mas Sorcha é... ela é perfeita.

Eles ficaram ali, sentados em silêncio durante algum tempo até que ela não aguentou mais e quebrou o silêncio.

– E agora?

Ele balançou a cabeça.

– Eu não sei. A gente encontra uma forma de fazer as coisas ficarem bem?

Mas não estava nada bem. Ele havia se arriscado para passar a eternidade ao lado dela e ela acreditou tão pouco no que eles partilhavam que tinha caído nos braços de Keenan.

E era para onde ela já tinha ido.

Ele a olhou e admitiu para si mesmo que talvez não fosse sua mortalidade que estivesse atrapalhando seu caminho, mas outra pessoa. Enquanto fosse Rainha do Verão, ela estaria com Keenan. Eles teriam as festividades e as reuniões e as discussões tarde da noite.

E eu acabei de me condenar a vê-los fazendo isso durante décadas, durante séculos.

– Você dormiu com ele? – Ele esperou, precisava ouvir dela, precisava saber.

– Eu pensei que você tinha me abandonado, e eu não queria amar mais ninguém... e ele é meu amigo... e eu me preocupo com ele e...

– Então, isso é sim? – O coração dele parecia bater dentro dos ouvidos.

– Não... ele não quis. – Ela parecia que ia começar a chorar. – Eu só queria que não doesse mais. Eu me sentia vazia, e a corte estava se enfraquecendo com minha... depressão.

– Eu te amo.

Ele a puxou e a beijou, do jeito que tinha sonhado quando estavam longe. Ela não resistiu. Era quase como sempre tinha sido, mas não era mais tão bom. Ele fora paciente. Estava disposto a não ficar com ciúmes de Keenan porque ele estaria ali para amá-la depois que ele partisse.

Com algum esforço, parou de beijá-la.

– Eu não quero compartilhá-la com ele. Não mais. Eu não vou morrer. Eu não serei destruído tão facilmente. Não vou ficar vendo ele te olhar do jeito que eu olho.

– Eu não posso abandonar minha corte.

– Ou ele. – Seth podia ver a teia de possibilidades. Havia caminhos que se contorciam e davam voltas. Outros caminhos ele não podia ver, o que significava que ele estava neles. Em outros, no entanto, ela estava com Keenan.

– Ele é meu rei – sussurrou ela.

– Eu sei disso, mas... "rei" não é seu amante, ou seu amor. Pode ser, mas não tem que ser. – Ele se segurou antes que contasse a ela o que estava vendo. Agora não era a hora. – Eu preciso saber que não é a ele que você quer.

– Eu amo *você* – disse ela.

– Diga que você não sente nenhum amor assim – ele encostou os lábios nos dela – por ele. Diga que você pode estar ao lado dele e não sentir nenhum romantismo. Se ele fosse só seu amigo, tudo bem, mas não, ele não é só isso. Não é há muito tempo... mesmo antes de eu ter partido.

Ela o encarou, mas as palavras não vinham.

– Eu sou uma criatura mágica também. Eu não posso mentir. Mas eu garanto que ninguém, criatura ou mortal, esteve em minha cama desde que me apaixonei por você. Eu nem pensei em levar qualquer pessoa para lá. Não tem ninguém em minha vida fora você. Eu também não quero mais ninguém. Nada. Só você. Para sempre.

— O que devo fazer agora? — sussurrou ela.

— Comece vendo Keenan como ele realmente é.

— Ou seja? — A voz dela subiu de tom, sua expressão ficou mais tensa.

— Ele sabia onde eu estava, Ash. — Seth disse, mas manteve o tom gentil. Ele não queria magoá-la, mas não ajudaria Keenan a continuar escondendo suas tramoias. — Niall sabia onde procurar. E Keenan também. Ele já viveu o suficiente para pensar em me procurar no Mundo Encantado.

— Mas ele não podia. Talvez ele...

— Pergunte a ele. — Seth deu de ombros. — Ele sabia onde eu estava. Donia sabia. Niall sabia. Bananach me levou lá. Todos sabiam. Pergunte e seus guardas vão lhe contar. Pergunte às Garotas do Verão. Elas não vão falar por conta própria, mas, se você perguntar, elas vão responder.

— Então você acha que todos sabiam — ela cruzou os braços, abraçando a si mesma — e *ninguém* me contou? Como foram capazes de fazer isso comigo?

— O que você teria feito se soubesse onde eu estava?

— Teria ido até o Mundo Encantado e te resgatado.

— Sua corte não é forte o suficiente para a guerra, e você estava no meio do verão, impulsiva e apaixonada. Se tivesse ido, teria sido um desastre, e este foi o motivo pelo qual Niall não lhe disse nada. E Donia... Eu suspeito que ela se manteve em silêncio por amor a Keenan. Ela não ia querer ver a corte dele, sua, estraçalhada. Mesmo ele a tendo magoado. — Ele sustentou o olhar dela. — Mas e a sua corte? Foi por isso que

Keenan não contou nada a você? Ou ele tinha também outros motivos?

– Ele me viu desmoronando. Toda a minha corte viu. Eles sabiam o quanto eu estava mal. – Aislinn chorava. – Ele sabia e... Por quê?

Seth odiava ter que magoá-la ainda mais, mas esse era um problema que ela ainda não tinha resolvido.

– Diga que não vai perdoá-lo. Diga que você não está nesse exato momento tentando imaginar um jeito para que isso não seja tão horrível quanto parece.

Aislinn olhou-o silenciosamente. Seu rosto estava todo marcado por lágrimas.

– Você perdoou as manipulações dele quando te transformou em rainha e as manipulações que custaram à sua corte o apoio da corte de Niall e quase causaram a morte de Leslie. E agora está fingindo que ele não estava te manipulando novamente. – Seth queria que ela o interrompesse e dissesse que ele estava errado.

Mas ela não interrompeu.

– Você confia nele. Não sei se é um laço de rei e rainha que vocês têm, ou se você está tentando ver só o lado bom dele. Mas ele não é bom. Ele teria mandado me matar se achasse que serviria ao seu propósito. Eu entendo isso. Niall também entende. Você precisa ver quem ele realmente é. Por mim, pela sua corte, por você mesma.

– Ele é meu *parceiro* para o resto da vida.

– Não. Ele é um colega de trabalho. Eu sou seu *parceiro* – e ele deu um beijo em sua testa – para a eternidade se você me quiser. Se ele é seu rei, seu amigo, seu colega de trabalho, até aí, tranquilo. Eu não quero que você seja minha, isolada do mundo, sem outras pessoas, ou criaturas, em sua vida. Mas não quero compartilhar seu coração, especialmente com alguém que só te machuca. Se você quiser ficar com ele, me diga. Se é comigo que quer ficar, me diga. Você precisa descobrir o que realmente quer, Ash. Venha me ver quando estiver pronta para me dizer que eu sou o único.

E ele foi embora. Estava despedaçado, mas não ficaria por perto esperando por migalhas vindas da mesa de Keenan.

Capítulo 34

Depois que Seth se fora, Sorcha ficou sozinha nos aposentos dele. Ela ainda não estava pronta para lidar com Devlin ou com questões da corte ou nada disso. Verdade seja dita, seu único desejo era seguir Seth e ajudá-lo a amenizar qualquer conflito que encontrasse ao retornar para a Rainha do Verão. Aislinn podia ter sido mortal antes, mas agora era o epicentro do verão, uma estação quente e frívola. Sorcha conhecia Keenan bem o bastante para saber que sua rainha teria sucumbido aos encantos dele.

– Que melodrama, irmã. – Bananach entrou pela porta do jardim. Suas asas sombrias estavam sólidas agora. – Você está na fossa por causa do seu mortalzinho de estimação?

– Ele está sob a proteção de *seu* Rei. E não é de estimação e nem é mortal fora deste mundo. – Sorcha não se dignou a olhar para a irmã. Agora, mais do que nunca, a Rainha da Alta Corte deveria parecer Imutável, mas ela sentiu a mudança. Apesar da presença de Guerra, era a primeira vez em séculos que Sorcha se sentia tão no controle de suas emoções.

– Ótimo! Mais fácil ainda distorcer os pensamentos dele, então. – Bananach pegou um dos pincéis de Seth e o cheirou. – Devo contar-lhe, então, o que ele encontrará ao retornar? Devo sussurrar para você o choro e o lamento da Rainha-Ash?

Sorcha inclinou a cabeça e deu um sorriso afável para Bananach. Por dentro, seu coração doía. A Rainha do Verão provavelmente não era em nada melhor do que as outras criaturas da Corte do Verão, um grupo tão tempestuoso e instável.

– Por que eu deveria me importar com isso? – perguntou ela.

– Porque ela vai te culpar. Porque o retorno de Seth Morgan agrava ainda mais a situação das Cortes do Verão e do Inverno. Porque a Escuridão range os dentes com as consequências de suas ações, minha querida irmã. – Bananach grasnava as palavras e pontuava cada uma das frases brandindo sua pequena espada no ar, agitando o pincel de Seth como se fosse uma arma.

– Niall sabia onde Seth estava e por quê. Eu fui honesta com ele, assim como sempre tinha sido com o último Rei Sombrio. – Sorcha se levantou e rodeou sua irmã, se dirigindo para fora do aposento, tentando levar a irmã e sua negatividade para fora do quarto de Seth.

Quando Sorcha passou, Bananach estalou o bico como o animal que era, bruto e primitivo.

– Seus jogos não me interessam, Bananach.

Sorcha sentiu o frescor do jardim, enquanto respirava fundo, deixando que a irmã pensasse que ela precisava de espaço, fingindo o desconforto que sempre sentira quando Guerra estava em sua presença. Pela primeira vez, as ondas de discórdia não alcançavam Sorcha. Ela sabia que ainda estavam presentes, mas não era influenciada por essa maré.

Porque escolhi Seth como meu filho. O toque de sua mortalidade a transformou em algo novo, agora em desequilíbrio com Bananach. *Após todos esses séculos, eu mudei.*

A criatura-corvo não estava satisfeita. Ela agarrou o braço de Sorcha.

– Você realmente acha que eu não tenho outros peões nesse tabuleiro?

– Tenho certeza de que suas maquinações são muitas. – Sorcha passou a mão de leve sobre inúmeros botões de jasmim e inclinou o corpo para se aproximar e inspecionar as folhas de um pequeno arbusto de pilriteiro. – Quando você não está perdida em sua sede de sangue, você é formidável.

Bananach curvou a cabeça e fez um som de satisfação antes de dizer:

– Eu posso estar estagnada, mas Razão sempre tropeça, e eu espero. E quando você escorregar, quando os regentes do lado de lá não forem sábios, eu terei meu sangue.

– Talvez.

Bananach deixou escapar um horrendo grasnido:

– Sempre. No fim, eu sempre consigo meu sangue. Um dia, será o seu que usarei como blush.

Sorcha arrancou um galho de um arbusto, oferecendo uma falsa prova de que tinha ficado tão mexida com essas coisas que tinha perdido o controle.

– Mesmo nos seus momentos de loucura mais profundos, você não se esqueceria de que somos ligadas. Você não sabe o que a minha morte significaria para você, tanto quanto a sua para mim.

— Significaria que estou livre da sua tediosa lógica. — As asas de Bananach se agitaram de forma inconstante.

— Se você realmente achasse que era tão simples, eu estaria morta há muito tempo. — Sorcha espremeu o galho até cortar a palma de sua mão. Então, largou a madeira e estendeu a mão. — Seu sangue e o meu estão ligados desde que viemos ao mundo. Imutáveis. Já que somos do mesmo sangue, se você me matar, você morre também?

Bananach a olhou e estalou o bico.

— Talvez eu devesse descobrir — proferiu, mas não avançou. Continuou parada olhando.

O jardim estava em silêncio. Mais nenhuma palavra foi dita durante algum tempo.

— Guerra é paciente, minha irmã. Você se esconde aqui com seus livros empoeirados e sua arte vazia. A Rainha Imutável. Entediante. Previsível. Eu moverei os peões... e você fará pequenas escolhas que não poderão parar o inevitável. — O volume dos tambores de guerra de Bananach se tornou ensurdecedor e ecoou do Mundo Encantado até o mundo mortal.

— Eles se observam em desconfiança. A batalha se aproxima. Eu *sinto*. Eu vou esperar... e você estará vulnerável como sempre fica quando estou incitando os problemas.

— Você não terá guerra dessa vez — disse Sorcha. Não era uma verdade, mas uma opinião.

— Por quê? Você virá atrás de mim, irmã? Você levará o Mundo Encantado até o mundo mortal para me caçar? — Bananach cacarejou e corvos que não pertenciam ao jardim de Sorcha voaram como flocos ao redor de Bananach; vermes se moviam sobre a terra, como um tapete cinza rastejante; e Bananach ficou ali, com as asas estendidas. Guerra estava a caminho, a não ser que uma mudança importante acontecesse.

Sorcha permaneceu em silêncio.

– Venha comigo. Traga o caos ao mundo deles – Bananach provocou. – Venha proteger o seu queridinho.

– Você não vai tocá-lo. – Sorcha deu um passo na direção da irmã. – Verão e Escuridão te destruirão. Eu posso não ter força para me opor a você, mas mandarei todas as criaturas que tenho atrás de você. Ameace o bem-estar dele e não descansarei até que você esteja morta.

– E se a minha morte significar também a sua? – Bananach inclinou a cabeça com curiosidade.

– Então, que assim seja. – Sorcha beijou Guerra na testa. – Esta batalha você perdeu, minha irmã. Não haverá guerra.

Bananach parou. Ela olhou ao longe, mas não compartilhou suas premonições de destruição. E deu um sorriso maléfico.

– Não, eu ainda não perdi.

Ela se encaminhou para fora do jardim levando consigo seu séquito, e em seu caminho deixou passos chamuscados e flores sangrando.

Epílogo

Seth entrou na casa de Niall. Niall nunca o quisera lá, mas isso fora antes. *Quando eu era mortal*. As coisas tinham mudado.

Ninguém impediu Seth de entrar. Fora declarado Amigo da Corte Sombria, bem-vindo entre eles, protegido até o último suspiro, caso necessário.

– Irmão – Niall disse ao ver Seth se aproximar do púlpito.

A multidão de criaturas mágicas da Corte Sombria observava atentamente. Seth viu os fios dos Ly Ergs e das *glaistigs* entrelaçados. Então a imagem mudou. Bananach. Minha tia. Seth não conseguia enxergar seus fios, mas a sentia em algum lugar do mundo.

– Preciso de sua ajuda. – Seth não fez nenhuma reverência, mas abaixou o olhar, em respeito. Ele era um ser encantado agora, e irmão por opção, ou não, Niall ainda era rei.

– Diga o que quer. Se não for contra o bem de minha corte – Niall se endireitou em seu trono –, eu sempre vou te ajudar.

Seth levantou a vista para encontrar o olhar de Niall.

– Eu sou da Rainha da Alta Corte. Pela eternidade, passarei parte de minha vida no Mundo Encantado. Eu sou o amado da Rainha do Verão. Mas é de sua ajuda que preciso agora. Sorcha me tornou uma criatura mágica e me deu dons. Eu farei o que for melhor para ela agora.

– Apoiar a necessidade de ordem da Alta Corte não é o melhor para a Corte Sombria – disse Ani de algum lugar à sua esquerda e depois sumiu. A garota meio-Hound, meio-humana tinha sonhos de caos que seu rei e sua corte restringiam.

– Nem proteger o queridinho da Corte do Verão – resmungou uma das criaturas de cardo.

De forma protetora, Chela se aproximou de Seth.

Durante uma longa pausa, Seth observou somente Niall – aquelas milhares de linhas de possibilidades que se estendiam dele eram tantas que eram quase invisíveis. O Rei Sombrio esperava, tão cheio de esperança que ele mesmo não podia se conter. Se Seth não conseguisse ver as coisas tão claramente, teria achado que a mão levantada de Niall era um gesto casual. Não era. Era ao mesmo tempo cheia de medo e de excitação.

– Diga-me o que você quer.

– Treinar com os Hounds de Gabriel. Às vezes, colocar as coisas em ordem exige sangue. – Seth correu os olhos pelas criaturas aglomeradas da Corte Sombria. – Eu preciso aprender a me defender e a machucar os outros. Eu preciso aprender a caçar. Você me ajuda?

– Será uma honra – disse Niall. – Se os Hounds concordarem.

Gabriel gargalhou. Chela abriu um sorriso. Criaturas sorriram maliciosamente e assentiram.

Naquele momento, Seth fez uma reverência. Ele viu as linhas de possibilidades a sua volta. Enquanto não dissesse que era Bananach que ele pretendia caçar, encontraria muita ajuda ali.

– Bem-vindo ao lar, irmão. – Niall desceu do púlpito e se aproximou para abraçá-lo. – Essa mudança caiu muito bem em você.

E tinha mesmo caído muito bem. Seth agora tinha um propósito. *E uma chance de eternidade com Ash.*

Impresso na Gráfica JPA Ltda.,
Rio de Janeiro – RJ.